Eckhard Henscheid · *Frau Killermann*

Eckhard Henscheid

Frau Killermann greift ein

Erzählungen und Bagatellen

Haffmans Verlag

Umschlagbild von
Almut Gernhardt
Lektorat: Thomas Bodmer

1.—6. Tausend, Frühling 1985

Copyright © 1985 by
Haffmans Verlag AG Zürich
Satz: Fosaco AG Bichelsee
Herstellung: Mühlberger Augsburg
ISBN 3 251 00055 1

Inhalt

Die Gage *(1984)* 7

Alles klar für F.J.S. *(1981)* 29

Von Eulen, Spiegeln, Labyrinthen u. v. a.
(1980) 33

Jupp Derwall, antworten Sie! *(1980)* 38

Die Karin in der deutschen
Literatur *(1982)* 42

Tölpels Ende *(1981)* 54

Kohl und Karl Valentin *(1984)* 58

Die Wurstzurückgehlasserin *(1984)* 60

Anmerkung zur Literatur *(1981)* 69

Zimmermann, Wald, Axt und Co. *(1983)* 71

Hände weg von Onkel Dings! *(1982)* 74

Ein Blick auf den Staat *(1981)* 86

Schopenhauer und Nietzsche *(1983)* 90

Hase und Igel *(1981)* 94

Amberg I *(1975)* 98

An Herrn Papst Johannes Paul II. *(1980)* 105

Eine Frau ist wie ein Mann, der *(1982)* 110

Die endgültige Wahrheit über Romy *(1982)* . . . 116

Die ›Bild‹-Zeitung im Spiegel der deutschen
Nachkriegsliteratur *(1978/84)* 121

Kommen tut es in der Reih' *(1982)* 133

Giuseppe, Sylvia e Hans Neuenfels *(1981)* . . . 142

Der kleine Elefant *(1984)* 155

Drei Legenden *(1980/82)* 165

Weitgehend glücklich in Ludwigsburg *(1981)* . . 172

Im Lauf der Zeit *(1980/84)* 177

Prima, prima Urlaubstips *(1983)* 190
Betroffene und Behämmerte *(1983)* 203
Großwild-Shooting auf Elephants *(1984)* 209
Er Hundsfott, halt er's Maul! *(1982)* 211
Warten auf Meßmann *(1982)* 216
Amberg II *(1981)* 225
Ein sehr wichtiges Wort zur
    Frauenbefreiungsfrage *(1984)* 228
Er bleibt weiterhin verwundbar *(1982/84)* . . . 234
Ein Schranze *(1984)* 240
Nomen est Omen *(1984)* 248
Neue Fußball-Anekdoten *(1983/84)* 254
Noch einmal: Orwell 1984 *(1984)* 258
Annas Hochzeit *(1984)* 260
Blick in die Heimat *(1980/84)* 274
Zur Lage der Humanität *(1984)* 294
Herrmann Burrger *(1984)* 302
Frau Killermann greift ein *(1967/84)* 308
Eilert *(1984)* 325
Auch Vor-nomen est Omen *(1983)* 328
Die leidige Sterberei *(1983)* 330
Eine kleine Humortheorie *(1982)* 332
Treue Brüderschaft *(1983)* 336
Mein letzter, aber auch garantiert allerletzter
    Aphorismus *(1983)* 337
Im Puff von Paris *(1983)* 340

Zu diesem Buch 367

DIE GAGE

Es ist wie es ist,
und es ist fürchterlich.
(Jahnn, Fluß ohne Ufer)

Also bitte, natürlich, von Rechts wegen (aber was heißt schon Recht?) dürfte ich die folgende Geschichte gar nicht erzählen bzw. weitererzählen, denn mein Informant (der gleichzeitig einer der Hauptakteure ist!) hat sie mir vorgestern nur unter dem Siegel der allergrößten Verschwiegenheit gesteckt – und ich brächte ihn also in ziemliche Schwulitäten, wenn ich sie hier coram publico ausbreitete bzw. ausbreite – nun, was das angeht nebst evtl. juristischen Folgen (man hört und liest heute wieder vermehrt davon, gerade im belletristischen Genre!), so greife ich hier einfach zu einem kleinen und bewährten Kunstgriff und ändere die Namen ein bißchen, so daß nur der intime und sowieso Eingeweihte die wirklichen Personen voll erahnt und ich meinerseits aus dem Schneider bin – und übrigens auf der anderen Seite: Ich finde die Geschichte, wie ich sie neulich an der Theke gehört habe (apropos genau der gleichen Theke, an der sie auch begann!) einfach zu hübsch und interessant, als daß also ihre Kenntnis nur einem winzigen Zirkel vertraulich Eingeweihter vorbehalten bleiben sollte – ich vermute meinerseits allerdings andererseits, daß mein Kronzeuge sie inzwischen ja sowieso mindestens einem Dutzend weiterer Menschen unter dem Siegel der Verschwiegenheit weitergetratscht hat – kurzum, ich schreibe die Geschichte hier also auf und nieder, nachdem ich den gestrigen Tag über auch noch einiges nachrecherchiert und gecheckt habe, betone aber, was die Hauptsache angeht, hier schon mal und nochmals und für alle Fälle: Relata refero! Volle juridische Verantwortung für ihren Wahrheitsgehalt kann ich bei dieser Geschichte nicht übernehmen, noch will ich es! Vielleicht hat ja schon mein Informant, Rosenhag, etwas geschwindelt und stark pro domo referiert – er ist ja auch gewissermaßen der Triumphator bei der ganzen knalligen Affaire, die, um das hier schon klarzustellen, im wesentlichen ja auch nur eine ganz triviale Dreiecksgeschichte war bzw. vielleicht sogar noch immer ist, letztlich – allerdings schwört Rosenhag Stein und Bein, daß sich alles akkurat so abgespielt hat, und nach der inneren Logik der Dinge bzw. der damit befaßten Charaktere kann ich mir das auch sehr gut vorstellen, o ja – und übrigens: im ersten Teil der Geschichte war ich sogar nolens volens bzw. genauer: unwissentlich dabei und mit von der Partie und sozusagen fast integrierend involviert; im nachhinein bilde bzw. bildete ich mir sogar ein, die Dinge, die da kommen sollten, sogar ein bißchen nicht gerade als déjà vu, aber doch irgendwie als etwas sich nun nachgerade notwendig Vollziehendes vorausgeahnt zu haben, dochdoch; aber das mag Unsinn sein, denn genaugenommen hatte ich den Kneipenabend längst vergessen und ad acta gelegt – hätte ihn vergessen, wenn mir eben Rosenhag nicht vorgestern, nein, gestern war's erst, fast raunend – wie schwerblütig raunend! – diese ganzen Folgen mit ihren ebenso einleuchtenden wie überraschenden Facetten geschildert und – manchmal wie betreten stockend! – auseinandergelegt hätte.

Wo beginnen? Nun, selbstverständlich an der Theke

des Pizza-Peter, unseres langjährigen Stammlokals im Stadtnorden – und wann? Voilà, wie immer so gegen zehn Uhr kamen die Unseren so allmählich zusammen bzw. eine Auswahl davon – es waren wohl so sechs, sieben Leute, die da wie jeden anderen Tag auch um den kugelrunden Ecktisch saßen, neuerdings sozusagen unter der Direktive eines lärmigen zugewanderten Schweizers namens Prosper Nebel, des angeblichen Chefredaktors einer angeblichen Schweizer Gartenfachzeitschrift, der hier seit kurzem gesellschaftlich das große Wort führt und den unermüdlichen Humoristen spielt – nach meiner Erinnerung bzw. Rekonstruktion aber standen (mag sein, um Nebel zu entgehen) gleichzeitig fünf Leute an der Theke, standen und lehnten und vertraten sich die Beine – es war der schiere Zufall, daß ich auch dabei war, denn meistens sitze ich viel lieber, um sicherer alles zu überschauen –; diese fünf Leute an der Theke aber waren Rosenhag, ich, die Musikstudentin Ott und eben das Ehepaar Pfeiffer, um das sich die Geschichte hauptsächlich dreht.

Lassen wir die Musikstudentin vorderhand beiseite. Ich weiß bzw. wußte, daß diese propere kleine Person mit Pferdeschwanz immer wieder mal und in Abständen sozusagen das Interesse Pfeiffers hervorrief bzw. -ruft, meiner Einschätzung nach kein elementares noch auch nur gravierendes – nein, im wesentlichen stand und steht Pfeiffer wohl schon immer hinter seiner Ehe mit Jutta Pfeiffer – seiner Oberstudienrätin, seiner »Frau Rat«, wie er gelegentlich, offenbar in Anspielung auf Goethe, zu schäkern pflegt. Ob sich die beiden wirklich lieben (bzw. je geliebt haben), das entzieht sich meiner Kenntnis – unleugbar aber ist, daß Pfeiffer schon immer wieder mal

seine goldrandbebrillten ruhelosen Äuglein anderswohin
schweifen läßt und darin nicht kleinlich ist, so zum Beispiel als sie, Jutta Pfeiffer, im Vorjahr einen neuntägigen
Klassenausflug nach Canterbury machen mußte; gegen-
wärtig munkelt man auch etwas von einer gar nicht so
verhohlenen Liaison Pfeiffers mit einer gewissen Mitzi
Witlatschil – und, wichtig!, sie, die Pfeiffer, weiß derlei
auch, sie läßt es zwar theoretisch-prinzipiell nicht durchgehen, kann (bzw. konnte!) aber letztlich nichts dagegen
machen. Sondern beißt (bzw. biß!) ihr kleines Unglück
mit Pfeiffer gleichsam verdrossen und melancholisch in
sich hinein, ja sie läßt es sich gewissermaßen gern unausgesprochen anmerken, so als ob ihre leise Trauer über
Pfeiffers Streiche ihr sozusagen einen spürbaren Hauch
von Adel gäbe. Oder geben sollte. Jutta Pfeiffer ist
schätzungsweise 35, Pfeiffer selbst dürfte auf die 43 gehen. Der Ehe entsprang auch ein Kind, Gabriel Boris
Alexander, das heute sieben sein könnte und (das habe
ich aber nur läuten gehört) schon in der zweiten Volks-
schulklasse sitzengeblieben ist.

Ich selber muß an der Theke wohl zu dieser Zeit
primär mit Rosenhag geplaudert haben – um aber dies
nicht zu vergessen: Jutta Pfeiffer ist eine keineswegs
unhübsche Frau, sondern verfügt über etwas durchaus
Anmutiges und Anmutendes – dochdoch, ich selber,
hätte ich sie rechtzeitig kennengelernt bzw. wäre ich
nicht durch meine eigene leidige Affaire mit dieser doofen Schnalle aus Bonn vollauf beschäftigt, ich selber wäre
zuzeiten nicht abgeneigt gewesen – aber andererseits ist
Jutta Pfeiffer meines Wissens auch vollrohr treu bzw.
war es jedenfalls offensichtlich bis zu jenem Abend –
und, um auch diese Prämisse noch rasch vorab zu klären:

Frl. Ott ist zwar etwas jünger, indessen keineswegs hübscher als Frau Pfeiffer, eher im Gegenteil, sie neigt ein wenig zum Molligen, sicherlich die vielen kleinen Bierchen, die sie sich hier im Pizza-Peter mehr oder weniger täglich einpfeift; und dabei von den Wonnen und Strapazen der Chopinschen g-moll-Ballade schnattert, ich möchte nur wissen, wann sie die übt – und, um auch das noch hinter mich zu kriegen: Rosenhag seinerseits und Jutta Pfeiffer kennen/kannten sich zwar schon seit ungefähr vier Jahren (sagt er mir), waren aber, darauf leistet Rosenhag jeden Eid, vorher, vor diesem Abend, noch nie einander nähergerückt noch auch nur auf die Idee gekommen – ja, wenn ich Rosenhag hier korrekt wiedergebe: Er mochte bzw. mag Jutta Pfeiffer überhaupt nicht, sondern hält sie, sagt er selber, für eine ziemlich dumme Zicke. Ich persönlich erahne, die Tatsache, daß Frau Pfeiffer Oberstudienrätin für Englisch und Französisch (!) ist, dieser Fakt ist dem Esel Rosenhag zutiefst obskur, ja unheimlich! Denn Rosenhag ist mehr oder weniger – meines Wissens eher weniger – freiberuflicher Funkmann, in der Unterhaltungsabteilung, angeblich auf Reportagen und populäre Features angesetzt und spezialisiert – nennt sich aber unverbrüchlich »Redakteur«. Woran ich persönlich irgendwie nicht glaube. . .

Allora, Pfeiffer war an diesem Abend früher als normal eingerückt, mit seiner Frau im Schlepp und übrigens ungewöhnlich aufgeräumt – und der Grund für Pfeiffers gute Laune stellte sich recht bald heraus, ja, es war, als ob Pfeiffer ihn gar nicht mehr zurück- und überhaupt an sich halten konnte. Dieser Grund war aber ganz eindeutig ein Telex, welches der Kaufmann (»Industriekaufmann« steht im Telefonbuch!) tagsüber erhalten hatte –

und zwar, wie sich im Folgenden ergab, ein Telex von einem Saudi-Scheich aus Genf – bzw. um genau zu sein, war es so: Weil wiederum ich gelegentlich für Pfeiffer gewisse PR-Tätigkeiten verrichte, genau deshalb verfügte Pfeiffer über die gute Gelegenheit und den glücklichen Anlaß, nicht nur von dem brillanten Fernschreiben zu erzählen (das wäre vielleicht doch zu peinlich gewesen), sondern mir an der Theke das Fernschreiben – bzw. eine Kopie davon – gewissermaßen zur Auswertung und Weiterbearbeitung zu überreichen – d. h. ich laboriere gerade an einem Werbe-Emblem für Pfeiffers Firma, in diesem sind u. a. Pfeiffers wichtigste Kunden aufgeführt, in Form eines grafisch gestalteten Eichenbaums, und wenn ich nun Pfeiffers halb leidenschaftlich verwegenes, halb doch wohl über sich selbst verlegenes Gefasel richtig erinnere, überreichte er mir also den Telex-Schrieb sozusagen zur weiteren Auswertung. Was mich nun hier wiederum in die glückliche Lage versetzt, von dem Fernschreiben nicht nur so lala zu berichten, sondern es hier wortwörtlich zu zitieren. Was ich hiermit tue:

415802 pfeiffer d
attn: mr. reinhold pfeifer feb 08 1984
dear pfeifer,
with regards to the subjects we discussed in our last meeting in munich together with moellemann, teves, knapp and roesselmann, which are of greate interest of mine and would like to see you again on my next visit to europe for further discussion. I would also have to consult our mutual friends before our foreseen meeting.
best regards
salman bin mohammed bin khalid bin hethlain

```
200253 hazar sj
415802 pfeiffer d
200253 hazar sj
```

Also: Nicht daß dies Fernschreiben in meiner bzw. unserer eigentlichen Geschichte einen zentral-kausalen Stellenwert gehabt hätte – wichtig aber war es (und vielleicht sogar folgenreich!) zumindest insofern, als es für die frühe Heiterkeit, Ausgelassenheit, ja Euphorie Pfeiffers an diesem ganzen Abend verantwortlich zeichnete – ein blinkender Lichtfleck, dessen entsinne ich mich seltsamerweise, tanzte in diesem Stadium der Telex-Vorweiserei und Übergabe buchstäblich zehn Minuten lang und wie schäkernd Geld erjagend im Spiegel seiner Brille über dem vor kommerzieller Abenteuerlust lachend aufgerissenen Mund herum – dochdoch, ich kenne meinen Pfeiffer seit sechs gottverfluchten Jahren. Pfeiffer schien mehrfach vor Wonne geradezu zu beben und zu schaukeln – und sein hellbeiger, wie Rohseide schimmernder Business-Leinenanzug gleißte mit einem stark ins Violette phosphoreszierenden weißen Hemd darunter um die Wette, während Pfeiffer halb ernsthaft, halb mit komischfürwitzigem Understatement von allerlei Projekten mit dem Scheich unkte – um Autobremsen für den Orient ging es und um Plastikfabriken, deren Kauf der Scheich schon avisiert habe, und dann (ja, jetzt fällt's mir wieder ein) war auch noch fast donnernd vom Export von Germania-Bier die Rede – gleichzeitig bin ich mir allerdings auch relativ sicher, daß Pfeiffer das vom Scheich vergessene zweite »f« in seinem Namen sehr schmerzte; zumal ich Gründe zu der Annahme habe, daß Pfeiffer früher schon öfter und inständig über seinen Namen nachgebrütet hat, den er nämlich zuzeiten auch mit

»Reinhold O. Pfeiffer« auf Geschäftspapiere u. dgl. druk-
ken ließ; ehe er wieder warum auch immer zu »Reinhold
Pfeiffer« zurückkehrte.

Ja, mindestens eine Stunde währte es, daß Pfeiffer nun
mir, Rosenhag und vor allem auch Frl. Ott von der
Bedeutung dieser Genfer Geschäftsverbindung mit dem
Scheich redete – ich entsinne mich: der Scheich wurde
dabei als Mann seiner, Pfeiffers, Generation hingestellt,
er war in England erzogen worden; von einem irgendwie
mit den Saudi-Projekten befaßten Zürcher Rechtsanwalt
Tuille (oder ähnlich) ging dann einige Zeit die Rede und
einem Kaufmann Wegener (auf diese Verbindung schien
Pfeiffer fast noch stolzer als auf die Freundschaft mit dem
Scheich) – wie herablassend witzelnd kam dann Pfeiffer
auch noch (aber das schien mir ziemlich gekünstelt und
getürkt) auf des Scheichs starkes Interesse an deutschen
Frauen zu sprechen – und bei diesen seinen schmetternd
lachenden Worten legte Pfeiffer, wie um Verständnis für
das Faible des Scheichs zu mimen, den Arm kurz um die
Taille von Frl. Ott – kurz: Eine ganze Stunde lang schien
Pfeiffer wie überdreht und bedauerte vermutlich nur, daß
er nicht auch noch die am Rundtisch sitzenden und
Prosper Nebel lauschenden Figuren in seinen Deal mit
dem Scheich und all den anderen Ehrenmännern einwei-
hen konnte.

Das Telex lagerte derweil schon in meiner Brusttasche.
Klar, daß der Sinn seiner Übergabe an mich nur darin
bestand, von Scheich und Export und exotischen Con-
nections zu gaukeln – Pfeiffer hätte mir die Kopie genausogut auf dem Klo oder drei Tage später übergeben
können –, und übrigens hat er mich bisher dann tatsächlich nicht weiter angerufen, um mich mit relevanten

Instruktionen zu versehen. In gewisser Weise, ja doch, muß man ihn sogar für die Frechheit bewundern, mich und die anderen an der Theke mit so leicht durchschaubaren Brillanterien übertölpeln zu wollen.

Irgendwann, sofern ich es recht erinnere, hatte Pfeiffer mit seinem Gemache und Getue sogar noch beim Wirt höchstpersönlich Erfolg: Wenn ich nicht sehr träume, gaben sich die beiden plötzlich wie glückwünschend die Hand und tranken augenzwinkernd einen Schnaps zusammen.

Und Frau Oberstudienrat Jutta Pfeiffer? Da funktioniert mein Gedächtnis nun wieder sehr viel besser. Während Pfeiffer sich gleichsam dauernd selbst hochleben ließ und allerdings auch genug anerkennende Blicke und Winke von Frl. Ott und mir erntete (Rosenhag schien mir eher abwesend), während alledem stand seine Frau eher teilnahmslos und vielleicht auch vorwurfsvoll brav neben ihm – sie schien das Telex auch schon längst zu kennen und überhaupt – ja, wie soll ich sagen? – ja: dauernd ausdrücken zu wollen, daß sie das Leben an der Seite Pfeiffers ohnehin als Zumutung empfinde. Ja, mir scheint, gerade Pfeiffers Telex-Lärm und Protzerei veranlaßte sie zu sanft ironischen, leicht wehen Blicken (ich sah sie meist nur im Profil), die ebenso analytisches Durchdringen wie einen furchtbaren Überdruß an Pfeiffer verrieten – vorausgesetzt, daß ich mir das im nachhinein nicht nur einrede. Und während dann Pfeiffers Berichte und Tiraden immer schweifender und festlicher wurden (ja, wieder liefert mir die Erinnerung das Bild, wie das bleiche Thekenlicht in Pfeiffers Brillengläsern funkelte und diese fast zum Schillern brachte!) – während Pfeiffer redete und redete und dann auch schon mal häufiger den

Arm um Frl. Ott herumschwang und das Ohr weit zu ihr hinab an ihren Mund senkte, währenddem stand Jutta Pfeiffer immer ein wenig starr und wie kummerbefrachtet und vor allem kummergewohnt fast wortlos nebenbei und strich hin und wieder (was sie immer tut) ihren grauen engen Rock glatt und zupfte ab und zu am schwarzen Kaschmirpullover.

Ich kenne Jutta Pfeiffer seit langem. Einerseits ist sie, was man eine taube Nuß nennen könnte, sofern man ihre nicht ganz zu leugnende, obzwar mattschläfrige Intelligenz mit ihren fast ein wenig bösartig gleichgültigen Zügen bzw. Mienen verrechnet – ja, eine mattschläfrige, verdrossene, unwillige und gleichsam willig dem langsamen Eingeschläfertwerden entgegendämmernde Intelligenz ist es, die sie ab und zu sogar zu artikulieren bereit ist – aber ohne Frage ist auch etwas durchaus Attraktives an ihr und gerade an dieser wie kummergewohnten Interesselosigkeit – von ihrem schönen schlanken Körper und (vor allem!) von ihrem stramm proportionierten Hinterteil mal ganz zu schweigen, welches man unter dieser hohen Gestalt und biegsam schlanken Taille vielleicht gar nicht vermuten möchte – doch, alles, was recht ist, das muß der Neid ihr bzw. Pfeiffer lassen: Eine Blume, die, schon halb verwelkt und etwas zopfig geworden, noch immer gar zu sehr im Verborgenen blüht – ja, so könnte man es durchaus sagen.

Reinhold Pfeiffer ist übrigens etwas kleiner als diese hohe, schlanke und sehrsehr ansehnliche Frau. Er spricht sie meist mit »Herzchen« an – indessen sie, und das finde ich (auch über unsere Geschichte hinaus) bemerkenswert, nur »Pfeiffer« zu ihm sagt; jedenfalls in der Öffentlichkeit. Das gemeinsame Kind heißt, wie gesagt, Boris

– und getrunken wurde übrigens an der Theke des Pizza-Peter mehrteils Calvados. Pfeiffer hatte nach meiner Schätzung schon vor Mitternacht mindestens fünf intus, dazu zwei-drei Biere. Jutta Pfeiffer hatte sich wohl bis dahin zwei Calvados zum Mineralwasser genehmigt – Rosenhag, Frl. Ott und ich dürften an diesem Abend so jeder seine vier Bier und vier Calvados zusammengekriegt haben – nein, korrigiere: Frl. Ott trank die ganze Zeit über Grappa. Und Pfeiffer selbst schüttete, wie um seine freudvoll aufgepeitschten Sinne zu besänftigen, zwischendurch mal zwei Kaffee in sich hinein.

Am Rundtisch in der Ecke schien Prosper Nebel um diese Zeit tatsächlich Witze zu erzählen. Hart schlug seine Faust dabei begeistert mehrfach auf das Tischholz. Diese Schweizer. . .

Rosenhag? Ja – wie ihn charakterisieren? Rosenhag ist, wie gesagt, ein allzeit heiterer Funkesel und zweifellos infantiler Charakter – er redet wenig und nur (wie geheimnisträgerisch!) halblaut, äugt meist ein bißchen schmierig – fast möchte ich sagen »schmiegsam« – vor sich hin. Fährt sich fast selbstverliebt ab und zu in die dunklen Kräusellocken und zieht an seinem Schnauzbart oder aber an seiner schlaufen- und taschenreichen rehbraunen Lederjacke (ja, auch diesmal, am fraglichen Abend, trug er sie, und sehr bewußt gleichfarbig waren die Stiefelchen gewählt!) – und meist lächelt Rosenhag sehr schweigsam, in einer Manier, die er selber vermutlich für verschlagen hält – nein, wenn ich ihn mit einem mot juste bezeichnen sollte (und ich habe keinen Grund zu lügen): Rosenhag ist schlicht und einfach der geborene Freizeitler, ein futuristischer und zugleich auch schon sehr aktueller Typus also, ständig bereit zu allem

Schnickschnack an Unernst und Herumhängerei und eben Zeitvertreib, ein homo ludens infantilis oder so ähnlich also, und natürlich fallen da auch immer einige Frauen darauf rein und für ihn ab – kurz, ich glaube, selbst wenn Rosenhag von Geburt an zu härterer Gedankenarbeit erzogen worden wäre, sein Naturell hätte sich einfach gesträubt, und der Nichtsnutz hätte doch nie etwelchen eigenen Gedanken zu erzeugen vermocht – und genau dies nun wieder, meine ich, hängt durchaus irgendwie mit der Affaire zusammen, so wie ich sie eben dann von Rosenhag gesteckt gekriegt habe.

Nun bin ich allerdings der Überzeugung, daß sich jene Affaire selbst eine halbe Stunde nach Mitternacht noch immer nicht recht abzeichnete – wenn auch, a posteriori geurteilt, gleichsam jetzt mählich ihre Voraussetzungen evidenter wurden. Der Pizza-Peter hatte sich eher noch mehr gefüllt – irgendwann erwähnte Pfeiffer, wie nachkartend, noch, er habe sich damals mit dem Scheich sowie Knapp und Teves in irgendeinem Steigenberger Parkhotel zum Meeting getroffen, und da habe man dann auch tatsächlich dem Scheich eine Frau aus Tirol zugeführt – in diesem Augenblick, das sehe ich nun wieder fotografisch deutlich vor mir, kniff Jutta Pfeiffer mit einer leichten Drehung (zu mir und Rosenhag herum!) beide Augen zusammen und beugte dann den Kopf zurück: so als ob entweder Pfeiffers Schnurren oder aber die Zusammenrottung der deutsch-orientalischen Geschäftsleute (die mir persönlich viel Vergnügen machte!) ihr noch in der Vorstellung Magenschmerzen verursache und nicht mehr erträglich sei. Pfeiffer seinerseits schmauchte prunkend feixend ein Zigarillo zu Ende und verzehrte dann, wie um seine Verbundenheit mit dem

simplen Volk zu versinnlichen, eine Fleischbulette –
gleich darauf, die Linke lagerte in der Hosentasche,
schlang sich die Rechte zum wiederholten Male um die
Strickjackentaille von Frl. Ott – ja, insgesamt war das
Interesse am Scheich wohl auch bei ihm jetzt ziemlich
erlahmt und hatte zu Frl. Ott hinübergewechselt – schon
wieder und fast kameradschaftlich bekam diese von seiner großen sommersprossigen Handpranke einen tapsig-
sexuellen Hieb auf den Buckel ab – und endlich, es muß
kurz vor eins gewesen sein, zog Pfeiffer mit der Ott im
Schlepp zu guter Letzt noch um und ließ sich am Grup-
penrundtisch nieder – wagte aber, ich schaute genau hin,
nicht, auch dort noch einmal sein Telex (evtl. das Original?) zu zeigen. Sondern spendierte sofort eine Runde
Calvados, vor allem zu Nebels lauter und jäh fuchtelnder
Freude, charmierte hin zur Ott, nicht ohne freilich den
starken Rumpf auch immer wieder zu Lothar Klingen-
spiel, einem Großraumbüroausstatter, und Fickert-Rosa
hinüber zu bäumen; und zahlte dann noch eine Runde –
so quasi nach Art erfolgreicher Geschäftsleute, die den
Tag zu nutzen gewußt hatten und jetzt großherzig auch
das geringere Gesinde am Ertrag teilnehmen ließen. Ich
bin aber davon überzeugt: Wäre Pfeiffer noch betrunke-
ner gewesen, er hätte sich das Telex schnurstracks wieder
von mir geben lassen, sich rücksichtslos noch einmal
damit zu brüsten.

Zu uns drei Verbleibenden an die Theke gesellte sich
jetzt noch ein gewisser Willi Schönen, ein hiesiger
Rechtsbeistand, mit dem ich gerade im Zuge einer Haft-
pflichtsache zu schaffen habe, wir kamen ergo rasch und
eifrig ins Gespräch, so daß – stelle ich mir vor – Rosenhag mehr oder weniger zwingend Jutta Pfeiffer ein wenig

betreuen mußte und dabei – reime ich mir gleichfalls im nachhinein zusammen – auch seine braunen Schmalzaugen aus allen Löchern rollen ließ; das macht er Frauen gegenüber immer und sozusagen notorisch. Klar sehe ich aber jetzt wieder vor mir die gleichsam zermürbte Miene Jutta Pfeiffers, ihr gleich wie von Gram gebleichtes Profil mit den nervösen Wimpernausschlägen – ja, es war, als ob da wahrlich Schwindsucht à la Traviata bei ihr im Anzug wäre, so bleich, ja durchscheinend wirkten Stirn und Wangen – ein durchaus erotisierendes Bild (doch, da kann ich Rosenhag verstehen), das einzige, an das ich mich noch hundertprozentig erinnere (und dazu dieser schöne Hintern, der nackt direkt dem prachtvollen der Velázquezschen Venus gleichen muß!). Ganz gut weiß ich aber auch noch, daß Reinhold Pfeiffer plötzlich wieder an der Theke erschien und herummachte und dann vom Wirt einen Scheck über 1000 Mark »cash« einlöste – das heißt, dies Wörtchen »cash« fiel immer wieder – er, Pfeiffer, komme nämlich morgen nicht mehr auf die Bank, weil wegen eines geänderten Termins sein Flieger umgebucht worden sei. Ja, richtig, und dann zog der Wirt offenbar auch gleich Pfeiffers und seiner Frau Zeche ab, und Pfeiffer ließ den etwas auffällig nachgezählten Rest von 940 Mark mit Pomp in seinem Jackett verschwinden. Und eilte an den Rundtisch zurück, um (ah! auch das fällt mir jetzt wieder ein, erstaunlich!) seine Rechte auf Frl. Otts zierlicher Schulter zur Ruhe zu legen – genau, Frl. Otts halblanges Braunhaar war zu etwas zwischen Pferdeschwanz und Schopf gebunden und ließ dabei von hinten (von der Theke aus) nicht nur den schönen weichen Hals sehen, sondern auch leicht abstehenden, vom Schopf nicht mit erfaßten Haarflaum. Sehr animierend. Ich wette aber, daß Pfeiffer diese Delikatesse gar nicht richtig mitbekam.

Andererseits muß ich doch sehr engagiert und benebelt mit Schönen geredet und gezankt haben, denn der sich nun langsam abzeichnenden und dann zügig ausgeführten Pointe des Abends entsinne ich mich erstaunlicherweise nur recht fragmentarisch – genauer, ich würde sie wohl m. E. so gut wie vergessen bzw. versäumt haben, hätte Rosenhag, der Schuft, sie mir nicht eben ziemlich exakt zwei Wochen später in allen Details und in etwas zu penetranter Verschmitztheit voll erzählt.

Alsdann, hier die Facts:

Es muß wohl gegen 1 Uhr 20 gewesen sein, daß Pfeiffer von seinem Erfolgsrausch und von Frl. Ott (ich hätte übrigens auch mal beinahe was mit ihr angefangen und war jedenfalls ziemlich erpicht auf sie!) gleichzeitig genug hatte, sicher hatte er inzwischen auch den Kragen ziemlich voll – jedenfalls muß er nun zum Aufbruch gerüstet haben, und jetzt hatte er sich wohl auch (wahrscheinlich war ich in diesem kitzligen, ja sensationellen Augenblick gerade auf dem Klo, sonst hätte ich mir den Eklat sicherlich nicht entgehen lassen) seiner Ehefrau Jutta wieder erinnert – er sei also (sagt Rosenhag, und das kann ich mir optisch sehr gut vorstellen) kurz und knapp und schon das Mäntelchen auf dem Leib zu Jutta an die Theke und habe sie herrisch, ja ruppig lapidar aufgefordert mit heimzukommen – und jetzt eben sei es, so Rosenhag, an der Theke zur Sensation gekommen dergestalt, daß Jutta Pfeiffer Pfeiffer zu verstehen gegeben habe, sie bleibe noch – nämlich bei Rosenhag! Fast lautlos, so Rosenhag, habe sie gesprochen – aber wie störrisch und sehr entschlossen. Verdutzt habe Pfeiffer einen Moment lang gestutzt – dann aber habe er »souverän« (Rosenhag) zu seiner Frau gesagt: gut, wie sie meine. Sie müsse wissen, was sie tue. »Schwungvoll« (Rosenhag) habe er sich noch seinen Schal übergeworfen, gleichzeitig ein Zigarillo entfacht, und dann sei er »wortlos grinsend« (Rosenhag) auch schon zur Tür hinaus.

Tatsächlich erinnerte ich mich später, damals Rosenhag und Jutta Pfeiffer allein an der Theke stehen gesehen zu haben – allein, viel war dabei nicht zu denken noch zu wittern, derlei geschieht bei den Unsrigen häufiger, daß Ehepaare kneipentechnisch ihre eigenen Wege gehen, Gott ja, sind ja selbständige Personen – und dennoch: In eben dieser letzten halben Stunde, schon vor Pfeiffers Aufbruchmahnung gegenüber seiner Frau, muß es zwischen Rosenhag und ihr »gefunkt« (Rosenhag) haben.

Rache? Die neue Frauenfreiheit? Ein Coup de foudre? Kaum. Aber lassen wir das dahingestellt. Der Rest jedenfalls ist insofern rasch erzählt, als ich selber nicht mehr dabei war und alles Wissen um die Dinge brühwarm Rosenhag verdanke, der halt wieder mal seine Schnauze nicht halten konnte – und das war gut so. Denn kurz: Jutta Pfeiffer ging mit Rosenhag nach Hause, in dessen Appartementwohnung, ließ sich von diesem »zweimal durchbumsen« (Rosenhag) – und blieb auch über Nacht. Am andern Morgen, immer nach Rosenhag, habe die Pfeiffer zuhause bei ihrem Alten bzw. in dessen Büro angerufen, sie, die Pfeiffer, sei bei Rosenhag, und er, Pfeiffer, solle Boris von der Schule abholen usw. – und sie bleibe nämlich auch noch heute bei Rosenhag. Darauf habe Pfeiffer, so Rosenhag, der es natürlich von Frau Pfeiffer haben muß, mächtig ins Telefon gelacht – und ihr zu dieser »Eroberung« (Rosenhag bzw. Pfeiffer) gratuliert. Er hoffe nur, habe Pfeiffer gesagt, daß sie, die Pfeiffer, sich dabei in ihrem Lebensstil nicht verschlechtere (die Pfeiffers wohnen in einem sehr schicken Jugendstilhaus, Rosenhags Appartement ist Teil einer schäbigen Mietskaserne) – denn der Funk müsse neuerdings auch sehr an Mitarbeitern und Honoraren sparen. Daraufhin nun (das hörte Rosenhag natürlich wieder wörtlich) habe Jutta zweimal ins Telefon gesagt, das hier, ihr Techtelmechtel mit Rosenhag, sei für sie ein »Lernprozeß« und insofern sehr wichtig – zu ihrer Entwicklung oder Reifung oder dergleichen. Nach einigem weiteren und zähen Hin und Her sei das Telefonat beendet worden – und er, Rosenhag, habe bei der Pfeiffer, die dann auch sehr geweint und ihn aber gleichzeitig mit einer Adhoc-Reise ins Elsaß schwer genervt habe, mehr aus Mitleid noch »zwei-, dreimal einen aufgelegt«.

Der Höhepunkt, Umschlag und Abschluß der Geschichte, Rosenhag rollte vielversprechend listig die braunen Augen, sei dann aber erst am nächsten Tag, am Vormittag, passiert. Es habe da nämlich plötzlich an der Tür geschellt, die Pfeiffer sei sofort zusammengezuckt – draußen aber habe der Geldtelegrammbote gestanden und habe Rosenhag 26.80 Mark ausbezahlt – und auf der Zahlungsanweisung habe gestanden: »Eine Stunde Vergütung 26.80 DM« – Absender: Pfeiffer, Postamt sowieso. Und keine Viertelstunde später, Rosenhag quiekte kurz auf, habe es erneut geschellt – diesmal sei es der Eilbriefträger gewesen, und dieser habe einen Eilbrief abgeliefert, diesen da – Rosenhag zog bedenkenlos einen Brief aus seiner Jackett-Tasche, schmunzelte genußvoll und reichte den Brief mir zum Lesen. Ich muß diesmal

aus dem Gedächtnis zitieren (eine Kopie hatte Rosenhag
leider nicht bei sich) – kann mich aber in dieser Beziehung ziemlich auf mich verlassen, trotz meiner 42:

> Lieber Rosenhag, ich erlaube mir, für den Lern-
> prozeß, den Sie meiner Frau gütigerweise ange-
> deihen ließen, den heute durchschnittlichen Stun-
> denlohn eines Facharbeiters zu überweisen, so
> wie ich ihn nach Rückfrage bei der Gewerkschaft
> Druck und Papier, der ich Sie aufgrund Ihrer
> funkischen Tätigkeit wohl zuschlagen darf, in
> Erfahrung gebracht habe. Ich gebe mich der
> Hoffnung hin, daß Ihre Bemühungen damit ad-
> äquat abgegolten sind und verbleibe mit verbind-
> lichsten Empfehlungen   Ihr Pfeiffer.

Jutta Pfeiffer, so der jetzt eine bedenkliche Schnute ziehende Rosenhag, habe sofort losgeheult und auch den
20-Mark-Schein zerreißen wollen – fast im gleichen Augenblick aber habe wieder das Telefon geschellt, es sei
Pfeiffer gewesen, der zuhause oder in seinem Büro nach
dem zweiten nächtlichen Ausbleiben seiner Frau wohl
doch Muffensausen gekriegt habe – Pfeiffer habe dann
in einem langen und offenbar äußerst unguten Telefonat
seine Frau doch nach Hause gebeten, vor allem »wegen
des Kindes« – zuerst, so Rosenhag, der es von Jutta
Pfeiffer hat, habe Pfeiffer noch sehr energisch gesprochen, dann ziemlich bittend. Das habe, nach Rosenhags
Einschätzung, den Ausschlag gegeben. Er, Pfeiffer, sei
bereit, so angeblich Pfeiffer, das Vorgefallene zu vergessen. Zumal für heute abend Gäste ins Haus stünden und
er morgen nach Zürich zum Rechtsanwalt müsse.

Die dumme Kuh – vollendete sehr behaglich seufzend
Rosenhag und zündete sich gerissen eine Pfeife an, indes-

sen die ersten Abendessensgäste in den Pizza-Peter drangen – die dumme Kuh sei schon während des Telefonats immer stiller und leiser geworden, dann habe sie nochmals geheult, dann habe sie ihm, Rosenhag, gesagt, sie müsse morgen ohnehin wieder in die Schule (die Pfeiffer unterrichtet kurzzeit), sie werde die beiden Nächte aber nicht vergessen usw. – und dann sei sie auch immer zappeliger geworden und nach etlichem Trara ab und aus dem Haus in ein Taxi – zu seiner Erleichterung, so Rosenhag, seine Beichte fast eilfertig und gleichzeitig wie relaxed hier beschließend.

Mir gefiel nicht, mit welch süffisanter, fast fieser Miene Rosenhag den letzten Teil referierte und dabei ungerührt in seinem Kaffee rührte. Nicht ohne erregte Freude, zugegeben, wollte ich trotzdem noch wissen, wo jetzt die 26.80 Mark seien; und noch erregter fast versuchte ich mir (heraus damit!) vorzustellen, wie Jutta Pfeiffer bei ihrer Hingabe an Rosenhag sich von diesem das sicherlich weiße (rosane?) seidene (batistene?) Sliphöschen vom knackigen Hintern abstreifen ließ; und, hingerissen von ihrer eigenen erotischen Attraktivität, die schlank-elastischen Schulterflügel (ich habe die Pfeiffer mal im Bikini gesehen) in die (vielleicht parfümiert perlmuttfarbenen?) Kissen von Rosenhags tütelig französischem(!) Bett drückte, aah! Oder hatte sie doch, wie ich fast vermute, eine dicke strickwollene Unterhose angehabt, durch die Rosenhag dann erst mal hindurch mußte? Ja, doch, ich wäre gern ein Mäuschen unterm Schandbett gewesen, ich wäre auch schon zufrieden damit gewesen, das Grammophon vom Nebenzimmer aus zu bedienen, zur Untermalung (und vielleicht trägt die Pfeiffer ja sogar unverhofft die sündhaftesten Winzigslips, auf jeden Fall in

Weiß!) – genug, Rosenhag unternahm eine letzte Anstrengung, durchtrieben und gleichzeitig ein wenig umflort dreinzuschauen, und nuschelte wiederum wie raunend, die 26.80 Mark habe er der Pfeiffer natürlich wieder mitgegeben – den Brief habe er auch retour geben wollen, seufzte Rosenhag nun wie verschmitzt und bestellte eine Tasse Tee mit Milch, aber die Pfeifferin habe gesagt, den solle er, Rosenhag, »vorerst aufheben und später vernichten, wenn du willst, mein Schatz«, habe die Pfeiffer wortwörtlich gesagt.

Womit die Affaire Pfeiffer-Rosenhag dann wohl definitiv geendet hatte, wenn ich Rosenhags Auflachen und die dann folgenden Blicke ins Leere der Theken-Schnapsvorräte richtig deutete. Und tatsächlich kam gleich darauf eine Mamsell in den Pizza-Peter gehuscht, ein Mädchen, das Jutta Pfeiffer sogar ein bißchen ähnlich sah, Rosenhag sofort schnell und aufgeregt abschleckte und gleich darauf freilich wieder vehement abschwirrte. Hah!

Nochmals: Warum ich die Geschichte, trotz Rosenhags Schweigegebot, hier weitergebe und sogar zu Papier bringe? Weil ich sie 1. erregend und 2. schön finde. Und warum finde ich sie schön, ja hübsch? Nun, vielleicht hat mein Freund Eilemann, dem ich sie natürlich dann auch weitererzählt habe, nicht unrecht, wenn er die Geschichte so deutet: Es ist eine seltsam herzerfrischende Geschichte. Zwar verhalten sich alle drei Hauptakteure noch übers gewohnte Maß hinaus albern, töricht, ohne Anmut, ja in einem gewissen strengen Betracht widerwärtig – und alle drei, wie ich ergänzen darf, sind es ja wohl auch wirklich. Aber andererseits macht doch auch wieder jeder in dem Trio gute Figur: 1. Der flachsinnige Rosenhag, weil er, vor nichts zurückschreckend, immer-

hin sein Heu heimgebracht hat; 2. die schusselige Ehefrau
Pfeiffer, die, durchaus nicht unkühn, eine der sicherlich
rarer werdenden Gelegenheiten beim Schopf packt, sich
ihre Fraulichkeit und im gleichen Atemzug ihre Emanzipation zu bestätigen (und dabei endlich auch mal einen
neuen Schwanz kennenzulernen, hahaha!); 3. und endlich
und nicht zuletzt freilich auch Pfeiffer selber mit der
gewissermaßen apotheotischen Epiphanie seiner majestä-
tischen, erhabenen, ja siderischen Knalldeppenhaftigkeit,
dochdoch.

Wäre nicht der Anruf bei einer »Künstleragentur«
u. U. noch bezaubernder gewesen? Nein, Eilemann hat
abermals recht: der »Facharbeiter«-Tarif ist schon noch
besser und gemeiner. Zwar hätte ich persönlich – und da
gehen Eilemanns Ansicht und die meine etwas auseinander – es noch lieber gesehen (bzw. gehört), daß Pfeiffer
seinen Geld- und Eilbrief-Schmäh noch etwas eskaliert
und spezifiziert hätte, etwa dergestalt: »Eine halbe Stunde Theorie 12.20 DM, eine halbe Stunde Praxis 14.60 DM.
Quelle: Sockeltarifliste DGB 1984« (nebenbei glaube ich
nicht einmal, daß Rosenhags Leistungen 26.80 DM wert
waren) – oder daß Pfeiffer (wenn schon, denn schon!)
etwas in seinen Brief geschrieben hätte der Art: »Ich darf
annehmen, daß Sie bei der mir seit neun Jahren bekannten Gelehrigkeit meiner Frau mit 1 Stunde ausgekommen
sind. Die Unkosten für die dabei vermutlich notwendig
gewordenen zwei Flaschen Schampus zu übernehmen,
kann ich mich beim besten Willen nicht entschließen
noch bereit erklären« –

– etc. pp. – eines aber finde ich bei der ganzen schönen
Geschichte doch am allerschönsten und rechne es (Eilemann gibt mir hier recht, und das bestätigte am Telefon

auch Hanno Rink) allen Beteiligten hoch an – vor allem der Einfallskraft und Energie Pfeiffers (die Scheich-Schule, haha!): Wunderschön finde ich, fast wundersam, daß die gute alte *Post* auch noch in den unselig dusseligen Kram mit eingeschaltet wurde – und sich auch einschalten ließ! Daß diese verschlafene und so unendlich gutmütige Behörde auch hier, wie täglich hunderttausendmal, noch gute Miene zum doofen Spiel machte und auch noch diesen leidenschaftlichen Scheißdreck perfekt und anstandslos beförderte und erledigte. Ein Hoch deshalb zum guten Ende auf die Post – evviva!

ALLES KLAR FÜR F. J. S.

Nach der Bundestagswahl 1980

»Professor Günther Rohrmoser, Philosoph und kriti-
scher Beobachter des Zeitgeschehens, hat seine Bewer-
tung des 5. Oktober 1980 in dem Satz zusammengefaßt,
daß die Unionsparteien und Strauß die Bundestagswahl
zwar numerisch verloren, aber strategisch gewonnen hätten.«

Dies schrieb, nicht ohne zustimmenden Unterton,
kürzlich im Leitartikel des ›Bayernkurier‹ dessen Herausgeber, Franz Josef Strauß. Wer immer der Professor
Rohrmoser sei: Den Namen wollen wir uns merken,
denn das Resultat des Nachdenkens dieses kritischen
Beobachters trifft uns ebenso überraschend wie hoch-
erfreut. Zwar spart Strauß in seinem breit sich wälzenden
Schmidt-Beschimpfungs-Essay seltsamerweise jeden Hauch
einer Begründung Rohrmosers aus; doch können wir,
politisch-analytisch durchtrainiert, uns die ja selber spie-
lend zusammenreimen, dahingehend: Jenseits der alber-
nen 45-Prozent-Grenze, an der Strauß – scheinhaft –
scheiterte, richtete sich seine Kanzlerkandidatur selbstverständlich langfristig und im Sinne des Volkswohls auf
die Machtübernahme im Jahr 2012 oder 2016, und unabhängig davon hatte Strauß sowieso die durchdachtere
Strategie an sich, auch wenn dies der gemeine Mann nicht
im vollen Wortsinn nachvollziehen konnte und sollte,
weil nämlich, s. o., Strauß ja eben nur strategisch und
nicht im eindimensional kurzatmigen Sachsinne empiri-
scher Pragmatik obsiegen und Kanzler werden wollte.

So weit, so klar – und wer jetzt noch verwundert-verschlafen abwechselnd das linke und das rechte Auge auf- und zuklappt, der ist selber schuld und hat eben kein Abitur. Allerdings, nun wir einmal wach geworden, ist es mit Rohrmosers Wahlfazit nicht ausreichend getan. Jetzt, da wir vollends wach, geht uns in einem Aufwasch auch gleich noch mehr auf, nämlich, daß Strauß die Wahl nicht nur

1. strategisch gewonnen hat, sondern

2. natürlich auch taktisch. Von den Augen blättern die Schuppen, und wir erkennen jetzt mühelos die taktische Meisterleistung, den Kontrahenten Helmut Schmidt so lange in der vermeintlichen Sicherheit von 48-50 Prozent zu wiegen, daß dieser, als er dann bei 43 Prozent versackte, in jene bekannte Krise verfiel, die bis heute anhält und, logisch, dem nächsten CDU/CSU-Kanzlerkandidaten Tür und Tor auftut.

3. hat Strauß, genau bedacht, die Wahl auch positionell gewonnen. Denn während Schmidt es jetzt vier Jahre lang weiter tragen muß, hat Strauß, vorher Regierender (in Bayern) und Oppositioneller (in Bonn), jetzt praktisch-tendenziell beide Bürden los und kann sich wahlweise endlich jenes schöne Leben in New Yorker Nuttenkreisen machen, von dem ihm schon 1971 mal eine Ahnung zuflog.

4. Simultan hat Strauß die Wahl aber auch kombinatorisch für sich entschieden. Denn das tiefe Wissen darum, die Wahl zwar sowieso und garantiert numerisch zu verlieren und dennoch mit Königsopfer zu ihr anzutreten – auf diese grande combination suicidale mit all ihren, s.o., strategisch-taktischen Finten, Gegenfinten und Riposten konnte nur einer kommen, der direkt aus der

Meisterschule der Steinitz, Capablanca und (doch, da lernt er auch gern von den Russen zu) Michail Tal stammt.

5. Selbstverständlich hat Strauß die Wahl auch technisch gewonnen. Seine Hakentricks, Rückzieher und Fallrückzieher ließen nicht nur die SPD bös aussehen und machten der Wahlschiedsstelle das Leben schwer – sie fanden auf einem technisch derart hohen Niveau statt, daß selbst Kohls CDU oft nicht recht mithalten konnte und beim Doppelpaß – z. B. in Sachen rechtsextremistisches Oktoberfest-Attentat – das Rückzuspiel versaute.

6. triumphierte Strauß item theologisch. Denn siehe, scheinbar, aber nur scheinbar hätte der Herre Sebaoth zwar lieber den stark christlichen Strauß numerisch siegen sehen (und vor allem hören!) – allein, im mystischen Kontext der coincidentia oppositorum ist es ja gerade ein Elementaraxiom krypto-dialektischer Theosophie, daß der Herre, stellvertretend für die noch im Leiden machtvoll triumphierende Ecclesia sancta debilia, der danklos geliebten Menschheit zu dienen, immer wieder gekreuzigt werden will, um so als Deus absconditus extravagantus das Heil wenigstens virtuell voranzutreiben – und dies natürlich am emphatischsten via die vorübergehende Selbstaufopferung politisch überragender Lateinlehrer im Ruhestand.

7. und endlich hat Strauß die Bundestagswahl auch überlegen ästhetisch gewonnen, nämlich in jenem umgreifend Hegel-Clausewitz-Rohrmoserschen Sinne, daß der Krieg = Wahlkampf wie eine große, nicht zweckentfremdete Symphonie als l'art pour l'art sich selbst genug, ja selig sei, fern intentionaler banaler Kanzler-Ambionatik; vielmehr in der in der Nachfolge Mörikes und

Moltkes bei Adelbert Weinstein ausgereiften Ardennen-offensive-Schönheit sein Genüge finde, d. h. in der platonischen Ideen-Lehre einer nuclear-weapons-gereiften Korrelation des radioaktiven fall-out mit der massive response und den demolition mines des Oxford-Englisch-mächtigen Strauß – wobei uns der im Schillerschen Verstand erhabene wasserstoffdetonationsisotopische Atomquatsch metaphorisch gesprochen durch Straußens in Goethes Geist entsagenden Wahlsiegverzicht als Big Bang noch einmal erspart blieb: abgesehen von der normativen Kraft elegischer Erinnerungen, daß Strauß im Vergleich zum tristen Schmidt einfach der ästhetisch reizvollere Wahlkämpfer war.

So daß – summa scientiae – Strauß letztlich die Oktoberwahl mit sage und schreibe 7:1 gewonnen hat, und das heißt nichts anderes als mit 87,5 Prozent – na also, na bitte! Und wenn jetzt noch ein williges Professorengremium, sagen wir von der Jennerwein-Universität Passau, sagen wir besetzt mit den Herren Kapfelhuber, Rammelmüller, Schrott SJ, Wrdlbrmpft und Rumpelbumbel h. c., den unwiderleglichen Fakt in einem 500 Seiten starken wissenschaftlichen Memorandum per saecula saeculorum sanktioniert, dann fehlt sich an sich gor nixen mehr zur Änderung des Wahlausgangsgesetzes Paragraf 51a und zur abermaligen Festschreibung des altehrwürdigen Strauß-Theorems aus dem Jahr 1969, das da lautet: »Der Geist weht, wo er will, wann er will, wie er will, holleriadei diriadei bum-bum!«

VON EULEN, SPIEGELN, LABYRINTHEN
U. V. A.
Fantasie über ein Feuilleton

Die ›Frankfurter Rundschau‹ ist eine insgesamt nicht unvernünftige Zeitung, ihr Feuilleton gilt innerhalb der merkwürdigen Species als wach & mutig & originell & radikaldemokratisch (so würde es die Redaktion selber schreiben, aber Arno-Schmidt-Liebe ist ja wohl nur ein kleinerer psychischer Defekt), ich selber habe gelegentlich das Vergnügen, an ihm mitzuwerkeln; was aber der Kollege Ulrich Raschke kürzlich anläßlich einer Rezension von Gert Jonkes Roman ›Der ferne Klang‹ allein kraft Überschrift an wacher & mutiger & origineller Feuilletonistik verabschiedet hat: das hat selbst einen passionierten Metaphern-Anhänger wie mich den Hut der Inflammiertheit so rasant ziehen geheißen, daß ich zur Vorsicht noch zweimal lesen mußte; dann aber stand definitiv fest: *»Verloren in den eulenspiegelnden Luftschloß-labyrinthen der Sprache«.*

Es stand fest fünfspaltig, und das erste, was mir hier auf- und einleuchtete, war ein gewisser kausalnektischer Zusammenhang zwischen Artikelumfang und Potenz der Überschrift: Über einem kümmerlich zweispaltig angelegten Text z. B. kann mit Fug auch nur eine vergleichsweise einfältige Überschrift stehen, »verloren in der Sprache« zum Beispiel. Dann aber überfiel mich Ehrgeiz. Ich wollte es wissen. Jetzt wollte ich Raschkes fraglos überwältigende Zeile partout und rücksichtslos auch noch verstehen – ich bin ja schließlich auch vom Fach.

»Verloren in der Sprache«: Schon diese offenbare und vermeintlich simple Grundmetapher der Zeile hat's allerdings in sich, ja, wahrscheinlich braucht's schon für sie ein germanistisch-feuilletonistisch scharf durchtrainiertes Hirn. Über das ich zwar einerseits noch verfüge, aber andererseits... ich weiß nicht, ich weiß nicht, ob eins in der Sprache wirklich so leicht verlorengeht? So oder so, den schwebend fluktuierenden Doppelsinn des »verloren« erahne ich: Ohne Zweifel bezeichnet er das extrem Versponnene ebenso wie das virtuell-potentiell Existenzbedrohliche Jonkes oder seines Erzähler-Ichs oder seiner Sprache oder unser aller – was ja nun direkt ans »Labyrinth« der Überschrift anknüpft, an das schon im Ariadne-Mythos beheimatete (Schicksals-)Fadenhafte (und womöglich Fadenscheinige) der neueren Humanitas, das nun seinerseits irgendwie mit dem kafkaisch Schloß(!)-haften korrespondiert, welches ja wiederum nur Metapher fürs metaphysisch Labyrinthische ist.

Indessen bleibt es bei Raschke nicht bei diesem Befund unserer Grundbefindlichkeit, sondern über das unüberhörbar beklemmend Schloßhafte hinaus ist es ja gleichzeitig ein »Luftschloß«, das Jonke resp. uns narrt und eben auf die Verliererstraße treibt, und dies luftschlössig Chimärische (und Chamäleonhafte! Klar?) fungiert ja nun eindeutig als Elementarmetapher fürs Poetische sui generis, freilich auch für die Conditio humana an und für sich, die ja von Parmenides bis Schopenhauer als der pure Schein entlarvt wurde – leuchtet ein, oder?

Nun aber sind die Räume und Gänge in diesem luftig labyrinthischen Schloß offenbar mit Spiegeln versehen, sehr wahrscheinlich sogar mit sich selbst fortzeugenden Spiegelspiegelungen; was ja nicht nur knallhart an

E. T. A. Hoffmann ebenso anknüpft wie an Oscar Wilde und den ganzen hochromantischen Spiegel-Schnick-schnack – sondern darüber hinaus sind diese Spiegel zweifellos dazu da, das luftig Labyrinthische abermals zu potenzieren. Allein – und nun wird's happig – auch diese Spiegel sind keine ordinären, sondern Eulenspiegel und sie reflektieren mithin über das Irrlichternde (Schuberts Winterreise! Fata Morgana-Komplex!) hinaus nicht allein wiederum das Wesen der Poesie, sondern, über die Asso-ziation mit dem Möllner Volksbuchhelden in all seiner odysseushaft listigen brechtisch-keunerischen Konsi-stenz hinaus, auch – wenn mich nicht alles täuscht – Hegels Eule der Minerva ebenso wie simultan die nach (sic!) Athen getragenen Nacht-(Novalis!)Vögel des Volksmunds (Rühmkorf!), die ja wiederum nur Symbol sind dichterisch in sich ruhender und doch freilich oszil-lierend in sich selbst gespiegelter Selbstvergewisserung, welche das Verlorensein auch gleichzeitig immer zur Heideggerschen Heimat im Hölderlinschen Sinne oder umgekehrt macht, selbstverständlich.

So weit meine Primärdeutung der Überschriftzeile. Ein Blick in Raschkes Text, der sie vertiefen soll, hilft prima vista wenig weiter: denn verblüffenderweise ist in ihm weder von Labyrinthen noch von Luftschlössern noch von Eulen und Spiegeln explicit die Rede – aber indirekt wird jetzt doch so allerlei spiegelreflektorisch klarer: Dem »Verlorenen« (wahrscheinlich im Edgar Al-lan Poeschen Sinn des Annabel-Lee-Poems) ist evident zugeordnet ein »hymnisches Wortfelderwogen, kanon-artig gesteigert, sich überlappend und nachhallend.« Dies Nachhallende wiederum rührt ohne Frage aus der Jonke-schen Schloß-Architektur her, ihr blüht sicher auch das

Spiegelartige eines »sich gegenseitig ausleuchtenden Sprachfelderspektrums« entgegen. Das Eulenspiegelige seinerseits wird jetzt als »satirischer salto mortale« entfächert oder entblättert oder was immer – ja, Raschke beobachtet jetzt sogar präzis, wie Jonke bei seiner »beispiellos artistisch dargebotenen Sprachkunst« vermutlich zwiefach zerr- bzw. hohlspiegelhaft (satirische Assoziation: Augstein!) »sich ins Fäustchen lacht und einem selber ins Gesicht grinst«.

Womit natürlich neues Licht auf die Strahlkraft der prismatisch in sich funkelnden Überschrift fällt, die erst jetzt im Schein und Widerschein all ihrer Facetten vollends zu schimmern anhebt. Und doch – bin ich jetzt nicht mehr ganz zufrieden: einige Zentralmotive scheinen mir jetzt in ihr doch sträflich vernachlässigt. Zu wenig präsent scheint mir das dädaleisch Euphorionhafte von Jonkes Luftprosa, der ja auch gleichzeitig ein Waldgeisthaftes innewohnt, jenes reinkarnative, ja buchstäblich reinweichend Arielhafte. Da fehlt mir auch die Assoziation zu Hemingways Lost Generation in der Kafka-Nachfolge jener Schicksalsdohlen, die da eulenhaft verloren um das Schloß, d. h. die Gralsburg, kreisen, ohne je mit einem salto mortale hineinzugelangen, indessen sich Jonkes grinsende Faust nachhallend lappig ins Gesicht lacht: Gut, all dies, dieser Motivkonnex in seinen kanonartigsten Verästelungen labyrinthischster Luftigkeiten, ist nun mal nicht in eine einzige Überschrift zu kriegen, nicht einmal in eine sechsspaltige – ich denke aber doch, daß meine Kurzversion »Ariadne und Ariel eulenhaft-euphorisch verloren in den kafkaesken Minervafäden von Hemingways Herumgeficke« eine gewisse spiegellabyrinthische Prägnanzverbesserung erbrächte oder erbräche – ganz in

der Verpflichtung der Jonke von Raschke attestierten
Erklimmung des »Gipfels einer über sich selbst stehenden Nonsensliteratur«.

JUPP DERWALL, ANTWORTEN SIE!

*11 Fragen an den Bundestrainer anläßlich der Fußball-
Europameisterschaft 1980 in Italien*

Eine der integralen Fragen des Landes frug unlängst
schon die ›Frankfurter Allgemeine Zeitung‹: »Manchmal
fällt es schwer, hinter den Ereignissen nicht geheimnis-
volle Gesetzmäßigkeiten zu vermuten. Wieso mußte sich
gerade Klaus Fischer das Bein brechen? Wieso nicht
irgendein anderer der dreihundert Profis im Lande?«

Nun, diese wahrhaft sehrend-sengende Frage zur anstehenden Fußball-Europameisterschaft in Italien mag
der ruheständlerische Pfarrer Sommerauer mit seinem
Herrgott abklären – sie liegt wahrscheinlich außerhalb
der Kompetenz von Jupp Derwall. Elf weiterer harten
Fragen zur Lage aber sollte sich Deutschlands Bundestrainer scheuklappenlos und freiwillig stellen. Diesen:

1. Ist der mutmaßliche Tormann Nigbur psychodyna-
misch ausreichend konditioniert und motorisch hinläng-
lich motiviert, bei einem fast erwartbaren biorhythmi-
schen Tief von Kaltz prophylaktisch die Richtlinienkom-
petenz im Strafraum zu diktieren, ggf. unabhängig vom
Immigrations-Anpassungsdruck Stielickes, falls der
schleichende Autoritätsverfall des Mannschaftsführers
Dietz anhält und Bonhofs prächronische Midlife-Krise
zur postpubertär psychosomatischen Fehlpaßdiagnose
eskaliert?

2. Wenn Rummenigge und Nickel scherenartig die
Flügelzange bilden, Hrubesch aber torpedogleich durchs
Zentrum vorstößt, läßt sich dann bei den absehbaren

Materialschlachten der revidierte Schlieffen-Plan Adelbert Weinsteins synchron als Antwort auf die geistige Situation der Zeit im Sinne Habermasens interpretieren, d. h. als massive response mit overkill-effectivity, oder sollte nicht doch noch, spät aber rechtzeitig, nach einer Sturmspitze gefahndet werden, die den abenteurerischen Impetus des Generalfeldmarschalls Rommel ins Gefecht wirft, so daß die Sturmformation definitiv Nickel, Rommel, Rummenigge lauten könnte?

3. Unterstellt, der Spielmacher Hansi Müller fordert in vorübergehender seelischer Disbalance (Weiber?) im letzten Augenblick 100 000 DM Sonderprämie, ansonsten er die Raumaufteilung vernachlässigen würde, trägt dann eher der Kapitalismus Schuld daran oder doch vielmehr der Sozialismus Breitnerscher Prägung, den Sie, Trainer Derwall, aber jederzeit mutig verfolgen? Wie oder was würden Sie handeln, Trainer Derwall? Und haben Sie eigentlich 11 mal 100 000 DM bei sich?

4. Wie, Trainer, glauben Sie den italienischen Abwehrriegel Catenacio der Squadra azzurra aus den Angeln heben zu können, wenn der italienische Fußballskandal sich bis dahin derart perfid und sinnlos ausweitet, daß das scheint's harmlose Wörtchen Calcio (Fußball) nur noch als Code dafür herhält, Kaltz zu kaufen? Wie? Geht Ihnen jetzt sperrangel- und schuppenweit ein Augenlicht auf? Dann beantworten Sie zur Strafe gleich Frage

5. Wenn Sie im Vorrundenspiel der CSSR ein faires 4-2-4-System vorlegen, die Tschechenlackel lenken aber in die infame Caro-Kann-Verteidigung c7-c6 ein, merken Sie dann a) erneut was und b) wie der KGB und der tschechische Stasi ihre dreckigen Zehen überall drin-

haben – aber wenn das schon ein Intellektueller vom Rang eines Helmut Schön nie hat ganz wahrhaben wollen, wie soll man das einem Adidas-Vertreter von der edlen Einfalt und stillen Größe, die Sie nun mal auszeichnet, Jupp Derwall – nein, keine falsche Scham und Koketterie! – endlich ins Hirn hämmern?

6. Wenn indessen, und nun passen Sie besonders gut auf, Trainer Derwall, Italien plötzlich im letzten Moment vor dem Anstoß aufgrund irgendeiner schweinischen kommunistischen Machtergreifung aus der Nato aus- und dem Warschauer Pakt beiträte, gälten dann angesichts eines solchen aparten doppelten Konjunktivs die Olympiaboykott-Überlegungen von Förster und Zimmermann vor dem afghanischen Hinterindiengrund auch für die Fußballnationalmannschaft, oder wollen Sie die Frage – ja, finde ich auch gescheiter – gleich an Herrn Daume weitergeben?

7. Unabhängig davon: Glauben Sie, Trainer, und diese Frage müssen wir wegen ihrer internationalen Brisanz sogar englisch stellen, do you think, that the Euro-Football-Championship is more useful or more harmful for the European Integration, and if, how it is to be expected from you, yes: wouldn't it be just a Prügel like Briegel, who could knock down the quick and ugly Czechoslovak tempest-tops?

8. Wenn wir zwar den Griechen packen, aber an Holland scheitern, wie lautet bei dieser Frage die Pointe? Sie wissen's nicht? Dann die Ersatzfrage: Wenn der Ball rund ist, das Tor aber viereckig, im Tor aber steht einer, fünfschrötig mit sechskantigen Siebenmeilenstiefeln und hat acht auf den Elfmeter – wo liegt dann der entscheidende Denkfehler? Oder wiederum anders und mit Goe-

the gefragt: Warum, Jupp, gabst du uns die tiefentiefen Blicke und wie hältst du's eigentlich mit der reißverschlußartig kombinierten Raummanndeckung?

9. Wenn Sie jetzt, Jupp Derwall, schon von dieser lächerlichen Frage 8 so verwirrt sind, daß Sie andauernd an Ihrem Sack herumziehen: wie wird das erst, wenn Sie in der 87. Minute das 0:1 kassieren, gleichzeitig Allofs vom Platz geworfen wird und Sie auch noch in der Aufregung Cullmann gegen Katsche Schwarzenbeck eintauschen, den Sie aber gar nicht dabeihaben – da taucht doch die Frage auf:

10. Wer, Jupp Derwall, wurde 1956 Europameister, wer schoß wann die Tore und den Pianisten tot, wie stand es bei Halbzeit – und wenn Sie nicht mal das wissen, warum sind Sie dann wohl Bundestrainer? Kismet? Vorsehung? Scheißleben?

11. Wieviel Uhr ist es eigentlich, Jupp Derwall? Und warum sitzen Sie überhaupt immer da vorn an der Aschenbahn rum, einen Mords-Trainingsanzug am Leib, das Auge halb geschlossen, gleich als ob Sie's nicht länger ertrügen – aber trotzdem irgendwie irgendwo dazugehören möchten? Trotz Ihrem – merken Sie, Derwall, wie jetzt Ihre Gesamtexistenz entblättert wird! – Ränzlein unterm gestohlenen Wams und einem Riesen-Theoriedefizit im Hirn! Schämen S' Ihnen gar nicht? Haben S' nix G'scheites gelernt? Und warum weinen S' jetzt? Weil S' schon wieder keine Antwort wissen? Und jetzt allesalles aufkommt? Aber macht doch nichts... Hauptsach, Sie werden jetzt ganzganz schnell Europameister! Nein, nicht weinen! Europameister werden! Jawohl – schon strahlt er wieder. Freilich. War doch nur ein bißl Vorfreude-Dialektik, Tschapperl!

DIE KARIN IN DER DEUTSCHEN LITERATUR
Essay

Gewidmet Bürstl Karin

Die deutsche Literaturgeschichte zerfällt in Lyrik, Drama
und Prosa sowie Frauendichtung. Lange Zeit war diese
Frauendichtung nur sporadisch – aber dafür einigermaßen übersichtlich. Es begann mit Mechthild von Magde-
burg und Roswitha von Gandersheim, jener »wohltönen-
den Gottesmagd«, die bei der Niederschrift ihrer mystischen Versenkungen immerhin »oft mit Schamröte über-
gossen« ward. Im 19. Jahrhundert ging es dann weiter
mit Goethes Schwiegertochter Ottilie, die in Weimar eine
Frauenzeitschrift ›Chaos‹ gründete; aber das war noch
kein schlechtes Omen: denn im gleichen Jahrhundert
traten nur noch Bettina von Arnim und Annette von
Droste-Hülshoff hinzu – und auch im 20. schienen allerlei Ricardas, Annettes, Elses, Luises und Gertruds zunächst die Kontinuität zu sichern und die Übersichtlich-
keit weitgehend zu wahren.

Doch plötzlich, mit den frühen 6oer Jahren, kam es
reichlich bunt, ja schon ganz wild. Dort erstand eine
Ingeborg, hie ließ sich eine Christa hören; hie erhob eine
Nelly keck ihr Haupt, dort gar eine Gabriele scharf den
sehrend herben Strähnenschopf. Wie sollte das weiter-,
konnte das gutgehen? Drohte Anarchie, Tabula rasa, das
von Ottilie vorausgeahnte – Chaos?

Es drohte; aber es kam nicht dazu. Überraschend und
wünschenswert übersichtlich wurde die Lage wieder mit
dem Erstauftauchen einer völlig neuen Größe in der

deutschen Literatur: der Karin. Gestützt auf zwei Pionie-
rinnen, die Romancieuse Karen Blixen und die dänische
Frauenrechtlerin Karin Michaelis und deren Standard-
werk übers Klimakterium (›Das gefährliche Alter‹),
wuchs die deutsche Karin zuerst mählich, dann immer
rascher und unaufhaltsamer in ihre Führungsrolle hinein,
schritt schrecklos über alle Renates, Angelikas und Hei-
kes hinweg, raketengleich wie ein Komet, wagte sich
weit, sehr weit nach vorn – hin zur Herrschaftsüber-
nahme. Und – ecco, wer wagt, gewinnt!

Karin Struck

Die Reihe der neueren Karins in der deutschen Literatur
beginnt mit einem Paukenschlag, nämlich mit der am
14.5.1947 in Schlagtow/Mecklenburg geborenen Karin
Struck und ihrem 1972 vom Suhrkamp Verlag auf Anra-
ten Martin Walsers veröffentlichten Roman ›Klassenliebe‹. Der Titel stammt zwar nicht von Karin Struck,
sondern vom Suhrkamp Verlag, und eingefangen wurden
mit gutem Erfolg damit nicht nur jene Leser, die an der
»Darstellung der Sehnsüchte und deprimierenden Erfahrungen eines sogenannten sozialen Aufstiegs« (Fischer-
Lexikon ›Deutsche Autoren der Gegenwart‹) interessiert
sind, sondern auch jene, deren Zuneigung dem altvoyeuri-
stischen Paukerfilm à la ›Im Klaßzimmer ist Polen offen‹
gilt.

Damit ist Karin Strucks Weg auch schon gemacht. Es
folgen die Romane ›Die Mutter‹, ›lieben‹ und zuletzt
›Zwei Frauen‹, lange Zeit alles bei Suhrkamp, zuletzt
wurde es selbst S. Unseld zu dumm. Ihn und andere
Zweifler erkannte Karin S. allerdings schon 1979 visio-

när in einem Fernsehfilm ›Trennung‹, in dem sie als Sabine Sinjen mit ihren gemeinen Kritikern abrechnet, jenen, die, wie wiederum Alice Schwarzer weiß, »mit dem Penis schreiben«. Jawohl, so wird es sein.

Obwohl fast alle Großkritiker Karin S. vorerst eigentlich schwer lobten. Erstaunlich, erstaunlich – doch wie auch immer, letztlich sind diese Werke eben inkommensurabel, »dunkles, schmerzlich quälendes Erkunden urtümlicher Bindungen, des Geheimnisses der Mutterschaft« (a. a. O.). Zum Beispiel jene Kleinanzeige »Ich kann nicht mehr«, welche Karin S. 1982 in der ›Zeit‹ placierte und in der sie eine billige Haushaltshilfe suchte, weil all der Kram ihr über Hals und Haufen wachse. Sei's wie dem wolle: Wer je den Vorzug hatte, Uve Schmidt im IC Frankfurt-Hamburg davon erzählen zu hören, wie Karin Struck seinerzeit ihren inzwischen leider doch verkifften Elektromechaniker und Vorzeigeproleten (Klassenliebe! Got it?) in der Hochzeitskutsche und unter folkloristischen Einlagen zum Brautaltar geschleppt hat –: der wird diese erste Karin schlagtotartig nie vergessen.

Karin Kiwus

Die Lyrikerin Karin Kiwus wurde 1942 geboren und verkündete dann schon in den späten 70er Jahren in einem programmatischen Gedicht ›Freie Fahrt‹, nämlich für die Karins. Das Gedicht geht so:

> Sind wir nicht selbstverständlich
> sicher gestartet auf jeder Bahn?

Klar, die neue Karin kennt da kein Pardon. Dann aber wird's kurz etwas düsterer:

Wie in aller Welt und warum
dieses Unwetter
über dem sonnigen Erlebnishorizont
die Kollision mit dem eigenen Schatten?
Schwer zu sagen. Doch wie auch immer, am Ende sieht's
schon wieder besser aus:
Werden wir jetzt den Aufwind
wahrnehmen wieder abheben
die Angstbeschleunigung übergehen...
Your life-jacket is under your skin.
Und nach diesem optimistischen Appell war die literarische Durchsetzung der Karin tatsächlich definitiv geschafft.

Karin Hempel-Soos

Diese Karin wurde 1939 geboren, schrieb aber erst 1980
in Gedichtform ihre lyrischen Memoiren ›Meine unsortierten Jahre‹, und darin heißt es typisch Karin:
Ich red' mit dem
und red' mit jenem
nicht immer bin ich sehr bequem,
nicht immer da, wo sie mich wähnen.
Aber: ich bin nach allen Seiten offen!
Faßt die ›Bonner Rundschau‹ straff zusammen: »Für
Karin Hempel-Soos, wer hätte es gedacht, gibt es offenbar sogar zwei große ›P‹, P wie Passion: nämlich Politik
und Poesie.«
Also eigentlich sogar drei.

Karin Voigt

Auch diese Karin ist Lyrikerin, vorerst im Rahmen eines Gedichtbands ›Gefahrenzone‹, 64 Seiten, der aber bei Limes erschienen ist und dafür etwas teurer ist und entsprechend vornehmer wirkt.

Daneben tritt Karin Voigt auch als Autorin offener Briefe auf, z. B. dieses Briefs an Christa Faul: »Liebe Christa, ich war gestern wieder so fertig von diesem provinziellen Denken einiger, daß ich weitere Dinge einfach vergaß, denn die Interlit war ziemlich anstrengend gewesen. Nur, dort wurde eben von der eigenen Person abgerückt, um einen gemeinsamen Konsens zu finden, wie wir zusammen den Frieden in der Welt als Schriftsteller erhalten können(...) In diesem Sinne Karin Voigt.«

Karin Vogt

Nicht zu verwechseln mit Karin Voigt (s. o.), nein gar nicht zu verwechseln. Denn diese Karin hat einen »Bericht« namens ›Schnee fällt auf Thorn‹ (Klasse-Titel!) geschrieben, der nun wiederum bei Suhrkamp erschienen ist, und zwar wo? Klar, in der Taschenbuchreihe. Da erscheint jetzt praktisch alles. Überhaupt scheint Suhrkamp das rechte Pflaster für viele Karins, wenngleich längst nicht alle; z. B.:

Karin Fischer

Dies nämlich ließ sich diese gesagt sein und veröffentlichte 1980 ihren Lyrikband ›Abseits der Neonreklame‹

pfeilgrad im Verlag Moorburg, Hannover. So daß man als Zwischenbilanz zusammenraffen kann: Abseits der Neonreklame, während Schnee auf Thorn fällt, beginnt für die Karin die Gefahrenzone der freien Fahrt in die unsortierte Klassenliebe.

Karin Reschke

Karin Reschke ist nicht nur die Erfinderin des ›Finde-buchs‹ innerhalb der neueren Karin-Literatur; sie ist nicht nur die Herausgeberin eines Frauenlesebuchs; mit ihren fiktiven Memorabilien ›Verfolgte des Glücks‹ jener Henriette Vogel, die am 21.11.1811 am Berliner Wannsee mit Kleist in den Tod ging, ist sie die erste Karin, in welche sich – und dies, obwohl das Buch sogar etwas Gehalt hat, obwohl es sogar im Rotbuch Verlag erschie-nen ist – auch noch der alte Seicht- und Pfeifkopf Marcel Reich-Ranicki verschaut hat.

Wird er jetzt Sozialist? Hat ihm Ulla Hahn einen Korb gegeben? Wie auch immer: die Macht der Karins scheint ab jetzt auf einem neuen Höhepunkt, ja grenzenlos – auch wenn hie und da gewisse Einbußen und Störungen zu verzeichnen sind:

Karin Huffzky

Diese Karin wiederum rezensierte Karin Reschkes Finde-buch in der hervorragenden Zeitschrift ›konkret literatur 1982/83‹. Die Rezension beginnt johannitisch: »Am An-fang war mein Frust«. Und endet typisch karinesk: »Der Titel des Buchs ›Verfolgte des Glücks‹ scheint mir kaum eingelöst.«

Ein schönes Beispiel dafür, daß sich auch Karins untereinander nicht immer grün sind. Sondern giftgrün.

Karin Keppel

Mit dieser erhoffte sich der Rowohlt Verlag im Sommer
1982 den großen Durchbruch, nämlich die große Absahne,
nämlich womöglich eine Wiederholung der Kohlen, die seinerzeit durch Nabokovs ›Lolita‹ reinkamen, genauer gesagt: irgendwie irgendwo eine Symbiose von Nymphchen-
Erotik, Karin Struckschen kalten Bauern im Klaßzimmer
und überhaupt noch mehr Niveausenkung innerhalb der
Frauen- und der deutschen Gegenwartsliteratur insgesamt.
Und, wie gesagt, vor allem vielviel Geld.

Nun, ganz hat's nicht geklappt; aber immerhin haben
wir in Karin Keppels ›John Lennon hat mir das Rauchen
verboten‹ ein 224 Seiten starkes »Traumbuch eines 15jäh-
rigen Mädchens«, welches nämlich »auf dem Höhepunkt
des Beatle-Fiebers über Grischa – ihr geträumtes Ich –
schrieb« – und jedenfalls das Ganze »sagt viel über Karin
und das Heranwachsen in einem bürgerlichen« (Anm.:
Aha!) »Elternhaus, viel über die geheimen Sehnsüchte
junger Mädchen aus« (Rowohlt).

Zwar hat Alois Brummer leider bis dato das Buch noch
nicht verfilmt und auf den rechten Nenner gebracht, es
ist auch irgendwie nicht genügend tittenreich und pum-
pelrosa – dafür erklärt es uns der Verlag Rowohlt gleich
noch einmal: »Authentische Gefühle und Phantasien, die
zugleich Zeitdokument und geheimste Traumwelt sind,
ein komisches und bezauberndes Buch voller Realität
und Phantasie.«

Sage und schreibe. Realität *und* Phantasie!

Karin Nummer

In einem Beitrag zum Rowohlt-Taschenbuch ›Kultur tagtäglich‹ gibt Karin Nummer eine »Anleitung zum Fotomontieren«. Das geht so: »Hast du einen Fotoapparat? Wenn ja, probiere mal, mit Fotos zu montieren(...) Eine Montage kann aus zwei oder mehr Fotos bestehen – je nachdem, was sie aussagen soll.« Fazit: »Wozu machen wir Fotomontagen? Um Widersprüche darstellbar zu machen.« Genau.

Karin Storch

Diese schrieb ca. 1969 auf dem Höhepunkt der kostenlosen Mitscherlich-Imitation einen fast berühmt gewordenen Abituraufsatz, welcher zum »Ungehorsam« aufforderte, wurde deshalb von der »politischen Krampfhenna« (F. J. Strauß) Hildegard Hamm-Brücher gesponsort, knüpfte zu allem Überfluß eine lukrative erotische Liaison zu dem gleichfalls topflotten FDP-Aufsteiger Andreas von Schoeler – und verschwand trotzdem bald in der Versenkung der Medienindustrie; und ward nicht mehr gesehn.

Karin Schulenberg-Stüdemann

Wurde 1934 (kurz nach der Machtergreifung!) geboren, studierte Germanistik und Anglistik, hielt sich lange im Ausland auf und lebt heute in Athen, denn siehe: »Ich weinte dreimal / in Rom.« Allerdings heißt es am Schluß eines anderen Gedichts: Noch »ist die Reise nicht zu Ende«. Also mal abwarten.

Karin Lindemann

stammt aus Fürth und lebt heute als Lehrbeauftragte für deutsche Literatur an der Universität Saarbrücken; so daß wir auch hier wieder das typisch karinische Wandermotiv haben und der erste Satz von Karin Lindemanns ›Sie verschwanden in erleuchteten Torbogen‹ (1982) zu Recht lautet: »Ich bin unterwegs.«

Karin Simon

Diese erste DDR-Karin schrieb 1983 das Werk ›Drei Häute aus Eis‹ und behandelt darin das Thema: »Bedeutet Scheidung wirklich das Ende aller Sorgen?« Unsere Meinung: Aber wo.

Karin Tietze-Ludwig

ist seit ewigen Jahren die Lottofee des Hessischen Rundfunks und hat kürzlich ihre Erlebnisse als Lottofee des Hessischen Rundfunks in einem Buch verarbeitet mit dem schlagenden Titel ›Ich war die Lottofee‹ (erg.: des Hessischen Rundfunks), welches irgend ein Schulz Verlag auch noch veröffentlicht hat.

Karin Q.

Der letzte und bisher schwerste Fall von Karin in der deutschen Gegenwartsliteratur steht uns mit Karin Q. ins Haus, genauer mit ihren Erinnerungen ›Wahnsinn, das ganze Leben ist Wahnsinn. Ein Schülertagebuch. Herausgegeben und interpretiert von der Projektgruppe Jugendbüro Rudi Scholz«. In diesem Buch, erschienen im päd. extra buchverlag, berichtet Karin Q. (»Das Pseudonym steht für eine Hauptschülerin, die 1976 die Schule verließ und zunächst eine Phase der Arbeitslosigkeit bewältigen mußte«) über die »Welt einer bedingungslosen Liebespassion heute« (vgl. den Fall Karin Hempel-Soos) – nämlich sie liebt zuerst in Mittelstadt (Anm.: !) und auf »137 teilweise randvoll beschriebenen Blättern« (so die Projektgruppe) den Kellner Toni, dann aber (»es ist so furchtbar langweilig in der letzten Zeit«) lernt sie endlich Robert Zobel kennen, »den Karin wie keinen liebte, von dem sie« – und nun passen Sie auf – »beinahe ein Kind bekommen hätte, der sie zuletzt« – unglaublich! – »unglücklich machte« (Projektgruppe), pfui! Und das Ganze läuft so:

»*Montag, den 17. Mai 1976.* Heute fehlt *Robert* mir unheimlich. Ich weiß nicht, was los ist. Heute sehne ich mich sehr nach ihm. Wir haben uns zwar den ganzen Tag gestern gesehen, aber wir konnten ja nicht richtig schmusen. Der Tag heute will gar nicht umgehen. *Robert* kommt wahrscheinlich heute abend mal vorbei. Hoffentlich kommt er. Und hoffentlich muß er nicht gleich wieder fahren.«

Jaja, hoffentlich kommt er. Denn sonst »wird mein liebes Tagebuch gar nicht richtig voll« (Karin Q.), nachdem Karins Mutter und Vater und die ältere Schwester Luna sowie deren jetziger Freund Mike nichts hergeben. Jaja, hoffentlich hat Robert Zeit und muß nicht dauernd wieder weg und Ölgemälde malen, Fernsehtexte machen und seine bisherige Frau Cris besteigen, »mit der er in Scheidung lebt«; von den anderen Karins (Struck, Huffzky, Hempel-Soos usw.) ganz zu schweigen. Nein, ohne

Robert kommt Karin Q. zu Mittelstadt überhaupt nicht vorwärts – denn siehe: »Alles, was ich sage, ist Quatsch.«

Ausblick

Fazit: Heute hat die Karin das große Sagen, hat das Heft in der Hand, steht wie eine Eins, ihre Herrschaft scheint unangefochten – so unwiderstehlich, daß Michael Buselmeier sie jetzt schon im Gedicht verherrlicht: »Wir werden siegen, sang Joan und zur rechten Zeit habe ich Karin im Arbeitskreis Kultur kennengelernt«; daß es jetzt auch einen Karin Kramer Verlag gibt; und daß eine gewisse Karin Sommer im Fernsehen seit Jahren schon sogar den guten Jacobs-Kaffee anpreisen darf.

Und doch – es scheint nur so. In Wahrheit zeigen sich längst neue Gewitterwolken am Horizont, in Wahrheit rumort es abermals – und brökelt. Schon wieder und wieder einmal scheint Marcel R.-Ranicki Ulla Hahn nun doch den Vorzug zu geben vor der Karin; von ferne kommen neue Namen auf uns zu, Verena, Nora, Brigitte und gar Birgitta – treten auf und uns hart in die Eier; die Generation der um 1967 geborenen Nadines, Yvonnes und Gilbertes dräut ins Haus – wenn *Sie* wüßten, was *uns* tagtäglich in den Redaktionsputzkübel flattert! Und andererseits: Altes und Schreckgestähltes meldet sich jetzt taufrisch wieder; wie etwa jene unverzichtbare Gabi Wohmann, die neulich im ARD-Montagsmaler-Treff ein durchaus gelungenes Comeback zu feiern wußte.

Wird Sarah das Rennen machen? Jutta, Birgitta? Gar erneut ein letztes Mal Luise? Oder wird unsere angestammte Karin mit einer letzten Kraftanstrengung doch noch den Thron behaupten? Kraft jener Karin Allswurscht etwa, die, obwohl erst 1977 geboren, die Tage bei 2001 ihren ersten Polit-Punk-Rock-Lyrik-Öko-Band herausbringt ›Mein Vater war ein Wanderarsch‹ – so für die Karin zu retten, was zu retten ist?

Tempora mutantur, panta rhei, wir Essayisten in unserem Elend sind allemal die Dummen. Wir können hier zum Feierabend nur bilanzieren, warnen – hoffen. Hoffen z. B., daß auch Karin Baal endlich zur Schreibmaschine greife, ihren tollkühnen Kampf mit dem Flachmann dingfest zu machen; hoffen, daß das Leben bald zu Ende gehe; hoffen darauf, daß unser letztes Stündchen trotzdem nicht gar zu bitter werde. Denn, mit Karin Allswurschts Rucksack-Song zu weinen: O Tod, wie rattenscharf bist du!

TÖLPELS ENDE

*Das Skifahren müssen wir kolossal fördern
wegen dem Sau-Osten da.
(Hitler, Monologe im Führerhauptquartier)*

Ob, nach Camus, ein Mensch ab 40 für sein Gesicht verantwortlich ist, darüber kann man streiten. Im Fall des Josef Ertl stimmt es.

Ob er nun, etwas außerhalb der guten Sittlichkeit, von dem Geldboten und Strauß-Freund Schöll die 30 000 Mark Schmiergeld dauerhaft an sich nehmen wollte oder nicht (natürlich wollte er! Was hätte das sonst eine quakend balfernde, quälend sprutzende sinistre Dementi-Keiferei aus diesem Mund gesetzt!) – auch das ist immer noch nicht ganz so unwichtig, wie die FAZ uns suggeriert.

Ob im Zuge dieser schwer erträglichen europapolitischen Viktualien-Kolportage eine 12jährige Bonner Zumutung, sei's aus barer Tölpelei, sei's aus latenter Sehnsucht nach dem verdienten Ruin von jener medialen Szene verschwindet, von der wir uns täglich nolens volens die Zeit vertreiben lassen: Der Segen war bei Niederschrift dieses Artikels noch nicht ganz raus. Die Aussicht stand nicht schlecht – das Schlimmste jedenfalls scheint hinter uns zu liegen. Das öffentliche und unser privates Leben könnten eine Idee annehmlicher werden. Denn Josef Ertl ist Impertinenz an sich.

Zwar genügt es in Bayern (und anderswo) vermutlich schon, Ertl zu heißen und deshalb als bajuwarisch, bodenständig und barock zu gelten. Wenn dann eins noch dick ist, dauernd lacht, konturlos redet, Ski fährt und hinter der

Kartoffel steht – dann reift dieses Gottesebenbild zum idealen Deutschen. Ertl war – angeblich der Grund des ganzen Unheils: ihn 1969 ins Kabinett Brandt zu stemmen – Wahlkampfmotor, Stimmenfänger, Freund der Bauern wie der Frauen; grundlos Inbegriff von »Wohlanständigkeit«. »Der oberbayerische Gemütsmensch« (›Die 100 von Bonn‹, Lübbe-Verlag, 1970) ist in Wahrheit schwer gemütskrank. Und er ist keineswegs, was ihm nimmermüd töricht nachgeredet wird, liberal und deutschnational und gutkatholisch, sondern ein in sogenannte Politik verirrter Popanz seines eigenen Gerüchts.

Skifahrer und Flieger ist er vor allem. Transozeanflieger wollte der Bauernbub werden. Bei der Flieger-HJ erwarb er sich alle Segelfliegerscheine – den ersehnten Kriegseinsatz schaffte der Fähnrich nicht mehr. Das hängt ihm ewig nach. Die hemmungs- und würdelose, von der eigenen Erinnerungsseligkeit benebelte Infantilität, mit der Ertl vor Jahren in einer Talkshow über Schönheit und Mannhaftigkeit des Kampf- wie des Sportfliegens seimte, die konnte Grauen lehren. Das Bild vom »Herrenmenschen« schien komplett – und doch wie Euphemismus fast. Hier waltete hinter Augen, deren brillengeschützte Blicklosigkeit gehetzt das ungelebte Leben suchte, so etwas wie die Negation aller Analysen: das Seelenschmalz der gut geölten, begrifflos vorbeizischenden Dummheit; die Bösartigkeit der Banalität.

Andere finden Ertls Mund noch albtraumhafter: als kräusle aus seinen Winkeln ständig etwas Breiiges und zugleich Schlangenhaftes, Vorweltliches. Dieser Mund redet oft und laut und begeistert übers Skifahren, gern läßt der deforme Körper beim Wedeln sich fotografieren. Natur ist heute Besitz skiverblödeter Trimm-dich-

Kitschiers. Als Ski-Fachmann rauschte der Herr 1968 auf Kosten der Militärjunta geschmeichelt nach Hellas. Das ist das Schlimme, Unheimliche, Dämonische – nicht so sehr der formale »Rechtsdrall«. Ertls »Hobbys« bezeugen ein Panoptikum des ewig-aktuellen Grauens: Wandern, Segeln, Skilauf, historisch-biografische Literatur (die möchte man genauer kennen), Sonntagsmalerei, Kirchgang, Kalbshaxe, Kleine Nachtmusik – beim Niederschreiben noch wird einem schlecht davon.

Der schlechthinnige Kleinbürger als neuer Führungstypus, klar. Aber Kleinbürger sind andere auch; hier muß etwas noch Fataleres würgen.

Wenn man Berufspolitiker heute weniger als Operetten- denn als Figuren der Unterhaltungs- und Pop-Industrie begreift: dann sollte der Konsument immerhin Anspruch auf jenen Standard anmelden dürfen, mit dem ihn Roberto Blanco, Thoelke und Nowottny ihrerseits durchaus solid bedienen. Der eine sorgt fürs Herz, der andre für den Spaß, der dritte gar fürs Hirn. Dieser Funktionsteilung hätte Politik zu gehorchen und tut es auch zumeist. Der eine steht für den Vater, der andere fürs Feindbild – und noch dieser darf ein »Gefühl von Humanität« (Kant) für sich reklamieren. Um in Ertls Bayernraum zu bleiben: Noch Strauß, jenseits seiner Gefährlichkeit, weckt fast spaßig Restspuren von Sympathie, als Typus Machtmensch-Unhold. Der Dunkelmann-Charme Zimmermanns, der intransigente Egghead-Schmiß Stoibers, selbst die vitale Verkrachtheit Leo Wagners – ich möchte mal ganz privat werden: als theatralische, leicht überschaubare Unterhaltungswerte in meinem Seelenhaushalt möchte ich sie ungern missen. Ertls »Gemütlichkeit«, die macht mir nur übel, stimmt gleichsam hoffnungsfern. Weil sie falscher ist, als jene falschen Fuffziger es sind. Sie ist mehr als nichts. Sie ist das falsche Nichts. Vermutlich ist auch Ertl Kind Gottes und sein Ebenbild. Sicher aber ist er über den infantil-faschistischen Charakter hinaus der Widerling an sich.

Seit der FDP-Geldner-Affaire weiß man, daß in Bayern zumal pekuniäre Gerissenheit, auch wenn sie leider auf-kommt, Hochachtung zu erwarten hat: die entlarvte CSU gewann bei der Folge-Landtagswahl sogar dazu. So hat auch Ertls Prestige keineswegs gelitten. Und die wert-vollen Medien interessierte dann ganz was anderes als das miese, lächerliche Geld: »Wer hat ein Interesse daran, alte Geschichten jetzt publik zu machen?« (FAZ). Wahrschein-lich der Kreml. Hervorragend hat J. Ertl reagiert: Feiste Selbstgerechtigkeit aus schon nicht mehr ergründbaren Ressourcen gab ihm die larmoyanten Widerklagen ein, Bonn sei ein »Sumpfnest«, und er, der Minister, habe in den letzten Wochen einen »Reifeprozeß der Enttäuschung« durchgemacht – weißgott, bei manchen Menschen ist es schon eine Unverschämtheit, wenn sie von »Enttäu-schung«, geschweige denn »Prozeß« und »Reife« reden.

»Ich halte die Politik für eine mindestens ebenso vor-treffliche Manier, mit dem Ernst des Lebens fertig zu wer-den, wie das Tarockspiel, und da es Menschen gibt, die vom Tarockspiel leben, so ist der Berufspolitiker eine durchaus verständliche Erscheinung« (Karl Kraus). Schwule, erläu-terte Ertl kürzlich Journalisten, seien »arme Schweine« und kein FDP-Orientierungsbild. Die Inferiorität des Diktums ist künftig an jedem Stammtisch gut liberal aufgehoben, dort steht sie einer maßlos gesunden bayerischen Kartoffel ausgezeichnet an. Schade, daß die wahrscheinlich selbst zum Tarockspielen zu dumm ist.

KOHL UND KARL VALENTIN

Zwar vermochte es neulich anläßlich der Verleihung auch der Laudator August Everding noch nicht schlüssig zu erklären: warum ausgerechnet dem Kanzler Helmut Kohl ausgerechnet von der Münchner Faschingsgesellschaft ›Narhalla‹ ausgerechnet der ›Karl-Valentin-Orden‹ angeheftet wurde; aber jetzt, mit etlicher Verspätung, sickerten aus den Eingeweiden der eingeweihten Narhallesen doch die Gründe durch und an unseren Schreibtisch. Keineswegs ein Mißverständnis sei diese Prämierung gewesen, heißt es da, noch eine Beleidigung Valentins. Die Gründe seien vielmehr:

1. Kohl und Karl Valentin sprechen das gleiche hervorragende Deutsch. Valentin: »Ich komme betreffs Not zu Ihnen.« Kohl: »In der Schule war ich in Hölderlin immer gut.«

2. Beide Sprachkünstler sind gleich positiv und optimistisch gesinnte Männer. Kohl: »Es geht wieder aufwärts.« Valentin: »Übermorgen ist selten schlechtes Wetter.«

3. Kohl wie Valentin haben ein ausgereift gutes Verhältnis zum schönen Geschlecht: »Ich finde, daß es in der Bundesrepublik außerordentlich viele attraktive Frauen gibt. Das gehört zum natürlichen Reichtum unseres Landes.« Valentin sieht es genauso: »Zuerst der Sport und dann die Liebe.«

4. Beide sind auch irgendwie landsmannschaftlich verwandt. »Er ist ein Gespenst und doch ein Münchner« (Polgar über Valentin). Bei Kohl sieht man zwar beides

auf Anhieb nicht – aber: »Paßt hat er« (Valentin, ›Der Firmling‹).

5. Kohl erfreut sich bekanntlich auch bester »Männerfreundschaft« zu einem ausgesprochen typischen Münchner, welchen Karl Valentin in der Vorahnung »Wrdlbrmpfd« genannt hat.

6. Valentin sowie Kohl sind sehr gut in Erdkunde. Der spätere Kanzler Kohl im Wortlaut: »Wer heute von meiner pfälzischen Heimat hinüberfährt ins Elsaß, der kommt von Europa nach Europa.« Valentin sieht es eher so: »Fünf Meter von Starnberg abwärts liegt der Starnberger See.«

7. Kohl ist wie Karl Valentin »Linksdenker« (Tucholsky). Valentin: »Der Regen ist eine primöse Zersetzung luftähnlicher Mibrollen und Vibromen.« Dies versteht Kohl zwar nicht, geschweige denn, daß er es übertrumpfen kann – aber dafür hat er als fünftes Rad an der Kolonne Moskaus seinen Geißler.

8. Wenn den Valentin-Orden vor Kohl schon Genscher und Strauß gekriegt haben, zwei unserer Spitzenhumoristen – dann eben auch in Gottes Namen Kohl.

9. Zumal er wie Karl mit K angeht.

10. Kohl nach dem 6. März 1983: »Man steht voller Bewunderung vor der Weisheit des Wählers.« Und dies gilt mutatis mutandis und überhaupt mutations- und mutterwitzmäßig auch für das Wahlmännergremium der Münchner Narhalla. Denn siehe: »Die ham halt a andere Weltanschauung« (Valentin).

DIE WURSTZURÜCKGEHLASSERIN

*Wir wären eine katastrophale Planung, hätte
uns jemand geplant.
(Rupert Riedl, Die Strategie der Genesis)*

In dem Augenblick, als Mutter die zwei Paar Wiener
bestellte: in einer Art Fulguration von Erkenntnis wußte
ich a) genau, warum sie jetzt Wiener bestellte; und b)
ebenso genau, was jetzt kommen mußte. Ich glaube, ich
wußte c) überhaupt alles.

Das Ganze war zur Feier der Silbernen Hochzeit von
Vater und Mutter. Die beiden hatten meine Frau und
mich in ein Ausflugslokal auf dem Feldberggipfel einge-
laden, ein leuchtender Frühherbsttag war aufgezogen –
mein Vater, meine Frau und ich hatten sofort die Speziali-
tät des Hauses geordert: Wildschweinschinken; als Mutter nicht ebenso schnell als vierte mitzog, ahnte ich schon
die Hauptsache – und als sie schließlich und endlich wie
tastend, säuerlich und kränkelnd leise die Wiener beim
Kellner in Auftrag gab, war mir im Prinzip alles klar. Ihr
sei gar nicht gut, lamentierte sie, kaum daß der Kellner
weg war, sofort und schwächlich und mit dem schönsten
ihrer Unglücks- und Katastrophenblicke los – deshalb
die Wiener nur: etwas Leichtes, das den Magen nicht im
Übermaße angreife.

Es war vollkommen klar, daß die Frau log und – auch
und gerade an ihrem Freudentag! – bemitleidet werden
wollte – aber, ich glaube, es dauerte dann doch noch zwei
Sekunden, bevor mir sowohl Witterung als auch Erfahrung den noch weiter reichenden Grund für Mutters

Renitenz einflüsterten. Es war die pure Perfidie: Sie hatte die Wiener nur und alleiniglich deshalb bestellt, um sich nachher über sie beschweren zu können – zu ihrem doppelten Genuß! Denn, natürlich, auch der Verzicht auf den erwartbar guten Wildschweinschinken war kalkulierter Genuß; hätte doch dessen Verzehr dem schwergewichtigen Tag einen gar zu sonnigen Anstrich gegeben, und eben den wollte Mutter nicht, sollte nichts von ihrer Macht abbröckeln, der Macht, die von ihrem gleichsam wehen Alter (ich glaube 57) abstrahlte – aber fast sicher bin ich, daß die Freude am Zurückgehenlassenkönnen der Wurst nebst all den erregenden und abermals erwartbaren Implikationen jenes andere Vergnügen noch weitaus überstrahlen sollte. Ein doppelter Himmelslohn gleichsam für den Verzicht auf den weit schmackhafteren Schinken.

Und genau so kam's denn auch. Das heißt, zuerst kamen unsere Wildschweinschinkenhappen an, wir drei Besteller langten kräftig zu und ließen's uns schmecken – und nicht für ausgeschlossen halte ich es im nachhinein, daß sich ein innerliches Lachen von tiefer Zufriedenheit in Mutters Augenfalten formierte und selbst noch ihre fetten Lippen kräuselte, kam doch gerade unsere gute Eßlaune den noch immer verdeckten Strategien der Mutter auf mehrfache Weise entgegen – jawohl, alle drei lobten wir immer wieder nachhaltig die Schinkenspeise, was hätten wir auch sonst groß reden sollen? – spätestens jetzt aber setzte Mutter wieder verschärft ihre Leidensmiene auf, jenen Blick ins Leere auch, halb zu Vater hin, halb zum Fenster und ins blaue Land hinaus – und da kamen auch schon ihre vier mickrig rosigen Würstchen – Mutter wartete noch ein paar Leidenssekunden ab, äugte weh erledigt auf die schmucklos unappetitlichen Dingerchen, griff zu Messer und Gabel (eigentlich hätte sie hier gut und gerne beides zu Boden fallen lassen können, um uns drei noch mehr in ihren Bann zu ziehen), ich schob mir herzhaft meinen letzten Wildschweinhappen in den Mund, und schon erreichte das erste abgesäbelte Stückchen Wiener den wie schmerzensreich nur leicht geöffneten von Mutter. Insgeheim und unauffällig paßte ich genau auf: Mutter schob den Bissen nur an die Lippen – mit zwei Fingern nahm sie ihn dann von der Gabel und legte ihn wieder auf den Teller zurück. Schüttelte sich leicht, starrte verstockt auf den Teller und murmelte, nein flüsterte, die Wurst sei verdorben. Man könne sie nicht essen, beim besten Willen nicht.

Es war wunderbar mit anzusehen, wie kunstvoll und schrecklos Mutter log. Freilich mußte sie, weil Vater neben ihr nicht aufgepaßt hatte und seinerseits zäh und froh an seinem Schinken weiterkaute, ihre Gaunerei noch zweimal wiederholen, und sodann – war ich nicht ganz sicher, ob Vater voll auf den Zauber reinfiel oder das Drecksspiel, zu beider tiefer Befriedigung, einfach mitmachte: so als ob derlei schon häufig durchgespielt und in allen Varianten erprobt worden sei. Möglich sogar, daß beides der Fall war, daß Vater begeistert mitspielte und in einer raren Art von Selbstbenebelung trotzdem Mutters Gemeinheiten abkaufte – jedenfalls mußte nun er seinerseits erst mal die Wurst kosten – ein Stückchen Wiener flog also mit heftigem und bereits wie zum Tode verdammtem Schwung unter Vaters Schnauzbart, Vaters Mund knabberte und mahlte, mahlte und knabberte und ließ die Zähne hörbar werden – zu allem törichten Überfluß schnupperte nun Vaters alte Adlernase mehrfach und

heftig mit ihren Flügeln (die Wurst war im Mund – die
andere viel zu weit entfernt, als daß irgend etwas Be-
leidigendes zu schnuppern gewesen wäre) – und jetzt
klaubte auch Vater die zermalmte Wurst wieder aus seinem Mund, griff den Klumpen mit Daumen, Zeigefinger
und Mittelfinger, hielt ihn andeutend ein wenig gegen
Mutter, dann gegens Tageslicht, dann zu mir und meiner
Frau hin, jetzt legte er den Klumpen wie angeekelt auf
seinen Teller zurück, schnipselte ihn mit der Gabel von
den Wildschweinschinkenresten weg – und bestätigte
schnaubend endlich seinerseits: Jawohl, die Wurst sei
verdorben! Und kurz darauf hörte ich, meine sogar neuen
Schuhe beäugend, das Ganze sei ein Skandal. Jawohl, ein
Skandal!

Manchmal überlege ich, ob innerhalb meiner Eltern-
schaft nicht letztendlich Vater der noch größere Tor ist.
Schwer zu sagen. Jedenfalls, während Mutter nach meiner wiederum etwas kopfscheuen Beobachtung schon
vollauf zufrieden mit ihrer Tat schien, mußten auf Geheiß
des Vaters nun auch meine Frau und ich von der verdor-
benen Wurst kosten. Gespannt, wie gefesselt und zugleich entfesselt harrte Vater auf unser Testergebnis – bei
Mutter glaubte ich dagegen eine schon wieder eher un-
gläubig interessierte und, nicht zu vergessen, zugleich
schmerzlich beleidigte Miene auszumachen. Natürlich
war die Wurst nicht verdorben, was meine Frau und ich
alsbald zum Ausdruck brachten. Meine Frau ist ein Schaf;
sie ahnte nichts; sie fand die Wurst einfach gut – und bot
sich sogar an, die Wurst ihrerseits zu Ende zu essen. Da
aber – und dies nun fand ich wirklich überraschend und
einfallsreich! – führte Mutter plötzlich ihrerseits nochmals ein Stückchen Wurst in ihren Mund, ja, diesmal

wirklich hinein in ihn, sie schien an der Wurst sogar zu lecken und dann tatsächlich etwas zu zerkauen und bewegte sodann – unter Vaters gespanntem, ja fasziniertem Hornbrillenblick – schon nachgerade virtuos die Backenmuskeln hin und wieder und kniff endlich wie entseelt die Augen zusammen – jetzt schien es sie auch noch zu würgen (obschon sie m. W. noch gar keinen Brocken im Magen hatte) – und endlich, wie unter Aufbietung ihrer letzten Lebenskräfte und wie im allerspätesten Augenblick klaubte sie die halbzerquetschte Wurst wieder aus ihren Zähnen hervor. Warf sie auf den Teller zurück, säuberte die Finger ganz rasend an der Papierserviette, zerknüllte diese, legte das Knäuel über die Wiener und die Wienerreste – und warf schließlich ihren Oberkörper zurück. Wie erledigt, wie verkauft und doppelt verraten.

Von ihrem Sohn? Und ihrer Schwiegertochter? Hatte sie Entlarvung ihrer Hochzeitsjubiläumsfreuden gefürchtet und deshalb den zweiten Eßvorgang angestrengt? Oder gefiel ihr einfach das Spiel so gut? Genug, zumindest Vater war ja längst auf ihrer Seite – ja, täuschte ich mich nicht, sah auch er jetzt seinem Sohn und seiner Schwiegertochter wie durch einen scharfen Vorwurf hindurch mit aller herrischen Strenge in die Augen – und so beeilte ich mich denn, nun auch meinerseits zu versichern, ja, möglich sei es durchaus, daß die Wurst verdorben sei. Nur habe nicht jeder die Geschmacksnerven, nuschelte ich etwas bockig, diese Verdorbenheit sofort wahrzunehmen. Wozu mein Vater noch während meiner Rede heftig, zustimmend und zutiefst seinen Sohn billigend mit dem fast haarlosen Kopfe nickte. Mein Vater ist ein ziemlich dummer Hund.

Und meine Mutter eine ausgesprochen blöde Sau. Mit

einer gewissen fraglosen Raffinesse freilich. Ich entsinne mich: Schon zehn Minuten später beneidete ich sie sehr um diese. Man mag das Vergnügen, Anteilnahme zu erheischen, kindisch finden. Das Vergnügen, Würste als untauglich zu qualifizieren, grenzt dagegen schon an sublimere Bereiche; zumal zur Silberhochzeit und vor Zeugen. Das Vergnügen schließlich, einen Kellner zu quälen, hat wieder eher etwas Gesundes und hierzulande Bodenständiges:

Denn, klar, es kam, wie's kommen mußte. Vater – in diesem Punkt ist er zuverlässig und mit Mutter aufs beste zusammengespielt; selbst unterstellt, er durchschaute Mutters Gaunereien seinerseits gar nicht – Vater also rief laut und hektisch und dröhnend nach dem Kellner – der Kellner kam durch das noch immer vollkommen leere Ausflugslokal herbeigelaufen – Vater schwang den Oberkörper zu dem Armen herum, Vaterbrille und Kellnerbrille trafen sich in einem zutiefst feindlichen Niemandsland – und schon brüllte Vater los: Wie er, der Kellner, dazu komme, seinen Gästen verdorbene Wurst aufzufahren! Angemeldeten Gästen wohlgemerkt! Und: Weg mit der Wurst da!

Frischer Kartoffelfeuergeruch wehte durchs halboffene Fenster. Der Kellner, schläfrig verblüfft, verteidigte seine Wurst – und in diesem Augenblick, mit dem ersten Ton der Kellnerrede, sah Mutter nochmals vollkommen erledigt zum Fenster hinaus, holte ein Tempotaschentuch aus ihrem Täschchen und fuhr mit ihm über die Schläfe. Die Wurst, redete der Kellner, während ich abwechselnd Vaters rücksichtslos abrechnenden und Mutters klaglos anklagenden Blick beobachtete, die Wurst sei heute früh erst aus der Schlachterei gekommen, Dutzende von Pensionsgästen hätten sie schon zum Frühstück verzehrt usw. – die Herrschaften, mühte sich der Kellner zusammenfassend, müßten sich täuschen! Hilfesuchend sah der Kellner nun mich an – Vater aber geriet von da an vollends in Rage: Ob die Wurst verdorben und verschimmelt sei, schrie Vater so, daß wohl selbst Mutter leicht erschrak, diese Frage werde zweifellos noch immer am kompetentesten von ihm, dem Vater, und dieser Dame, er zeigte wild auf Mutter, entschieden! Und nicht von irgendwelchem Greisen- und Touristenpack! Er Kellneresel, so der Vater, er Esel solle zum mindesten die ekelhafte Wurst jetzt wieder abräumen und mitsichnehmen! Er Tölpel!

Und seinen schwachsinnigen Kindern zum Fraße vorwerfen, er Kellnerdrecksack, vollendete ich im Geist vergnügt des Vaters rauhe Rede. Ich hatte ihm zuletzt fast andächtig zugehört. Selbst Mutter schien von seinem Geschrei die letzten Sekunden über stark beeindruckt. Fast schon besorgt blickte sie zu ihm hoch.

Noch einmal und schon etwas bußfertiger suchte der Kellner sich zu verteidigen, abermals fuhr ihm der Vater in die Parade und in sein tatsächlich unbeholfenes Gesabber – und dann fügte das schiere Glück etwas ganz Wunderbares: Die Tür flog auf und herein schoß erbarmungslos schwärmend und lärmend eine komplette Hundertschaft alter Menschen beiderlei Geschlechts, ganz offenbar ein Omnibus mit Senioren-Ausflüglern; der saubere Haufen besetzte innerhalb zweier Minuten krachend und flegelnd und rumpelnd sämtliche Tische und Stühle im Lokal und krähte dringend und mit den Armen fuhrwerkend nach Bedienung – und souverän nutzte mein Vater im entstandenen Kuddelmuddel die

Chance, den Kellner ein letztes Mal eindringlich anzu-
herrschen und ihm inmitten seiner Rede 50 Mark hinzu-
pfeffern – damit möge er sich trollen!

Und nun ab mit Ihnen in die Wüste! plärrte Vater
grandios ihm nach.

Worauf er, sehr schnaubend und zuweilen, sich an ihm
zu weiden, dem entschwindenden Kellner den Kopf
nachschleudernd, stracks fortfuhr, seinen Wildschweinschinken zu verdrücken. Plötzlich fiel ihm da der Gedanke zu, doch wenigstens davon Mutter etwas abzugeben
– dringlich schob er ihr sogar ein bißchen seinen Teller
zu – jetzt aber vollbrachte Mutter ihr sicherlich schön-
stes, gegen sich selbst rücksichtslosestes und deshalb
sogar rührendstes Kunststück. Sie biß sich sekundenlang
wie wägend auf die Lippen – und lehnte ab. Murmelte
etwas davon, ihr Magen vertrage die Aufregung nicht.
Und deshalb, wenn ich es recht verstand, diesen Schinken
schon gleich gar nicht.

Und äugte leidessatt zur Stubendecke.

Vater aber verfügte scharf sich aufs Klosett.

Ich mußte, während meine Frau und ich zu Ende aßen,
sie wirklich bewundern. Sie war zum Ehejubiläum genau
so widerlich, wie ich sie seit, meiner Rechnung nach, 29
Jahren kannte. Ich vermute, zu Vaters und Mutters
Hochzeit war es ganz genauso dreckig und widerwärtig
zugegangen – nur war ich vormaliger Bankert damals
noch zu klein und dumm gewesen, dieses Doppeldreck-
stück von einem Elternpaar zu beobachten und zu analy-
sieren. Diese beiden Arschgesichter!

Immerhin: Mutter gebührt die Krone. Ohne ihre Einfallskraft, mittels einer kleinen Wurst ihr Hochpläsir zu
finden, ja so etwas wie ein Zipfelchen von Weltherrschaft

zu erhaschen und an sich zu reißen, ohne Mutters Kühnheit, gedanklichen Schwung und Perfektion der Ausführung wäre dieser Brüllaffe von einem Vater ganz sicherlich zu doof gewesen, von sich aus etwas Zunder in sein brunzdummes Ehejubiläum zu bringen. Sie aber, mit seiner Hilfe freilich, hatte es geschafft. Um so endlich auch mir den Familienauflauf etwas pikanter und sogar erträglicher zu machen.

Gewiß, ich frage mich, ob Mutter nicht noch besser daran getan hätte, in diesem Deppenlokal eine Bouillabaisse à la Marseillaise mit Languste zu bestellen – um so Vaters Protestschreie hervorzulocken, falls sie die nicht hatten. Aber nach reiflicher Überlegung komme ich doch immer wieder zu der Überzeugung, daß ihr Gaunerstückchen mit der Wurst noch durchdachter war und ergiebiger; nämlich reicher an Entfaltungsmöglichkeiten und Facetten.

Zwanzig Minuten später wollte mein Vater beim Kellner nochmals zahlen. Mein Vater ist schon ein unfehlbar großer Rucksack. Mutter, schon frevlerisch weißgesichtig, machte ihn wie vor Leid hauchend und allerdings schleunigst darauf aufmerksam, daß dies ja schon erledigt sei.

ANMERKUNG ZUR LITERATUR

Ach was, hören Sie mir doch mit den Schriftstellern, den Literaten, den sogenannten Dichtern auf! Ihre Schreibmanie? Ihre Schreibfreude? Ihre Schreiblibido, welche sie immer wieder und unwiderruflich an die Schreibmaschine treibt? Daß ich nicht lache – und ich weiß es aus eigener Erfahrung! Das einzige, was diese Berufsschreiber wirklich gerne und mit sinnlicher Lust schreiben (und ich kann es mit meinem Aktenordner voller Durchschläge beweisen, alles fürs Marbacher Archiv gesammelt, ha!) – das sind Briefe. Jawohl, lange, trächtige, ausschweifende – oder aber klitzekleine neckische Briefe in alle Himmelsrichtungen, von früh bis spät, und immer wieder »Liebe Claudia« und »Liebwerter Wilhelm« oder auch »Du alter Zwieback« – und dann geht's los! Entweder unsäglich hanebüchene, literarisch verbrämte Liebesbriefe, was sage ich: sexualistische Schmarren der Art: »Wenn dich, was ich mir wünschte« – Konjunktiv, haha! – »diese Zeilen noch vor Deiner Entscheidung erreichten« (zweiter, besonders vertrotteltter Konjunktiv!) – usw. usf. der ganze Weiberwahnfug...

Oder aber, was sie scheint's fast noch lieber tun (ich inklusive): mit befreundeten Dichtern und Arschgesichtern hochnotüberflüssige Correspondancen zu wechseln: den hinterletzten Tratsch (inklusive Intrigen, Infamien) vom gestrigen Abend im ›Pizza-Peter‹, wer da war, wer wann was Verräterisches oder sonst signalhaft Negativistisches gesagt hat, wer ihrer Meinung nach zu viele Klare hebt und also (gottseidank) zu Sorgen Anlaß gibt, hie und da ein Zitat von Theweleit oder Sartre oder Jean Paul, und natürlichnatürlich abermals erotisch-sexistische Schnurren bis zum Gehtnichtmehr, wer wann jetzt wohl bald Elsemarie aus den (skandalös eifersüchtigen!) Fängen von Terry bzw. Birgit reißen wird, ob Stefans Verhältnis zu Verena mit seiner sonstigen reaktionären Haltung konform geht, ob das politisch zu verantworten sei, wenn er die Tante fast jeden Tag nagelt und –

Usw. Prinzip ist klargeworden. Nicht Kunst ist das Anliegen, die Botschaft, die Sinnlichkeit dieser »Dichter«, sondern Scheiß, bis die Tasten tanzen! Ausnahme: manchmal ich. Siehe diesen Essay. Schon ist 1 Seite voll, reicht für heute – und schon geht's wieder ab zum nächsten Brief. Monika? Robby? Nasti Kinski? Hm. Aaah! Lina!!

ZIMMERMANN, WALD, AXT UND CO.

Gemeinhin ist das Leben und Wirken des politischen Aphoristikers ein ebenso angenehmes wie hoch geachtetes. Das galt aber nur, bis Zimmermann Innenminister wurde. Seither ist es zum Verzweifeln.

Denn, wußten Sie, Leser, eigentlich, wie schwer es ist, Fritz Zimmermann aphoristisch gerecht zu werden – d. h.: seiner Person, seiner Partei und seinem Programm? Nämlich die Aufgabe zu lösen, all dies in einem einzigen komplexen, metaphorisch-wortspielgespickten Satz umgreifend darzustellen? Der nicht nur etwa die von Zimmermann repräsentierte Wende-Politik, sondern z. B. auch sein (allerdings leicht paradoxales) Eintreten für den deutschen Wald umfaßt? Dann passen, Leser, Sie mal auf:

1. Versuch: Die Axt im Haus erspart den Zimmermann, weil dieser sich im Wald gegen das Waldsterben einsetzen muß und – nein, haut nicht hin;

2. Versuch: Minister Zimmermann erspart die Axt im Hause – aber im Wald legt er die Axt wider das Bäumesterben an – Blödsinn;

3. Versuch: Das Waldsterben schreit zum Himmel – aber Zimmermann verkriecht sich lieber im Haus hinter dem Ofen und neben der Axt – nein, so nicht;

4. Versuch: Das deutsche Waldsterben bedarf gar nicht der Zimmermannschen Wende-Axt im Hause Kohl – es war auch schon in der Ära Baum zu beobachten und – nein, erst recht nicht;

5. Versuch: Im Hause Zimmermann schärft man die Axt wider das Waldsterben – und sieht noch immer den

Wald vor lauter Starren auf den Vorgänger Baum nicht und – die Richtung stimmt, auf ein Neues:

6. Versuch: Zimmermann fällte Baum mit seiner Hausaxt. Und klagt jetzt übers Waldsterben – schon recht elegant, aber noch nicht ganz;

7. Versuch: Der saure Regen beim Waldsterben und nach (sic!) Baums Ende – er wird noch einst die Axt Zimmermanns, des starken Stamms im Hause Kohl, vollkommen zum Rosten bringen, ist erst die saure Gurkenzeit vorbei und es beginnt der heiße Herbst – nöö;

8. Versuch: Zimmermanns Axt als Waldsterbensverhinderer? Ich glaub, ich steh im Wald!

9. Versuch: Darf ein Demokrat nicht rechtens fragen, ob der ominöse Genfer Waldspaziergang nicht ebenso ein Wink mit dem Zaunpfahl war bzw. ein Spiel auf der Kippe, wie die Kippen im Wald die Axt = Angst des modernen Menschen mit der Angst – uff, auf ein Abermaliges (was ein Scheißspiel):

10. Versuch: Zimmermann erspart die Axt im Hause? Daß ich nicht lache! Das ist doch Vogel-Strauß-Politik! Wie der eine in den Wald hineinruft, so schallt's – –;

11. Versuch: Im Hause Zimmermann die Axt? Achternbusch ist ihr Name! Denn so wie Busch und Tal Opfer des (Günter!) grass-ierenden Grassterbens werden, so später auch der Kohl und saure Gurken – hmmm;

12. und letzter Versuch: Zimmermanns Hauspolitik des gewendeten Axt- und Totschlags der Demokratie im Verein mit seiner Baum-Feindschaft und seiner heuchlerischen Wald-Freundschaft ist wie der Regen, der selbst Anke Fuchs zu sauer ist, um als lebensnotwendiger Sauerstoff die Milch der CSU-frommen Denkungsart nach der Lehre Erich Fromms als innere Leere und als

Faust aufs Auge eines Goethevolks – – bzw. als Sauerteig des Volks von Sauerbruch – – –

Verfluchter Zimmermann, verfluchter Wilhelm Tell! Gestehen Sie, Leser, der Fall ist auch für Hochbegabte wie Sie und mich nicht zu packen. Es sei denn, Zimmermanns Axt schlüge wendig auch das Packeis Kafkas und die Barrieren Dudens sowie das Gestrüpp des Metaphernwaldes und – jetzt aber: Schluß!

HÄNDE WEG VON ONKEL DINGS!

Von Bernd Eilert(halbe) und Eckhard Henscheid(halbe)

Es ist mehr als ein bloßer Verdacht. Nachdem der deutschsprachige Schriftstellernachwuchs, das üble Vorbild älterer Kollegen noch vergröbernd, mittlerweile nachweislich sämtliche direkten Anverwandten der steigenden wie der fallenden Linie mittels brutaler Indiskretion in ihrer Intimsphäre z. T. schwer verletzt hat, ist, den notorischen Schreib- und Geltungsdrang gerade dieses Täterkreises vorausgesetzt, davon auszugehen, daß sich die hier Angeklagten bereits auf der Suche nach neuen Opfern befinden.

Väter und Mütter sind bis zum letzten Schweißtropfen ausgequetscht, Söhne und Töchter vom ersten Atemzuge an durchgehechelt. Mehr als die eigene Kindheit oder die des eigenen Kindes zu erleben wird weiterhin strikt verweigert. Von der Literatur, die auf der schmalen Basis abgelutschter Zweierbeziehungen balanciert, um deren fades Scheitern zu beklagen, wollen wir hier nicht mehr reden. Und an Bücher, die die Einsamkeit des Bücherschreibens plattwalzen, mögen wir nicht einmal mehr denken.

Aber was soll denn nun einer erzählen, dessen größte Abenteuer ein Gang durch die Fußgängerzone oder die Zugreisen von einer Lesung zur nächsten sind? Früher und später wird er sich wohl sagen: Außer Mammi und Pappi war da doch noch einer... mein Onkel. Na, wie hieß er denn gleich? Onkel...Dings... Egal – der Name wird sowieso geändert. Also, den hau ich jetzt mal in die Pfanne! Moment! Gerade davor wollen wir hier warnen.

Mehr noch: wir wollen sie verhindern, diese Bücher.

Es lohnt sich nicht erst, das Gehirnschmalz heiß zu machen. Der Onkel hat in jeder Hinsicht sein Fett längst abbekommen. Das hatten Mütter, Väter und die übrige Mischpoke natürlich ebenfalls – doch da sind wir von der Literatur-Polizei leider zu spät gekommen und konnten nur noch die Leichen einsammeln. Aber in diesem Fall können wir das schlimmste Abschlachten womöglich noch verhindern. Oder sind die Onkel-Abrechnungen etwa schon in Arbeit? Frau Wohmann, Herr Handke, Herr Kempowski, Frau Struck – gestehen Sie! Nein? Und was ist mit Ihnen, Herr Dr. Härtling?

Nun, sei's drum. Ohne Rücksicht darauf, ob es noch was nutzt, weisen wir jetzt zweierlei eindeutig nach: 1. Daß jeder halbwegs verwertbare Onkel literarisch auch schon verwertet worden ist. Und: 2. Daß man unsere Bildungsreserven bisher entschieden unterschätzt hat. Hier sind sie:

1. Der böse Onkel

Der böse Onkel ist eine absolut klassische Figur. Los geht's schon in dem bei Laienspielscharen so beliebten Trauerspiel des Sophokles, ›Antigone‹. Da sagt der Onkel Kreon, nachdem seine Nichte den rührenden Vers 523 »Nicht mitzuhassen, mitzulieben ist mein Ziel« herausgelassen hat, den sehr gemeinen Satz: »Im Leben zwingt mich nie ein Weib« (Vers 525). Und dann verurteilt er die blutjunge Antigone wegen gewisser funeraler Dissensen nicht nur zum Tode, sondern kläfft ihr auch noch nach:

»Auch geb ich dir nicht Trostspruch mehr« (Vers 935). Was für ein Ton! Nachtragend und hochtrabend! Und dumm!!! Hinterher reut ihn nämlich die ganze Geschichte, aber da ist es schon zu spät.

Dem Onkel Kreon sind dann all die dummen, akademischen Onkel der Commedia dell'Arte und der Opera Buffa bis hinauf zum Dr. Bartolo nachgemacht, die lüstern ihren Mündeln nachschwänzeln, ohne schlußendlich je zum Schuß zu kommen. Ihre radikalste Variante haben wir Franz Grillparzer zu verdanken.

2. Der tragische Onkel

›Des Meeres und der Liebe Wellen‹ heißt sein Stück. Der Onkel ist Oberpriester, und aus seiner Nichte Hero möchte er verständlicherweise eine ordentliche Unterpriesterin machen.

»O wohl mir, daß du kömmst, mein edler Ohm«, begrüßt sie ihn noch in Vers 91 recht brav, und der Ohm gibt als Anerkennung auch gleich eine edle Spruchweisheit zum besten: »Es hält der Mensch mit Recht von seinem Wesen jegliche Störung fern« (Vers 167). Der Wunsch ist fromm – allein es nähert sich bereits der störende Leander, schwimmend. Was macht der Ohm? Er löscht das Licht, das Hero dem geliebten Sportsmann zu Orientierungszwecken aufgepflanzt hat. Ein Sturm kömmt auf, Leander darin um. Da stirbt auch Hero irgendwie. Der Onkel aber »geht sich verhüllend ab«. Tragische Grandezza und ungestörte Humanität. Wir sehen ihn direkt schreiten. Auch vor Verwendung des nächsten Typus sei gewarnt.

3. Der gute Onkel

Die Kriminalpolizei hat hier schon gute Vorarbeit gelei-
stet. Wir können uns kurz fassen. Ein besonders guter
Onkel erscheint etwa in Lessings Lustspiel ›Minna von
Barnhelm‹ genau in dem Moment, da sich »die Handlung
tragisch zuzuspitzen droht« (Reclams Schauspielführer).
Es ist der Graf von Bruchsal, der mit den onkelhaften
Worten »Da bin ich, liebe Minna!« auftritt und zack-
bumm alles rettet. Bis auf das Stück, das aber auch
tatsächlich nie zu retten war. Schnell weiter!

4. Der impotente Onkel

»Sein Gemüt war von der besonderen Spezies, die unserem Dunstkreis Ehre bereitet; und ich würde mir auch
kein Gewissen draus gemacht haben, ihn unter dessen
erstrangige Produkte zu rechnen.« So stellt uns Tristram
Shandy seinen Onkel Toby vor. Das bedenkenlose Pau-
schallob wird auf der nächsten Seite präzisiert: »Ein
Gentleman« ist Onkel Toby sowieso, über »eine äußerste
und unvergleichliche Züchtigkeit« verfügt er auch. Beziehungsweise umgekehrt: »Diese Art Züchtigkeit erfüllte ihn so durch und durch und schwang sich in ihm zu
einer solchen Höhe auf, daß sie, womöglich, der Züchtigkeit einer Frauensperson fast gleichkam.« Laurence Sterne
schrieb ›Tristram Shandy‹ um 1750, wohlgemerkt.

Nur einmal kommt Onkel Tobys Jungfräulichkeit in
Gefahr, als er nämlich im Gesicht einer gewissen Witwe
Wadman »ein Auge voll zarter Grüße und lieblicher
Erwiderung« entdeckt. Doch dann kommt die Belage-
rung von Namur dazwischen und eine äußerst unange-

nehme Verwundung, die ins Auge jener Witwe berech-
tigte Zweifel sät, ob der Onkel und Hauptmann i. R.
Toby den Beischlaf noch zustande bringt. Sucht sich der
Onkel halt ein andres Hobby – Kriegspielen im Sand-
kasten –, und wenn er sich tatsächlich einmal triste fühlt,
dann pfeift er sich »ein Halbdutzend Takte« aus dem
›Lillabullero‹, und alles ist wieder gut. Nebenbei widmet
er sich auch noch der zunehmenden Kultur seines Herzens, »das« – und darauf kommt es letztlich an – am Ende
»lauter Güte war«.

Nun aber einen noch impotenteren Onkel als Toby zu
erschaffen, ist schlicht unmöglich, meinen wir.

5. Der dumme Onkel

Gleich noch ein unerreichbares Vorbild der Onkel-
Schöpfung: »Fürst K.«, Held von ›Onkelchens Traum‹,
Roman von Dostojewski.

Eine leuchtende, ja erwärmende Figur, ein Abend-
sonnengott. »Obwohl oder vielmehr weil er so aussah, als
ob er gleich auseinanderfallen müsse, so verlebt und ver-
braucht war der Mann und so sah er auch aus«, hält der
Onkel noch den ganzen Roman gut zusammen, denn er
ist durchtrainiert: »In seinen jungen Jahren war der Fürst
in glänzender Weise ins Leben getreten, hatte gejeut,
geliebt, hatte im Ausland mehrmals« (!) »sein ganzes Geld
durchgebracht, hatte Romanzen gesungen, banale Witze
erzählt...« und Anekdoten gelispelt. Eine geht so an: »Im
Ausland war ich auch mit Beet-ho-ven bekannt!« Sie
endet überraschend flott mit dem Bekenntnis, es könne
auch wer anderes gewesen sein. »Dort gibt es so viele
Deutsche.« Wer wollte das bestreiten?

Onkelchen Fürst schlurft also noch einmal auf Freiersfüßen. Doch da sein Neffe dasselbe Mädel möchte, bekehrt er Onkel einfach zu dem Glauben, der habe sein Eheversprechen und das der Braut eigentlich nur geträumt. Das Leben ein Traum – beides läßt den Onkel gleichermaßen kalt. Und dennoch gibt sein Neffe zu, »daß der Fürst in gewisser Hinsicht einen Umbruch in unserer ganzen Stadt bewirkt hat«. Und das gefällt dem Onkel wohl: »Übrigens gefiel ihm der Tumult zum Teil sehr gut.«

Das revolutionäre Potential aristokratischer Senilität ist evident – und dafür gebührt dem Onkel wenigstens das letzte Wort: »Wenn Gott etwas will, dann will er es eben, und in seiner Hand liegt alles.« Danke, mein Fürst.

6. Der gescheite Onkel

Ein weiterer Herr K., doch diesmal ist er bürgerlich, und sein Autor kann sich zunächst nicht entscheiden, wie der Onkel denn mit Vornamen heißen soll: Am Anfang des 6. ›Prozeß‹-Kapitels nennt er den Onkel Karl, später dann Albert. Hier irrte Kafka. Egal – zur Lage: Josef K.s Schwierigkeiten mit der Justiz und dem Gewissen streben bereits ihrem Höhepunkt entgegen, da plötzlich: »Eines Nachmittags – K. war gerade mit dem Postabschluß beschäftigt – drängte sich zwischen zwei Dienern, die Schriftstücke hin und her trugen, K.s Onkel Karl, ein kleiner Gutsbesitzer vom Lande, ins Zimmer. K. erschrak bei dem Anblick weniger, als er schon vor längerer Zeit bei der Vorstellung vom Kommen des Onkels erschrocken war. Der Onkel mußte kommen, das stand bei K. schon etwa einen Monat lang fest.« Der Onkel mußte kommen! Und damit spricht, wenigstens einmal in diesem sentimentalen Romanfragment, die Stimme der Vernunft: »Josef, willst du denn den Prozeß verlieren? Josef, nimm dich doch zusammen.« Josef versucht es auch: »Dem Eifer, den der Onkel für seine Sache entwikkelt hatte, hatte er sich nicht entgegenstellen können.«

Doch des Onkels Fragen (»Ist es wahr, kann es denn wahr sein?«), Drängen (»Um Gottes willen, Josef, antworte mir doch!«), Flehen (»Josef, lieber Josef, denke an dich und deine Verwandten...«) und Quengeln (»Richtig, sehr richtig, beeile dich nur, Josef, beeile dich!«) ist alles umsonst.

Während sich der Onkel am Krankenbett des einflußreichen Advokaten Huld zum Armleuchter erniedrigt (»Er balancierte die Kerze auf seinem Schenkel...«), hat K. im Nebenraum die Pflegerin inzwischen flachgelegt. »Junge, wie konntest du das tun?« fragt hinterher der Onkel. »Mich, deinen Onkel, läßt du hier stundenlang im Regen warten und mich in Sorgen abquälen.« Der Onkel ist gescheit genug, die Konsequenz zu ziehen. Er räumt das Prozeßfeld. K. aber wird bald darauf von den Knechten umgebracht in der Nacht.

7. Der gescheiterte Onkel

Womöglich noch gescheiter als Kafkas Onkel Karl/ Albert ist Iwan Petrowitsch Woinizky, den Anton Tschechow aus memotechnischen Gründen ›Onkel Wanja‹ genannt hat.

Nach Aussage einer gewissen Jelena ist er sogar »gebildet und gescheit«, hat aber sein Leben nach eigener Analyse »töricht und mit Niedrigkeiten verplempert«.

Ein schwacher Trost, wenn ihm der Doktor Astrow da versichert: »Wir sind zwei Brummbären geworden.« Denn er weiß selbst: »Ein Schopenhauer, ein Dostojewski hätte aus mir werden können.« Doch Onkel Wanja ist bloß Onkel Wanja geworden, gescheitert an sich und dieser Welt. Und wenn ihm sein »Täubchen« Sonja auch im letzten Akt verspricht, daß man im Jenseits »ein lichtes, schönes, feines Leben erblicken« werde, so muß er dennoch weinen. »Du armer, armer Onkel, du weinst – doch harre nur aus, Onkel Wanja, harre nur aus.«

Ein sehr lichter, schöner, feiner Schluß. Und typisch Tschechow. Klasse.

Bleibt noch ein Onkel übrig, nicht ganz so talentiert, doch dafür um so tränenreicher.

8. Der liebe Onkel

Ludwig Thomas ›Onkel Peppi‹ war im aktiven Berufsleben bei der Plattlinger Sparkasse Verwalter und hat auch nie etwas anderes sein wollen. Sein Bruder, der Kommerzienrat Schragl, geht abends spazieren, stolpert, fällt hin und ist mausetot. Nun ist halt Beerdigung. Verwandte, zum Teil sehr dumme, kommen, die Leiche letztmalig anzuschauen. Auch Onkel Peppi ist »natürlich« gleich da: »Der Anblick erschütterte den Verwalter so, daß er Kranz und Zylinder weglegte und ein buntkariertes Taschentuch hervorzog, um die Tränen, die ihm über die Wangen liefen, abzutrocknen.« Ein passendes Verhalten – und es kommt noch passender: »Den weitesten Weg wäre er gegangen, um noch einmal den Bruder zu sehen und ihm zu sagen, daß er allzeit sein Stolz gewesen war, daß er so viele Male seine Gedanken zu ihm geschickt hatte, lauter gute, freundliche Gedanken...« Dazu ist es nun zwar zu spät, doch Onkel Peppi weiß, was sich gehört: »Für die Dorfleute war Onkel Peppi der durchaus richtige, in Trauer zerfließende und die Traurigkeit des Vorgangs bezeugende Verwandte.«

Vorbildlich. Von Unfähigkeit zu trauern keine Spur. Und später dann, beim Leichenschmaus: »Gerade weil er sich am ungestümsten der Trauer hingegeben hatte, mußte er stärker als die anderen sein Herz erleichtern, und zudem hatte er als Jugendgespiele des Verstorbenen das Recht und den Anlaß, sehr viel zu erzählen.«

Über sein Talent dazu mag man streiten – aber lieb, aber lieb, aber lieb war er doch, der Onkel Peppi. Und aus der davonrollenden Eisenbahn »winkte er noch lange mit seinem verwitterten Zylinderhute zum Fenster hinaus«. Ein stiller Gruß, nicht nur dem Toten, sondern auch allen Nachgeborenen geltend, und eine Mahnung, jeden Verklärungsversuch auf dem Onkel-Sektor gefälligst sein zu lassen.

9. Der überflüssige Onkel

Schon Fritz von Herzmanovsky-Orlando hat ziemlich zu Anfang dieses Jahrhunderts klar erkannt, daß der Onkel in Drama und Prosa kaum noch zu gebrauchen ist. In seinem Kurz-Roman ›Scoglio Pomo‹ tauchen zwar gleich vier Onkel auf – indes:

»Nun hatte es zwar im engsten Kreis der Familie Treo einen tüchtigen Nautiker gegeben, den Onkel Lazarro, einen Bruder Fecondas. Doch war auf den Wackeren leider nicht mehr zu zählen. Ein harter Schicksalsschlag hatte ihn seinem Berufe entfremdet und seinen Lebensabend in ein schiefes Licht getaucht. Die unglückselige Affäre ging auf einen Karneval in Neapel zurück« (auf die Affäre kommt es hier nicht an, nur auf die Folgen) »und da man ihn in der Sache Scoglio Pomo um Rat anging, war er beruflich so verblödet und seine möglicherweise sachlich gemeinten Auskünfte waren so skaramuzesk verzerrt, daß man den stark nach Käse duftenden, mit wilden Schriftzügen und sonderbaren Hieroglyphen bedeckten Brief seufzend wegwerfen mußte.« Die Sache Scoglio Pomo bleibt also ungeklärt, zumal auch weitere Onkel versagen:

»Noch zwei weitere Onkel, Salvatore Baucolich und Spiridon Papadacchi, ebenfalls pensionierte Kapitäne, kramten im reichen Schatz ihrer maritimen Erinnerungen, ohne je etwas Greifbares an den Tag zu fördern.« Ohne je! Kann man noch überflüssiger sein? Herzmanovsky-Orlando nimmt es da sehr genau: »Es handelt sich hier um den ›krummen‹ Papadacchi, nicht um seinen Bruder, den sogenannten Adonis von Krzivopolje, der später, als zahmer Gorilla verkleidet, einen förmlichen Siegeszug durch die Pariser Salons angetreten hatte und beinahe Präsident der Republik geworden wäre.« Aber eben nur beinahe. Auch Onkel Nr. 4 ist ein Versager. Nichts geht mehr – oder?

10. Der Onkel aus Amerika

Der konnte natürlich nur Franz Kafka einfallen. Und zwar gleich in seinem ersten Roman ›Amerika‹. Der junge Karl Roßmann will unbedingt dorthin. Und schon auf dem Schiff lernt er ganz unvermutet seinen Onkel kennen. »Begreifen Sie doch, junger Mann, Ihr Glück!«

83

ruft der ebenfalls anwesende Kapitän. »Es erwartet Sie nunmehr, doch wohl ganz gegen Ihre bisherigen Erwartungen, eine glänzende Laufbahn.« So sieht es auch aus, zunächst: »Der Onkel kam ihm aber auch in jeder Kleinigkeit freundlich entgegen.« Er schickt Karl auf die Reitschule, er läßt Karl Englisch lernen, er schenkt ihm ein Klavier, ja, er »brachte Karl sogar Noten amerikanischer Märsche und natürlich die Nationalhymne«. Und dann, die letzte Steigerung des Onkelhaften: Er »fragte Karl, ob er nicht auch das Spiel auf der Geige oder auf dem Waldhorn lernen wollte«. Tut-Tut! Das Glück scheint vollkommen – aber: gepfiffen! Karl überzieht, wegen eines Ringkampfes mit einer gewissen Klara, die ihm gewährte Ausgangszeit. »Lieber Neffe«, schreibt ihm darauf der Onkel unerbittlich, »ich bin ein Mann von Prinzipien, ich verdanke meinen Prinzipien alles, was ich bin.« Das wichtigste Prinzip aber ist die pünktliche Heimkunft. Wer dächte nicht an Jupp Derwall? Und das ist nun wirklich das Letzte. Die Schlußworte des Onkels sind ein Abschied für immer: »Mit den besten Wünschen für Dein weiteres Wohlergehen. Dein treuer Onkel Jakob.«

Damit ist alles gesagt.

Und heute?

Heute ist der Onkel – und sei er aus Amerika – selbst im vergleichsweise jungen Medium Film nur noch als Metapher zu gebrauchen. ›Mon oncle d'Amérique‹ von Alain Resnais hat das gerade noch bewiesen. Metapher aber wofür? Für das Gute im Menschen? Das Böse im Menschen? Die Sehnsucht schlechthin? Die Hoffnung?

Das Menschliche an sich? An uns? An anderen? Wer weiß...

Onkel zu Literatur zu machen, ist jedenfalls verboten. Verboten wie Väter, Mütter, Kinder, Gatten, Bus- und Bahnfahrten, Fußgängerzonen und Selbsterfahrungstherapien aller Art. Schluß damit!

Und wenn es einer dennoch tut, dann kann er jetzt wenigstens nicht mehr sagen, er hätte von nichts gewußt. Jetzt weiß er's. Also: Pfoten weg! Denn es wird keine Gnade geben, nein! Jedenfalls nicht von uns. Und wenn dereinst der oberste Gerichtsherr – nein, doch nicht Sie, Herr Reich-Ranicki – wenn also der Herrgott droben, wo die Posaunen schallen und es darauf ankommt, doch ein Auge zudrückt, so ist das ganz alleine seine Sache.

EIN BLICK AUF DEN STAAT

Reflexionen zum politischen Sommer 1981

> *...eine Art Bierwärmer: der Staat.*
> *(Benn, Doppelleben)*
>
> *Der Staat, die Sau, was macht er*
> *nun schon wieder? (Freibeuter 1)*

In lieblichster Bläue blühet jetzt mit dem metallnen Glanze stark der Staat. Ihn umschwebet Ausland, da hat es die rührendsten Freundschaften nach Frankreich und anderswohin. Die Sonne gehet steil darüber und färbt das Blech des Bundeshauses, Bonn. Hoch oben gleißt die Fahne schwarzrotgold in alle Winde. Der Mensch darf das begrüßen, solang noch Lust in seinem Herzen krähet. Ist unbekannt der Gott? Ja, doch es macht nichts, der Himmel blauet trotzdem immerhin. Solange Wille noch im Herzen wohnet, schwirret nicht ohne Hoffnung Menschlichkeit im Staate auf. Auf und nieder, immer wieder, des Präsidenten Auge wacht, ein Bild der sehr guten Gottheit.

Wenn wir heute einen langen Blick auf den Staat werfen, können wir ganz unbeschwert fast sagen: Der Staat, er steht. Wie ein Fels, wie eine Eins. Der Staat – er stat. Nihil obstat. Allenfalls hin und wieder der Anarchist (= Ungut). Der kriegt eins über die Rübe (Brä). Da sind wir auf der Hut. Auch den Terroristen haben wir kaum gerne, weil er hemmt den Donnergang des Staats. Die Herrschaft ist gesichert, fast schon gelöst das Sinnproblem. Schön ist die Blume, wie sie blüht unter der Staatsmacht. Herrliche Berge, sonnige Höhen. Der Wehretat steigt prompt. Gern doch gesellt, dies denn verstehn sie helfen, zu andern sich ein Staatsmann.

Der höchste derzeitige Staatsmann ist jetzt Carstens (Karl). Ihm gebührt die Ehre, ihm sind die Augen blau von Glück, sonderschöner noch und noch. Es ist, als sähest du kristall'nen See, ach, weiß Gott, wohin das alles führt. Die Gattin heißt Veronika. Zur Véronique ist da oft nur ein Schritt. Es findet oft das Aug im Leben Wesen, die noch schöner sind als Blumen wohl zu nennen, vielviel schöner, oh, man ahnt das ja. Véronique! O la la! Die Seele aber bleibe rein.

Gut macht sich auch der Bundestagspräsident – sein Name derzeit: Stücklen (Richard). Er kann jetzt schon richtig präsidieren, ohne daß es gar zu auffällt. Die Klingel zählt zu seiner Grundausrüstung. Ihr gilt die Liebe sehr und Treue. Das gefällt der Gottheit. Es ist die Wesenheit und die Gestalt ist's. Stücklen ist der Mann der Stunde, unterm Protektorate Carstens' wächst er groß und größer. Fittich eines Adlers ist sein Zeichen, ein Komet ja scheint er.

Ihm zur Seite prangen zwei, Wurbs und Leber (so die Namen). Diese sind Reserve. Und auch sehrsehr gut. Aug um Auge, Zahn um Zahn. Prächtig hinhaut Hochzinspolitik, der Türkenfatalismus ist gering. Dioskuren in der Freundschaft walten Wurbs und Leber ihres Amtes. Herz möcht' ei'm zerspringen oft vor Wehe.

So einer in der Spiegel schaut, schaut es zurück. So soll es sein. Heftig dröhnt Gerichtsbarkeit. Vitalität der Ämter kann sich sehen lassen, selbst die Post strotzt voller Ehrgeiz. Manches mahnt dämonisch, doch der Eindruck täuscht. Weiber sind erlaubt, doch sollte man nicht spaßen (Ödipus). Das lebendfrische Menschenmaterial ist jetzt aller Sache. Rasch der Kontakt nach Übersee. Zusammenarbeit mit den Vereinigten Emiraten und den Bananenrepubliken: eine Selbstverständlichkeit. Der Negus von Abessinien geht ein und aus. Da ist oft echt was los.

Das Arschloch freilich bleibt der Lehrer. Er hockt zwischen den Fronten. Hie Wille, dort Kraftlosigkeit. Aber das überwinden wir.

Das Verfassungsgericht arbeitet recht leutscheu, kaum spürest du den Hauch. Wenn alle untreu werden, so sitzt es dennoch fest. Der Kanzler ist sehr oft recht müde, doch sein Geist gewärtig (gut). Was dem einen Wunsch nach Frieden, sei dem anderen Befehl. Die Brezel schmeckt, sanft rauscht der Hain, gut macht sich auch der Vizekanzler, wie war gleich der Name. Er weiß mit Freunden umzugehn, die Feinde läßt er leben. Praktisch ist auch er ein Gott. Der Staat haftet für alles, wird aber nicht verhaftet.

Der Tugend Heiterkeit bewahrt uns vor dem Gröbsten. Bier fließet gern und wie in Strömen. Wendig bewährt sich Polizei, die Korruption gering, gerade noch im Rahmen undsoweiter. Selten ist sie gemein. Selbst unter Porschefahrern schwant es gütig. Oft wird der Hut gezückt zum Partner hin. Den schärfsten Schuß hat Dr. Hammer (Nickel, Bernd). Ohne Zaudern schreitet, bombt sich so der Staat voran. Der Vierte Stand gibt endlich Ruh, Marx und Dutschke sind erledigt, endlich wäre das geschafft, bravo. Für Musik, da sorgen Wagner, Mangelsdorff und Oberkrainer laut und hell, schöner sang die Nachtigall. So könnt's ewig weitergeh'n. Kaum droht Atom. Franz Josefs starkes Auge wacht bedeutend.

Die Keimzelle des Staates ist besetzt mit Weibern, Sport, Gastronomie. Es sieht derzeit nicht gar schlecht aus. Für Arbeit, hin und wieder, sorget Stingl (Josef, Nürnberg). Kreisrund das Fernsehkomitee: Vorsitzender, 1. Stellvertreter, 2. Stellvertreter, Kassier usw.

Viel Rhythmus stapft durchs Land dahin. Groß ist der Leerlauf, doch es geht noch. Der Amtmann bumst die Plastikpuppe con amore, der Bischof sempersaudumm hält Mariä stark die Stange. Die Eier tun ihm manchmal weh, jedoch man kann nichts machen. Das Hochamt kömmt trompetengleich des Wegs gebrüllt. Post coitum omne animal triste. Doch gleich flutscht's weiter ohne Ziererei. Und so schwören wir aufs neue diesem Staat die gute Treue. Die schöne Jungfrau ist umkränzt mit Myrten hold, weil sie einfach ihrem Wesen nach und dem Gefühl. Der Taxifahrer hält sie scharf im Auge. Niemals wird sie umgelegt, sei's zu dem Mord, sei's zu verbot'nem Pflöckeln. Fahrlehrer haben öfters dann das Nachsehn.

Das Erntefeld, bald schimmert's gold, der Wein, der Traube Hoffnung, funkt darein. Wie Bäche reißt das Ende von Wasweißderteufel uns dahin ins Gehtnichtmehr. Doch wie gesagt: der Staat, er steht. Dem Präsidenten steht er gut. Ein Ständer, welcher dehnet sich nach Asien hin. Dieser haut dem Japsen auf den Kopf. Auch der Sinti kriegt was ab, wo nötig. So ein Ständer, weil er nicht und nicht mag schwinden, oft kann er recht widrig sein, bei den großen Staatsbanketten. Seht, schon lacht der Kongoneger, und der Scheich greift Véronique. Leicht doch in dem Feuer, das sie bändigt, fängt sich oft die Wehr. Kurz wackelt der Staat, doch schon steht er wieder. Alles wächst aus Lust, alles mahnt zum Frieden (Derwall). Und der Ständer schwindet wieder reißend in den Orkus runter. Hütet euch, bleibt wach und munter. Leben ist Tod und Tod ist auch ein Leben (Hölderlin).

SCHOPENHAUER UND NIETZSCHE
Ein Vergleich

Über Schopenhauer hat sich Nietzsche immer wieder geäußert; meist sehr positiv zunächst: »Er versteht es, das Tiefsinnige einfach, das Ergreifende ohne Rhetorik, das Streng-Wissenschaftliche ohne Pedanterie zu sagen«, schreibt Nietzsche bereits in den ›Unzeitgemäßen Betrachtungen (Schopenhauer als Erzieher)‹ über Schopenhauer, den er in vielen »Nöten, Wünschen und Bedürfnissen kennen« gelernt habe. »Schopenhauer will nie scheinen«, und »daher kommt es, daß ich nie in ihm eine Paradoxie gefunden habe«, und Nietzsche, der schon in der ›Geburt der Tragödie‹ Schopenhauers »tiefsinnige Metaphysik der Musik« gelobt hatte, preist nun auch seine »Ehrlichkeit« und »wirklich erheiternde Heiterkeit« und bezeugt auch dann in ›Menschliches, Allzumenschliches‹ seine »Ehrfurcht vor meinem ersten und einzigen Erzieher, vor dem großen Arthur Schopenhauer«, der sogar »über die Deutschen weg philosophiert« habe. Im selben Werk würdigt Nietzsche »Schopenhauers guten, sehr guten Verstand«, welcher »die Leiden der Menschheit endlich einmal wieder ernst genommen« habe – er freut sich über »einen so hellen Kopf wie den Schopenhauers«, rät den Lesern deshalb »ein wenig Schopenhauersche Theorie« an und rechnet ihn endlich, neben Goethe, zu den beiden »besten deutschen Denkern«. Das setzt sich fort in der ›Götzen-Dämmerung‹: »Schopenhauer, der letzte Deutsche, der in Betracht kommt (...) ein europäisches Ereignis gleich Goethe«, »für einen Psychologen ein Fall ersten Ranges« – und ähnlich heißt es in der ›Fröhlichen Wissenschaft‹: »Schopenhauer war als Philosoph der erste eigenständige und unbeugsame Atheist, den wir Deutschen gehabt haben« – sodann nochmals in ›Wohin Wagner gehört‹: »Schopenhauer war ein Zufall unter Deutschen, wie ich ein solcher Zufall bin«, »so daß ich es jetzt vorziehe, Schopenhauer französisch zu lesen«. »Meinen großen Lehrer Schopenhauer« ehrt noch einmal der Aufsatz ›Zur Genealogie der Moral‹ und insistiert auf der »merkwürdigen und faszinierenden Stellung Schopenhauers« sowie auf der »Autorität Schopenhauers«, dieser sei »ein wirklich auf sich gestellter Geist« und »ein Mann und Ritter mit erzenem Blick, der den Mut zu sich selber hat«.

Und doch, bei allem Lob schleichen sich auch langsam andere, kritischere Töne ein: »Unterschätzen wir namentlich nicht, daß Schopenhauer (...) Feinde nötig hatte, um guter Dinge zu bleiben; daß er die grimmigen galligen schwarzgrünen Worte liebte; daß er zürnte, um zu zürnen, aus Passion«, schreibt Nietzsche in der ›Genealogie der Moral‹ und bezweifelt dann etwas den »Wert der Mitleids-, Selbstverleugnungs-, Selbstaufopferungsinstinkte, welche gerade Schopenhauer so lang vergoldet, vergöttlicht und verjenseitigt hatte, bis sie ihm schließlich als die ›Werte an sich‹ übrigblieben, auf Grund deren er zum Leben, auch zu sich selbst, nein sagte«. Das »Leichenbitter-Parfüm Schopenhauers« tadelt Nietzsche in ›Ecce Homo‹ und macht sich in ›Menschliches, Allzumenschliches‹ über das »unbegreiflich Ängstliche, Eitle, Gehässige, Neidische, Eingeschnürte und Einschnürende in Naturen wie denen Rousseaus und Schopenhauers« seine Gedanken, um in ›Der Fall Wagner‹ fortzufahren:

»Schopenhauer hat, mit Härte, die Epoche Hegels und Schellings der Unredlichkeit geziehen – mit Härte, auch mit Unrecht.« In ›Zur Genealogie der Moral‹ stellt Nietzsche dann fest, Stendhal sei »eine glücklicher geratene Natur als Schopenhauer gewesen«, und sehr brenzlig wird das Lob dann schon in der ›Morgenröte‹: »Schopenhauer hat einen Vorsprung vor Kant: er besitzt wenigstens eine gewisse heftige Häßlichkeit der Natur in Haß, Begierde, Eitelkeit, Mißtrauen« – ein Hinweis, den die ›Genealogie der Moral‹ zweischneidig genug ergänzt: »Der Anblick des Schönen wirkte bei ihm« (Schopenhauer, d. Red.) »als auslösender Reiz auf die Hauptkraft seiner Natur; so daß diese dann explodierte.«

Was jetzt folgt und gleichfalls allmählich explodiert, ist ein einziger Nietzschescher Bruch mit Schopenhauer. Es beginnt noch relativ harmlos und verhohlen: »Schopenhauer war lebensfeindlich«, heißt es in ›Der Antichrist‹, »deshalb wurde ihm das Mitleid zur Tugend.« »Es gibt eine Geschwätzigkeit«, zürnt schon deutlich die ›Fröhliche Wissenschaft‹, »des Zorns – häufig bei Luther, auch bei Schopenhauer.« Den »Aberglauben Schopenhauers« tadelt ›Jenseits von Gut und Böse‹, ›Götzen-Dämmerung‹ wirft Schopenhauer eine »impudente Form« vor – und endgültig abgerechnet wird dann in ›Ecce homo‹: Das »Christentum« nämlich sei »die Philosophie Schopenhauers« geworden – und: »Man muß Schopenhauer zuerst verneinen«, begehrt die ›Götzen-Dämmerung‹ jetzt, den Spieß umkehrend, auf, diesen »alten pessimistischen Falschmünzer«, wie es plötzlich in ›Der Fall Wagner‹ heißt – und zum endgültigen Vernichtungsschlag holt dann definitiv ›Ecce homo‹ aus: »Die Tragödie gerade ist der Beweis dafür, daß die Griechen keine

Pessimisten waren. Schopenhauer vergriff sich hier, wie er sich in allem vergriffen hat.«

So weit Nietzsche über Schopenhauer. Dagegen hat Schopenhauer über Nietzsche eigentlich überhaupt nichts geschrieben. Er hat ihn vielleicht nicht gemocht. Oder er hat ihn wahrscheinlich gar nicht gekannt. Tschüß.

HASE UND IGEL

Ein Abschiedswort Honeckers an Gaus

Beim Neujahrsempfang 1981 der DDR-Regierung, von dem auch das westdeutsche Fernsehen berichtete, fragte SED-Chef Erich Honecker den Ständigen Vertreter der Bundesrepublik in Ostberlin, Günter Gaus: »Nun, Herr Gaus, wie viele Hasen werden Sie denn heuer bei der Diplomatenjagd schießen?« *Nun war für ca. 15 Sekunden – die aber wie eine Ewigkeit schienen – zu sehen, wie Gaus, bekanntlich kurz vor der Ablösung durch Klaus Bölling, eine Antwort überlegte, die indessen nicht kam.*

Uns indessen ist es gelungen, per Gedächtnisprotokoll aus Gaus herauszukitzeln, was er in diesen peinigenden Sekunden der Sprachlosigkeit in Blitzesschnelle zusammendachte. Dies:

O Gott! Verflucht! Mein voraussichtlich letzter offizieller Kontakt mit Honecker – und dann dies! Was will der DDR-Mensch mit dieser Frage sagen? Was ist das für eine unglaublich diplomatische, verschlüsselte, ja tückische Frage? »Hase!« Teuflisch! Teuflisch geschickt. Gott, wie das in mir bohrt und würgt – und das Fernsehen schaut und hört zu! Hase-Hase... eine gemeine, eine hochgemeine, aber vielleicht auch eine tauwetterfördernde Anspielung. Hase... Hase... Hase: Wie viele Hasen ich jagen will? Der Hase – ja, das muß die DDR sein, klar! Der friedliebende Hase – Tauben und Falken. Wir die imperialistisch-revanchistischen Falken, die DDR die Tauben, die wir jagen. Warum fragt er aber dann nicht: »Wie viele Tauben, Herr Gaus, werden Sie...?« Das ist ja dieses DDR-Typische, Gemeine, Hinterhäl...

Nein, es muß etwas anderes dahinterstecken. Ha! Klar! Der Wettlauf zwischen Hase und Igel! Brüder Grimm. Der Hase ist wieder die DDR, der Igel sind wir – logisch! Der Igel ist ja der Schweinigel – er will also auf Strauß anspielen, auf Sonthofen, daß die Bundesrepublik ein »Saustall« ist! Ich werde... doch halt! Der Igel ist doch im Märchen der Schlauere, der mit der revolutionären Geduld, er legt den dummen Hasen rein – also muß umgekehrt die DDR der Igel sein, und der Honecker will also sagen, wenn ich viele Hasen abschieße, d. h. Landsleute, dann ist er mein Freund – nein! Anders: Die Bundesrepublik igelt sich ein, das ist eine Anspielung auf den politischen Frust, pardon: Frost – bei Tauwetter aber kommen die Hasen hervor, zutraulich wie die DDR – aber auch frei zur Hasenhatz! Kapito! Die Hetze gegen die DDR meint der Honecker, der alte Specht. Aber – so feingestrickte Anspielungen bringt doch dieser Holzkopf gar nicht... Holz – fuchs! Fuchs! Das ist es! Das also steckt dahinter! Wo sich Fuchs und Hase gute Nacht sagen – das ist die Bundesrepublik, meint er schlau! Der alte Fuchs = Adenauer, seine Erben feige Hasen, das Ganze ein Schweinestall! Aber warte! Ich will dir – oder meint er Anke Fuchs? Daß die seiner Meinung nach Bundeskanzlerin werden soll?

Ich werde noch wahnsinnig – und die Sekunden fliegen dahin. Wie er mich anschaut! Infam! Ich muß – muß! – ihm eine plazierte, gepfefferte Antwort hinknallen. Pfeffer – da liegt der Hase im Pfeffer! Das meint er! Statt daß er Kohl frißt – Helmut Kohl soll erschossen werden, das ist Honeckers Botschaft! Kohl und Hase: Kohlhaas! Na also!! Kohlhaas ist von Kleist, der aber ist ein Berliner, da rundet sich ja der Kleister: der nächste

Kanzler Hase soll zuerst Kohl ermorden, dann aber in Berlin ein Kaninchen aus dem Hut zaubern, daß die Igelrepublik wie ein Gestiefelter Kater –

Quatsch – haut auch nicht hin. Verdammt. Was tut der Hase? Rammeln. Wen rammelt man? Schöne Mädchen. Und die heißen Bienen oder – auch Hasen. Hm. Die BRD aber schießt sie angeblich massenweise ab – eine Anspielung auf die Nazis. Kiesinger, Filbinger. Unsere Militaristen, die Verteidigungsminister. Wieder Strauß. Und Schmidt. Und – Has-sel! Kai Uwe von Hassel! Der alte Diplomatenjagdanführer! Das also ist des Pudels Kern. Bei der Hatz ständig an vorderster Front – gegen Kommunisten, gegen die DDR, Hetze gegen die UdSSR – Jagd – hm: Breschnew? Breschnews Datscha? Will er sagen, daß er dort auch oft mitmischt, um Igel bei der Jagd abzuknallen – oder hab ich schon einen Knall?

Contenance, Gaus: Jagd – Hasen. Was ist da? Bei der Jagd auf Hasen werden Treiber gebraucht. Wenn er mich als Hasenschießer betrachtet, dann meint er also, daß Kriegstreiber hinter mir stehen. Kriegstreiber BRD – oder vom Konsumdenken getriebene Neofaschisten? Daß wir insgesamt Getriebene sind, Heimatvertriebene, Sexgetriebene, Kriegsver –

Nein, nochmal von vorn: Hase schießen = Böcke schießen, das muß die Lösung sein. So wie einst sein Guillaume Brandt auf die Guillotine schoß, so igelt sich die BRD tauwetterunlustig in ihrem Iglu ein, verkatert, Wolf im Schafspelz, während – das ist es!! Yeah! Die NATO ist der böse Wolf – der Warschauer Pakt die sieben Geißlein = verschlüsselte Hasen. Sind es sieben? Moment: UdSSR, DDR, Ungarn, Hasenland... Has-st er mich etwa, der Honecker? Ist das die Chiffre? Mein Gott, ich werde wahnsinnig, meine Karriere ist im Arsch, und die TV-Kamera starrt mich an und – also die Hasen knallen sich selber ab im Westen, Kaltzens Selbsttor gegen Argentinien... spielt er auf Heß an? Den Taucher Hass? Has – Haus – Gaus – Maus? Die Katze läßt den Strauß im Sack nicht drüber –

Mein Name ist Hase, ich weiß von nichts. Hasenherz – Hasenstall – hab ich vielleicht den Hosenstall offen? Großer Gott! Hasel und Gretel, Hase mein Igel, der Hase fällt nicht weit vom Stamm, neinneinnein, er hat sich einfach nur versprochen und gemeint: »auf der alten Fuchsjagd einen Igel abschießen« – und ich werde also jetzt sofort ganz cool kontern: »Herr Honecker, diese Trauben sind mir zu sauer und schweinisch und...«

Leider kam Gaus nicht mehr dazu, sein Bonmot loszuwerden, denn exakt in dieser Sekunde beendete Honecker den Plausch mit dem freilich gleichfalls unauslotbaren Aperçu: »Jedenfalls, Herr Gaus, wünsche ich Ihnen viel Glück auch weiterhin!«

Diese Stadt ist eine einzige, langdurchgezogene, lästerliche und alles in den Bann ziehende Natur- und Intellektualgemeinheit. In den Köpfen der Bürger nisten Brutalität, Infamie und der hundertprozentige Wille zu nichts. Lebenslänglich sind wir, um zu verkommen und unterzugehen, auf das fürchterlichste und niederträchtigste in dieser grauenhaften Stadt eingesperrt unwiderstehlich. Unverschämtheit und Unzurechnungsfähigkeit gehen Hand in Hand in dieser aufs äußerste gemeingefährlichen, heruntergekommenen, durch Hinterhalt und Lüge kriminell heruntergewirtschafteten Stadt. Die Bestechlichkeit ist die allergrößte. Diese Stadt hat eine Unzahl von Menschen, tödlich vernichteten und in die permanente Tödlichkeit getriebenen Existenzen auf dem Gewissen. Es herrscht die durchgehende Prostitution krimineller und verbrecherischer Irritation allgemeiner und besonderer Gescheitertheit. Die städtische Empfindung ist die Geistesschwäche.

Das Stadtbild ist das fürchterlichste. In den Straßen und Gassen schwärt der verrottete Geruch der Verlottertheit und des skandalösen hundertprozentigen Niedergangs und des sofort zum Selbstmord treibenden Ruins im Städtebaulichen und überhaupt. Diese ganze Stadt samt ihren Vororten und vertragsbrüchigen Siedlungen und zutiefst egoistischen Weilern rings um den rauchenden Kern des Niederlagenzentrums, in welchem wir existieren, ist eine gegen das Leben in Wahrheit und heuchelt Leben und Wahrheit nur. Der Stumpfsinn ist der äußerste. Der ganze Verlotterungs- und Vernebelungsmüll dieser durch und durch liederlichen Stadt, die auch eine fürchterliche ist, und dieses aufs hinterhältigste und infamste verwirtschafteten Gemeinwesens ist der hundertprozentig und aufs genaueste richtige Abdruck der Verrottung aller hier lebenden und tatsächlich vegetierenden Herzen und der schwersten Trübungen und Verwühltheiten der Hirne und Gemütsverfassungen. Die Finsternis ist die fürchterlichste und atemberaubendste und infam. Hier fühlen sich alle in verheerender Verblendung nur sich selber verantwortlich. Die Katastrophenheraufbeschwörer und Wirklichkeitsvernichtungsingenieure haben die Stadt fest in der Hand und bewerkstelligen fortwährend vollkommen Nutzloses. Die Empfindung ist die grauenhafteste. Wenn wir die ehemalige Schönheit der Stadt mit der heutigen Gemeinheit verrechnen, kommen wir, so die Bilanz, aufs direkteste in den Schwachsinn.

Das Politische ist eine einzige anachronistische Irritation und ebenso eine arrogante Hinterkopfkonfusion. Täglich recken die politisch Verantwortlichen ihre riesigen Köpfe aus den Journalen der Stadt, aber es nützt nichts. In den größten Köpfen macht sich die vollkommenste und ordinärste und brutalste Stumpfheit für den Winterschlaf breit. Im sogenannten Magistrat nehmen die obszönen Mißbildungen und Zusammensetzungsunerträglichkeiten auf das grauenhafteste überhand. In den Parteien lungern und gären Übelgesinnung, Vertrauensbrüchigkeit und Prostitution. Im Parteigebälk zieht der Holzwurm seinen dumpfen Weg, an den Parteienwimpeln nagen vernichtungswillige Ratten. Das Geheuchelte gilt als der Geist. Die Feuerwehren sind hilflos, die Feuerwehrhauptleute machtlos. Das Gesetz aber lautet Aug um Auge, Zahn um Zahn. Die Bübereien innerhalb der Gerichtsbarkeit sind die allerärgsten. Die Juristen stiften, so wissen wir, Verwirrung in der Stadt- und Menschengeschichte. Wo ein Jurist, da ein Unheil, so der allgemeine Eindruck und alles. Wenn wir aufmerksam auf die Ärzteschaft der Stadt schauen, ist es zum Erbrechen. Kaum haben sie den Doktorgrad, verwandeln sie sich in nichts als in Gemeinheit und Niedertracht dampfende Geldmaschinen im Ärztekittel. Es ist alles das Entsetzlichste und Hinterhältigste in dieser einstmals blühenden Stadt.

In den Gastwirtschaften ertönt, so die tägliche Erfahrung, der beherrschendste und niederreißendste Wurst- esser- und Biertrinkerlärm. Der Gedanke an ein Glas Bier führt oft zu den allergrößten Überschätzungen. Kaum haben sie ein Glas Bier, wollen sie noch eins und schütten auch noch vollkommen hingerissen und verblendet Schnaps drauf. Die Parteien begrüßen es. Die Rücksichtslosigkeit und gedankenlose Grauenhaftigkeit der Bier- und Schnapstrinker ist die erschütterndste und tödlichste. Zwischen dem zwölften und dem dreißigsten Lebensjahre trinken sie sich hundertprozentig zusammen und zuschanden, nach dem dreißigsten Lebensjahre probieren sie durch die Mitgliedschaft in Tennis- und Pferde- und sonstigen vollkommen hanebüchenen und kriminellen Sportvereinen noch das Allerkümmerlichste zu retten. Desgleichen durch die Mitgliedschaft in grauenreichen Trimm-Dich-Pfad-Gremien und Gangstereien. Es ist aber nichts mehr zu retten da, weil alles rettungslos ist und die Niederlage die allergröbste. So auch in den Ämtern, Eichämtern, Behörden und in der zutiefst verrotteten Wirtschaft der Stadt, wo die Boshaftigkeiten ein und aus gehen.

Wohin mit dem Fluß, der die Stadt auf das lächerlichste durchkreuzt? Wo wir hinsehen, sehen wir direkt in die Keimzelle des Schwachsinns hinein, der uns in den Wahnsinn führt sofort. Die Verschleppungen und Verschlampungen des absolut kraftlosen Finanzwesens sind die allergröbsten und widerlichsten. Nur ihre Karriere und ihre Honorare im verrotteten und gleichzeitig verrohten Kopf, bauen die Baufachleute, die sogenannten Baufachleute und sogenannten Architekten, den schwärzesten Unsinn und begehen so, unter dem Vorwand eines perfiden Humors, die größten Verbrechen. Zu nutz- und gleichzeitig sinnlosen Zwecken wird das ganze Geld vernichtet. Die Schulen sind keine Schulen, sondern Menschenverunstaltungs- und Menschenverhinderungsanstalten. Die Lehrer haben nur das Geld, die Schüler nichts im Kopf.

Insgesamt herrscht ein Dämmerzustand und die generelle Kraftlosigkeit nebst allerlei Verwahrlosungen. Die Verwaltung ist morsch, der Nachwuchs durch Bier und Heimtücke ruiniert, bevor er ins Amt nachwächst. Auf den Polizeiwachen kreisen die Krüge. Das Verbrechen aber wühlt und hat überall und in allen Gassen und Aufenthaltsräumen freie Hand. Nur die Lüge bringt diese Stadt vorwärts und allerdings in den Untergang hinein auf das vollkommenste. Die Verstörung verhindert jede Verrichtung, die Verwahrlosung, die geistesmäßige und die gemütshafte Verwahrlosung ist die kompletteste und reicht dem naturgemeinen städtischen Kirchenapparat die Hand. Unter dem Protektorat der vier Stadttore, in denen Milliarden Ratten hausen, gedeihen die widerlichsten Verfehlungen, Hintertreibungen, Boshaftigkeiten, Unterschlagungen und Rentnervergewaltigungen mit meist tödlichen Folgen. Wer Widerstand leistet, verfällt dem Bann des sogenannten Ordnungsamtes, das in Wirklichkeit das unordentlichste und korrupteste ist. Die Menschenvernichtungssucht ist in dieser Stadt der Wille.

Werfen wir einen genauen und aufmerksamen Blick auf diese von Grund auf unredliche Stadt, so fallen uns außer der Unmenschlichkeit der Gendarmen und der Witwen und der Kopflosigkeit der im Politischen verantwortlichen Köpfe vor allem die ungeheure Rohheit der Gastwirte und die heuchlerische Grundgesinnung eines grundsätzlich und vollkommen und hundertprozentig bankrotten Einzelhandels auf. Es ist überall das gleiche. Die Tücher und Hosen taugen alle nichts, zwischen den Geweben fressen die Motten auf das widerlichste alles weg. So die Maden im Fleisch der das Publikum narrenden Metzgereien. Der Bürger und Einwohner aber, auf das entsetzlichste hereingelegt, zahlt.

In anderen Gewerbezweigen schaut es nicht anders aus. Fuhrleute und Viehhändler, Briefhändler und sonstige Subjektwerber klopfen an unsere Tür und stülpen uns ihre Niedertracht als eine tödliche Gemeinheit über den Kopf. Anschließend wollen sie noch Geld dafür. Die Kopflosigkeit der Bevölkerung ermöglicht, daß einen die Optiker zum Narren halten, während unverantwortliche Reisende uns gleichzeitig mit allen Schädigungen und Lügen übertölpeln und zum Selbstmord treiben. Um die Stadt herum sieht es nicht anders aus. Die zahllosen Raiffeisenkassen können das Unglück nicht verheimlichen, sondern es ragt in den gottlosen Himmel. Die von den Verantwortlichen auf das gemeinste vernachlässigten Waldwege legen abermals den Gedanken und die Möglichkeit des Selbstmordes nahe, ja seine baldige Wahrscheinlichkeit und tödliche Sicherheit. Diese Stadt und der ihr zugehörige, auf das hinterhältigste zugesprochene Landkreis sind lächerlich. Zudem gibt sich das Ganze als Naturschutz- und Erholungsgebiet sogar noch insgesamt hochgastlich. Der abscheulichste ist der Grundstücksdespotismus. Straßen werden, hochmoralisch, daß es einen graut, aufgerissen und wieder zugemacht, und niemand weiß, warum, auch die politische Jugend der Stadt, durch und durch korrupte und ungewaschene Personen, kann es nicht in Erfahrung bringen und stürzt sich früher oder später in den Selbstmord oder sucht Vergessen beim Kartenspielen. Das Kartenspielen ist in dieser Stadt eine politische Wissenschaft. Ein Tausendstel der Geistesschärfe und Geistesunbestechlichkeit, die von den Einwohnern beim Kartenspiel investiert und ins Rennen geschickt wird, würde genügen, diese einstmals liebenswürdige Stadt vor der äußersten Vernichtung zu retten. Aber nein.

Schwächezustände der Bademeisterei, gewisse verrückte und verhexte und zuletzt tatsächlich wahnsinnige Operationen des Tiefbaus und der Gasversorgung lassen diese pornografische Stadt immer wieder in ihren Grundfesten erzittern. Das Handwerk wankt auf das gemeinste. Wenn es fällt, ist alles zu spät. In den Köpfen ist nichts als die Gewinnsucht und die Niedertracht zum Betrug. Die politisch Verantwortlichen holen hieraus ihre höchste Befriedigung. Verkümmert das Geistige und Geisttragende, sagen sie schmatzend und schlürfen blind den feurigen Wein in ihre riesenhaften Köpfe, dann hält die

Verlotterung an, wie wir wollen. Das ist die Lage dieser Stadt. Es ist alles eine einzige, perfide, schmarotzende und blutsaugende und vor allem tödliche Ungezogenheit, eine ungezogene Perfidie, die größtmögliche und vollkommene Schweinerei. Trotzdem leben wir hier gerne. Hier gefällt es uns. Hier bleiben wir.

AN HERRN PAPST JOHANNES PAUL II.

Ein offener Brief

Euer Heiligkeit, auf der jüngsten Bischofssynode in Rom, welche die ehrwürdige katholische Sexualmoral wieder fest in ihre alten Rechte installierte, sagtet Ihr einen bis dato nicht dementierten Satz, der also lautet: »Auch wer auf diese Weise« – nämlich die »begehrliche« – »seine eigene Frau ansieht, begeht den Ehebruch in seinem Herzen, weil er (der Ehemann) sich der Weiblichkeit der Ehefrau bedient, um den eigenen Instinkt zu befriedigen.«

Der Satz, Heiligkeit, wurde zwar überraschend von der FAZ in einem Leitartikel gelobt – sonst hat er aber in Deutschland viel Staub aufgewirbelt. Die Cattolica, hieß es fast allerorten, sei reaktionärer denn je zuvor; nach einer Phase von Scheinliberalität und Reformwillen lasse sie heute abermals alle dümmlichen Klappen finstersten Mittelalters fallen; und viele Stimmen aus dem sattsam bekannten Lager pseudoemanzipativer Besserwisser gingen dahin: der Hl. Stuhl mitsamt seiner zölibatären episkopalen Synode wisse sozusagen notorisch nicht, wovon er eigentlich schwätze: denn ohne begehrliches Ansehen der Frau (und sei's der Ehefrau) sei ja der Mann gar nicht zur Penetration und ergo zur auch katholisch wünschenswerten Fortpflanzung fähig. Ohne Lust = Begehrlichkeit werde nämlich aus einem Penis niemals ein Phallus, wie ihn sogar die Ecclesia Sancta zur Fortzeugung der Gattung und mithin der eigenen Macht sehr nötig habe.

Euer Heiligkeit, laßt Euch gerade in diesen Tagen Eures Deutschlandbesuchs durch derlei Gequengel nicht in Eurer Sexualmoral resp. Sexualtheorie irre machen. Die so reden, tun es böswillig – und haben keine Ahnung. Hat man z. B. jemals von einer Biene (Imme) gehört, die anläßlich der gottgefälligen Fortpflanzung sichtbar einen begehrlichen Blick auf die Bienin warf? Vollends unbekannt ist Unkeuschheit im Blick der niedlichen Ameise. Bei Katzen selbst beobachten wir eher den gelangweilten denn den begehrlichen Blick – der Hund, wenn's denn sein muß, schaut zu Gottes Zufriedenheit eher angeekelt drein – und selbst das sprichwörtliche Schwein äugt bei der Ausübung der ehelichen Pflicht schamvoll, fast gottesfürchtig ins Leere und keineswegs libidinös in die Augen der Gattin.

Was aber sogar der dummen Kreatur gelingt, das sollte, Heiligster Vater, um mit dem Sexualtheoretiker Bruder Konrad zu reden, Gottes edelster Schöpfung unmöglich sein?

Heiliger Vater, halten Sie stand im Sturm der Libertinage. Betrachten Sie nach den Tieren auch die leblose, jedenfalls trieblose Planzenwelt, die keuschen Äpfel-, die absolut integren Birnenbäume, die topsaubere Lilie. Sie säen nicht, sie schauen nicht sexuell drein, sie ziehen sich zur Vermehrung nicht mal aus – und doch kommt immer wieder ein gottgesandter Wind des Wegs und regelt die Affäre, Gott sei Dank sogar ohne Penis und Vagina (pfui Teufel!)... kurz, äh: Was den strohdummen Pflanzen gegeben ist, warum sollte das nicht eines schönen, vielleicht schon nahen Tages auch dem Homo sapiens cattolicus möglich sein: die windgesteuerte Fortpflanzung, ja letzten Endes die total geschlechtslose (siehe den Regenwurm und anderes keusches Gekreuch), am besten die Fortpflanzung durch Beten, die Gott am liebsten wäre, sonst hätte er ja... kurz: Es wäre doch gelacht, wenn diese satanische Lust beim sowieso infernalischen Vögeln nicht endlich und definitiv auszurotten wäre!! Herr Papst, eminent merkwürdige Exzellenz, bleiben Sie hart! Wir Unsererseits heißen Euch hoffen! Gell!

*

Postscriptum

Die obige Papst-Satire, erschienen im ›Vorwärts‹ am 13. November 1980, zeitigte einige Folgen, die des Berichtens wohl wert sind.

Der eher freundlich-spielerische Text bezieht sich auf ein authentisches und allerdings ziemlich unglaubliches sexualtheologisches Statement des Papstes, gesprochen kurz vor dem ersten Deutschland-Besuch des Pontifex. Die Satire darauf rief, nicht ganz unerwartet, einen öffentlichen Protest des Sekretärs der Deutschen Bischofskonferenz hervor; der allerdings, laut dpa, am anderen Tag wieder halb zurückgenommen wurde: protestiert gegen die »massive Beleidigung der Bischofskonferenz« habe quasi nur der Sekretär in seinem eigenen Namen, nicht in dem der Bischöfe.

Den Hintergrund des merkwürdigen Vorgangs bildet zweifellos das langjährige und stupide Bemühen der deutschen Sozialdemokratie, mit der römischen und deutschen Cattolica sich auszusöhnen respektive ins Geschäft zu kommen bzw. wenigstens auf einen für beide Seiten nützlichen Friedenszustand hinzuarbeiten. Den aber nun die deutschen Bischöfe kurz vor der Bundestagswahl 1980 einmal mehr desavouierten, indem sie mittels eines Hirtenbriefs sehr durchsichtig scheinheilig wider die SPD operierten und optierten – was den damaligen Kanzler Schmidt so erboste, daß er seinerseits wider diese obsolete Form von Einmischung öffentlich protestierte. Möglich, daß auch dieser kleine neue Kriegszustand der vorrangige Grund war, warum der ›Vorwärts‹ die Glosse überhaupt zu drucken wagte; denn im allgemeinen herrschen im sozialdemokratischen Wochenblatt zwei satirische Tabus: die eigene Partei und die Kirche bzw. das Christentum; und tatsächlich reagierte der ›Vorwärts‹ auf den (halb zurückgenommenen) Bischofsprotest peinlich ambivalent sprich: bigott. Über dpa ließ er verlauten, die Glosse stelle sozusagen nicht die Meinung der Redaktion, sondern die eines freien Mitarbeiters dar, und Verleger und Chefredakteur »distanzierten« sich schleunigst – im Editorial der nächsten ›Vorwärts‹-Ausgabe dagegen versicherte man der Leserschaft, voll zum Text zu stehen. Was wunder, bei dieser Dialektik, daß der verantwortliche Redakteur der Satireseite mit nicht geringen Repressalien konfrontiert wurde.

Eher anmutig heiter und selbst für jemanden, der häufig polemische Texte veröffentlicht, herzerfrischend lebhaft war das Echo in der Heimatgemeinde des Verfassers. Über dpa-Meldungen drang der Sachverhalt der Satire bzw. des Protests gegen sie in die lokale Öffentlichkeit – aber nur abstrakt; denn der ›Vorwärts‹, auf den nun ein großer Run einsetzte, war in der ganzen Stadt fatalerweise nicht zu kriegen. Anläßlich seiner Festpredigt am Sonntagvormittag beklagte sich der Pfarrer der ehedem zuständigen Pfarrgemeinde des Autors, wie traurig es sei, daß ein ehemaliges Pfarrkind dem Papst derart seinen anstehenden Deutschlandbesuch vergälle – selbstverständlich ohne die Pfarrkinder über Thema und Inhalt der Satire auch nur im mindesten zu informieren, und selbstverständlich zu dem alleinigen Zweck, Stimmung gegen den Verfasser nebst den evtl. in der Stadt lebenden Anverwandten zu machen: was ihm auch glückte – auf derlei Vulgärpsychologie und -demagogie verstehen sich ja unsere kohlschwarzen Brüder bestens.

Der Pfarrer wiederholte seine Klagen und Anwürfe tags darauf in der Pfarreiversammlung – derart gelangten sie jetzt auch endgültig in die Heimatzeitung –, nur wollte es jetzt der Teufel persönlich, daß via einen inspirierten Druckfehler aus der Satire über die »Sexualmoral des Papstes« ein »Sexualmord des Papstes« wurde. Über sich selber erschrocken, berichtigte das Blatt zwei Tage später – womit freilich der »Sexualmord« noch öffentlicher rumorte.

Kurz, wenn derart zähe und vielfache und konfuse Resonanz dem Satiriker zuteil wird, dann scheint ja doch noch nicht aller Tage Abend. Und sogar ein polnischer Papst kriegt noch seinen bleich mattschimmernden Sinn.

EINE FRAU IST WIE EIN MANN, DER
Prima neue 1a-Aphorismen zur Zeit

Unsere Zeit ist fraglos eine insgesamt faszinierende. Ihre allergrößten Faszinosa sind mit Gewißheit 1. die Atomraketen nebst Null-Lösung; 2. nach wie vor die Sexualität; 3. aber die Fluten von Aphorismen und Epigrammen, die Tag für Tag, Woche für Monat mit schier unglaublicher Macht, Zähigkeit, Unwiderstehlichkeit und Gewaltherrschaft unsere inländischen Journale überströmen, überrollen und übermannen. Wobei, wie man ganz richtig ahnt, die betroffenen und betreffenden Blätter wohl allenfalls 10 Prozent dessen zum Abdruck freigeben, was ihnen von Werner Schneyder bis zum engagierten Hauptschullehrer, von berufsmäßigen und eher dilettierenden Spezialisten der Aphorismus-Zunft eingesandt, ohne Unterlaß die Schreibtische penetriert.

Diese Aphorismen nennen sich wahlweise »Sprüche zum Sonntag«, »Worte und Widerworte« oder gar »Schüsse aus der Wortkanone« – sie sind im allgemeinen hochkritisch, schwernotpolitisch und tiefaufklärerisch, sie sind eine bis fünf Druckzeilen lang, balancierend zwischen Witz und Unnachgiebigkeit, zwischen namenloser Eleganz und geradezu indolenter Idiosynkrasie – und sie sind sich vor allem zum Verwechseln ähnlich: so der Forderung nach Demokratisierung von Literatur als Avantgarde vorangaloppierend.

Ein paar originelle Prachtexemplare in Kleinstauswahl: »Die Gleichheit vor dem Gesetz krankt an der Ungleichheit der Rechtsprechung.« »Mangel an gegenwärtiger Aktivität provoziert zukünftige Radioaktivität.« »Deutschsein heißt auch, Gemüt durch Gemütlichkeit voll ersetzen zu können«; alle Zitate entnommen einer jüngeren Ausgabe der ›Frankfurter Rundschau‹ – und dort findet sich auch der folgende herztausige Edelstein: »Der Krieg ist nicht der Vater aller Dinge, sondern der Sohn unserer mangelnden Einsicht in sie.«

Genau.

Lange Zeit über hielt ich ja diese Spezies von Lebensweisheit in ihrer formalen Bescheidenheit, ihrer gußeisernen Wahr-Deuterei und in ihrer ridikülös-kraftmeiernden Espritgeschütteltheit für die obsoleteste, nichtigste und gammeligste Form aller gegenwärtigen Literaturanstrengungen (als ob sich Lichtenberg und Karl Kraus ewig und einen Tag ins Gehtnichtmehr aufwärmen ließen; aber reden wir nicht von der derart implizit exekutierten Beleidigung dieser Armen, sondern kommen wir lieber wieder zum Positiven:) – aber jetzt, auf meine alten Tage, hat es auch bei mir doch noch geschnackelt, jetzt hab ich's zum erstenmal selber probiert, man kann ja nie wissen, wie die Zeiten werden und wohin die ganze Richtung ausschlägt und wie man sich eines schlechten Tages mühvoll über Wasser halten muß, kurz: da ist eben die Beherrschung möglichst vieler formaler Virtuositäten angezeigt – und siehe, auf Anhieb hat's denn auch bei mir gefunkt! Und wie!

Das heißt, genauer gesagt: nach drei Anläufen. »Das stärkste an der menschlichen Schwäche ist«, hab ich mir als Debüt-Aufgabe gestellt — was? Wie weiter? »Daß das Tier noch allemal den kürzeren zieht«? Neinnein, so nicht – da fehlt fatal die obligate Aphorismen-Humanitas. »Der Geist«? Quatsch. »Daß bei schummeligem Starkstrom auch die dicksten Frauen immer noch ganz schön schwach werden«? Pfuiteufel, so doch nicht. Aber.... könnte....könnte das nicht die Lösung sein? »Das stärkste an der menschlichen Schwäche ist, daß sie die – unmenschliche Stärke schwach macht« – exakt! ›Zauberflöte‹, 1. Akt, Taminos Flötenspiel – da ist der trantriefende Tiefsinn ebenso drin wie die nimmermüde Eleganz im antithetisch-paradoxalen Spiel der Sprache mit sich selber, Mutter Teresa ebenso wie F. J. Strauß – und nach diesem Aufwärmen lief's auch schon wie geschmiert – und fast auf Anhieb haben nun die folgenden Raketen und Kometenkaliber die durch und durch inspirierte Retorte meiner geradezu spitzenklöpplerischen Schreibmaschine ›Raison & Charme‹ verlassen, die Welt zur Ordnung rufend:

»Wirtschaftlichkeit der Städte hat ihre Unwirtlichkeit zur Folge.« – »Auf der Startbahn West startet der Fortschritt« – in den blauen Dampf der neuen Zigarettenmarke West? Nee, einfacher ist besser: »in den Rückschritt.« – »Zu viel Radiohören verführt oft zum Einverständnis mit der Radioaktivität.« – »Mittelstreckenraketen gehen oft auch lange Strecken und verkürzen unser Leben unmittelbar.« – »Im Fernsehen kann man fern sehen – sieht man aber auch das Nahe, das Nächste, – den Nächsten?« – »Die Oberstufenreform auf den Gymnasien ist die oberste Stufe der Reform – in der Realität aber oft unterste Subkultur; mit anderen Worten: nicht gut.«

Gehorchen diese Paradigmata einer glänzenden Personalunion von Paradox und Wortspiel, von Wörtlichkeit und Unwörtlichkeit, so bezaubern mich an meinen folgenden Versuchseinspielungen vor allem die Artistik der Projektion, die Inversion von Ding an sich und Metapher: »Der Kamm ist die Zahnbürste der Haare.« – »Das Schamhaar ist der Schnurrbart des Unterleibs.« – »Der Geschlechtsverkehr« – oha, jetzt wird's heikel, aber Spannung muß eben auch bei der Aufklärung = Emanzipation sein – »ist der Straßenverkehr im Schlafzimmer – viel Lärm und nichts dahinter.«

Alles mitgekriegt, Leser? Naja, war ja auch nicht allzu schwer, hätte, zugegeben, auch noch von Lilli Palmer oder dem erlauchten W. Schneyder sein können – eine dritte, schon sehr verzwickte Gattung von Aphorismus aber lebt von der Kombination, der Kreuzung beider bisheriger Techniken – auch sie scheint, obwohl sie uns einerseits an die Grenzen des menschlichen Geistes führt, andererseits wunderbar beliebig reproduzierbar; sie hat indessen schon leichte Tendenz zum Dämonisch-Metaphysischen, mit der Gefahr des Überlappens ins unmittelbar Transzendental-Numinöse hinein: »Die Freiheitlich Demokratische Grundordnung ordnete die Freiheit der Demokraten wahrhaft in Grund und Boden« (oder gar »Grund- und Bodenspekulation«? – nein, wäre zu chuzpiös). – »Der Türke ist der Kümmeltürke unserer Zivilisation« (Zivilisation ggf. auch in Gänsefüßchen). – »Bildung ist heute meist Ver-Bildung – durch die ›Bild‹-Zeitung.« – »Der Kommunist ist oft der Wolfspelz im Schaf des Kapitalisten.« »Im«? Nicht »des Schafs des Kapi...«? Egal, Hauptsache, die Gesinnung haut irgendwie hin – und besonders stolz wie eine Haubitze bin ich jedenfalls auf die nun folgende, topraffinierte, hoch angereizte, aber sieghaft heimgefahrene Aphi-Serie über die – Lehrer, jawohl, die Lehrer, eben die, die, wie man weiß, ja die neue Aphorismen-Hochkultur zu entscheidenden Teilen mit geboren haben. Als da wären: »Lehrer unterrichten.

Und richten.« – »Lehrer unterrichten und richten in den Schülern manchen Schaden an.« Oder, noch waghalsiger: »Lehrer unterrichten und richten, über jene richtend, in den Schülerseelen große Leere an.« – »Lehrer und leere Köpfe – ist die homophone Konkordanz im Zeitalter Karl Krausens wirklich nur ein komischer Zufall?« – »Die innere Leere der Lehrer richtet meist ihren Unterricht zugrunde – mitsamt den Rahmen-Richtlinien...«

Usw., von da an ist dann auch nur noch ein Schritt zu meinen bisherigen Bestleistungen: »Eine Frau ist wie ein Mann, der eine Frau hat.« (Dochdoch, stimmt schon, glauben Sie's nur.) »Liebe ist, wenn die Liebe den Haß besiegt.« – »Irrenhäuser sind die Trauben, die dem Normalen, der aber in Wahrheit der Un-Normale ist, nämlich der Wolf im Fuchspelz, zu hoch hängen.« – »Der Neger bleibt auch dann noch immer Neger, wenn er sich wäscht.« – »Kinder sind die Erwachsenen von morgen.« – »Eine Frau ist wie eine silberne Schale aus Schamhaar. In die wir Männer unsere Eier nicht und nicht hineinbringen. Und auch nicht sollen.« – »Die größten Kartoffeln haben den Vater zum Krieg aller Dinge.« – »Neger sind wie Juden.« – »Liebe ist, was für die Eifersucht die Currywurst ist: scharf aber bitter.« – »Neger sind die Frauen der Juden. Unserer Zeit.« – und endlich die Conclusio: »Deutschsein heißt Lehrersein – und alle Lehrer sind wie Neger: ihre Zukunft ist dunkel. Vor allem bei Lehramtsanwärtern.« Aber apropos Lehrer – fassen wir das bisher Gelernte zusammen: »Diese Aphorismen sind nicht nur gut, sondern auch gut gegeben.« Oder mit dem Präsidenten der Neuen Frankfurter Schule zu reden: »Vor den Erfolg haben die Götter den Scheiß gesetzt.«

*

So – Lernende, und nun sollten Sie mal Ihre ersten Versuche tätigen. Am besten, indem Sie in der Zeitung einen halben Aphorismus lesen oder sich vorlesen lassen – und den Rest dazubasteln. Wir beginnen mit Einfachem: »Strauß und Vogel bilden zusammen« – was? Richtig, »eine typische Vogel-Strauß-Politik.« – »Ehrgeiz ist um so erfolgversprechender, je...« Lösung W. Schneyder: »...je mehr mit der Ehre gegeizt wird.« Und Ihre Lösung? »...je mehr Versprechen...äh: Versprecher im Sinne Freuds... die Freude am Erfolg...ähäh...« Nix ähäh! Weitermachen! Sie wissen doch: »Wer A sagt, muß auch Phorismus sagen!«

DIE ENDGÜLTIGE WAHRHEIT
ÜBER ROMY

Von Eckhard (»Schweinepriester«) Henscheid

Vier deutsche Spitzen-Presseorgane beschäftigten sich im Frühherbst 1982 über Wochen hin und von interessierter Seite her mit Leben und Sterben Romy Schneiders. Im ›Stern‹ analysiert Petra Schnitt die »Ausbeutung« der Schauspielerin; in der ›Quick‹ hat Romy »ihre intimsten Gedanken und Gefühle für ihre einzige Autobiografie« Oswalt Kolle anvertraut; in ziemlich uneigennütziger Weise veröffentlicht in der ›Bunten‹ Hilde Knef ihre »Erinnerungen« an die Freundin: »Weißt du noch, Romy?« Und endlich in ›Bild‹ korrigiert in noch uneigennützigerer Weise Mutter Magda Schneider die Befunde dieser angeblich angemaßten Freundin: »Warum lügen Sie, Frau Knef?« und: »Leb wohl, Romy!« Vier Berichte, vier Wahrheiten. Und doch stimmt noch keine so ganz. Die volle Wahrheit lesen Sie vielmehr hier:

1. Woran sie starb

Die bisherige Wahrheit: Der ›Stern‹ hält dafür, die »Regisseure« seien schuld gewesen an dieser »Schußfahrt ins Aus«, wobei das Ende sich allerdings nach der Meinung von »Psychologen« schon in den »erschütternden kindlichen Aufzeichnungen« der 13jährigen abgezeichnet habe. O. Kolle in der ›Quick‹ dagegen meint: »Ehen zerstörten wie Schicksalsschläge ihre Persönlichkeit«. Hilde Knef hält Mutter Magda für »letztlich schuldig« am Selbstmord – Magda ihrerseits schreibt in ›Bild‹, »Männer, die sie ausplünderten« trügen die Verantwortung, und im übrigen habe Romy »sich selbst umgebracht, – ohne es zu wollen«: sie sei nämlich schlaftablettenabhängig gewesen und habe zu allem Überfluß auch noch »wahnsinnig gerne den schweren Burgunder-Rotwein getrunken.«

Die volle Wahrheit: Ist noch härter. Weil Romy eigentlich immer gerne – was man im übrigen schon messerscharf aus den »erschütternden kindlichen Aufzeichnungen« herauslesen kann – das Blut ihrer Freundin Knef getrunken und die Speckschwarten ihrer Mutter Magda verspeist hätte, stürzte sie sich a) in unzählige schicksalsschlägehafte Ehen und b) in den Wahn, Knef und Magda seien schwerer Rotwein bzw. Tabletten, worauf sie c) beides mit der Hl. Eucharistie verwechselte, welche sie seit ihrer erschütternd schweren Geburt verehrte, nämlich als sublimierte Fehlprojektion des Geists von Oswalt Kolle. Und das heißt: Letztlich zerbrach Romy – wie auch ihr jetzt dankenswerterweise vom ›Stern‹ veröffentlichtes Testament beweist – vulgärpsychologisch und ordinärpsychosomatisch an der leiblich-spirituellen Vermählung mit dem Herrn Jesus, welcher aber in Wahrheit niemand anderer war als ihr Sohn Herbert, den es schon im Jahr zuvor erwischt hatte.

2. *Wie sie war*

Die bisherige Wahrheit: O. Kolle in ›Quick‹ weiß, Romy sei »total in ihren Gefühlen, total in ihren Ansprüchen« gewesen. Magda Schneider dagegen in ›Bild‹: Romy sei »herzlich«, »ein Naturtalent«, »ein großer Star« und »ein Mädel wie jedes andere« gewesen sowie eigentlich heute noch letztlich »nicht tot«. Der ›Stern‹ zählt folgende Eigenschaften auf: »Bis zur Besessenheit tüchtig im Beruf und verzweifelt untüchtig im Alltag; ebenso gefallsüchtig wie uneitel; ebenso arrogant wie bescheiden; selbstmitleidig und selbstironisch; zum Theatralischen neigend und Theatralisches verulkend; finanziell ausbeutbar und emotional ausbeuterisch; eine raffinierte Verführerin und eine schüchterne Geliebte; voller Staralüren und stinknormal; gescheit und ungebildet; egozentrisch und selbstlos; wehleidig und zäh; offenherzig und verschlossen; diszipliniert und sichgehenlassend; eine liebende Mutter und eine schlechte.« Diese Antithetik verdeutlichen sprachlich die von H. Knef für das Persönlichkeitsprofil Romys gewählten Composita: »furchtsam-verängstigt«, »rebellisch-widerspenstig«, »gereizt-störrisch« sowie – besonders interessant – »lautlos-unheimlich«.

Die volle Wahrheit: Knef kommt der Sache schon sehr nahe, hat aber vergessen, die Eigenheiten »schwermütig-fidel-fickrig« und »nutzlos-humorvoll-vergammelt-verzweifelt-strohdumm« zu erwähnen. Darüber hinaus war Romy selbstverständlich auch schön, sauber gewaschen, Heilige und Hure, Nora, Emma Bovary, Anna Karenina, Mona Lisa, Lulu, Lollo, Lale, Lido, Leda, Hero und Leander, Tristan und Isolde, Cosima, Hermann und Dorothea, Pole und Poppenspäler, Pilzer und Pelzer, Schluck und Specht, Helena, Gretchen, Faust und Dimitri Karamalzbonbon. Und natürlich irgendwie irgendwo Tolstoi. Naja, der vielleicht weniger. Aber dafür Virginia Woolf. Jaaa ... könnte hinkommen.

3. Wen sie liebte

Die bisherige Wahrheit: Der ›Stern‹ plädiert vor allem für ihren »Übervater Visconti« bzw.: »Zusammen mit dem Manager Georges Beaume bilden Romy, Alain und Visconti ein Quartett, in dem keiner weiß, wer wen wirklich liebt.« H. Knef wiederum teilt ergänzend mit, daß die Liebe Romys zu Harry Meyen in Wahrheit keine war, sondern eine von der Mutter Magda »verkuppelte«. Dies wiederum erweitert und modifiziert O. Kolle in der ›Quick‹: »Die Mutter drängte sich zwischen Romy und Alain.« So daß sich endlich die doppelt in die Enge gedrängte Magda Scheider in ›Bild‹ zur Bekanntgabe der intimsten Wahrheit genötigt sieht: nämlich der »zu Herzen gehenden Geschichte von Romys Liebe zu Curd Jürgens, wie er sie in sein Schlafzimmer brachte ... Ich hörte sie noch lange reden, lachen, Romys helles Kinderlachen...«

Die volle Wahrheit: Ist noch toller. Unseren Informationen nach war es so, daß Romy am 24.12.1964 in der Gaunervilla des Salzbarons Adi ihre Mutter Magda liebte, nämlich mit einem von Alain Delon (und der hatte ihn von Junot geklaut) geliehenen künstlichen Penis rammelte, nämlich von hinten in den Arsch; und zwar nach einem Drehbuch von Visconti, genannt Pasolini-Casanova-Kolle. Fotografiert hat das Ganze für 20 Mark Hilde Knef, der bei dieser Gelegenheit von dem alten Fotzenschlecker Curd alias Udo Jürgens auch einer abgeschrubbt wurde, indessen zur gleichen Zeit unter Romys hellem Kinderlachen der Kaiser Franz Josef Strauß als Karlheinz Böhm seinen erigierenden Vater Karl aber auch schon derart hundsschweinös und jupitersinfonesk

ins Knie fickte, daß sogar der ›Bild‹-Redaktion vorübergehend der Samen ausging und dem ›Stern‹ die Augen
aus dem linksliberalen Presserucksack tropften, zumal im
Nebenzimmer simultan und beobachtet von ›Stern‹-Spit-
zenreporter Heiko Gebhardt Annas Mördermutter Marianne (»Speckmusch«) Bachmeier mit Knef-Tochter Tinta
eine Doppel-mixed Fellatio-Cunniumpfta aufs vollge-
wichste Parkett der dort versammelten und verrammel-
ten Saubande zirkelte und zauberte – und wenn nach
Romys dumpfem Totenlachen das ganze Film- und Fick-
und Finstergesocks und Geraffel und Geschwörl nicht
eines gerechten Tags doch noch von den Flammenzun-
gen der Hölle verschlungen wird, dann wird es uns auch
weiter prächtig unterhalten.

DIE ›BILD‹-ZEITUNG
IM SPIEGEL DER DEUTSCHEN NACHKRIEGS-
LITERATUR
Essay

Im Jahre 1985 wird die deutsche Nachkriegsliteratur
40 Jahre alt. Ziehen wir heute schon Bilanz, so ergibt sich
heute schon der Eindruck einer 40jährigen Dualität, eines
40jährigen Antagonismus, ja einer 40jährigen Polarität.
Und zwar nicht so sehr der zwischen Sinn und Form,
zwischen reiner Poesie und Engagement, auch nicht, wie
Hans Magnus Enzensberger einst wähnte, der der tragi-
schen Zweiteilung unserer Literatur in solche aus der
Bundesrepublik und solche aus der DDR. Nein, tiefer
greift ein anderer Zwiespalt, herber klafft ein anderer
Riß, betroffen machender schmerzt eine andere Wunde:
die nämlich des durchaus ambivalenten, ja man muß
schon sagen ambiguitätszerrissenen Verhältnisses eben
dieser Nachkriegsliteratur zur *Bild*-Zeitung, und zwar
seit deren Geburt.

Ein Stück deutscher Geschichte tut sich auf, betrachten wir diese zurückliegenden, schon gleichsam im Nebel
des Historischen verdunstenden Jahrzehnte, diese freilich noch in unsere aktuelle Gegenwart hineinreichende
Vergangenheit und ihr, mit Nietzsche zu reden, ständiges
Auf und Nieder – von *Bild*-Akklamation einerseits und
Bild-Ablehnung andererseits, nämlich seitens auch und
gerade unserer nachkriegsdeutschen Dichter.

Auferstanden aus Ruinen, war sowohl der Trümmer-
literatur als auch den bereits bewährten dichterischen

Kräften das neue Blatt zunächst sehr willkommen. Horst Krüger z. B. lobt in ›Nürnberger Augenblicke‹: »Die Arbeiterstadt kauft ein, und *Bild* ist auch hier dabei« – ja: *Bild*-Verleger Axel Springer sei sogar ein Mann, der »in seinen freien Stunden zur christlichen Mystik neigt«. Dieses Moment greift Herbert Rosendorfer auf, wenn er in seiner Erzählung ›Betet für Zarapkin!‹ von der Entführung des Russen durch rechte Terroristen berichtet, was *Bild* eben mit der balkenhohen Leserbitte »Betet für Zarapkin!« pariert.

Umgekehrt zitiert Wolfgang Koeppen in seinem Roman ›Tauben im Gras‹ von 1951 ein fiktives ›Abendecho‹, das im unverkennbaren Ton einer *Bild*-Headline die erfreuliche Mitteilung macht: »Sowjets beißen auf Granit – Explosion ließ Hölle sehen.« Der junge Hans (›Magnus‹) Enzensberger würdigt 1955 in seinem Gedicht ›*Bild*zeitung‹ deren fröhliche Grundeinstellung: »Möge die Erde dir leicht sein / wie das Leichentuch / aus Rotation und Betrug / das du dir täglich kaufst / in das du dich täglich wickelst.« Und auch Jürgen Lodemann erinnert sich in seinem autobiografischen Roman ›Der Solljunge‹ an die damalige unbestrittene Fraglosigkeit des Boulevardblattes: »Als Vater, 79jährig, gestorben war, bestellte die Mutter seine Zeitschriften ab und kaufte *Bild*.«

Bald aber kommt das positive Bild ins Schwanken. Ernst Kreuder, einer der ärgsten Vertreter der damaligen Kahlschlagliteratur, beargwöhnt in seinem Roman ›Der Mann im Bahnwärterhaus‹ in *Bild* ein »Revolverblatt« und wird ausfällig gegen Bürger, die »täglich vom Vier-Millionen-Groschenblatt aufgehetzt, den Anarchisten in dir wittern« – mit Grund, wie wir heute wissen. Und die fortschreitenden Zweifel der Dichtung gegenüber dem rasch hochkommenden Blatt spiegeln sich jetzt immer deutlicher in Texten wie der Erzählung ›Häuslicher Unterricht‹ von Christa Reinig: »Papa, was ist eigentlich ein Tabubrecher? – Ein Tabubrecher ist ein glatzköpfiger Kastrat, der die *Bild*-Zeitung liest.«

Verstehen Sie das? Eben. Nein, so zweifelhaft und anrüchig konnte es nicht weitergehen, und so findet denn als erster Vertreter der hochwuchernden neuen Sachlichkeit der damals junge Peter Handke zu eben dieser neuen Sachlichkeit – auch gegenüber *Bild:* In der Textkollage ›Legenden‹ zitiert der aufgeweckte Mann aus der tiefen Steiermark wahre Prachtsätze aus dem Blatt im Original: »Laufpaß für Luigi Rizzi«, »Der Geliebte: Sebastiano S.«, »Verletzt: Kurt N.(56)«, »Erkältet: Rusk«, »Alles klar«, »Streit zwischen Daumen und Zeigefinger«, »Soskic erreichte den Ball trotz akrobatischer Aktion nicht«, »tot«, »völlig auseinandergerissen«, »nur sein Hund kam« usw. – und der Autor faßt mit *Bild* zusammen: »Wir werden das Kind schon schaukeln!« Handke damals sehr sachlich in ›Ich bin ein Bewohner des Elfenbeinturms‹: »Heute muß ich mich damit begnügen, daß die *Bild*-Zeitung zwar morgen nicht erscheint, aber (...) am 2. Mai wieder überall zur gewohnten Stunde zu haben sein wird.«

Auch der hochtalentierte Ror Wolf referiert in seinem Buch ›Punkt ist Punkt‹ verzückt ganze Passagen aus der Quelle *Bild:* »Auch der heilige Vater ist vom Fußballfieber gepackt...als Papst muß er jedoch allen Mannschaften den Daumen drücken.« Oder: »Brigitte Beckenbauer, die Frau unseres Nationalspielers, besuchte in Leon eine Erdbeermarmeladefabrik.«

Bazon Brock seinerseits komplettiert diese damals vielfachen Hommagen, indem er 1963 ein Blatt herausgibt, das aufs Haar *Bild* gleicht, dessen Artikel freilich nur aus dem Wort »Bloom« bestehen und das Brock ergo auch ›Bloom‹ nennt – und das so die Einheit von moderner Literatur (Bloom ist Hauptfigur von Joycens ›Ulysses‹) und *Bild* geradezu programmatisch exemplifiziert. Und hochhält.

1973 in ›Noface‹ jubelt Walter E. Richartz: »*Bild* sprach mit der Unterwelt!« und er lobt die Kühnheit des Blatts: »Ein waghalsiger *Bild*-Reporter und ein waghalsiger *Bild*-Fotograf wurden mit verbundenen Augen in eine geheime Kommandozentrale der Unterwelt geschleust.« Vorzügliches über *Bild* weiß auch Dieter Wellershoff in seinem Roman ›Einladung an alle‹ mitzuteilen: »Der Reporter aus Hamburg zeigte den verwirrten Polizisten seinen Presseausweis und machte ein paar Aufnahmen. Anschließend trank er einen Kaffee.« Und: »Die Sache war gut vorrecherchiert. Er hatte die Namen der wichtigsten Polizeibeamten.« Kurz: Topjournalismus heute...

Auch die Klugheit von *Bild* nimmt Wellershoff dankbar wahr: Ein Redakteur des Blatts rät jenem Mitarbeiter, der zu der ganzen schönen Hetzjagd auf den Strolch Findeisen eine Umfrage gemacht hat, zu schreiben: »Ich bin für die Todesstrafe.« Denn: »Meistens meinen die Leute nichts. Aber dann plötzlich auf ein Stichwort kommen die Meinungen hoch.«

Trotzdem – gerade diese von *Bild* betreute Leidenschaft für das Schaurigschöne ist es dann, die, im Zuge des Ausbruchs der Studentenrebellion, die Front der deutschen Nachkriegsdichtung erneut in Lager spaltet. Horst Krüger, vorher des Lobes voll, spricht jetzt in

›Schreiber-Echo‹ angesichts der *Bild*-Leser von »gehobe-
nen Analphabeten« – und untreu wird plötzlich auch
Handke. Noch preist er angesichts eines zerfetzten 10-
Mark-Scheins den *Bild*-Satz: »Weil er in einem Hemd
vergessen worden war, geriet dieser Geldschein (Bild) in
eine Waschmaschine« – und interpretiert des Neides voll,
»wie eine Nachricht in der *Bild*-Zeitung, indem sie in der
Bild-Zeitung steht...man könnte fast sagen: unwirklich
wird«. Aber noch im selben Werk, ›Ich bin ein Bewohner des Elfenbeinturms‹, heißt es dann überaus befremdlich: »An einem Sonntagmorgen – die Sonne scheint –
tritt man aus einem Haus in Frankfurt. Man kommt an
einen Taxistand, steigt ein und fährt zum Hauptbahnhof.
Dort kauft man die ›Welt am Sonntag‹ und liest, daß der
1. FC Nürnberg und Kickers Offenbach aus der Bundesliga absteigen.«

Nun gut, auch WamS kommt aus dem Hause Springer
– indessen: der Fall ist symptomatisch, ungutes Gewölk
schwappt schwärend am Himmel, schwelend sichtbar
auch an Jürgen Beckers ›Felder‹, wo von einem Blatt
namens ›Christ im *Bild* am Sonntag‹ die Rede ist, angesichts dessen der Autor eingesteht: »Ich bin heute morgen verstörter als sonst; mir gehen alle die Sätze aus
Zeitungen im Kopf herum.«

Aus der Konfusion erwächst neuer Affront. Der
Linksruck nach 1968, die SPD-Machtübernahme, die
Vertrauenskrisen rund um die Universitäten, sie treffen
unverweilt auch *Bild*. Unkt der SPD-Wahlhelfer Grass
noch in der ›Blechtrommel‹ davon, daß er das »umfang-
reiche Wissen« ausgerechnet der ›Spiegel‹-Redakteure
bewundere – über *Bild* kein gutes Wort: So glaubt ausgerechnet der damalige Nobelpreisträger Heinrich Böll sich

an die Spitze der Anti-*Bild*-Bewegung setzen zu müssen, speziell in seiner Erzählung ›Die verlorene Ehre der Katharina Blum‹. Wobei ihm Feig- wie Bosheit diesen Vorspruch in die Maschine diktieren: »Sollten sich bei der Schilderung gewisser journalistischer Praktiken Ähnlichkeiten mit Praktiken der *Bild*-Zeitung ergeben, so sind diese Ähnlichkeiten weder beabsichtigt noch zufällig, sondern unvermeidlich.« Böll nennt *Bild* fortan ›Zeitung‹ – und dann geht's aber los: »Die ›Zeitung‹, diese Schweine«, »der übliche Dreck in der ›Zeitung‹«, »alle Verleumdungen, Lügen, Verdrehungen der ›Zeitung‹« – usf. Wohin das führt, ist bekannt: zu der abscheulichen Pointe des Mordes der Katharina Blum am ›Zeitung‹-Reporter.

In einem Interview deklariert Böll zu gleichen Zeit *Bild* gar als »nackten Faschismus, Lüge, Verhetzung, Dreck«. Aber selbst dieser rücksichtslose Volksaufklärer Böll muß immer wieder die Strahlkraft von *Bild* einräumen: »Alle Leute, die ich kenne, lesen die ›Zeitung‹; die ›Zeitung‹, stets bemüht, Sie umfassend zu informieren« – und selbst die Mörderin Blum hat »sich regelrecht in die Lektüre der ›Zeitung‹ verbissen«. Ja, am Ende passiert Böll gewissermaßen der lapsus linguae, sich für *Bild* geradezu euphorisch zu begeistern: »Die ›Zeitung‹ bleibt immer am Ball.«

Noch in seinem Gedichtband ›Sieben Jahre und später‹ erliegt Böll so unwiderstehlich dem *Bild*-Zauber, daß er den Umschlag des Buches mit den unverwechselbaren *Bild*-Balken samt feuerrotem *Bild*-Emblem versieht, was acht Jahre vorher auch Peter Rühmkorf schon in seiner Sammlung ›Über das Volksvermögen‹ getan hatte. Böll scheint sich auch besonnen zu haben: »Vergiß / nur nicht«, skandiert er, »die freiheitlich / demokratische /

Grundordnung / von *Bild* / für *Bild*.« Dann aber wird's wieder finster: »Liebste / vermine Deine Schwelle / verhärte Dein Herz / verschließ Deine Hände / schieß mich nieder / wenn ich heimkomm / und das Stichwort nicht weiß / lebe von *Bild* / zu *Bild* / ... / denke nicht nach / und vergiß / daß Du ein Mensch warst.«

Zwar, hin und wieder hat es damals auch Lichtblicke, so bei Hubert Fichte, der sich in dem Roman ›Die Palette‹ für das *Bild*-Motto, »Seid nett zueinander«, stark macht. Aber übertreffen muß dann die Böllschen Stänkereien natürlich erst mal noch der ewig unzufriedene Günter Herburger, nämlich in seinem Gedichtband ›Operette‹ mit dem Poem ›*Bild am Sonntag*, eine widerliche Zeitung, zum Beispiel am 20. September 1970‹: Abtreibungen, heißt es da zum Beispiel, fänden sie schlimm; aber »daß der wunderbare Operettenstar Marika sich im Alter fit hält (...) das loben sie, loben sie, loben sie«.

Und warum auch nicht, Herr Herburger? Und können Sie mir vielleicht sagen, was der folgende pornografische Gedichtschluß mit *Bild* zu tun hat? »So steinhart sind unsere Hoden, unsere Augen, steinhart unsere Ohren, das lesen wir, lesen wir und bedenken wir und verbrennen es nicht.«

Aber jede Zivilisationskrise endet einmal – und so auch die Renitenz gegen das Vier-Millionen-Blatt. Neue Töne vernimmt man bereits wieder von Hans J. Fröhlich und seinem Roman ›Im Garten der Gefühle‹, der *Bild* zart als die trotz allem und immer noch »beliebteste deutsche Tageszeitung« würdigt – und dessen Autor seinen Hamburger (Roman-)Wohnsitz im Sinne der sich abzeichnenden Wende als »zwischen *Bild* und ›konkret‹« beschreibt. Und Hugo Dittberner in seiner Erzählung ›Das aufgeregte Mädchen‹ weiß gleichfalls von einem neuen, geradezu scheuklappenlosen Zugang zu berichten: »Alle Kinder freuten sich über ihre Macht und rasten in immer größerem Tempo durch die Stadt und zurück zur Tankstelle, manchmal nur, um eine *Bild*-Zeitung zu kaufen.«

Der fröhliche Uwe Nettelbeck druckt jetzt in seinem heiteren Buch ›Mainz, wie es singt und lacht‹ einen tollen Bericht aus *Bild am Sonntag* ab: »Lieber hätte ich einen toten Sohn – Der Alfelder Wurstfabrikant Fleischmann überlegte nicht lange, als er von dem brutalen Verbrechen an dem Millionär Wolfgang Sasse erfuhr: ›Den Tätern gehört die Rübe ab‹, wetterte der erfolgreiche Fleischer und passionierte Jäger. Er sprach das Todesurteil über den eigenen Sohn!« Launig kommentiert Nettelbeck: »Die Überschrift hätte auch lauten können: ein Fleischer als Gemüsefachmann... Im Schatten einer erfolgreichen Wurstfabrik.«

Ja, eine neue Heiterkeit und Sinnlichkeit ist jetzt geboren – auch gegenüber dem lange Zeit so beargwöhnten Boulevardblatt aus dem Hause Springer. Von beiden zeugt besonders auch Alfred Behrens' Büchlein ›Die Fernsehliga‹: »*Bild* schlägt vor: Fernsehligademokratie auch für die Politik.« Wobei auch dies herauskommt: »*Bild*-Leser wissen, was Bürgerinitiativen sind: Tarnkappen für Radikale.«

Heute wissen wir genauer, wie prophetisch das gesprochen war. Und deshalb rafft Wolf Wondratschek in seinem Lyrikband ›Das leise Lachen am Ohr des anderen‹ die Haltung der neuen und schöndummen Generation so zusammen: »In ein deutsches Wirtshaus gehen, ein Helles trinken, *Bild am Sonntag* lesen, am Tisch sitzen wie ein Deutscher unter Deutschen.«

Die allerjüngste Nachkriegsliteratur weiß wieder, was sie will – daß es nämlich auch anders geht. Noch mäkelt zwar in seinem Buch ›Der Aufmacher‹ der sattsam leidige Günter Wallraff ein letztes Mal ungnädig: »*Bild* lügt!« Noch stänkert der alte Alfred Andersch in seinem Gedicht ›Artikel 3(3)‹ kurz und weinerlich in Richtung *Bild*: »Wie wär's denn, bundesdeutsche Zeitungen / wenn ihr den deutschen Dissidenten / wenigstens ein Zehntel des Raums einräumen würdet / den ihr den russischen widmet.« Und noch läßt F. C. Delius in seinem 1981er Roman ›Ein Held der inneren Sicherheit‹ seinen nach dem Modell Schleyer entführten »Menschenführer« Büttinger sagen, er sei früher auch nicht anders gewesen als die heutigen Chaoten – und heißt ihn launig und freilich auch ominös-undurchschaubar ergänzen: »Das dürfen Sie morgen der *Bild*-Zeitung erzählen«.

Aber die wahre Gegenwartsgesinnung treffen da viel richtiger die vormals linksaußen angesiedelten Bernward Vesper und Peter Paul Zahl. Der erste veredelt in seinem Roman ›Die Reise‹ eine originale *Bild*-Meldung vom 19.10.70 (»Einer jungen Frau ein X in den Schenkel«) zu einem ›*Bild*-Zeitungsgedicht‹; gleichfalls mit einem Gedicht ›bildnis des zeitungszaren als junger mann‹ ehrt Zahl den *Bild*-Verleger Springer: »gesäubert ist das haus nun / und sicher steht's auf unseren 4 prinzipien / wiedergutmachung und wiedervereinigung / freiheitlich-demokratische grundordnung / und herr im haus bin ich.«

Und sehr richtig, ja ausgezeichnet sieht es auch der aufstrebende Eckhard Henscheid in seinem sehr bedeutenden Roman ›Geht in Ordnung – sowieso – genau«, in dem er, ganz im Geiste Wondratscheks, einen *Bild*-Artikel zitiert und begrüßt, in welchem der in Deutschland grassierende Alkoholismus weltanschaulich mit dem Nachweis legitimiert wird, unser ganzes Milchstraßensystem setze sich aus unermeßlichen Mengen Alkohol zusammen!

In seinem Roman ›Die Mätresse des Bischofs‹ läßt der nämliche immer rascher aufstrebende Autor einen Kurgast während eines Kurkonzerts *Bild* lesen; in seiner Erzählung ›Franz Kafka verfilmt seinen Landarzt‹ läßt Henscheid sogar auf einem Zeltplatz in Süditalien die *Bild*-Zeitung rumliegen; und in seinem jüngsten und prachtvollen Epos ›Dolce Madonna Bionda‹ berichtet er von einem typischen und übermütigen *Bild*-Joke, den er in Italien mal mit eigenen Augen gesehen hat: »›Deutschland kaputt!‹ Die *Bild*-Zeitung grüßte über 150 Meter hinweg. ›Bernd Schuster verläßt das Mittelfeld!‹«

Bild und deutsche Literatur – jetzt gibt es kein Halten mehr. Zwar nörgelt ein letztes Mal in ›Zettels Traum‹ Arno Schmidt: »Ein Kunstwerk, das man nur 1 Mal zu sehen=hören braucht / das wäre kein Kunstwerk(...) Für n Artikel in *Bild* mag das zutreffn«, mokiert sich Schmidt, »den Odysseus von Joyce mußDe 20=mal lesn!« (Zettel 112). Aber Rainald Goetz in ›Irre‹ korrigiert sofort: »Nehmen wir den Unterschied zwischen dem Ulysses und der *Bild*-Zeitung, der bekanntlich keiner ist.« Derart aufgeklärt kapiert endlich auch Schmidts Arno: »Ein Angehörijer der Bundeswehr forderte, mit soldatischem Anstand, sein Päckchen Players › – & 1 *Bild*‹ (...) bat dann, im reinsten feurigsten Deutsch: ›*Bild* – ‹« (Zettel 86/87).

Jetzt ist der Weg frei, so frei, daß Schmidts Schüler Hans Wollschläger in seinem Kreuzzugsbuch ›Die bewaffneten Wallfahrten‹ auch die historische Dimension erkunden kann: »*Bild*zeitungen machten die Runde« – das Blatt war eben schon um 1200 immer am Ball. Und so fortan: Walter Kempowski plant ein Werk, in dem der einstige Plan Springers verewigt wird, rücksichtlich der *Bild*-Zeitung eine 15-Pfennig Münze einzuführen. Hermann Kinder weiß dies zu berichten: »In der Nähe von Solingen wurde ein Paket mit Menschenfleisch gefunden, wovon man sich, über ein abgegriffenes Stück *Bild*-Zeitung gebeugt, überzeugen kann« (›Der helle Wahn‹) – und ebenso positiv sieht es jetzt endlich auch der vormals ewig kritische Martin Walser in ›Ein fliehendes Pferd‹: »Nichts gegen FAZ, *Bild*, Parlament und Schule.« Noch eine Idee knapper, lakonischer, lapidarer und bekenntnishafter bringt es in ›Danach‹ Uve Schmidt auf den Begriff: »Ich lese *Bild*.«

Das Lebenskünstlerische von *Bild* feiert in seinem Roman ›Die Vernichtung der Sorgen‹ der junge Wilhelm Genazino: »Der Bratwurstverkäufer las die *Bild*-Zeitung, die er auf einem Stuhl ausgebreitet hatte.« Das Menschenfreundliche von *Bild* illuminiert der folgende Passus aus Genazinos ›Falsche Jahre‹: »Auf dem kleinen Bänkchen lag eine aufgeschlagene *Bild*-Zeitung, die niemand mitnahm und niemand wegwarf. Sie wurde immer wieder hin- und hergeschoben, und fast jeder, der an der aufgeschlagenen Zeitung vorbeiging, las im Gehen ein oder zwei Schlagzeilen und ging dann weiter.« Und derselbe Genazino findet in seinem Chef d'œuvre ›Abschaffel‹ eine poetische Metapher, die den neuen Zusammenhalt, die Überwindung der alten Dichotomie zwischen *Bild* und Dichtung wahrhaft sprachmächtig, ja mythisch und den henscheidoiden Motivkonnex des Kafkaischen siegreich zu Ende bringend nachgerade symbolisch-allegorisch besiegelt: Während der junge Intellektuelle Abschaffel in der Bundesbahn Kafkas ›Verwandlung‹ sich einverleibte, »hatte ihm ein älterer Arbeiter gegenübergesessen, die *Bild*-Zeitung lesend«.

So soll es sein: Alt und Jung, Prolet und Intellektueller, Geist und Balken, Kafka und *Bild* – der leidige Streit hat sich endlich, endlich zur Symbiose, zur Synoptik, ja zur Synthese abgeschaffelt!

KOMMEN TUT ES IN DER REIH'
UND WIE ES KOMMEN MUSS

Akkurate Prophezeinisse und etliche Wahrsagungen für das Jahr 1983
n. Chr.

Freut Euch, wenn nächstes Jahr Eur End kommt, weil das Nachher gräuslich und voll Schreck sein wird, und die Leute werden sagen: Ach! wäre ich nie geboren! Freut Euch, weil Ihr dann schon längst nit mehr da sein müßt, sondern anderstwo. Eine Zeit wird kommen, in welcher alls drunt und drüber gehet und die armen Menschen müssens auf ihrene Achsel tragen und beginnen wird es schon im Jahr 1983. Lug und Trug wird der Best nit mehr auseinanderkennen und die Welt wird den Verstand verlieren.

Kommen tut es in der Reih und wie es kommen muß. Wird lange Jahre dauern und anheben tut es 1983. Das ist dann die erste Zeit. Eine schöne neue Startbahn wird eingeweiht werden in der Landesmitten, und der Präsident Carstens wird anrücken und mit dem Kopf sein Jawort wackeln, aber es ruht kein Gottesauge wohlgefällig drauf, sondern ist alles Teufelsdreck. Zwei große silberne Vögel werden widereinanderbrummen und keine Seel gerettet werden, 127 Tote. Noch härter auswirken möcht es sich in der zweiten Zeit. Bei Salzgitter wird ein großer eiserner Entsorgungsapparat in die Lüfte fliegen, eine Kleinstadt ist maustot und im Kölner Dom wird eine schöne Meß mit aller Kraft zelebrieret.

*

Dann kommt die dritte Zeit im Herbst. Wo heute noch ein Trimm-Pfad ist, wird 16spurige Autobahn sein, und niemand wird es nützen. Wenn zwischen Rüsselsheim und Oberursel bisher unbekannte Raketen entdeckt werden, dann ist es nicht mehr weit. In Berlin aber bauet erst die Neue Heimat große weiße Häuser, doch niemand wird drin wohnen, weil kein Geld vorhanden, und die Brennesseln werden aus den Fenstern wachsen. Deshalb erhöhen sie die Renten jetzt um 1,5 Prozent. Die Beamten halten sich, aber es hat keinen Taug.

1983 wird die Zuchtrute über die Menschen kommen, vor allem in Deutschland, und es regiert die Schwarze Spinne Arbeitsplatzangst. Niemand wird mehr etwas glauben, schon gar nicht an Neuwahlen im März des Jahres. Der saure Regen wird immer saurer, das Geld wird immer mehr, ist aber nit zu packen. Im Januar wird die christliche Partei das große Sagen haben, insgleichen noch zu Lichtmeß. Dann wird es ruhiger werden. Im April wird der Präsident Stücklen in Vorschlag bringen, daß die Politik nicht nur am Sonntag ruhen soll, sondern item Donnerstag, Freitag, Samstag. Vorerst wird man ihm nit glauben, später werden ihm viele folgen.

Im Februar werden die Bauernschläuche anheben zu klagen über bittergroße Kält, aber es wird erst im Mai vil wärmer werden. Trotzdem wird das eine das andere nit mehr mögen, trotz Bikini, Tanga und anderweitig Geylheit. Jeder wird einen andern Kopf haben, und wenn einmal die Hobby-Drachenflieger wie Greif und Fledermäus über unsere Köpf' hinsurren, ist es abermals nicht mehr weit. Das Kindergeld senkt sich auf 60 Markeln. Vorher schon wird es drei ältere und fünf jüngere Staatsmänner heimholen (Genscher?). Ein Schlagerl erdulden wird schon am 9. März der Verleger A. C. Springer, am 11. wird es ihn derbröseln. Dagegen Boehnisch Peter stirbt an Krebs. Gleichviel wird der Antichrist noch immer auf der Welt sein und die Leut ihn doch nit kennen.

*

Die Zeit wird ihre Zeichen haben. Auch in den Bauerndörfern geht es jetzt drunt und drüber. Die Männer werden sich gewanden wie die Mohikaner und die Weiberleut wie Türken. Beide haben Köpf wie Besen. In der Taunus-Therme in Bad Homburg hocken sie pudelnackert aufeinander übereinander. In München geht der erste in die Oper nackert, in Hamburg kommt es in der U-Bahn. Der Präsident Stingl wird den 3millionsten Untätigen vermelden und eben drum werden die Leut jetzt Gwandl aus Plastikzobel und Haifischgräten anhaben, die schierligen Pfuiteufel. Über Nacht wird in Bonn ein Hoher Minister umgebracht (Genscher?), aber die hohen Zinsen halten sich und Zimmermann.

Überm Großen Wasser wird es immer ärger. Der Minister Weinberger zündelt mit der Neutronenbombe, und der Präsident schaut zu. Bei uns daheim werden die Menschen in die Wirtshäuser und die Gruppentherapie rennen und dann wieder raus. Wer zwei Flaschen Grappa im Rucksack hat, der soll eine fallen lassen, es langt zur Not auch eine. Wer 30 000 im Monat verdient, der zahlt jetzt 7 Mark mehr im Monat Steuer. Vorher schon werden die mit die grünen Hüt ins Bonner Parlament reinbrummen und eine Zeitlang drin herumbrummen, später werden sie wieder außi brummen. Requiescant in pace.

Ich aber seh es klar: Im Juni wird der Papst in Polen sitzen und in Tschenstochau 50 000 dortigen Ursulinen schöne alte Witz von der Muttergottes verzählen. Trotzdem überlegt der Vatikan, ob man den Papst nicht evtl. alle vier Monat turnusmäßig auswechseln soll, daß es am End noch kasperliger wird. Dann aber wird das Lutherjahr mit großem Schwung anheben. 1 Milliarde 429 Millionen 380 703 Büachln und Heftln übern Luther werden gedruckt werden, dazu gibt es 180 000 Predigten. Hingegen wird es Kafka Franz im Kafkajahr nur auf Stücker 730 000 Neudeutungen bringen. Doch die Besserverdienenden kaufen keine, die Armen müssen alles kaufen. Und auch noch weglesen.

Der Theologe Küng wird neue Informationen aus dem Jenseits und der Hölle und dem Fegefeuer beytragen und Augstein Rudolf wird es pfeilgrad drucken. Oder Nannen Henri, wer halt besser zahlt. Aus Punkern werden deshalb sofort Popper, diese wird der Meister Propper bändigen mit Gwalt.

Mit stärkster Gewißheit wird jetzt der Operngroßdumpfmeister Neuenfels (i. e. Hans) als nächste Verdi-Oper ›Don Carlos‹ aktualisirn, u. z. dergestalt, daß mittels gut sichtbarer Hakenkreuze an der Tür zum Eskorial diesmal König Philipp als Hitler, Marquis Posa als Stauffenberg alias Goebbels und der Infant Carlos als Aida herauskommen. Vor allem dieses letzte Mysterium wird die ›Zeit‹-Kulturabteilung wieder sehr stark interessirn.

In der Malerei sind nach den »neuen Wilden« 1983 die »alten Krauder« wieder dran, über Nacht wird es geschehn. Die Bildhauerei verschwindet langsam, während der Kandidat Vogel überwintert. In Obervolta schlägt die Nato einen Putsch darnieder, doch der Feldherr Idi

Amin kommt strahlend wieder. Die Mucke aber sticht auch ihn wie jedermann.

Den Nobelpreis für Literatur kriegt entweder aus Apartheit der 87jährige Bantuneger Aki H'einerle für sein Epos ›Im Busch ist vielleicht was los‹ – oder aber aus Schweizer Paritätsgründen Max Frisch – in diesem Fall wird es G. Grass vor Gram zerfetzen. Frau G. Wohmann wird ihre Romane Numero 82 bis 89 herunterschwindeln, aber Marcel R.-Ranicki wird zum 19. Male in ununterbrochener Folge umsonst auf den großen, deutschen aktuellen und bewegenden Gegenwartsroman hinharren; so dieser Roman aber doch kommt, wird er ihn nicht erkennen und erspähen. In Hanau hat es den 249. Schriftsteller-Friedenskongreß, den Nobelpreis für Chemie wird durch ein Versehen Dr. Barzel erhalten; der eigentlich nichts erhalten sollte; höchstens seinen hohen Mut.

*

Ich aber sage Euch: wers Jahr überstehen will, muß einen eisernen Kopf auf dem Hohlkreuz haben. Wie der Bergsteiger Reinh. Messner. Der wird auf den August hin mit der Prinzessin Caroline im Brotbeutel rücksichtslos den Ramba Zamba besteigen, im ›Stern‹ steht nachher alles drin; in ›Quick‹ schreibt Hilde Knef die Gegendarstellung.

Weil wir schon grad dabei sind: Wenn man auf der Zugspitze steht, wird man im ganzen Land kein Licht nicht sehen. Dies aber habt zum Trost: Das Licht sieht uns ja auch nicht. Sodann steigen die Beiträge zur Rentenversicherung um 38 Prozent, können aber auch 60 sein. Die Frauen (»Krüppel«) werden 1983 daran gehen, ihre Männer (»Blödel«) noch mehr zu verlassen, zu verla-

chen und zu verladen – und etliche werden ihren Lebens-
zweck darin ergründen, ihre christlichen Taufnamen wie
die Hemden zu wechseln. Aus Brigitte werde »Lina«, aus
Karin schnellstens »Esther«, aus Rita endlich »Lisa«.
Kurz, es ist der reine Scheiß.

O Tod, wie bitter bist du! 1983 wird es 14 Kinoschau-
spieler und 4 Regisseure erwischen, und leiderleider werden wahrscheinlich (höchstwahrscheinlich!) Gisela Uh-
len, Heidi Kabel und Herbert Reinecker drunter sein
(große Klasse). Petra Kelly wird es noch vor dem
Wintereinbruch wegen vom Teufel besessener Schnell-
und Blindquatscherei wegraffen, während Beuys der Hut
fortfliegt. Und dann ist es aus mit ihm. Item mit dem
Bafög. 7 Plagen werden dafür anrücken: Inflation, Stagnation, Endstation, Resignation, Nationalelf, BKA und
Andropow. Die achte aber lautet:

Aus einer Geheimbiografie von Romy Schneider dürften 17 bisher unbekannte Stecher auftauchen, einer wird
sich Jean-Pierre schreiben, einer Herbert, ein dritter ist
Dirk Amft. Je mehr Hände einer hat, desto besser steht
er sich. In der Nacht vor Mariä Empfängnis wird Strauß
dem Stoiber-Bledel eine runterhaun: betreffs groben Ver-
sagens, ideologisch. Eine neue Zigarette namens »Fuck«
wird im Spätherbst als Kind geboren werden und doch
das erste Jahr nit überdauern, obwohl ein nackerts Weib
dafür ständig Reklame rennt. Persil aber bleibt Persil,
ewig und einen Tag.

*

Hütet Euch vor den falschen Propheten! Ihr Name lautet
meistens »Handke«! Glaubt's dem Mann kein Wort! Sondern lieber mir! Und nach meinen Informationen will

sich dieser Handke nächsts Jahr mit Dalai Lama oder Billy Graham zusammentun! Dann wird im Teamwork abgesahnt! Und auf Unselds Bitte ist Suhrkamp dann der Dritte!

Schon 1983 werden ungeheuer viele Bücher und Artikel über das Orwell-Jahr 1984 auftauchen. 1984 werden's noch mehr sein. 1985 wird dann nichts mehr sein. Sondern bloß noch Fideo.

Und die Zinsen sinken.

Jaja, mächtig vorwärts geht es aber schon 1983 auf den Feldern Filmkunst, Ficken, Fideo. Paßt der Minister Riesenhuber auf. Und natürlich Fernsehn. Kabelfernsehn sowieso. Ab Juli wird der Minister Riesenhuber dem Kabeljau definitiv Fernsehn erlauben. Halleluja Gloria! Deo Gratias! O Menschmensch, leck mich doch am Arsch!

Dr. Kohl wird zwar zum Jahresende nicht mehr Kanzler sein, aber noch dran glauben. HSV wird Meister. Kanzler wird aber vielmehr ein anderer sein, ein ganz ganz Anderer wird es sein, ein Komet am schwarzen Himmel. Seinen Namen darf ich aber noch nicht verraten, darf nit zu weit nach vorn mich wagen – dies immerhin habt zur Vorbotschaft: Die erste Silbe wird »Schlumps« sein, die zweite aber »Quackl«. Der Frankfurter Bruno Pezzey wird zum dritten Mal beim Hahnenschrei des Feldes verwiesen und lebenslang gesperrt werden – daraufhin wird der Dichter Ror Wolf eine Unterschriftenpetition »Freiheit für Pezzey« durchführen – und unterschreiben werden Abendroth Wolfgang, Engelmann Bernt und Zwerenz Gerhard. Aus dem selben Grund wird Holger Börner auf 1 Prozent seines Monatseinkommens verzichten, sofern er Hessen weiter führen darf. Die Leut werden trotzdem immer mehr statt weniger.

Luis Trenker wird wieder ein Jahr älter werden, es aber freilich nicht mehr wissen. Das Matterhorn wird Kongreßzentrum, dort tagen ständig Derwall, Kohl und Gunsch. Noch haben sie kein Thema, jedoch es wird ganz prima. Sagt's Euren Kindern und Kindeskindern, daß sie es weitersagen. Sagt ihnen vor allem dieß: Es kann die Welt nit anderst sein, auch wenn es uns das Herz zerfleischt, auch wenn es uns das Hirn zerreißt! Das sagt Euren Kindern! Sofort und sonder Widerrede!

*

Kommen tut es, wie es kommen muß, der Welt zur Ehr und Gott zur Lehr. Wenn der Weiße am Aussterben ist, werden sich der Gelbe und der Rote verbrüdern, aber es ist mir noch verwehrt, zu sagen, wer der Rote ist, der Ruß oder vielleicht der Indianer. Dies ist dann die vierte Zeit und es kommt zum großen Sterben, wenn auch noch nicht 1983. Es wird gehen vom Sonnenuntergang bis zum Sonnenaufgang, und die letzte Schlacht wird sein östlich des Großen Wassers, dort wo die Kirch verkehrtrum steht und der Antichrist regiert. Dann erst wird richtig aufgeräumt. Dann hebt das große Räumen an (Genscher!). Dies ist der Anfang der jüngsten Zeit, circa um 3000.

Deine Kindeskinder werden es nit mehr derleben, aber denen ihre Kindeskinderkinderkindsköpf! Die sehen noch den Anfang. Wenn auf dem Henningerturm die Dosenpilslein wachsen, geht es an.

Abertausend Tag und Abermillionen Näct hab ich den Wald und die Berg, den Wind und den Himmel, Mond und Sternlein danach befragt, und dann hab ichs gewußt: Arschlings geht die Zeit nit. Sondern vielmehr sackwärts. Wer Abermilliarden Tag und Nächt darüber nachdenken kann so wie ich, weil er sonst nit viel zu tun hat: der kommt dahinter, wie es kommen muß. Mir hat der Herrgott eine Plag gegeben und mich über die Berg und in die Köpf hinein schauen heißen. Mein Zeit ist um, der Artikel schon fast aus. Ich geh dahin, wo ich herge-kommen bin – und wenn Ihr mich heut nacht aus dem ›Pizza-Peter‹ tragt und ins Taxameter legt, so bin ich fast schon steif.

Aber ich gebe Euch noch ein Zeichen.

GIUSEPPE, SYLVIA E HANS NEUENFELS

Oder: *Aktuelles aus der deutschen Deppen-Szene*

Ich habe Dich nie gesehen, Sylvia, ich war ein anderes Jahrhundert, Sylvia, ich bin ein Mann, Sylvia, Du bist eine Frau, Sylvia, und ich liebe Dich. Ich habe gelebt. Du lebtest, ich war tot, Du bist tot, Sylvia, aber jetzt sind wir da, lebendiger denn je, unvergänglich lebendig, unvergleichlich tot. Genug! Genug! Genug!

Es fällt nicht leicht, über den 48-Seiten-Text ›Giuseppe e Sylvia‹ des bekannten Theaterregisseurs Hans Neuenfels zu schreiben. Zu nichtig scheint er einerseits, zu widerlich ist er andererseits – das mulmige, fast entmutigende Gefühl springt den Glossisten an, er könne ja wohl nicht dazu auf der Welt sein, jede Unsäglichkeit, die Notdurft und Gebärwille in die Welt setzen, geduldig-polemisch zu begleiten. Soll man sie nicht einfach machen lassen, die Windigen, die Schaumschläger von »Kreativität«, die Klein- und Großgauner der Sprache, die Zuhälter der Kulturindustrie, ehe sie nach ein paar Jährchen ohnehin das Vergessen überflügelt.

Eine Brücke aus Brüsten, und Du gehst mit harten Sohlen über ihre Spitzen, und die kleinen Schreie sind Möwen zu weit vom Meer. Und Du mit erhobenem Kopf siehst Masten und weiße Segel und Küsse in Kajüten. Romane, Schundliteratur, Schatten...

Leider, der Text von N. nötigt zur Beschäftigung mit ihm: als einem Dokument derzeitigen Tiefststandes, der die Tendenz hat, doch noch weiter zu sinken. Es muß offenbar heute schon Hauptmotiv von Literaturkritik

sein, das allseitig walkende Unheil, und sei's ein letztes
Mal, zu beleuchten. Was liegt vor?

*Wir müssen die Toten retten. | Und manchmal in besonderen
Zeiten | müssen die Toten die Toten retten.*

Der Broschüren-Text wurde und wird zur Frankfurter
›Aida‹ (Frühjahr 1981) als das ans Publikum verteilt, was
sonst als Programmheft eine Einführung ins Werk liefert
– nicht ganz unwichtig, daß kommunale Kulturpolitik es
heute vermag, zwangsweise via Eintrittsbillett bzw.
Steueraufkommen dem Publikum noch jene privatisti-
schen Schnurren aufzuhalsen, die selbst, hoffentlich,
Suhrkamps Unseld zurückgewiesen hätte:

*Es heißt, die Liebe sei einsamer als der Tod. Bei Verdi ist die
Liebe einsam wie der Tod. Kein Komparativ kann ablenken von
einem Wissen, daß jeder Lidschlag Sekunde ist, Verlust, Gewinn. Wie die Musik die Zeit überhaupt verkörpert, läuft der
Gesang stets Gefahr, Schweigen sein zu müssen.*

Hätte es noch eines nicht-regie-immanenten Beweises
bedurft, daß die Frankfurter ›Aida‹-Dümmlichkeiten einen
Mann zum Vater haben, der mental und charakterlich die
Bahnen des Zumutbaren lang verlassen hat, dann müßten
a) der Brief, den N. nach der Premiere an die FAZ schrieb
des Inhalts: seine Aida-Auschwitz-Engführung stütze sich
darauf, Adorno habe das Dichten nach den KZs zwar
verboten, Celan sei aber trotzdem die ›Todesfuge‹ gelungen,
und ergo müsse Aida-Radames' Grabkammer ein Gasofen
sein, – und b) dieser Text, Grundlage eines Films ›Giuseppe
e Sylvia‹, den N. in Italien gedreht und auch schon gezeigt
haben will – Präziseres dazu erfährt der Leser nicht: auch
diese Mystifikation ist natürlich Teil der Gesamtstrategie
von Unverschämtheit dem Pöbel gegenüber, der es schon
fressen wird und den N. schon anläßlich seines Frankfurter

143

Verdi->Macbeth< als Idiotenhaufen taxierte — nun doch eigentlich genügen:

Hochmut ist manchmal wie Sodbrennen. Plötzlich hatte ich Sodbrennen.

Im Text – wie im Film selbst? – geht es um die chimärische Begegnung des alten Verdi mit der amerikanischen Roman- und Lyrikautorin Sylvia Plath. N. nennt seine lyrisch-prosaische Rhapsodie ein »Treatment« – das ist sie natürlich nicht, so apart diese Tiefstapelei in ihrer Verschmocktheit klingt: sondern eine lockere, poetisch ambitionierte Abfolge von Gedichten — welche von Plath, welche von N. sind, wird nicht bezeichnet, auch darin steckt System, dies hier ist sicher von N.:

Antonios Blick auf den Arsch der Blonden | Capri lauert schon in der donnernden Brühe. | In S. Agata fallen die Rolläden zu. | (…) Der Bauer von Roncole lächelt: es ist soweit.

Dazu kommen erfundene Briefe und Dialoge, Anekdotisches zur Filmarbeit, freie Assoziationen. Die Idee des Ganzen kam N. so:

Zuvor schon, in Zürich, während ›Lulu‹, versuchte ich, ihr gerade erschienenes Buch ›Die Glasglocke‹ zu lesen. Ich konnte es nicht. Ich konnte genausowenig lesen, und ich konnte genausowenig schreiben wie sie. Die Duplizität der Fälle macht neugierig! Während ich also auf einer Matratze liegend – der ständigen Ohnmachten wegen – das Stück zu Ende inszenierte, ich für stundenweisen Schlaf intravenös Valium gespritzt bekam, wurde mir ihr Buch, das ich erst viel später las, so klar, daß ich ständig lachen mußte.

Dergleichen hätte sich zwar nicht einmal G. Zwerenz in seinen dreistesten Tagen zu türken getraut; auch verdient der Einblick in die Interieurs internationaler Regiearbeit Dank – allein, das Lachen jetzt umgekehrt des

Lesers über den schamlos ernst, nämlich kundryisch metaphysisch gemeinten Stuß ist gefährlich: Dergleichen wird heute massenhaft geschrieben, gedruckt und gekauft – und wirkt in der Breite vermutlich geschmacksbildender als es Goethe, Proust und Nabokov zusammen je wieder gutmachen können! Die Begründung seines Traumgespanns Verdi-Plath liefert N. erst auf S. 44:

(Das Bild) hatte jenen Witz, jene Heiterkeit und Schärfe, die sowohl die Musik Verdis ausmacht, wie Sylvias Prosa und Lyrik.

Was natürlich doppelt Unfug ist – zum Clou der Konklusion aber reift, daß sich Verdi als seinen Schaffenstraum, den nie zustandegekommenen König Lear, Plath aber als dessen Tochter erkennt:

Das Meer nahm an Stärke zu (...) Verdi ging auf Sylvia zu. Wir haben diese Stelle, die Sie später in Zeitlupe sahen, nicht in Zeitlupe gedreht. Sie war Zeitlupe. Verdi ging auf Sylvia zu. »Cordelia, Du bist meine Tochter Sylvia, die Virginia meiner Giuseppina. Ich habe lange gebraucht, um Dich zu finden.« »Verdi«, entgegnete Sylvia, »mein Vater Lear, ich habe Dich lange gesucht.«

Der Hauptwitz soll im zwiefachen Anachronismus bestehen; ihm ist das barbarisch tiefsinnige Motto zugewiesen:

Memoiren muß man zeitig schreiben, sonst erlebt man sie nicht mehr, sagte Sylvia Plath. – Ich liebe die präzisen Anachronismen, sagte Giuseppe Verdi.

Wobei sich – neue Klimax artifizieller Konstruktion – der erste Kontakt derart herstellte, daß Sylvia tatsächlich *sogleich nach ihrem Selbstmord, am 11. Februar 1963, bei ihrer Beerdigung Verdis Requiem hörte*
und ihm diesen Brief schrieb:

»Verdi! | Ich habe Ihre Musik gehört. Wie konnten Sie |
sterben, ohne sich zu töten?! Ihre Musik schrieb jemand, der
klarer um den Anderen, der er sein könnte, | Bescheid weiß, als
um sich, der er ist.« Sylvia.

Nein, derlei als harmlose Nach-Valium-Verirrung ab-
zutun, geht nicht – was aber liegt an? Nun, vermutlich
hat einer mal Verdi gehört, dazu Plath gelesen, den Zufall
hält er für die Epiphanie des Weltgeists, und also schneidet er aus den beiden raren Sensationen ein »Treatment«. Aber was für eins! In der N.schen Revue treten
unter anderem noch auf: Nietzsche, Lorca, Trakl,
G. Groddeck, Franco, Boito, Kleist, John Wayne, Giuseppina Verdi, Eluard, J. Dean, M. Monroe, Freud, Chaplin,
Bogart, Euripides, Presley, Rimbaud, Christus, Fred
Astaire, Lautréamont, Shakespeare, Kafka, H. Chr.
Andersen, J. C. Oates, Pasolini, Strindberg, R. Messner,
Buñuel und Cesare Lombroso – es ist nicht zu fassen, was
diesen Kulturgockeln unorganisiert im buchklub-gerüt-
telten Kopf herumsurrt – und der Stil dieser eklektischen
Einspielergebnisse sieht im Durchschnitt so aus:
Er wurzelte: blutend, keuchend, das Gesicht voll Rotz und
Schleim, die Oberschenkel voll Kot, und die Hoden kürbisgroß
von Liebesverlust und Sehnsucht nach Akzeptierung. Verdi
wagte sich nicht zu rühren. Er wußte, es gab nur eins: Zerfall
oder Gewinn.

Kitsch, wie man ihn nicht mehr für denkbar halten
möchte – scheint's ist er unsterblich; wie nur Giuseppe
und Sylvia:
(...) das Gehirn droht selbständig zu werden. Das öde Schwim-
men am Morgen, das man nur erträgt, wenn man es zu zweit
tut, weil man sonst vor Langeweile untergeht. Und manchmal das
glückliche Spüren der Haut am Abend nach einem langen Son-

146

nentag am Meer oder das Ausbrechen des Körpers um die
Mittagszeit ein paar hundert Meter unter dem Gipfel.

Hier spricht Zarathustra – das zentrale ästhetische
Postulat aber ist das der an C. D. Friedrich gescheiterten
Anhänger David Hamiltons:

Es ist aufregend, wie sich langsam die Wimpern Sylvias um die
von Verdi klammern. Wie ungedruckte Buchstaben, die das
Reden suchen. Die Amerikaner haben versucht, daraus einen Stil
zu machen.

Es ist der Stil der Mitläufer, der Mitmischer, der allseits und allzeit Verfügbaren – Hochliteratur für den
Club Méditerranée: weißgott, die Herren Ezra Pound,
T. S. Eliot und Th. Wolfe haben ihr Teil Schuld auf sich
geladen, stellt man die Erb-Epigonen in Rechnung, wie sie
nimmermüd gehoben seicht daherseimend die Schar der
ewig Ungetrösteten bedienen. Und N. wahrhaft weiß
ihren Bedürfnissen aufzuspielen:

Sich hinlegen in seiner Lächerlichkeit, seiner Bereitschaft. Das
ist kein Exhibitionismus, Sylvia, das ist Notwehr.

Hans Dampf läßt die synästhetischen Puppen der Moderne tanzen, daß Lieschen Müller, von sich selber überrascht, sich schon für Sylvia Plath hält:

Es gibt keine Chance außer abgestandenem Rotwein und fast
hartem Brot. Auf dem Bett liegt Verdi halbnackt oder einge-
mummt. Draußen ein Tag um irgendeine Uhrzeit (...) Er weint.
Sie läßt ihn nicht ein. Er bittet. Er fleht (...) der Dung geilt
ihn an, widert ihn an, lähmt ihn, macht ihn stille halten. Einmal
scheißt er ins Bett.

Kühn. Die Aufschwemmung von Kitsch = nicht ein-
gelöstem Anspruch, Größenwahn, Geistesdiebstahl, Ge-
nialer-Kerl-Pose und nicht zuletzt Lärmschlagvermögen:
wahrscheinlich ist der Volksverführertypus N. (aus-

tauschbar durch Zadek, W. Herzog, jetzt auch Stockhausen) schon gefährlicher, zerstörerischer als die guten alten Konsalik, Habe, Simmel oder das zuletzt doch harmlose Schäfchen Karin Struck. Das maßlos um sich schlagende und fetzende und werkelnde tiefgründelnd gehobene Mittelmaß wirkt als momentane Zentralpest dieser sich auflösenden Zivilisation: Nein, nicht länger die Professoren-Schnarcher und die Großkritiker-Schleimbeutel sind es, welche heute die leitenden Dumpfmeister der Nation stellen – die »radikalen Neuerer« und »Revolutionäre« haben, gedeckt von ihrem eigenen Gerücht, dies Feld fast unbemerkt okkupiert, sich maßlos froh darin zu wälzen: *O du liebe Kleine, mit geschmacklosen Hüten, doofen Taschen, Kindergequarre, zu hohen Absätzen, fielst Du in den Olymp. Und Du wolltest Europa, das Abendland und noch ein bißchen Antike, Japan ausgenommen!*

Es ist immer alles in allen Köpfen (Th. Bernhard) – hier kommt alles zu allem (Hofmannsthal): Auch Natur ist wieder en vogue:

An der Angelrute hätte ich die Geduld halten müssen, in der Stille einbiegen, bis der Regen mit tropfender Täuschung den Köder aus Tränen für künftiges Glück eingeholt hat. Forellen, den Saibling sogar, geräuchert, direkt aus der Quelle...

Es geht noch aparter und metaphorischer:

Mir wird schwindlig im Niemandland des Beobachtens (...) Mir wird schwindlig. Ich sagte es schon, und meine Unruhe tigert.

Der abgewirtschaftete Ramsch des alten Feuilleton-Lyrismus konfusioniert mit dem auftrumpfenden, die Sau herausjagenden Geplärr des metafuseligen Pennälers:

Wer ist die Liebe? Der Andere? Immer habe ich, Verdi, die Szene bevölkert im Höhepunkt des Schmerzes, der zugleich Glück ist. Nie habe ich das Leben, die Musik heftiger gespürt als in all ihrer Abwesenheit. Sylvia deswegen, deswegen Sylvia, wäre mein Selbstmord viel zu wirklich gewesen. Selbstmord ist nur möglich, wenn man ganz in dieser Welt ist. Jeder Selbstmord ist ein Unfall. Ich aber, ich, Verdi, bin ausgegangen nachts wie Lautréamont...

Aus der Unzahl der weit über den Stilblütenverhau hinauswuchernden Untaten auszuwählen, macht fast hilf-los:

Geh mir von den Nerven, Mädchen! | Geh mir runter, bitte, bitte. | Meine Nerven sind mit Fädchen | eingerollt um deine Titte.

Den Charme, das »Sublime« an der Dummheit lobten Erasmus und Wieland wie Brecht – warum aber haftet der des N. nur noch Ekel an?

Ich ergriff ihn, er zog mich ins Boot. Stille war. Er küßte mich. Da schlug ich ihn. Ich schlug ihm in die Fresse, bis Blut aus seinem erstaunten Mund kam, und er aussah wie die Fresse des Hais, die ich einmal auf einem Photo gesehen hatte...

Hochmondän wie nur die H. Robbins', gemahnen solche Sätze an einen großen Tümpel, in dem sich quallig die Bestien der Vorzeit tummeln. Andere haben etwas an ihrer eigenen Infamie Zersplitterndes und Zerstäuben-des, die Welt mit parfümiertem Weltquatsch sprayartig Überrieselndes:

Denn manchmal sind die Lebenden ebenso toll wie die Toten.

Besonders einer. Nein, Nachsicht mit der Komik die-ser verheerenden, kreuz und quer Wellen schlagenden Scharlatanerie ist verfehlt: dies schreibt kein Germanist im 2. Semester, sondern einer, der, jenseits des Risikos, im Buchladen als Ramsch zu vergammeln, über die Macht verfügt, rudelweise Köpfe zu ruinieren:

Das Leben ist das Ende, wenn der Tod nicht immanent ist. Der

Tod ist das wirkliche Ende, aber das Leben ist ständig der scheinbare Tod. Alle meine Töchter, alle meine Söhne…

Der Welt melden Weise längst nichts mehr, aber die, mit Th. Bernhard zu reden, infernalische Kardinalgemeinheit von Sätzen der Art hätte immerhin justizielle Verfolgung verdient:

Er wand sich zu einer Musik – hören Sie die Musik? –, die alles aufheben sollte in Rausch und Klarheit, weil die Unterschiede, die Widerstände zu hoch, zu groß, zu unüberwindlich schienen, über die er sprang, springen wollte, über den Widerspruch von Mensch und Gesellschaft und Klasse und Soziologie und Psychologie und Underground und Repräsentation und Begabung und Bildung und Schicksal, und er sprang, sprang wie ein Verrückter über Hürde und Forderung, prallte auf, fiel zurück, bäumte sich hoch, setzte an, gab kurz auf, duckte sich, nahm Anlauf, versuchte immer und wieder, trotzdem und hoppla.

Irgendwann schwindet die Lust, solche Perioden anders und vornehmer und ironischer als in ihrer wahren Eigenschaft zu benennen: als Ausgeburten eines Deppenhirns. Das Ganze sei das Unwahre, befand Adorno. Vielleicht. Aber die Einzelteile sind noch viel schlimmer und klingen so:

Es ist der Blick, wenn wir von der Liebe fertiggemacht werden.

Warum laufen Setzer und Drucker nicht öfter panisch schreiend von ihrem Tagwerk davon? Und noch einmal die hochprätentiöse, alles niederwalzende Stimme der Vorhölle:

Er riß dem Alten die Hose herunter(…), trampelte auf Cut und Stehkragen herum und wirbelte alles ins Meer. Verdi war nackt(…)Er klatschte auf seine Schenkel. »Komm her«, rief er Edgar zu, »komm, Philosoph, komm, mein Athener, greif an, Du Arschloch!«

Am Ende hatte Nietzsche doch recht, als er das Einsik-
kern von Kultur in unvorbereitete Köpfe als Betrugs-
manöver ohnegleichen witterte. Neben den Zelebritäten
des Geistes treten bei N. übrigens auf: Anna, Klaus,
Carlo, Thomas, Niko, Roberto sowie Nina mit ihrem
typischen Chiemseer Lachen

– die sehr repräsentative Creativ-Demimonde des Jet-
Set und der Boutiquen, und das Kultur-Credo der Mischpoke lautet:

*Das Essen war fertig. Verdi zu Ehren gab es lombardische
Spezialitäten(...) Der Sasella aus dem Valtellina-Tal, rubinrot,
stand neben dem weißen auf S. Angelo herkömmlichen Epomeo.
Die Lombardei verfügt neben dem Sangue di Giuda, einem süß
moussierenden Rotwein, dem allseits bekannten Aperitif Cam-
pari und dem Chiaretto del Garda nur noch über den Inferno mit
seiner nußähnlichen Blume.*

Es handelt sich zumeist um Film-Mitarbeiter – und so
geht's zu:

*Klaus drehte unbeirrt mit. Thomas fährt den Ton. Uwe ist in
Bereitschaft(...) Roberto war in Hochform. Während er den
Wein entkorkte, Gläser, Teller, Besteck brachte, redete er unun-
terbrochen.*

Zum Beispiel so:

*Laß mich Dir sagen, daß ich Dich liebe, laß mich Dir sagen,
Du quälst mich, sag, du benutzt mich, gesteh, Du haßt mich
jetzt, nur jetzt?, heule mich an, spitz mich an, leck mich an, aber
sag mir, wer Du bist, wo, warum, mit wem, wozu?*

Und dies Glamour-Fashionable des aktuellen Jet-Set hat
heutzutage diese großdumpfmeisterlich-philosophische
Textur:

Die Toten verfügen über eine staubsichere Hierarchie.

Und:

Verdi hatte alles verstanden, er hatte gesagt: »Als ich das erste graue Haar in meinen Schamhaaren entdeckte, riß ich es nicht aus.«

Die Erbauungs- und Erleichterungsprosa des deutsch-mitteleuropäischen Gesockses:
Roberto küßte vorsichtig ihre Hand, »danke, Sylvia, Du machst mich geil.« Sie freute sich, Verdi ebenfalls.

Die Infamie, Regressivität der Dummheit dampft annähernd pandämonisch noch über ihre eigene komische Zitierbarkeit hinaus ins Namenlose, Wesenlose. Überläuft ihren Urheber nicht ein einziges Mal entsetzlichste Scham – und heißt ihn weiterwursteln ohne Barmen?
Die Einsamkeit schraubt sich zu(...) Das Glied fängt an zu schmerzen. Verdi geht auf und ab. Er hat keine Scham.

Der Schnallentreiber Verdi in seiner neuen Qualität als Schlachtschwein für die Abgreiferkultur der Erben: Die rasende Flut des Sprachschlamms hat etwas Totalitäres. Wie die Regiearbeit von N. möchte sie nicht mit-, sondern zu Boden reißen, ersäufen. Dabei macht die Eintönigkeit der Dauerkatastrophe beinahe tückisch schläfrig:
Wo setzt der Tod ein und sich die Liebe aus?

Vermutlich, wie gesagt, war es die fatalste Leistung der Moderne, dem Defekt der zeitlosen Deppen – keinem Gedanken Halt geben zu können – die Exkulpation zu erteilen, ja, ihm zur expressiven Würde zu verhelfen:
Wir saßen lange auf Loreley und keiner kann behaupten, die Schiffahrt reiche für ein Leben aus. Ich bin nicht dein Kain, alberner Abel.

Sicher, es muß nach Baudelaire und Benn und Charlie Parker auch Jünger haben, die die Botschaft für ein warmes Nest halten, in dem sich's peinvoll gemütlich widerhallen läßt. Allerdings, Kunstgewerbe ist kein Be-

griff mehr für diese pesthauchgesättigte Vulgarität –
wahrhaft zynischer Weise hat ausgerechnet die Springer-
Journaille recht, wenn sie hier Scharlatanerie, Schama-
nenwesen, auch Psychotisches statuiert – indessen weite
Teile der linken deutschen Publizistik stramm stehen,
eingeschüchtert von der schon fast niet- und nagelfest
zugemauerten Gaunerei des Umtriebigen.

Warum bliebst Du nicht bei Woolworth, bei Deiner Geschichte?

Weil dieser Mann noch stolz drauf ist:

Es konnte also eigentlich nichts schiefgehen. Schön ist das Gefühl,
wenn man als Chaot verschrien ist, daß es letztlich der Haß der
Anderen auf eine Professionalität ist, die das notwendige Chaos
ermöglicht.

Leider auch Adornos Satz, Kunst sei, Chaos in die
Ordnung zu bringen, hat bei unseren Spätexpressionisten
viel unverdauten Dreck hochgerührt. Aber gut, nennen
wir N. nicht länger einen Chaoten; sondern einen Knaller. Ihm steht Polen offen:

Es ist unerhört, dachte ich, wieviel unter Menschen möglich ist,
was der Eine aushalten, begreifen kann vom Anderen, wenn alles
weggefallen ist. Wieviel muß wegfallen?

Alles. Denn:

Alles ist tot oder lebendig, alles ist Scheiße oder toll, alles ist
wahnsinnig oder normal.

Um Gotteswillen, nur das nicht; hier röhre normfern
das Reich der Runkel. Dem noch sage und schreibe die
Courage einer letzten Pater-Noster-Travestie gegeben
ist:

Unsere tägliche Zärtlichkeit gib uns heute, unsere Wange, unser
Streicheln durch die Schreie, unseren Flaum in der Nacht, den
Pfirsich in der Angst, bitte, bitte, bitte!

– manchmal umflort sich die Lektüre des Texts mit der

Ahnung, rücksichtslos aufknüppelnde Idiotien dieser Art seien heute schon realere Lebensgefahren als Strauß und Stoiber und die Bayerische Justiz zusammen – ja, nachdem der Begriff des Faschismus leichtfertig nicht inflationiert werden darf, wäre für das Syndrom N. der sich selbst fortzeugenden Gemeinheit schnellstens ein Name zu suchen:

Das Pathetische wird durch das Physische korrigiert. So ist er (Verdi) immer real und selbst die Sehnsucht sehnig.

Die Wörter selber können einem leid tun. Hier spricht längst nicht mehr ein Kraut- und Wirrkopf in letzthinniger Verzeihlichkeit – hier quakt und grunzt das Weltunheil. Vergleichbar den Schwarzen Löchern im Universum ziehen Form und Sinn sich nachtmahrisch in sich zusammen, um rasend rotierend endlich zu platzen; Apokalypse negativ:

Das Sichfallenlassen, das sich dreckig macht. Ein ödes Verschnaufen. Ein mechanisches Vegetieren. Ein nöliges Ertragen. Ein zynisches Überwintern (...) Ein peinliches Stammeln, Stottern, Stoßen, das die engsten Freunde anwidert. Das stramme, das starre Verharren, greisig oder embryonal, trotzig, tückisch. Zugeben, zulassen. Keine Entschuldigung, wenn die Nase rotzt, der Ausfluß Ränder ins Höschen macht.

Zugeben, zulassen? Hegel-Enzensbergers ›Furie des Verschwindens‹ ist ein zu guter Gedichttitel, als daß sein Doppelgesicht nicht auch viel Hoffnung auf die Gnädigkeit der Wegputzgöttin suggerierte.

DER KLEINE ELEFANT

In seiner 1838 zu Bombay erschienenen Reise er-
zählt (Wilhelm Harris), daß, nachdem er den
ersten Elefanten, welches ein weiblicher war, erlegt
hatte und am folgenden Morgen das gefallene Tier
aufsuchte, alle anderen Elefanten aus der Gegend
entflohen waren: bloß das Junge des gefallenen hatte
die Nacht bei der toten Mutter zugebracht, kam
jetzt, alle Furcht vergessend, den Jägern mit den
lebhaftesten und deutlichsten Bezeugungen seines
trostlosen Jammers entgegen, und umschlang sie mit
seinem kleinen Rüssel, um ihre Hülfe anzurufen.
(Schopenhauer, Über die Grundlage der Moral)

Die Schüsse waren längst verhallt und der Pulverdampf
hatte sich verzogen. Es dauerte aber noch eine ganze
Weile, ehe der kleine Elefant in seiner Aufregung wahr-
nahm, daß seine am Boden neben dem Wasserloch liegen-
de Mutter sich nicht mehr rührte. Sondern gleich als
schliefe sie, hatte sie den massigen Leib auf die Seite
gelegt, der Rüssel berührte mit seinem Ende fast den
Tümpel. Der kleine Elefant ging endlich zögernd zur
Mutter hin und berührte sie auffordernd mit seinem
Rüssel. Der Leib der Mutter zeigte keine Regung. Allerlei Insekten und Kleinzeug umschwirrten den Kopf der
Liegenden. Noch immer vom Nachhall der Schüsse benommen, ahnte der kleine Elefant, daß etwas geschehen
sein mußte, das alles Bisherige und Vertraute bedrohte
und änderte. Er dachte nach und fühlte, wie das Herz ihm
schlug. Aufgewühlt schon ging er mehrmals um die

Mutter herum und atmete heftig. Sein Herz pochte noch schneller, dann zog es plötzlich sich zusammen, als ob es sich verknote. Der kleine Elefant blieb stehen und fröstelte. Ratlos äugte er wieder zur Seite nach dem vertrauten Leib, dessen Augen aber noch immer geschlossen waren. Glutrot senkte sich die Sonne.

Der kleine Elefant äugte wieder nach der Mutter, dachte nach und schubste sie ein wenig mit dem Bein. Er bog seinen Kopf leicht zurück und stemmte dann die kleine rechte und noch fast zarte Beinsäule auf den liegenden Leib. Dieser rührte sich nicht mehr. Ein neuartiger heftiger Jammer kam den kleinen Elefanten an — dann trat ihm Schweiß rasch auf die Stirne. Die Sonne war verschwunden.

Die Dornen des Unterwuchses kitzelten den kleinen Elefanten an den Beinen. Zwei Meter vor ihm lag die Lache, die allen, der ganzen Herde, zur Erquickung gedient hatte. Nachdem sie alle gemächlich ihre Körper genäßt und getrunken hatten, waren plötzlich mehrere Lebewesen erschienen, dergleichen und so feindlich der kleine Elefant noch nie gesehen. Dann war der Knall geschehen. Dann waren alle weg. Seither lag die Mutter.

Schneller ward es dunkel. Im Herzen des kleinen Elefanten kräuselte die Bangnis gegen die Brutalität des gleichwohl nicht ablassenden Schmerzes an. Dem kleinen Elefanten war nicht klar, ob dies eine Wohltat oder ein noch böserer Streich war. Etwas Schlimmes, Abgefeimtes war passiert. Der kleine Elefant umschritt bedachtsam wiederum mehrmals die Mutter — so wich vorübergehend der Schmerz, freilich nur, um der noch böseren Angst Platz zu schaffen. Der kleine Elefant machte sich nochmals klar, daß an einen bloßen schweren Schlaf der

Mutter längst nicht mehr zu denken war. Die neuen Lebewesen, deren sich der kleine Elefant jetzt wiederum erinnerte, viel kleiner waren sie gewesen als die Mutter. Die jetzt da ruhig vor ihm lag.

Der kleine Elefant blieb stehen, um zu lauschen. Dann lehnte er sich vor Schwäche ein wenig gegen den knorrigen Stamm eines Jumblum-Baums. Das sehrende Weh — jetzt kam es wieder, sengend. Ein Luftzug stob auf, erstarb gleich wieder. Mit einemmal verspürte der kleine Elefant etwas Hunger, er hatte aber keine Lust, an den zarten Trieben der Bambusbüsche zu äsen. Die Qual am Herzen war zu mächtig. Verlegen dachte der kleine Elefant eine Weile nach. Alles war da. Gräser, Bambus, Wurzeln, Rinde. Lauter Lieblingsspeisen. Aber von gar nichts wollte der kleine Elefant jetzt kosten. Bevor die Mutter nicht erwachte.

Büsche warfen krause Schatten. Verdorrtes Reisig knisterte. Der kleine Elefant verspürte, wie ihm das Herz jetzt wieder schneller jagte und vernehmlicher klopfte, zager und auch freilich fast wie hoffnungsvoll — als wollte es aus seinem Käfig hüpfen. Die Finsternis war schon sehr fortgeschritten. Wieder ratlos zaghaft tappte der kleine Elefant ein wenig auf dem langen Speergras zu seinen Füßen herum. In seinem Bauch hörte er etwas rumpeln und kollern, aus seinem Munde schnurrten undeutliche Laute. Wie aus Verlegenheit scheuerte der kleine Elefant mit dem Rüssel an einem schartigen Baumstamm. Etwas raschelte im Laub. Der kleine Elefant erschrak. Nicht weil er Angst vor einer Maus oder dergleichen gehabt hätte. Sondern weil jetzt alles bedrohlich war. Für eine Weile wiegte sich der kleine Elefant bekümmert in dem schönen Gedanken, die Mutter fortzutragen, damit es wieder anders würde. Dann sah er ein, daß es vergeblich war. Nichts würde jetzt mehr anders werden. Nichts würde je mehr anders werden.

Ein schwaches Leuchten erhellte bald den Himmel und machte die Sterne erbleichen. Zwischen blassen Wolken erschien der Mond und beleuchtete des kleinen Elefanten Nachtwache. Der schiefergraue Felsen des Mutterkörpers war teils noch mit feuchtem Schlamm bedeckt. Im Mondlicht schimmerten die Stoßzähne. Der kleine Elefant versuchte, erst mit dem Rüssel, dann mit dem Stampfer, den Kot von der Mutter Leib zu wischen. In der Aufregung mißlang es, und er schämte sich und ringelte kummervoll das Schwänzchen.

Ein Laut, recht nah, kam auf, versiegte wieder. Der kleine Elefant roch neuerlich an der noch immer liegenden Mutter, betastete mit dem Rüssel sogar Schläfe und Wange. Die Aufregung wich jetzt wieder der großen Verlassenheit. Nichts antwortete dem Tasten. Der kleine Elefant versuchte nun, ohne rechten Glauben, wie früher an die mütterliche Brustdrüse zu gelangen; erschreckt von der Berührung gab er es wieder auf. Zerknirscht versuchte er, Fassung zu gewinnen. Schlug seinen Rüssel zu Boden, es war ihm, als sinke sein Herzeleid dadurch etwas tiefer und schmerze nur noch mehr. Dann, um seine Verlassenheit zu vergessen, probierte er zu trompeten, er schaffte aber keinen Laut. Den kleinen Elefanten überkam das Empfinden, etwas kreisle in seinem Kopf und verkräusle und verknäule sich dabei immer peinigender. Sich niederlegend, preßte er seinen Körper vorsichtig an den Leib der Mutter, dabei entfuhr ihm ein leises Atemgrollen, vor dem er fast erschrak. Der kleine Elefant wollte brüllen. Wenn er es nicht vermochte, dann sollte wenigstens die Amme kommen und der Mutter helfen. Der kleine Elefant versuchte es mit einem Quietschlaut, einem von denen, mit denen er sonst immer die Mutter so heftig begrüßt hatte, wenn sie ihn vorübergehend allein gelassen. Die Mutter zeigte keine Regung. Im Urwald fauchte leises Grollen.

Der kleine Elefant vergaß des Schlafs. Umschritt den Leib der Mutter nun in anderer Richtung. Dann blieb er wieder stehen. Er schloß ein paarmal die Augen, hoffte derart auf Linderung seiner Pein und Wehen, aber die schon ferne Erinnerung an den Knall riß ihm die Augen wieder auf. Der kleine Elefant glaubte sich jetzt genauer zu entsinnen. Wie die Herde mit dem Knall in wilder Flucht davongetrampelt war, mit ihren Jungen, seinen Kameraden — und wie gleichzeitig die Mutter machtvoll stöhnend sank. Die Mutter, mit der zusammen er sich am Wasserloch gekühlt hatte. Er hatte der Mutter sogar den Rüssel auf den weich fläzenden Rücken legen dürfen. Und dann hatte er von der Mutter auch abgeschaut, wie man mit dem Rüssel die Ohren ausputzen konnte...

Der Himmel stand pechschwarz. Die zage Erinnerungsfreude des kleinen Elefanten war wieder in wildes Weh umgeschlagen. Die Beine schienen dem kleinen Elefanten mit Gift genadelt. Gleichzeitig wie zerschmettert. Er schlug mit dem rechten nach hinten aus. Jetzt schien der Mond wieder sehr traulich hell ins Dickicht. Schmerz floß vorübergehend hinein in süße Mattigkeit. Die Mutter wich nicht von der Stelle. Vor Mattigkeit und Scham, so ganz allein zu sein, verbarg der kleine Elefant sich ein wenig hinter einem Felsenbrocken nah der Mutter. Im jetzt schwachgrauen Teppich des Dschungelbodens konnte er die reglosen Beinsäulen der Mutter sehen.

Neugierig trat der kleine Elefant scheu wieder näher. Das Knacken der Zweige unter seinen Beinen schreckte ihn und kitzelte am Herzen. Vor der Mutter blieb der kleine Elefant stehen, sah über sie hinweg. Als ob er mit ihr, seine Anfechtungen zu vergessen, ein wenig schmolle. Er versuchte nachzudenken, welche Lehre in all dem verborgen sei. Im heller werdenden Sand bewegten sich zwei dunkle Dinge von jeweils vielleicht eineinhalb Zoll Länge. Ein paar Sekunden lang tröpfelte etwas klatschend von den Bäumen. Behutsam berührte und streichelte der kleine Elefant den Runzelleib der Mutter nun doch wieder mit dem Rüsselchen, dann tippte er mit seiner linken Fußspitze schmeichelnd und mehrfach an ihn. Es war ihm, als hätte die Mutter sich kurzzeitig in ihrem Liegen gerührt. Dem kleinen Elefanten zersprang das Herz vor Freude, er tippte und scharrte weiter wie ein Wilder, mit glühender Dankbarkeit erinnerte er sich des milden Wesens der Mutter, ihrer Freundlichkeit, ihrer Sanftmut, aber auch Gerechtigkeit, wenn er, der kleine Elefant, gutmütig und folgsam war — der kleine Elefant koste mit seinem aufgeregten Rüssel die Mutter an den Ohren und den Augen — indessen, die Lider der Mutter mit ihren starken schwarzen Wimpern blieben weiterhin geschlossen. Den kleinen Elefanten schüttelte es vor Eifer, er verspürte, wie ihm die Zuwendung der Mutter jetzt schon fehlte, ihr scharf wägender Verstand, ihre abschirmende Kraft, ihr hohes Wesen. Schon wollte der kleine Elefant ermatten und wieder ganz weinerlich werden, vor Gram schlug er mit dem Rüssel aus, als wolle er stellvertretend für die Mutter die mondbeglänzten Büsche schlagen, schon fühlte der kleine Elefant sich wiederum so unglücklich, daß er dafür gar keinen Namen wußte — da, einen Nu lang öffneten sich die Augen der Mutter, so jedenfalls wähnte der kleine Elefant und wollte schon vor jäher Freude sich aufbäumen, öffneten sich die Augen der Mutter, ihre kaffeebraune Iris schaute den kleinen Elefanten freundlich sorgend an und verabschiedete sich dann endgültig von ihm.

Atemlos stand der kleine Elefant und schaute auf die reglos starren Augen. Dann sah er seinen Irrtum ein. Aus Verlegenheit und Schwermut trabte er etwas von der Mutter weg. Scheu und vorsichtig spähte er durch Büsche hindurch. In einer nahen Waldschneise glühte etwas wie bengalisch. Doch da war auch nicht Hoffnung. Der kleine Elefant tapste zurück. Schüttelte mit den Zähnen an einem Baum. Von ferne war ein recht unentschiedenes Stöhnen zu vernehmen. Der Leib der Mutter lag sehr ruhig. Eher aus Zeitvertreib knabberte der kleine Elefant etwas an ihrem Zeh. Lautlos wimmernd dauerte er sich selber; sich etwas Bewegung zu verschaffen umkreisten seine kleinen Stampferbeine wiederum die Mutter. Der kleine Elefant verspürte Herzweh, Hunger, Heimweh nacheinander. Er tat sich machtvoll selber leid. Das tat ihm aber wohl. Dann wieder war es, als zögen sich ihm Stricke um das Herz, zu dessen endlicher Verknotigung. Unterhalb der kleinen Stoßzähne loderte und fackelte etwas wie lichterloh, der kleine Elefant kam richtig außer Atem, und dann breitete sich plötzlich Entzücken wonnig weit über sein Herz hin aus. Der Mond begann zu sinken, spiegelte sich silbern in der Tränke. Die Sterne glommen wieder heller, und der kleine Elefant beschloß, für immer neben und bei der reglosen Mutter zu wachen und zu bleiben. An ihrer Brust vergehen wollte er.

Etwas rüttelte an den Bäumen, gleichsam warnend.

Jetzt kam dem kleinen Elefanten doch wieder der flehentliche Einfall, die reglose Mutter aufzuheben, damit sie vielleicht anderswo — der kleine Elefant ließ seufzend den Gedanken wieder fahren. Er beugte sich prüfend nochmals über die Mutter, schnüffelte und betastete mit seinem Schnorchelrüsselchen ihre Haut. Dann schlug er den Rüssel nach hinten und steckte ihn endlich vor neuerlicher Verlegenheit in den Mund. Wußte nicht mehr, wohin mit sich. Der Wind fuhr sachte über seinen Rücken. Da erinnerte sich der kleine Elefant auf einmal deutlich, wie einst mit ihrem Rüssel die Mutter ihm einen Hang hinaufgeholfen hatte, immer wieder war er die Böschung heruntergekollert, die Mutter aber hatte ihren Rüssel fest um seinen Bauch geschlungen — endlich war er auf der Böschung gestanden. Stolz erfüllte den kleinen Elefanten, so wie ihn damals Stolz gebläht schon hatte. Stolz vermählte sich im kleinen Elefanten mit dem Schmerz. Er sah zur Seite nach der Mutter. Der Schmerz fauchte nun wie ratlos wieder heftiger. In den Schläfen und am Halse auch. Der kleine Elefant bedachte, ob er vielleicht Zweige über die Mutter breiten solle. Noch vor einigen Stunden, so glaubte er sich eisern zu erinnern, war ihm die Mutter mit faltig braungrünlich gekrümmtem Rüssel zärtlich zwischen die Hinterbeine gefahren, die Wonne der Tränke nochmals zu versüßen. Die beiden Stoßzähne hatte sie ihm leicht in die Ohrlappen gestoßen, ganzganz sachte, mütterlich, so zart konnte nur eine sein — der kleine Elefant schrak hoch. Er war ein bißchen eingeschlafen. Kaum erwacht, noch etwas benommen, da erwachten auch die Schmerzen wieder, stoben hoch sogleich. Die Mutter lag zur Rechten. Fast wohlig roch der kleine Elefant am kühlen feuchten Gras. Das Kühle fachte doch das Herzweh nochmals an. Das Herzweh däuchte den kleinen Elefanten bald wie das Schöne. Verblüfft noch im Verzagen glaubte er zu ahnen, daß dieser sein Schmerz inmitten der Welt- und Elefantengeschichte schon das Angemessene sei und Richtige.

Als er der Kühle und Grauheit des heraufziehenden Tags inne ward, dachte der kleine Elefant freilich wieder, vielleicht würde die warme runde Scheibe, die er kannte, alles wieder aufrichten, vor allem ja die Mutter. Morgennebelschwaden wallten aus dem feuchten Dschungel. Zartes gelbes Rosa hellte jetzt den Himmel. Der ferne Ruf erwachender Pfauen tönte durch den sich wärmenden Äther. Noch einmal ging der kleine Elefant um die tote Mutter herum, vorübergehend von der seufzenden Idee gefangen, daß man sie beschwören müsse. Und daß sie vielleicht durch einen nur gelinden Schlag schnellstens zu wecken sei. Der kleine Elefant trat zögerlich und ganz bedachtsam auf der Mutter Rüssel, vor Zuversicht schon fast hinsterbend. Die Mutter doch blieb reglos. Wie rasend kam jetzt auch die Sonne hoch.

Der kleine Elefant ersah, wie tiefrot ein Rasenstück vorm Leib der Mutter war. Schweren Herzens roch er mit Neugier an dem Blut. Ein Käfer lief darüber. Sehr zierlich aufrecht neben die Mutter stellte sich der kleine Elefant. Er spürte mäßigen Hunger. Verbrämt von sanft kauernder Herzensnot. Sehr sterben wollte er. Jetzt war guter Rat ganz teuer.

Am Horizonte tauchten schmale Lebewesen auf, standen plötzlich vor ihm. Aufrecht gehende waren es, eher hoch als breit. Der kleine Elefant erkannte sie sofort wieder und schrak wild zusammen. Schwang den Rüssel hin und her. Dann aber traute er seiner wie von ungefähren Eingebung, daß diese Lebewesen vielleicht in der Lage waren, das Unglück wenn schon nicht vollends zu beheben, so doch seine Schrecknis ein wenig zu mildern. Der kleine Elefant stand äußerst aufrecht. Jammer zuckte nochmals durch die Eingeweide, verschwägerte sich doch mit aller Zuversicht. Mit Mut und freilich ohne jede Hoffnung trippelte er schließlich los. Alle Furcht vergessend kam er den Jägern mit den lebhaftesten und deutlichsten Bezeugungen seines trostlosen Jammers entgegen, und umschlang sie mit seinem kleinen Rüssel, um ihre Hülfe anzurufen.

DREI LEGENDEN

Wie Deutschland entstand

Wie die Deutschen nach Deutschland gekommen sind,
erzählt man sich so: Einst, bei der Flucht aus Ägypten,
verirrten sich Maria und Josef auch in unser Land. Da
war nun freilich guther Rath theuer, denn alles sah noch
sehr leer und gleichzeitig unaufgeräumt aus, und schon
nahe der Grenze zur DDR (Ostzone) sagte Maria zu
Josef, sie habe diese Flucht sehr »bereut«; woraus nachher »Bayreuth« wurde. Weil es sehr kalt war, sagte Josef
kurze Zeit später zu Maria: »Die Nieren berg« (ergänze:
gut); auf diese Weise entstand »Nürnberg«. Ein paar
hundert Kilometer weiter fragte Maria ihren Mann, ob
er denn »auch's Buach« (i.e. Buch, meint: Fahrtenbuch)
noch bei sich habe; so konnte später »Augsburg« an
derselben Stelle gegründet werden. »Kämmt denn«
(ergänze: nicht bald eine Herberge), so fragte sich Josef
auf der Höhe von »Kempten« — allein, Maria tröstete
ihren Mann und sagte, bald käme oder komme eine.
»Meins(t)?« fragte Josef hoffnungsfroh — so entstand
durch die zweite Lautverschiebung später »Mainz«.
Dann wurde die Landschaft den Rhein hinab immer
schöner, was sogar Josef merkte und auch Maria gegenüber aussprach. »Gell!« bestätigte Maria — und also
entstand hier später »Köln«. Weiter im Norden traten den
Flüchtenden gemeine Wegelagerer in den Weg, doch
Josefs barsches »Weg da!« trieb sie auseinander — zum
Dank errichtete Josef hier also die spätere Stadt »Vechta«.

Dann ging es wieder weiter südlings, plötzlich überkam Josef ein mächtiges »Verlangen« nach Maria — und »Erlangen« war gegründet (andere meinen und plädieren dafür, Josef habe dort sein Ziel des Verlangens »erlangt«). »Sieh mal nach den Ringen« (Eheringen), bat Maria dann ihren Gatten — und »Sigmaringen« stand. Kurze Zeit später hatte Josef eine »Offenbarung« (Theophanie), so entstand dann »Offenbach« — jetzt aber trat dem Ehepaar (mit dem Jesuskind immer im Rucksack) der Teufel, der wieder einmal Musterung auf Erden hielt, entgegen, nämlich in Gestalt eines Bettlers oder Minderbruders, er flehte bitterlich um Geld oder warme Suppe, doch Josef rief barsch »(Wir) geb'm nix!« — zur Erinnerung entstand dann hier »Chemnitz«. Warum er, Josef, nichts gebe, wollte der Teufel voll Arglist wissen. »Hanoi!« beschied ihn Josef knapp, »haltum«. So entstanden an gleicher Stelle später die Städte »Hanau« und »Salzkammergut«, und der immer dichteren Besiedelung Deutschlands stand jetzt praktisch nichts mehr im Wege. Nur den sich anbietenden Erzgag, Josef, der sie auf offenem Felde plötzlich flachlegen wollte, mit einem placierten »Du hast wohl den Arsch offen, Bua!« zu bremsen und so »Aschaffenburg« zu gründen, den ließ sich Maria, sei's aus Pietät, sei's aus Penibilität, sei's aus purer Gedankenlosigkeit, entgehen. Sondern Aschaffenburg entstand erst später, vielviel später, durch einen Zufall oder sei's durch Fügung oder Evolution oder was, denn sintemalen es eh wurscht ist, wie diese Geschichte endet, weil heute all's und jed's sowieso wurscht ist, lassen wir sie eben hier enden; haushoch, aber hochverdient.

Wie einmal trotz Rauhreif ein Reis entsprang

Einmal, um die Luzifer-Vigilnächte herum, dachte ich schon, mein Hammer tät es nicht mehr bringen. Doch über Nacht entfiel ein Reif mitten im kalten Winter, aus ihm entsprang ein Reis und daraus endlich eine Ros' aus einer Wurzel zart, alles war ganz wunderlich und wie durch Zauberhand, die Sternlein selber wollten stillestehn über dem Himmelszelt von Speckmannshof und sich erfreun vor wildem Weh und stiller Einfalt in der heiligen Nacht auf Engelsschwingen, wie es uns die Alten singen — und siehe, am andern Tage brachte es mein Hammer wieder, mein alter Krauder mit dem Sackl und den Eiergackerln dran, mein guter, mein sehr guter Kamerad, mein Zausel und viellieber Freund zu jeder Frist — und also konnte ich sogleich wieder anheben zu nageln, pflöckeln, scharf zu boußen, zu wackeln und zu rammeln fein. Ach, mein geliebter Hammer Ludwig, wenn es dich nicht gäbe, ach, es wäre . . .

Wie Gott einmal den längeren zog

Als Göthe seinerzeit noch über die Erde wandelte, klopfte er eines Tags auch beim Lb. Gott an. »Herein!« rief der Lb. Gott. Er hatte aus seiner täglichen Ration von drei Flaschen Eilfer-Wein erst zwei intus, er wackelte zwar schon ein bißchen hin und wider und machte überhaupt einen recht hinfälligen Eindruck, erkannte aber Göthe so lala gerade noch und lud ihn also etwas lallend ein, die dritte Flasche gemeinsam wegzurichten. »Ist es doch an dem«, grunzte Gott ziemlich schwer- und sogar ein bißchen dünnblütig, »daß ich, Gott, zwar im Himmel wohne, als Platzhirsch irgendwie, Sie aber bzw. Ihr aber,

Göthe, auf dem Hirschplan oder so oder wo, apropos: Hirsch, eigentlich könnte mal wieder so eine Legende mit einem Hirsch passieren, einem Hirsch, der ein Kreuz am Geweih hängen hat oder was, was dann echt gut eine neue Religion und eine Wallfahrtskirche stiften könnte oder wem, mais passons, ce que je veux dire ähä annoncer: Allora, ego sum dumm pardon: ego sum Gott, okay fine, mà Ihr seid M. Göth, also sozusagen gewissermaßen un petit Gott, haha, Brüderchen, Allah inch Allah, mais forget it — ja, Väterchen, wenn Ihr wüßtet, wie einsam ich bin, ahimè, so einsam, seit das« (hier preßte der Lb. Gott etwas forciert zweidrei Tränen heraus) »damals mit der Trinität passiert ist, dieser Verlust, diese perduta enorma dolorosa, Ihr wißt schon, oh oh — aber mais was ist eigentlich passiert? Ecco, das ist eben die Frage, das ist der Punkt, by Gosh, ja, was ist passiert damals? Na, c'est égal, c'est la même chose, kurz: wenn ich also jedenfalls schon mal göttlich bin, allora, dann seid Ihr, Herr, doch immerhin Schiller pardon: göthisch — und göthisch, das reflektiert jedenfalls auch an gotisch, abgöttisch, bigottisch, Kot, Kröte, Göd, gut, achachach, was eine Freude, mein Täubchen, daß Ihr hier seid, Göthe bei Gott, Aug um Auge, Zahn für Zahn, bluat zu bluada — oh oh oh! Göthe! Göthe bei mir! Göthe! Der mit der Riesenflöte, gar nicht spröde, Gott, ist das alles blöde, oh daß es mich doch endlich töde . . .«

»Doesn't matter«, tröstete Göthe den Lb. Gott, der vor Elend ein bißchen einzunicken drohte, strich ihm übers Stachelkinn und nippte an seinem Burgunder äh Sechsämter. Da läutete es an der Tür, die Spannung wuchs, sie wuchs schlagartig, bis zum Gehtnichtmehr, denn herein kam wer? Wer? Genau: Napoleon. Und mit ihm Karl August, Helena, Pater Ecstaticus, Stadelmann, Grimm II, Hans Neuenfels, Marthe Schwerdtlein, Mildred Scheel, Riemer, Knebel, Öser, Möser, Eckermann und Rösselmann, der Kunscht-Meyer, St. Neff, Alfred Edel, die Kaiserin Ludovica von Österreich, Bettina von A., Heidi Brüll und dann noch wer, da sagen wir aber jetzt den Namen nicht. Oder doch nicht gerne (Müller). Jedenfalls war gleich ziemlich was los. Napoleon, klar, immer vorndran. Zuerst tat er versehentlich Gott schön (»Voilà, un homme, olala . . .«), dann schenkte er sich nach, dann schenkte er Göthe reinen Wein ein (die alte Sache Désirée Brunzbusch), dann schenkte ihm die Hl. Genoveva drei Söhne, man nannte sie einstimmig Dick, Doof und den Älteren Golo Mann, genannt Thomas — jetzt stießen auch noch Papst Gregorius, Gregorovius, Gervinus und der dumme (saudumme) Hegel dazu, der sich natürlich wieder mal nicht entblöden mochte, seinen alten kalten Schmäh mit der Wirklichkeit der Vernunft etc. zu verzapfen, woraus endlich qua Metamorphose i.e. »an-und-für-sich« (Hegel) Metempsychose z.b.V. so etwas wie eine gescheckte Milchkuh entsprang, die aber, indessen Gott gerade schlagartig wieder etwas munterer wurde und steil dazu ansetzte, sich mit der Frischmutter Genoveva zu verziehen (pflöckeln), aufs Haar und ganz unweigerlich dem Uhu der Minerva glich, der getarnt als Eintracht-Adler im Grau in Grau des Dämmerschoppens Max Horkheimer ganz abscheulich in die Stirne pickte, während Gott schon wieder von Genoveva herunter und in den Keller ging, neuen (und sehr zaubrischen!) Portwein ranzuschaffen, dann ging es seitens Golo einerseits und Mann andererseits eine Zeitlang um Entropie, Semiotik und Scheißrein sowie um die frisch aufgetauchte, schnellaufgetaute, supergeile Alte von Kanzler(!) Müller (gespr.: Müller), die da PLÖTZLICH durchdrehte und einen scharfen Schreikrampf erlangte, weil sie ein Wunder wirken wollte resp. sich einen Dreifachen herunterholte, immer derselbe Scheiß, immer dasselbe Gefrett mit der verwichsten alten Sau, der schwer verschissenen, die dann auch, indem Göthe schon vollkommen erledigt über Eckermann (und dieser über Rösselmann) zusammensank, unbedingt auch noch von Gott, welcher immer munterer und rattenschärfer wurde und sich schon wieder einen (Grappa) reinpfiff, gestriegelt und GAR gequurgelt werden wollte, was ebender, nicht faul, nein, gar nicht, sich auch mitnichten dreimal zwitschern ließ, sondern ER (Gott), nachdem er zwischenzeitlich auch schon Helena, die Kaiserin, Heidi Brüll, Strucks Karin (Mildred Scheel? Nein, DIE nicht!) sowie die Immatrikulata ... pardon: die Immmmati ... falsch: die Ommatiku ... scheiße: die Immikt ... schrott: die Immakultatta ... fast: die IMMAKULATA — genau! Das ist es doch! — gebießelt und gespreißelt und ums Arschlecken sogar beinahe versoffen hatte, striegelte und quurgelte und knispelte mit aller Kraft die omelettartig herumschwuchtelnde Hypersupersau schon nach Strich und Waden (Napoleon!) bénzebéna sackzipumpel radiputzweg und dann, im Sinneneifer, birstelte und pfleckelte er auch noch Strucks Karin weg, daß sie quietschte wie ein Kaulquapp, bis in diesem Augenblick Brüll und Kleist und Ibn Saud, aufgezwirbelt und hergezwurgelt durch die andauernden Schinkenklopfereien und Schenkelquallereien zwischen Hegel, Habermas (!!) und Hrubesch Horst im Zug der widerwärtigen Staatsstreicherei und Tuerei und Büchsenhopserei von Herrn Pater (»Arschloch«) Seraphicus unter der Assistenz des nicht minder mopsfidelen Kara Ben Wuff den Großmeister Viktor Wrschn —

Kurz: Göthe verstarb am 22.3.1832 und ist seitdem verschollen. Leben ist ein Hauch nur. Gott aber sitzt seit dieser Stunde fester noch denn je im Sattel. Immerdar, immerfort.

WEITGEHEND GLÜCKLICH IN LUDWIGSBURG

Ein innerer Monolog der Gabriele Wohmann

Herbst. Einst durch Frühlingslisten in den Wald gelockt, dann in den Trugsommer, jetzt wieder in den Herbst. Scheiterhaufen des Herbsts. »Scheiterhaufen«? Nicht — »Scherbenhaufen«? Nein, »Scheiterhaufen« ist origineller und befremdender, Befremdung, Verfremdung — ist ja doch mein Thema. »Scheiterhaufen des Herbsts« — ist schon optimal. Verlangt's uns, verlangt es unser Herz, verlangt es unser ganz und gar erschrockenes Herz nicht alljetzt schon fragend, angstvoll fragend ins Alters-heim — Quatsch: in den sterbenden Wald des Winters? Sonne, glühend zwar immer noch, aber, warte nur, balde. Nein, Sonne, du alter Mann! Geh unter, schöne Sonne! Hm. Geht nicht. Ist ja Hölderlin. Oder — Ingeborg Bach-mann? Und mit der möchte ich ja nun am wenigsten verwechselt werden, wäre fatal, wenn mein Wohmann-Sound dem Bachmann-Pathos gar zu ähnlich würde . . . Laub, werde Staub! Bedenke, Blatt, das Ende! Geht das? Warum nicht. Laub zu Laub, Asche zu Asche — nein, vielleicht besser »Asch zu Asch«, klingt kryptischer, ja, aber was wird das Ganze eigentlich, was ich da schreibe? Prosa? Lyrische Prosa? Prosalyrik? Eine Rhapsodie? Doch keine Erzählung — oder? Blatt, liebes Blatt — am Ende wird gar ein Roman draus! Warum nicht? Blätter fegend durch das Parfüm des herbstlichen Regen-gusses — halt, »Regenkusses« ist viel schärfer! Bedenke, Blatt, den großen Gedanken, den Mutter Natur — Gott, Klopstock! Bedenke, Blatt — Blatt um Blatt muß ich wieder vollschreiben, na, ich mach's heute kurz, zwei oder drei Schreibmaschinenseiten — und wie soll das Ding dann heißen? »Herbst«? Hm. »Danke Herbst«? Klänge ziemlich pepig. »Danke schön, nichts zu danken« wär' ein echter Wohmann-Titel, aber den hat — ohne mich rückzufragen! — doch dieser blöde Ror Wolf schon abgestaubt! Gemein! Nur meinen Wohmann-Sound: den kann er mir nicht klauen, meinen bittersüßen, dieser Mensch, meinen innig-coolen, flapsig-tiefgründelnden Sound, die unverwechselbare sprödsympathische Wohmann, ihren leisen Flor, ihre Kriegerwitwenherbheit, ihr Tapferkeits-Sordinato, der ganze Ramsch, auf den heute schon die Bertelsmann-Buchclub-Mitglieder abfahren, mein lieber Mann! Mein liebes Blatt! Blatt, Laub und Unterholz, Haut und Gedächtnis, Leben und Lebenlassen — das Leben ist weder gut noch böse, sondern lächerlich. Und originell. Kann ich aber nicht schreiben, lappt ein bißchen stark zu Italo Svevo rüber, einer meiner Lieblingsautoren, daran erkennt man schon meinen Geschmacksadel, mit der Zeit werd' ich auch den Svevo noch hinter mir lassen und — »Zeit« ist gut, »Zeit ohne Zeit« klingt noch verwegner, verloren in der Zeit, wehmutdurchtränkt nur vom Hauch ihrer Chiffren, vom Wind ihres Atems, Geschmack der Madeleine — Unfug! Ist ja total Proust, kommt mir ja sogar der alte Reich-Ranicki drauf, der alte Schreckensmann — »Schreckblatt, alter Mann, was nun?« Warum wird ein Teil der Platanenblätter im Herbst bloß gelb, während andere Apfelrot zuwege bringen? Soll ich — »Blatt ist Blatt« draus machen? Schon sind dreie vollgeschrieben. »Bedenke, Blatt, das Ende«? Das Ende wird fürchterlich, aber: sehr schöner lyrischer Appell, ginge das nicht als Titel? Aber wenn vielleicht doch ein richtiger Roman draus wird, geht's nicht. Müßte auch langsam ein paar Leute einführen — aber, so wie ich die Lage hier überblicke, wird's nur Kurzprosa. Titel: »Sündiges Blatt im Unterholz«? Erzählungen, ja, hab ich heuer noch gar keinen Band rausgehaun, überhaupt '81 erst zwei Bücher, '80 waren's noch fünf, inklusive der Pennälerprosa aus der Schublade, fünf Bücher, mein persönlicher Rekord, viele Blätter, sündige Blätter, gewiß — aber immerhin fünf Bücher! Muß mich ranhalten, daß es '81 wenigstens vier werden, sonst komm ich aus dem Rhythmus, und am Ende fällt mir wirklich nix mehr ein. Und wenn sich's dann unter den Wohmann-Fans auch noch rumspricht, daß ich von Carstens das Bundesverdienstkreuz gekriegt — und akzeptiert! — habe, dann, dann — — ich hätt's nicht tun sollen, war zu peinlich ... aber immerhin, beim Gruppenfoto hab ich sehr schön unwirsch, ja deutlich vergrätzt-vergrämt dreingelinst und die Haarsträhne geradezu negativistisch-verhaspelt über die linke — linke! — Wange rauschen lassen! War doch deutlich — oder? Haar fällt über Wange, welkes Haar wie dunkelwelkes Blatt, Blatt, Laub, Herbst, Memento Mori — o Ewigkeit, Wort aus Blitz und Donner im Unterholz! Neinnein, so geht's ja nun wirklich nicht, Gabi. Das Leben — leben — schöner leben ... schön ist es nicht, das Leben, aber — hm ja: einigermaßen glücklich. Könnte das nicht ein Romanthema sein? »Einigermaßen glücklich«? »Reduziert glücklich«? Neee, klingt zu schroff nach Essay. Aber: »Weitgehend glücklich«! Ja! Ja, das ist es! Muß nur noch eine Ortsbestimmung in den Titel. »Weitgehend glücklich in — in — Brbr-Bregenz«? Hm ja. Naja. Noch nicht ätzend genug. Aber: »Br« ist gut. Also: Br-br-Brügge!! Ja!

»Weitgehend glücklich in Brügge« — klaro! In subtiler Anspielung auf diesen alten Schinken, dieses »tote Brügge« von wieheißterwieder? Rodenstock? Nein, Rodenbach! Und jetzt statt des toten das — heitere Brügge, das herbstlich-heiter-melancholische Brügge, »vielmehr das Heitere«, shit, wär' auch ein guter Wohmann-Titel, ist aber, glaub ich, von Kishon oder Robert Neumann, egal: ein herbstlich-heiteres Brügge, Kanäle, und plötzlich ersäuft sich die fragile Heldin Helene drin bzw. sie probiert's — kommt ins Krankenhaus, Abschied für länger, hab ich wohl schon mal — und der Assistenzarzt auf der Station — — oder nein: besser wär' noch Brügge im Frühling, freilich klardoch schon durchwoben von Trauer und Fäulnis, Laub und Unterholz, genau: als Pendant zu meinem »Frühherbst in Badenweiler« — oder »Baden-Baden«? — ein »Spätfrühling in Brügge«! Obwohl — mein Text handelt ja bisher eindeutig vom Herbst und Blatt und gar kein Ende — also doch was mit »weitgehend glücklich«, in? In? Und nun muß was ganz Frappantes kommen! »Ludwigshafen«? Ginge. Ginge zweifellos. Glücklich in Ludwigshafen ist natürlich kein Schwein, aber: »weitgehend« — das leuchtet ein. Jadoch. Ahaaaber: vielleicht wäre »Ludwigsburg« noch eine Idee aparter, inspirierter und zugleich assoziativ verwirrender, denn schau mal, Gabriele: einerseits ist dieses Nest, diese unglaublich gammlige Stuttgart-Vorstadt, noch nichtiger — nichtender! — als Ludwigshafen, fast so blöd wie Darmstadt! Aber andererseits bringt Ludwigsburg doch simultan so was abwesend, ja verwesend Chimärisch-Aristokratisches rein. Und sogar — Ganghoferisches! Jawohl, jawohl: »Weitgehend glücklich in Ludwigsburg«! Dabei bleibt's, genau! So. Und dann bräuchte ich halt noch einen Stoff, ein Personal, eine Idee — und womöglich eine Handlung, Blatt um Blatt zu füllen. Herzlich tut mich danach verlangen, Blatt! Aber was, Blatt, was? Herzlich frage ich, Blatt, schreibend. Schreibend, Blatt, wird's wieder Herbst.

IM LAUF DER ZEIT

Endlich in Wahrheit außerstande sein,
sich zu rühren, das muß fabelhaft sein.
(Beckett, Molloy)

Neues aus Illschwang

Im Gasthaus Nägerl in Illschwang (Opf.) saß eines Nachmittags der Sepp — er mochte aber den Aufforderungen
seiner Mitzecher, jetzt Schafkopf zu spielen, nicht nach-
kommen. Sondern starrte unverwandt auf das Wirtshaus-
kruzifix.

»Wos host nacha, Sepp?« fragten die Kumpane.

»Nix«, lautete die Antwort von Sepp, »i muaß bloß
noch wos überleg'n.«

Das ging so an die zwei Stunden. Die Kumpane hatten
inzwischen einen vierten Mann zum Schafkopf gefunden
— Sepp aber starrte noch immer auf das Kruzifix und
kratzte sich nur manchmal am Kopf. »Gleich hob i's!«
rief er nach einer weiteren halben Stunde den Kartlern
zu, die ihn aber allmählich vergaßen — bis plötzlich ein
scharfes »Hah!« an ihr Ohr drang.

Man drehte sich nach dem Sepp um.

»Etzet hob i's!« rief der Sepp.

»Wos nacha?« erkundigten sich die Kartler und legten
sogar die Spielkarten auf den Tisch.

»Etzet woaß i, wos dös bedeut', dös INRI!« rief der
Sepp und deutete auf die Inschrift des kleinen Holz-
kreuzes überm Stammtisch.

»Wos nacha?« fragten die vier.

»Dös bedeut'«, sagte der Sepp langsam, stand auf und schritt zum Kartlertisch, »dös bedeut: *Ignaz Neidl, Regenschirmmacher von Illschwang*. Und wann's recht is, dann machet i etzet eiern Brunzkarter.«

Gescheitert ist kürzlich auch der 38. Versuch des Vollblutdichters Walter Schumm, das schöne Gefühl beim Vögeln einigermaßen adäquat zu beschreiben: »Dem libidinös Lustvollen des feucht ineinander Versenkten und Versunkenen mischt sich wahrhaft rührend bei ein gleichsam elektrisierend Weich-Ätzendes, dessen schmelzende Laszivität direkt aus der Chemie des fernab vorweltlich Troglodytischen herzukommen scheint, wobei das salzig Keuschheilige und das zeugungshaft heidnisch Ritualische ein Sinnenbündnis jenseits von Zeitraum und Raumzeit eingehen — es ist jenes frühe Wollüstige des schieren Nackten selber im Verein mit dem selbanderweisen Verknalltsein, das nur noch Gefühl ist und Gewalt des Mythos, Myrte und Mysterium des flauschig-flunschigen Pudelsauwohlseins des Kuddelmuddel Kuddeldaddl Knaddeldaddl Knuddelkuschelweichen uuuhu mpfmpf ahahaha und dudududududu . . . .«
Was ein Schmarren.

Aluminium gewonnen!

Ausgesprochenes Glück hatte jetzt das Ehepaar Gerdi und Arno Haß. Es gewann eine Aluminium-Hauseingangsanlage »Knüller« im Wert von fast 6000 DM, weil es an einem Preisausschreiben der Aluminium-Zentrale teilgenommen hatte, das in der gesamten Bundesrepublik gelaufen war. Die freudige Mitteilung über diesen ungewöhnlichen Gewinn machte die Aluminium-Zentrale e.V. in Düsseldorf zunächst der Metallbau-Schlosserei Lotter und Augsberger, Seelburg, Moggerstraße 3, die wiederum Gerdi und Arno Haß verständigte.

Über die Firma Lotter und Augsberger war die Preisausschreiben-Teilnehmerkarte auch in den Besitz von Gerdi und Arno Haß gekommen. Sie wurde seinerzeit von Frau Haß ausgefüllt, dabei aber der Name des Mannes angegeben, weil Frau Haß bei Preisausschreiben bisher noch nie Glück gehabt hat. Aber diesmal war »Fortuna« freundlich gesinnt.

Die »Knüller«-Aluminium-Hauseingangsanlage ist den Eheleuten sehr willkommen, weil man ohnehin bauen will. Mit dem Ehepaar freuten sich Hermann Augsberger, der eine Top-Hauseingangsanlage bauen wird, und seine Tochter Anneliese, kaufmännischer Chef der Firma. Diese reichte Sekt, während Augsberger Frau Haß einen Blumenstrauß überreichte.

Aus dem Theater

Mit einer einigermaßen neuartigen Interpretation von Samuel Becketts ›Warten auf Godot‹ überraschte die Wuppertaler Wanderbühne. Godot wird hier als Wirtschaftsaufschwung gedeutet, während die Landstreicher Estragon und Vladimir das Münchner Ivo-Institut und die SPD vorstellen. Das karge, nämlich nur mit einer Mohrrübe versehene Bühnenbild bedeutet die EG-Umsatzflaute und die stockdunkle Beleuchtung die Inlandsnachfrage. Der Dirigent am Pult symbolisiert die

Führungskräfte der Wirtschaft — und fehlt deshalb auch konsequenterweise: Ja mei, Dichter sind halt doch große Ahner . . .

Wußten Sie schon . . .

Wußten Sie eigentlich schon, daß es einen Unterschied zwischen »bierderb« und »biderb« gibt? Dieses meint ein Apart-Perniziöses, auch prätentiös Preziöses — jenes mehr das Laute, Süffige, oftmals Krähende, so richtig Bierderbe.

Dagegen gibt es zwischen »Brotherr« und »Bruder« fast keinen Unterschied: »Brother«.

Beim Grasser »geht nichts mehr«

»D'Schmiele homs umbracht, da Becklsäff is gschdoam und Grassare macht zou!« Alt-Hirschau ist binnen eines halben Jahres ärmer geworden. Das Kachelofenwirtshaus von Josef Böckl, der alte Kramerladen mit Stehausschank von Frau Schmiedl und das rustikale Bauernwirtshaus von der Grasser Elsl (Hausname: Hausner!) sind nicht mehr. Von den vielen althistorischen Besitzerlokalen ist nur noch der Gschrei Hans hinterm Rathaus geblieben. Einen besonderen gesellschaftlichen Stellenwert nahm dabei das Grasser-Wirtshaus am Marktplatz ein. Es war nur für Einheimische — ein Fremder nämlich fand erst gar nicht hin. Die Einheimischen rekrutierten sich aus allen Bevölkerungsschichten: Walter Tröster (Rock-Gruppen), Res Tröster (Stammtisch Grasser-Brasil) und Anderl Müller (Stammgäste vom Herrgottswinkel) sowie Kaplan Berthold Uschold.

»Eine Hirschauer Institution ist jetzt ein für allemal dahin«, heißt es seitens der Offiziellen. Wenn man bedenkt, welche Personengruppen aller Couleurs sich hier begegneten und verstehen lernten! Einrichtungen dieser Art sind für den Frieden in einer Gemeinde unerläßlich im wahrsten Sinn des Wortes! Jetzt wird die Schmidt-Bank im Lauf der Zeit hier ihr Domizil errichten. Die Geschwister Elsl Grasser und Maria Hausner ziehen sich in den ersten Stock zurück.

Was ist der Unterschied?

Was ist der Unterschied zwischen »Amnestie« und »Amnesie«? Genau, »Anamnese«.

Was aber ist der Unterschied zwischen »Bestellerzahlen« und »Bestsellerzahlen«? Die korrekte Antwort lautet: das »s«, nämlich: von »S-eller« (to sell: verkaufen).

Welche Wörter kann man gleichfalls leicht verwechseln? Richtig: »Renaissance« und »Reisenecessaire«. Naja, so leicht auch wieder nicht. Nein, bei genauem Lesen kaum.

»Die Möglichkeit des Genaustausches«, forderte Konrad Lorenz (›Die Rückseite des Spiegels‹, S. 240). Was hat Lorenz dabei gemeint? Richtig: Das »genaue Stauchen« (z. B. Zusammenstauchen, Fußverstauchen usw.) der Gene.

Was aber nun ist der Unterschied zwischen »enthusiasmierend« und »enthumanisierend«. Nun, »enthu« (vorne) und »ierend« (hinten) sind sich gleich. In der Mitte rum aber heißt es einmal »siasm«, das andere Mal »manis«.

Was schließlich und endlich meint das Wort »Bipolarität«? Nun, nichts anderes als »pimpern«. »Bi(m)polarität«! Das »m« fiel irgendwann mal weg.

Hüttenwracks verschwinden

Weil man viel zu spät mit dem Umweltschutz angefangen hat, kann man jetzt gar nicht scharf genug hinterher sein, um mit dem alten landschaftsverschändelnden Trott aufzuräumen. Betroffen sind vor allem die Bauern, die seit eh und je gewohnt sind, den eigenen Unrat mit den gelegentlichen Fahrten zu den Feldern zu erledigen. Überall gibt es heute private Müllplätze in der offenen Landschaft. Der Rückzug des Gerümpels findet nur sehr langsam statt. Aber er findet statt, und das ist ja schließlich von der Tendenz her für die Zukunft schon mal wichtig. Es kann einfach nicht durchgehen, daß man alles wild dahintreiben läßt.

Heute vor 100 Jahren . . .

Vor 100 Jahren schon beinahe geboren wurde der nachmalige Reichsführer a.D. Hüttler. *So* schön hatte sich seine Mutter seine bzw. ihre Niederkunft schon ausgemalt, aber dann war es wieder nichts: Sie traute und traute sich nicht (boußeln). Erst vier Jahre später war es dann soweit. Ob es freilich noch derselbe Samenfaden war, das könnte sogar der Vater Hüttler sen. »beim besten Willen nicht mehr sagen«.

Der schräge und der Dosenkuß

Wenn der Gatte, hinter der Liebsten befindlich, deren Unterlippe anbeißt, indem er mit der Hand das Kinn der Geliebten ergreift, so nennen die Fürsten unter den Weisen diesen Kuß mit dem Namen des schrägen. Dagegen wenn der Gatte den Mund der Geliebten mit der Dose seiner Lippen trinkt und immer wieder kostet und die Frau der Reihe nach in derselben Weise, so muß man das nach den Fürsten unter den Weisen ansehen als den Dosenkuß.

Experte ist zufrieden

Kein geringerer als der mehrfache Deutsche und Bayerische Wasserskimeister Franz Schmid aus Haselmühl hat auch auf dem Gebiet des Grasskilaufs jetzt zusammen mit anderen Grasskifans die Initiative ergriffen, und der Kemnather Gemeinderat bewilligte zunächst einmal probeweise jeweils sonntagnachmittags den Liftbetrieb. Man will sehen, welche Möglichkeiten für den sommerlichen Liftbetrieb durch den Grasskilauf gegeben sind. Franz Schmid ist begeistert von der Anfahrt und auch von der Auffahrt mit dem Lift. Einige Unebenheiten müßten allerdings noch bereinigt werden.

Jazz in der Kirche

Rhythmische Messen und Lieder sind nicht nur zeitgemäße Ausdrucksformen religiöser Gefühle, sondern bieten auch Möglichkeiten für ein kirchliches Engagement der modernen Jugend. Wer noch vor Jahren gedacht hat, daß dieses »neue Zeug« niemals in die Dorfkirche vordringt und über ein Experimentierstadium nie hinauskommen wird, der hat sich inzwischen eines »besseren« belehren lassen. Rhythmische Kirchenlieder sind »in«, und weil die Toleranz auch Bestandteil unserer Glaubenseigenschaft ist, funktioniert die Koexistenz sehr gut. Aus dem kirchlichen Leben möchte man den Einsatz der

»modern group« nicht mehr missen. Die jungen Jazzer haben ein gut aufeinander abgestimmtes Ensemble gebildet. Besonders erwähnenswert ist, daß alle »Beater« auch Ministranten sind und daß ihre Zahl so groß ist, daß sie jederzeit einsatzfähig und ersetzbar sind. Chef der »modern group« ist »oldy« Hans Hofmeister. Neulich in Eigen fand sogar eine Primiz (Wellner) mit Gitarre, Orgel, Baß und Schlagzeug statt. Solche Primizen würde man gern öfter erleben.

Baronin Carla 90!

Die vom eigenen Miterleben her wahrscheinlich geschichtsträchtigste Persönlichkeit in der Oberpfalz wohnt in Holzhammer und feierte am Sonntag bei allerbester geistiger Frische im Kreise des Oberpfälzer und Wiener Hochadels ihren 90. Geburtstag, der datumsgetreu allerdings erst auf den 15. Juli treffen würde: Es ist Baronin Carlo von Poche-Lettmayer auf Schloß Holzhammer. Mit 21 heiratete sie den schloßgesessenen Industriellen Freiherrn Eugen von Poche-Lettmayer. Ein Bub und zwei Mädchen entsprangen dieser Ehe und die Jubilarin verlor ihren Mann frühzeitig durch den Tod.

Zur Lage

Die Situation in Schnaittenbach ist heute die, daß im Schnaittenbacher Stadtrat im Sommer davon die Rede war, daß man zwar nicht baden lassen kann, daß aber für den Winter Eissportmöglichkeiten in Hirschau gegeben werden sollen.

Hutzastube 2000

In einer Zeit, in der Nostalgie zur Mode geworden ist, laufen auch Brauchtum und Volkstum Gefahr, verkitscht zu werden oder in die falschen Hände zu geraten. Heimatvereine und Heimatpfleger sind da aufgerufen, den Weizen vom Spreu streng zu trennen. Im Bicherwirtshof, oberhalb der Seeblasmühle (Ehenbachtal!), ist man seit zwei Jahren mit Erfolg darum bemüht, die Hutzastube nicht nur zu bewahren, sondern sie schöpferisch, d.h. an unsere Zeit angepaßt, neu zu gestalten. Hier wird nichts gemacht, das keinen Sinn hat und das auch noch heute voll ins Leben paßt. Man stampft keine Butter aus, weil man das weder in der Hutzastube gemacht hat, noch gibt es das heutzutage irgendwo. Hingegen wird maschinell im Rührfaßl noch sehr häufig ausgebuttert. Der letzte Januar-Hutzaabend war wieder einmal »der schönste«. Macht man eine Bestandsaufnahme, dann sieht die »Hutzastube 2000« wohl so aus: Der Einzugsbereich beschränkt sich nicht mehr auf die Nachbarschaft oder auf das Dorf, sondern auf eine weite 20-km-Umgebung.

Pflückreife Heidelbeeren

»Machen Sie einen Waldfrüchte-Urlaub in der Oberpfalz!« Mit diesem Slogan könnte man ganz gewiß viele Großstädter aus der Reserve locken. In Kemnath am Buchberg macht man jedes Jahr die gleiche Erfahrung. Viele Urlauber — vornehmlich aus norddeutschen Großräumen — lieben die Waldsafari im weiten Buchberggebiet. Pilze und Waldbeeren sind die »Trophäe«, die man mit heimbringen will und das Erfolgserlebnis ist enorm, zumal es beim Waldfrüchtesammeln nicht ohne Ehrgeiz zugeht. Schließlich mißt man sich abends mit seiner Sammelleistung auf der Waage. Waldfrüchtesammeln ist nicht nur gesund, sondern auch nützlich. Die Schwammerln kann man trocknen und die Beeren kann man einmachen. Pilze gibt es am Buchberg seit drei Wochen. Auch die Heidelbeeren stehen bereits im vollen Saft pflückreif da.

Happige Semantik

»Die Vorwürfe gegen General Günter Kießling (58) brachen gestern mehr und mehr zusammen« (›Bild‹ vom 16.1.1984).

Es fällt auf, daß der Satz genausogut lauten könnte: »Die Vorwürfe (. . .) brachen mehr oder weniger zusammen.« So wäre also »mehr und mehr« = »mehr oder weniger«. Bzw., wenn man das beidmalige »mehr« herauskürzt, wäre »und mehr« = »oder weniger«. Kann das sein? Ja, kann. Denn »und« ist das Gegenteil von »oder«, »mehr« das Gegenteil von »weniger«. Kürzt sich also das »mehr« gegen das »weniger«, so reziprok das »oder« gegen das »und«. Genau. Denn in der Mathematik gilt: plus mal plus = plus. Aber minus mal minus gibt auch plus. W.z.b.w. Und »mehr und« wäre also wirklich und wahrhaftig »oder weniger«? Jawohl, so wird es sein.

So daß unterm Strich die Bilanz ausgeglichen bleibt; und die Identität des Identischen gewahrt; das ist wichtig, ja überlebenswichtig. Auch wenn, da sich denn nun alles aufhebt, nichts übrigbleibt. Wie bei der ganzen Affaire Kießling. Jadoch, so muß es sein.

Zwei Lebewesen gerettet

Zwei Lebewesen konnten gerettet werden, als eine Polizeistreife aus Dieburg am Donnerstagnachmittag am Rande der B 45 zwischen Umstadt und Dieburg eine Ziege und den 43jährigen Tierhalter völlig erschöpft in einem Maisfeld fanden. Beide waren zu Fuß unterwegs in den heimischen Stall, nachdem ein Taxifahrer es abgelehnt hatte, den Mann und die Ziege vom Markt in Umstadt nach Dieburg mitzunehmen. Nach vier Kilometern Fußmarsch in nachmittäglicher Gluthitze hatten beide vor Durst aufgegeben.

Aus Universitätskreisen

Aus Universitätskreisen wird gemeldet, daß jetzt wieder alles anders wird. Erstens hört der Wissenschaftspluralismus der Lehrmeinungen auf, zweitens heißt es bei Vorlesungsbeginn wieder »Stillgestanden!« und drittens wird in den Oberseminaren nicht mehr andauernd gewichst.

Gesagt ist gesagt

Kürzlich sagte der berühmte Tierprofessor Grzimek wortwörtlich im Fernsehen: »Und nun überlegen Sie mal, wie schlimm es geworden wäre, wenn Sie als Flamingo auf die Welt gekommen wären — dann würde es Ihnen noch schlimmer gehen . . .«

Glückwunsch!

Geheiratet hat jetzt auch Frl. Evi Zapf. Sie heißt jetzt plötzlich Evi Zwack.

Aus dem Leben der Polizei

Johannes Fürst von Thurn und Taxis gibt im eigenen Namen und im Namen seiner Gemahlin Maria Gloria Fürstin von Thurn und Taxis, Gräfin von Schönburg-Glauchau, sowie im Namen seiner Schwestern, Prinzessin Clotilde von und zu Liechtenstein und Prinzessin Mafalda von Thurn und Taxis, seiner Schwäger, Prinz Dr. Hans Moritz von und zu Liechtenstein und Prinz Franz von Thurn und Taxis, seiner Onkel Pater Emmeram O.S.B., Prinz von Thurn und Taxis und Prinz Raphael von Thurn und Taxis, seiner Tanten Rita und Illa, Prinzessinnen von Thurn und Taxis, und im Namen aller übrigen Verwandten Nachricht vom Tode seines geliebten Vaters SEINER DURCHLAUCHT KARL AUGUST MARIA LAMORAL FÜRST VON THURN UND TAXIS Fürst zu Buchau und Fürst von Krotoszyn — Herzog zu Wörth und Donaustauf etc. etc. — Erbgeneralpostmeister — Ritter des Ordens vom Goldenen Vlies — Ehrenbürger der Stadt Regensburg — Träger hoher Auszeichnungen — der am 26. April 1982, im 84. Lebensjahr, versehen mit den Tröstungen unserer heiligen Kirche, verschieden ist.

Am Nebentisch belauscht

Also, es ist schon etwas sehr Eigenwilliges, ja Seltsames um die Syno- pardon: um die Homonyme natürlich, also jene grosso modo (grosso modo? jawohl: grosso modo) — alsdann: grosso modo sehr kurieusen Korrespondenzen und Koinzidenzen der je phonetischen Gestalt der — naja, Sie wissen schon, Sie sind ja nicht blöde, notabene, um Ihnen gleich einen Beistrich, nein (meingott, bin ich müde) ein Beispiel zu geben, naja Beispiel haut auch nicht ganz hin, aber immerhin. Aber worum geht's? Hic et nunc darum: Sitz ich da neulich in der Gaststätte ›Sperber‹ in Sulzbach und schau ein bißchen vor mich hin, denn nichts zu denken war mein Sinn (im Denken lauert Unheil, aber ehrlich) — aber schon geht's los: Am Nachbartisch nämlich, wo drei seriöse alte Damen sitzen — und plötzlich sagt die eine: »Onanie«. D.h. ich hab natürlich gleich gewußt, daß es sich da um ein vertracktes homonymistisches Paradebeispiel gehandelt hat, denn es klang nur so, in Wirklichkeit redeten die drei sulzbacherisch, und die Frau sagte eigentlich »O na(nein), nie!« Und ich natürlich sofort losüberlegt, wie ich mit diesem homonymistischen Quak eine kleine komische Fernsehszene bauen resp. Geld machen könnte, denn es klang ja nur wie »Onanie«, weil nie und nimmer redeten ja drei angestochene alte Schrauben am Stammtisch von ausgerechnet Onanie, doch siehe, wenig später stellte sich heraus, daß mit meinem Homonym überhaupt nichts war, weil gleich darauf kam das Wort noch ein paarmal, dazu auch noch überdeutlich »wichsen«, dies mehrfach, und dann sagte eine ganz ordinär »Onanie — is doch Klasse!« und keineswegs »O na, nie! Ist doch Klasse« — kurzum: peinlichstes Altengeschwätz.

Gar nicht peinlich, sondern bildschön im Sinne meiner Fernsehszene oder immerhin Sprachglosse wär's natürlich gewesen, wenn die eine gefragt hätte: »Treibt der und der nicht Onanie?« und die andere Person hätte hinc et hanc nicht faul gekontert: »O na, nie!« Das wär' schön gewesen. Ach Gott, wär' das schön gewesen. Sooo schön.

PRIMA, PRIMA URLAUBSTIPS

Oder: Eine Revision Immanuel Kants

> *Das Nomadenleben, welches die unterste Stufe der*
> *Zivilisation bezeichnet, findet sich auf der höchsten*
> *im allgemein gewordenen Touristenleben wieder.*
> *(Schopenhauer, Aphorismen zur Lebensweisheit)*

Immer wieder passiert es, daß der Mensch in Vorberei-
tung seines verdienten Urlaubs sich in Immanuel Kants
geographische, anthropologische und ethnologische
Schriften vertieft — und damit elenden Schiffbruch erlei-
det: Nämlich im Urlaub erfahren muß, wie ungenau seine
Urlaubsvorstudien waren. Denn fraglos war Kant einer
der tragfähigsten Köpfe seiner Zeit und wird deshalb
heute noch gern gelesen; indessen: eine Reise hat der
Philosoph nie unternommen noch auch nur je zeitlebens
(1724-1804) seine Geburtstadt Königsberg verlassen.

Dringend geboten ist also eine partielle Revision der
Lehren Kants. Ihm rechtzugeben, wo er recht hat — ihn
zu korrigieren, ihn auf den aktuellen Stand zu bringen,
wo das mehr als nötig ist.

SAVOYEN

Kant schreibt: Die Savoyarden sind arm, aber ehrlich. In
den Gebirgen reisen die Männer mit Murmeltieren und
einem kleinen Krame jährlich aus und kommen fast alle
zu gleicher Zeit nach Hause zurück, welches die Ursache
ist, daß fast alle Weiber zu gleicher Zeit ins Wochenbett

kommen. In Savoyen herrschen ungemein große Köpfe, vornehmlich unter den Weibern.

E. H. korrigiert: Im Prinzip stimmt, was Kant da schreibt, noch heute — nur hielt er hier wieder mal Ursache und Wirkung nicht sauber auseinander. Die savoyardischen Frauen haben vielmehr deshalb so dicke Köpfe, weil sie nicht und nicht wissen, ob ihre Männer oder die Murmeltiere sie ins Wochenbett gebracht haben, bevor beide in echter Männerfreundschaft wieder das Weite suchen und auf Handel gehen. Vom Nachdenken darüber werden die Frauenköpfe noch größer — und wer dazu dann noch dauernd mit dem Kopf ein Loch durch den Montblanc-Kalk bohren will, um Mann und Murmeltier zu finden, der darf sich nicht wundern, wenn die Kunde über so viel savoyardische Eigenart sogar nach Königsberg dringt.

COCHIN-CHINA

Kant schreibt: In der Armee des Königs wird die Probe mit den Soldaten, die sich am besten zur Leibwehr schikken, in der Art gemacht, daß man die, welche am meisten und hurtigsten Reis fressen können, dazu nimmt, denn diese hält man für die tapfersten.

E. H. korrigiert: Seit Cochin-China — was Kant noch nicht wissen konnte — Vietnam geworden ist, kriegt der am meisten Reis, der das Land am hurtigsten verläßt.

AMERIKA I (GESCHICHTE)

Kant teilt mit: Endlich scheinen die Amerikaner eine noch nicht völlig eingeartete hunnische Rasse zu sein. Der längere Aufenthalt der Stammväter der Amerikaner in N.O. von Asien und dem benachbarten N.W. von Amerika hat die kalmuckische Bildung zur Vollkommenheit gebracht.

E. H. korrigiert: Hier irrt Kant vollkommen. Recht hat er zwar noch mit der hunnischen Abstammung, der Rest aber ist wissenschaftlich unhaltbar. Richtig ist vielmehr, daß Chr. Columbus zusammen mit den Pilgrim-Fathers und dem hussitischen Kalmucken Robinson Crusoe Amerika aus dem Boden gestampft hat, so wie es heute noch lebt: als asiatisch-bengalische Kolonie aus Frank Sinatra, Karl May, Grace Kelly, Nixon, Ehrlichman, Haldeman, Thomas Mann, Peter Stuyvesant, Eric Clapton, Martin Luther Clay, Alwin McDonald, Jane Rome und Sydne Fonda. Und vor allem diese beiden letzteren, genannt Aerobüchsen, haben dann die alte hunnisch-kalmuckische Bildung zur kompletten Vollkommenheit gebracht.

AMERIKA II (PAVIANE)

Kant notiert: Die Paviane haben einen Hundskopf und können sehr geschwind auf zwei Füßen gehen. Die Amerikaner glauben alle, daß diese Affen reden könnten, wenn sie wollten, es aber nicht täten, um nicht zur Arbeit gezwungen zu werden.

E. H. korrigiert nicht: Hier hat Kant mal voll ins Schwarze getroffen. Die Amerikaner glauben das heute noch. Und seit sie Reagan haben, wissen sie sogar definitiv, daß Paviane alles können, wenn sie nur wollen.

SIBIRIEN

Kant teilt mit: Außer dem Saufen herrscht die Unzucht und daher die Venusseuche dermaßen, daß man in keinem Land der Welt so viele Menschen ohne Nasen sieht als hier. Allein es scheint sich endlich die Natur so daran gewöhnt zu haben, daß sie selten daran sterben. Die Faulheit dieser Länder ist erstaunlich.

E. H. modifiziert: Hier verwechselt Kant Sibirien offenbar mit Bavarien. Dort nämlich treiben sich nicht nur massenhaft trinkfeste und ergo ziemlich nasenlose Wopperer und Wichtl und Wibblinger und Gamsbärte herum, sondern hie und da hat es — vor allem im Parteivorsitz — sogar halslose, die trotzdem selten daran sterben. Allerdings: Die Unzucht will jetzt einer namens Zimmermann wieder stark eindämmen sowie auch die Faulheit — und die davon Befallenen möglichst nach Sibirien schicken. Dort aber — und da ist Kant abermals zu widersprechen — geht es noch vergleichsweise zivil zu.

CHINA

Kant meldet: Ein Missionar wunderte sich darüber, daß die Chineser, sobald sie eine Ratze sehen, sie zwischen den Fingern zerreiben, und mit Appetit dran riechen.

E. H. ergänzt: Zu Recht wunderte dagegen Kant sich nicht. Denn was machte die spätere Kulturrevolution Sinn, wenn jetzt nicht der Kapitalismus zwischen den Fingern zerrieben würde? Sie reiben halt gern, die Chineser. Und riechen dann dran.

FRANKREICH

Kant wähnt: Der Franzose ist höflich nicht aus Interesse, sondern aus unmittelbarem Geschmacksbedürfnis, sich mitzuteilen

E. H. meint: Hier lag Kant besonders schief: Der Franzose ist unhöflich, interesselos, geschmacklos und von unmittelbarer Unfähigkeit, sich mitzuteilen. Und die nennt er dann Esprit oder Caprice oder Clarté oder weißderteufelwas.

ENGLAND

Kant teilt mit: Der Fremde, der durchs Schicksal auf englischen Boden verschlagen und in große Not geraten ist, kann immer auf dem Misthaufen umkommen, weil er kein Engländer, d. i. kein Mensch ist.

E. H. bestätigt: Richtig. Aber auch Goethe lag im Prinzip nicht schlecht: »Die Engländer sind Pedanten« (zu Eckermann, 20.12.1826) und: »Die Engländer sind die ersten Pferdekenner der Welt« (16.12.1828). Was sich gut mit dem Misthaufen ergänzt. Obwohl natürlich, genaugenommen, auch Goethe keine Ahnung hatte. War ja nie drüben. Der alte Weimarer Stubenhockel.

SPANIEN I (CHARAKTER)

Kant weiß: Der Spanier lernt nicht von Fremden; reiset nicht, um andere Völker kennen zu lernen; bleibet in Wissenschaften wohl Jahrhunderte zurück.

E. H. bestätigt: Wie Kant. Genau. Genaugenommen kennt der Spanier nicht mal seine eigene Heimat. Dabei wäre das Wissen um sie gar nicht schwer. Also: Im

Escorial wird Escorial-grün angebaut, in der Alhambra Tequila. Dazu tanzt Carmen mit dem Granden von Granada Tango. Zur Nachspeise wird Fandango gereicht, dazu singt der Torero Placido Domingo laut Manzanilla mit lila Seguidilla, derweil in der spanischen Hofreitschule der Generalissimo Franco mit seiner Habanera zum spanischen Erbfolgekrieg bläst: Bernd Schuster gegen Trainer Lattek. Dagegen — Vorsicht! — ist Paul Breitner kein Spanier. Sondern aus Andalusien bei Freilassing.

SPANIEN II (BEVÖLKERUNG)

Kant hat erfahren: Die Spanier sind fast alle mager, dazu der Genuß vieler Gewürze und hitziger Getränke beiträgt. Es gibt selten irgendwo mehr Blinde als hier.

E. H. korrigiert keineswegs: Richtig. Hat alle Neckermann reingebracht.

SÜDSEE

Kant rätselt herum: Von der eigentlichen Farbe der Südseeinsulaner kann man sich noch keinen sicheren Begriff machen. Denn, ob einigen von ihnen gleich die Mahagoniholzfarbe zugeschrieben wird, so weiß ich doch nicht, wie viel von diesem Braun einer bloßen Färbung durch Sonne und Luft, und wieviel davon der Geburt zuzuschreiben ist.

E. H. teilt mit: Heute wissen wir es genau: 30 Prozent Geburt, 3 Prozent Milieu, 6 Prozent Bosheit und 61 Prozent Tiroler Nußöl.

Kant weiß: Russen und Polen sind keiner Autonomie fähig. Die 1.sten weil sie ohne absoluten Herren, die 2.ten weil sie alle Herren sein wollen.

E. H. bestätigt: Hier hat Kant wieder mal vollrohr recht. Ausnahme: Wojtyla. Der will nämlich alles sein. Herr und Knecht, Papst und Popenspäler — zur Not würde er sogar einen Russen abgeben.

ITALIEN

Kant hat erfahren: Die Italiener konversieren in Prachtsälen und schlafen in Ratzennestern.

E. H. hat erfahren: So ist es. Offen bleibt nach Kant nur die Frage, wo die Italiener ihre anderen Tätigkeiten verrichten. Antwort: Grauseln tut sich der Italiener vor nix mehr. Sondern: Mauseln im Flippersalon, Zauseln in der Videothek, Schmauseln im Aerobic-Center.

SCHWEDEN

Kant hat läuten hören: Schweden ist arm an Getreide. Man hat gelernt, Brot aus Birken- und Fichtenrinden, ja aus Stroh und Wurzeln zu backen.

E. H. korrigiert leicht: Was Kant schreibt, stimmt zwar im Prinzip noch. Aber das schert den Schweden schon lang nicht mehr. Seit der Verkehrsminister des Landes Lars Einström heißt. Und die Schwedinnen sich meist eh unter der Regie von Alois Brummer in Oberbayern tummeln. Denn siehe: »Die Völker, die etwas wert wurden, wurden es nicht unter liberalen Institutionen.« Schreibt der alte Nietzsche. In der ›Götzen-Dämmerung‹. Der hatte auch manchmal ganz schön den Arsch offen.

GRÖNLAND

Kant meldet: Der Mensch, in die Eiszone versetzt, mußte nach und nach in eine kleinere Statur ausarten; weil bei dieser, wenn die Kraft des Herzens dieselbe bleibt, der Blutumlauf in kürzerer Zeit geschieht, der Pulsschlag also schneller und die Blutwärme größer wird. In der Tat fand auch Cranz die Grönländer von merklich größerer Hitze ihres Körpers.

E. H. korrigiert: Das sah Kant nun wirklich grundverkehrt; obwohl die Wahrheit doch so klar auf dem Packeis liegt: Bekanntlich leihen die Eskimos (Esquimaux) jedem Gast primae noctis ihre Alte, und zwar kraft der Kraft des Herzens. Weil sie in der Folge natürlich trotzdem von der Eifersucht gepackt werden, entfalten sie größere Hitze ihres Körpers. Damit nun nicht die ganze Eiszone wegschmilzt, muß der Grönländer klein sein. Und ist es deshalb auch. Kraft der List der Vernunft. Bzw. kraft Anpassung. Oder wie oder was. Jedenfalls irgendwie.

SIAM

Kant teilt mit: Im Krieg sind die Siamer schlechte Helden. In den Kriegen suchen sich die Armeen so lange auszuweichen als möglich. Treffen sie sich zufällig, so schießen sie über den Kopf weg und sagen, wenn einer zufällig getroffen wird, er habe es sich selbst zu verdanken, weil er so nahe gekommen.

E. H. ahnt: Irgendwie erinnert das an die Genfer Ver-

handlungen, SS-20, Pershing und den ganzen Schrott.
Bloß hat's da nicht so gut geklappt wie beim Siamer.

AFRIKA I (HOTTENTOTTEN)

Kant berichtet: Die Hottentotten sind ehrlich und sehr
keusch, auch gastfrei, aber ihre Unflätigkeit geht über
alles. Man riecht sie schon von weitem. Ihre neugebore-
nen Kinder salben sie sehr dick mit Kuhmist und legen
sie so an die Sonne. Alles muß bei ihnen nach Kuhmist
riechen. Unter ihre lächerlichen Gewohnheiten gehört
sonderlich, daß eine Witwe, die zum zweiten Male heira-
ten will, sich ein Glied vom Finger muß abnehmen
lassen. Dieses fängt vom ersten Glied am kleinen Finger
an und geht, wenn sie mehrmals heiratet, durch alle
Finger durch.

E. H. bestätigt: Und so ist es heute noch. Nur: Man
braucht deshalb nicht gleich nach Afrika zu fahren. In der
Schwalm gibt es das auch. Mit einer Sexualvariante: die
Schwälmer Witwe, die es zum 11. Male packt, darf ihrem
Mann in der Not auch noch das Schwänzle abzwicken.
Dann ist wenigstens diesbezüglich eine Ruh.

AFRIKA II (ELEFANTEN)

Kant teilt mit: Der Elefant kann seine Haut durch ein
Fleischfell, das unter derselben liegt, zusammenziehen, so
daß er Fliegen damit zu fangen imstande ist. Auch hat er
einen kurzen Schwanz, mit langen borstigen Haaren
besetzt, die man zu Räumern für die Tabakspfeifen
braucht. Wenn Elefanten an ein Tabakfeld kommen, so
werden sie trunken und geben tolle Streiche an.

E. H. ergänzt: Und wenn fliegenfressende Elefanten an einen Biersee kommen, dann rauchen sie Tabakspfeifen und streichen sich angeberisch über die Tolle.

Afrika III (Löwen)

Kant teilt mit: Der Löwe hat eine gerunzelte Stirn, ein menschenähnliches Gesicht und tiefliegende Augen. Wenn der Löwe nicht mit dem Schwanz schlägt und seine Mähne schüttelt, so ist er aufgeräumt, und man kann an ihm sicher vorbeigehen. Sonst ist das einzige Mittel in der Not, sich auf die Erde zu legen. Es ist merkwürdig, daß er den Weibsbildern nichts zuleide tut. Der Löwe kann Kälte nicht vertragen und zittert in unseren Gegenden ständig. Er fürchtet sich nicht vor dem Hahnengeschrei, wohl aber vor Schlangen und Feuer.

E. H. moniert: Das sah Kant nicht besonders genau. In Wahrheit sieht es doch so aus: Wie jeder Gentleman will auch der Löwe Weiber partout flachlegen. Weil er nämlich Kälte nicht vertragen kann und ergo ins Bett will. Wenn man sich nun flach auf die Erde legt, nimmt das der Löwe a) als gutes Zeichen, b) als Symbol und c) als Einverständniserklärung (vgl. Eskimo). Hat er die Weiber dann im Bett, so braucht er — im Unterschied zum Staubsaugervertreter — den Hahnenschrei nicht zu fürchten, sondern ist ganz aufgeräumt. Nur: Feuer und Schlangen fürchtet er natürlich trotzdem, weil er weiß, zumindest ahnt, daß er für seine dauernde Hackerei mal in die Hölle kommt. Wer nämlich fremde Weiber aufmischt, kommt in die Hölle. Und wenn eins dauernd auch noch fremd-artige Weiber bürstelt, dann — — mich

wundert nur, daß Kant den ganzen Schmäh nicht durchschaut hat; war doch sonst ein ganz guter Kopf . . .

AFRIKA IV (NEGER)

Kant schreibt: Die Neger werden weiß gebohren, ausser
ihren Zeugungsgliedern und einem Ringe um den Nabel,
die schwarz sind. Von diesen Teilen aus ziehet sich die
Schwärze im ersten Monate über den ganzen Körper.
Wenn ein Neger sich verbrennt, so wird die Stelle weiß.
Auch lange anhaltende Krankheiten machen den Neger
ziemlich weiß. Einige bilden sich ein, Cham sei der Vater
der Mohren und von Gott mit der schwarzen Farbe
bestrafet.

E. H. korrigiert scharf: Was den Neger angeht, so hat
Kant leider in allen Punkten unrecht — recht hat vielmehr ein anderer, ein ganz anderer weiß da Bescheid, und
sein Name sei Georg Wilhelm Friedrich Hegel: »In der
Rohheit und Wildheit sehen wir den afrikanischen Menschen, solange wir ihn beobachten können; er ist noch
jetzt so geblieben. Der Neger stellt den natürlichen Menschen in seiner ganzen Wildheit und Unbändigkeit dar.
Es ist nichts an das Menschliche Anklingende in diesem
Charakter zu finden. Eben darum können wir uns auch
nicht recht in seine Natur hineinempfinden, sowenig wie
in die eines Hundes. Für den sinnlichen Neger ist das
Menschenfleisch nur Sinnliches, Fleisch überhaupt. Die
Männer verkaufen ihre Frauen, die Eltern verkaufen ihre
Kinder und ebenso diese jene. Sind die Neger aber mit
ihrem König unzufrieden, so setzen sie ihn ab und bringen ihn um. Diese Völker sind lange Zeit ruhig, aber
plötzlich gären sie auf, und dann sind sie ganz außer sich

gesetzt. So sehen wir häufig Völker in besonderer Wut an die Küste herbeirennen, alles umbringen, aus keinem anderen Grunde als aus Wut und Tollheit. Dieser Zustand ist keiner Entwicklung und Bildung fähig, und wie wir sie heute sehen, so sind sie immer gewesen. Wenn man«, resümiert Hegel, »fürchterliche Erscheinungen in der menschlichen Natur will kennen lernen, in Afrika kann man sie finden.« Dies ist auch schon Hegels letztes Wort über den Neger, denn: »Wir verlassen hiermit Afrika, um späterhin seiner keine Erwähnung mehr zu tun.« (Alle Zitate: G.W.F. Hegel, ›Die Vernunft in der Geschichte‹, Hamburg 1955).

Gut so. Weiter wollte eben »Hegels Bierwirtsphysiognomie« (Schopenhauer) nach diesen scheußlichen Unholden nicht spähen. Bleibt heute nur noch ergänzend festzustellen: »Zu wenig Leute haben den Mut, vollkommenen Blödsinn zu sagen« (Carl Einstein, ›Bebuquin‹).

INTERNATIONALE

Kant schreibt: Der Weiße mit der Negerin und umgekehrt geben den Mulatten, mit der Indianerin den gelben, und mit dem Amerikaner den roten Mestizen; der Amerikaner mit dem Neger den schwarzen Karaiben und umgekehrt. Die Vermischung des Indiers mit dem Neger hat man noch nicht versucht.

E. H. vermutet: Herauskäme wahrscheinlich ein albinohafter Kalmuck, mit einem negroiden Schuß hottentottisch-kanackenhaften Einschlags, dem freilich auch etwas durchaus kaninchenartig Kakerlakisches eignet, von Spuren des alten kanaanitischen Kannibalismus zu schweigen. Kannitverstan, daß Kant der Sache nicht

weiter nachging, insbesondere ihrem maharishi-maha-
radschamäßigem Anteil sowie auch der alten Aufklärer-
frage, was bei der Kreuzung eines kanadischen Kanda-
har-Grizzlybären mit einem siamemischen Zwillings-
neger sowie der zwischen einem Bastardlappen und einem
Blendlingskrabben herausgekrochen wäre —

— jedenfalls: Vorsicht ist auch und gerade im Urlaub
geboten, zu dem Ihnen, Leser, nun endlich gute Kreuzung — äh: bon voyage gewunschen sei.

BETROFFENE UND BEHÄMMERTE

November 1983: Die Grünen im Bundestag

Am 22. November feierte die neue deutsche »Betroffenheit« anläßlich der Pershing-Abstimmung im deutschen Bundestag einen neuen Höhepunkt, ja einen Rekord. Und Rekordhalter sind ab sofort: die Grünen.

Es war ganz widerlich.

Nein, nicht daß wir, die wir ihnen zuletzt bei Wahlen unsere Stimmen zugeteilt hatten, erwartet hätten, mit ihnen, den Grünen, sei die Wiederkehr eines besseren, gar die Heraufkunft eines edleren Menschen- und Politikertums abgemachte Sache. Aber in der Summe, unterm Strich, hatte doch immer so etwas wie Hoffnung beflügelt, jenseits der etablierten Verblödung einerseits, jenseits des blind-ohnmächtigen Routine-Zynismus des Politischen andererseits möchte sich da doch einiges bewegen — das auch in unseren Köpfen dies und das bewegte: Ideen gepaart mit Frechheit, Radikalität mit Gesinnung, Idealismus im noch nicht vergammelten Sinne mit entschlackter Rede — und was einem eben die Zuversicht zum Überleben andauernd so an Visionen einflüstert. All dies dürfte Autosuggestion gewesen sein; kaum gedeckt von etwelcher Realität.

Am Abend der Pershing-Abstimmung in der 36. Sitzung des Deutschen Bundestags 1983 nahm die Fraktion der Grünen fast geschlossen die Gelegenheit wahr, von der Geschäftsordnung Gebrauch zu machen und im Rahmen einer je fünfminütigen »persönlichen Erklärung« a) die fernsehgerecht getimte Pershing-Abstimmung um ein paar Stunden zu verzögern und b) den hohen Bonner Schuppen so überhaupt ein wenig zu terrorisieren. So weit, so einleuchtend und reich an Chancen — was aber dann kam, war ca. 25 mal 5 Minuten lang und über den Rundfunk qualvoll zu verfolgen das perfekte Mittelmaß, eine traurige Demonstration von schon traumhafter Tranigkeit: die endgültige Entlarvung der Mär, daß mit den blumen- und (»We shall overcome«) singfreudigen Grünen auch ein neuer — sagen wir's sloterdijkisch — kynischer Denkton ins Politische eingezogen sei.

Sondern es war alles ganz grausig.

Was man sich da am 22.11. — die Argumente waren zwei Tage bzw. ein Jahr lang getauscht — erhoffen durfte: prägnant-polemische Kurzstatements; pathosfreie Ortsbeschreibungen; vielleicht sogar witzige, am Kabarett geschulte und stilisierte Bekundungen oder, nachdem nicht jeder Grüne Satiriker sein kann, zumindest etwa ein fünfminütiges beredtes Schweigen à la Gerhard Polt oder sogar Norbert Grupe — eine frisch-angriffige Form gerade angesichts des pathetischen Gegenstands; immerhin hatte man einen grünen Joschka Fischer zuletzt doch als sehr ausgeruhten und gewitzten Kopf in Erinnerung, der da, weil der Gruppenauftritt ein lang vorbereiteter war, stilbildend und segensreich hätte wirken können, ja müssen.

Nichts war. Was kam, war eine Orgie an lärmiger Larmoyanz, schwer erträglicher und schon würdeloser Formlosigkeit und vor allem eine nachgerade Epiphanie an »Betroffenheit«.

Diese »Betroffenheit« äußerte mindestens die Hälfte der grünen Meinungserklärer, die Abgeordneten Dr. Ehmke und Schily gleich viermal in Folge. Insgesamt zählt das Protokoll — von Varianten wie »Angst« und »Traurigkeit« zu schweigen — 14 Fälle von »Betroffenheit« — mit Carlo Schmid zu reden: »Es geht nicht mehr, es geht nicht mehr«.

Was geht da vor?

Eine Besoffenheit vor Betroffenheit. Eine Inflation, ein verbaler Mißbrauch, der auf die Sache selber schwerste Schlaglichter wirft.

Denn auch wenn man den Grünen (wie der SPD) in der Sache, der Verhinderung der Nachrüstung, recht geben möchte: die Sprache verrät die scheint's gute Sache als das, was man ehedem als Ideologie kritisierte. Das Syndrom von Weinerlichkeit und simultaner Aufgescheuchtheit, das sich seit etwa 1980 am zähesten in ex-linken neodeutschen Ramschvokabeln wie »Wut und Trauer«, »verwundbar« und eben »betroffen« bekundet — dieser besinnungslos permanente Nachweis von höherer & edlerer Art: all dies denunziert das Engagement selber, welchem sich die derart Hochsensiblen verschrieben haben.

»Ich bin betroffen« — »was mich sehr betroffen macht« — »ich bin Betroffener« — »Ursachen der Betroffenheit« — »der Betroffenheit Taten folgen lassen« (alles Zitate 22.11.): wer derart unreflektiert, nämlich stereotyp und selbstverschwörerisch, gleichsam betriebsblind vor Friedensliebe und Betroffenheit eo ipso daherschwafelt, dies zumeist in einem plump märtyrerhaften Tonfall — mit dessen Betroffenheit kann es schwerlich weit her sein. Vorerst letzte Klimax: Ein Buch von Monika Sperr, dessen unglaublicher Titel ›Petra Kelly — Politikerin aus Betroffenheit‹ den Wahnsinn zum definitiv Hundsordinären hin rundet. Andersrum: es muß weit gekommen sein

mit unserer »Betroffenheit«, wenn in der Abstimmungs-
woche ausgerechnet

a) Theo Sommer diese nun ausgerechnet auch noch bei
b) Helmut Kohl beobachtet hat, nämlich ausgerechnet
c) bei einem symbolischen Manöver der Grünen im Ple-
num (Die Zeit, 25.11.83).

Kaum verwunderlich, daß, wer derart seimig und sei-
rig sein Gewissensniveau hochhält, auch sonst seine sieben Zwetschgen nicht mehr so ganz beieinander hat,
getroffen von Betroffenheit. Nicht so sehr, daß sich die
Grünen im elementar Logischen überaus schwer taten
und am 22.11. fast durch die Bank und zum Kummer der
Parlamentspräsidenten Westphal und Dr. Barzel ihre
»persönliche Stellungnahme« vor lauter Schußligkeit mit
Klein-Essays über Gott und Angst und (dafür sorgte
vorher in der Debatte Petra Kelly persönlich) den Nie-
dergang der Indianer verwechselten (nein, das war nicht
witziges Unterlaufen der Vorschriften, das war pure Be-
griffslosigkeit, Aufgeregtheit, Dummheit) — auch über
die An-sich-Betroffenheit hinaus zeigte sich da in Rhetorik und Gesinnung einiges Amorphes, das mit dem Begriff »Schleim« korrekter bezeichnet wäre. Was müssen
das — Erklärung des Grünen-Abgeordneten Vogt — für
neurotische Familien sein, in denen grüner Vater und
grüne Mutter ihre 11jährigen Kinder dahin aufgeilen,
daß diese umgekehrt dem Vater-MdB in der Stunde der
Not — am Abstimmungstag — druckreif gesinnungsfeste
Sätze ins Telefon sagen, welche dieser dann auch noch
zitiert: »Sag doch, daß du nicht sterben willst und daß
deine Kinder auch nicht sterben wollen . . .« Petra Kelly
bringt im Schlußwort ihre krebskranke Schwester, die
»Hiroshima-Opfer« und die »Atomforschung« zur Kon-

fusion — der grüne Volksvertreter Burgmann seinerseits hat »den Krieg, die Bombennächte« erlebt und bringt einen Satz später beides mit den »Millionen verzweifelter junger Menschen« und ihrem »No future« nahtlos zur Deckung. Vergessen wir hier schnell, Gipfel der beifallsheischend-tranigen Dämlichkeit, den Aufruf der grünen Frau Schoppe: »Wir brauchen neue Männer in diesem Lande!« (der Unfug könnte, bis auf das fehlende »unser«, von Kohl selber sein) —

— vergessen wir aber nicht so leicht, daß via die Provenienz allerlei Grüner »aus christlich-konservativem Elternhaus« (Stratmann) und aus sonstigen pietistischen Tratschnestern nicht nur Luthers »unglaublich schwierige Zwei-Reiche-Lehre« (Frau Dr. Vollmer), sondern Gott selber hundert Jahre nach Nietzsche in dem salbungsvollen Geseire der Grünen nicht selten ein unverhofftes Revival zu feiern sich freuen kann: »Würde des Menschen aus Respekt vor Gott« (Frau Reetz); »Herr, vergib ihnen nicht, denn sie wissen, was sie tun« (Draboniok); »Herr, vergib uns allen« (Vogt) —

— auf die Gefahr des Beifalls von der falschen Seite hin, welcher Gefahr man sich freilich heute furchtloser denn je stellen muß, weil der Beifall von der richtigen in diesem waltenden ideologischen Kuddelmuddel ohnehin nur noch Schimäre ist, und weil's auf beide Beifälle eh nicht mehr ankommt, läßt sich da nur mit dem Einwurf des CDU-MdB Wißmann entgegenhalten: »So ein Quatsch!« So wie auch der CDU-Mann Haase recht hat, wenn er in die formal anarchischen Konfessionen der meisten Grünen hineinplärrt: »Sie haben doch drei Tage Zeit gehabt, das zu üben!« So wie man noch die professionell und zynisch gefestigten Invektiven einiger christlicher Politiker für ihre relative Wachheit loben muß und sogar noch, angehörs einiger Grüner, einen Altreaktionär wie den Dr. Dregger vergleichsweise human finden kann.

Und so wie am Tag nach der Debatte der Stoßseufzer eines gestanden-linken Schriftstellers mich — ja sogar mich — betroffen gemacht hat: »Na, hoffentlich sind die Drecksraketen jetzt bald aufgestellt, damit man wieder zum Denken kommt!« Im Ohr noch die Grün-Schleimis vom Vortag, kann ich ihm so unrecht gar nicht geben.

GROSSWILD-SHOOTING AUF ELEPHANTS

In einer herrlich großen, betörend vielfarbigen und in zahlreichen Illustrierten veröffentlichten Anzeige, die mit einem Preisausschreiben kombiniert war, verlautbarte die Werbeagentur der bekannten Zigarettenfirma Peter Stuyvesant unlängst das Folgende: »Wildlife Boat Safari. Elephants und Buffalos am Fluß. Superlodges und Sonnenuntergänge. Karibasee, Victoria-Falls. 5 Tage zum Großwild-Shooting nach Zimbabwe, Afrika. Auf ins Action-Weekend der Peter Stuyvesant!«

So weit, so gut und action-stark. Nun fällt es gar nicht leicht, sich über derlei Texte noch groß zu wundern; denn heute besteht ja eh unsere halbe deutsche Sprache, zumindest die der Reklame, aus English beziehungsweise aus Anglizismen: von der allzeit postulierten Fitness übers Hot-Dog-Snack-Center und das High-Fidelity-Highlife bis zur Business-Class in irgendwelchen Airbus-Lines around the World. Darüber sich zu echauffieren, sollte man gemeinhin den Top-Puristen unter den Oldies der Deutsch-Oberstudiendirektoren überlassen, zumal ja nicht zu leugnen ist, wie vorteilhaft diese vor allem via die Werbung eingeschleppten Sprach-Innovationen den Wortschatz und die Bildung breitester Bevölkerungsschichten erweitert, ja völlig erneuert haben: Und dies ganz unangestrengt-allmählich und kostenlos, nämlich ohne den Aufwand etwa von Abendkursen, deren Image ja eher abschreckt, als daß es uns ganz soft zu international (sprich: internäschonel) brauchbaren Zeitgenossen machte.

So far, so first-class-prima — aber zurück zur eingangs erwähnten schönen und crazy und großwildfreudigen Zigarettenanzeige. Einiges stört doch daran — nämlich ein paar little bit unhappy few Kleinigkeiten. Nicht so sehr, daß es, wenn schon denn schon, analog zu den Elephants wohl eher »Buffaloes« (statt: Buffalos) heißen müßte. Aber auch wenn wir von dieser Bildungslücke des Werbetexters absehen: perfekt beziehungsweise perfect ist das Ganze ja auch sonst noch keineswegs. Statt »auf ins Action-Weekend« wäre ein »up up ins Action-Weekend« doch viel dynamischer, sozusagen trimmdichfiter. Und gäbe nicht erst die Formulierung »one Week« statt der störenden »5 Tage« Foto-Shooting dem Großwild-Wildlife-Ganzen den angepeilten wonderful metafuselig-transcendationliken Zug — äh sorry: Trend — äh: Design — oder Styling oder was, jenes Big-Safari-Live-Group-Shooting-Adventuremäßige, das da, by gosh, very much many Westside-storyhaftes in our imagination brings and so on?

Aber all that kann noch kommen, das kann die nächste Großanzeige der Agentur nachholen; eines aber, one but, verstört uns schon diesmal zutiefst und makes us irgendwie deeply silly in our Hirn und head und am Ende ganz sad: Daß es gleich zu Beginn der Anzeige »Elephants und Buffalos« heißt; daß also die Leserzielgruppen, trotz aller Center- und Business- und Wildlife- und Superlodges-Schulung, das rare englische Wörtchen »and« für »und« ganz offenbar noch nicht draufhaben.

Ist es zu schwer? Ist die Basis vor lauter Fitness und Action und Foto-Shooting vernachlässigt worden? — Wie auch immer: Genau this Zeichen heißt us hoffen.

ER HUNDSFOTT, HALT ER'S MAUL!
Wider die grassierende Du-Krankheit

Die Lage war noch selten so ernst. Ein englischer Journalist, der ›Daily Telegraph‹-Korrespondent David Shears, führte nach 16 Jahren Aufenthalt Klage gegen das, was ihn an der Bundesrepublik Deutschland störe: Die Anrede »Sie« sei es, jenes Differenzierungselement der deutschen Sprache, das in diesem unserem Lande noch immer weit vor der dem Briten habhaften »du«-Anrede im Umlauf sich befinde.

Die ›Frankfurter Allgemeine‹ berichtete kürzlich und etwa gleichzeitig vom fast-tragischen Fall eines Jung-Professors, der sich zwar, nach neuerem Usus, von seinen Studenten mit »du« anreden lasse, der sich aber beharrlich weigere, selber seine Studenten mit »du« zu traktieren — und deshalb, laut FAZ, nachgerade Psychoterror zu erdulden habe.

Die Lage ist ernst. Karl Valentin glossierte einst in einem erlauchten Kurzhörspiel die seinerzeit dominante »Gell-Pest«, die Unsitte nämlich, nach jedem dritten Wort »gell!« zu schnarren. Ungleich tückischer, weil ideologisch ambivalenter, erscheint ihre heutige Nachfolgerin, die Krankheit, jeden Satz mit einem (zumeist halb gesungenen) »du« zu beginnen, mehrfach zu würzen und schließlich zu enden — und heraus kommen bei den von ihr Befallenen notorisch Sätze der Art: »Du, ich kann dir das verbal nicht so gut vermitteln, du, aber gefühlsmäßig, du, wenn ich mich da nicht einbringen darf, du, dann, du, geh ich mal lieber, du!«

Die Seuche hat, wahrscheinlich von Hamburg anreisend, längst Schwabing, ja Mittenwald und Deggendorf-Ost erreicht und alle drei schmerzlich verfremdet: Wo früher königlich und unangefochten das »he!« und das »hey« als Legierungsfloskel das Sagen hatten, da du-t es heute, daß einem die Ohren tuten.

Die Lage ist ernst — und verwirrend. Der Fall des nörgelnden Engländers ist relativ leicht durchschau- und behebbar: Ihn plagt der Neid, ganz simpel der Neid auf eine formale Möglichkeit, die ihm seine stolze Landes- und Weltsprache verweigert. Was die gewöhnliche »Du-Krankheit« anlangt — die dürfte wie jede andere Infantilität und Besinnungslosigkeit irgendwann wieder verschwinden und dem nächsten Flicklaut Platz machen. Ernster zu nehmen ist schon die ihr onto- wie phylogenetisch verwandte und heute nahezu weltanschaulich sakrosankte Du-Sagerei im Umkreis vor allem von Universitäten, genossenschaftlichen Gruppierungen und ähnlichen psychotherapeutischen Sammelbewegungen: Da agiert das »du« als langvermißter Hautkontakt respektive als Solidaritätsadresse durch Dick und Dünn in ansonsten nüchtern-liebloser Zeit. Genau dies, dies vorgeblich Vertrauen, Gemeinsamkeit, ja eine alltägliche unio mystica aller irgendwie Gutwilligen suggerierende »Du« wurde zwar nicht nur von der FAZ, sondern gerade von der theoretischen Linken selber, von Adorno z. B., als pure und plumpe Anbiederei durchschaut; als Pseudogetue nicht zuletzt von unverbrüchlichen Egoisten und Egomanikern — allein: Das Unheil wird wohl noch, bevor es wieder in den Orkus rauscht, eine Weile so anti-elitär wie egalitär sein dumpfwütendes Wesen treiben, nicht zuletzt unter unseren jungen Nachplapperern. Hoffentlich treibt es nicht zu dauerhaft, so daß noch am Ende die ganze Nation vergißt, welch vielfältige Schattierungen von Anreden diese Sprache doch in Wirklichkeit ihr eigen nennt.

Wetten, daß sie heute schon halbvergessen sind? Um so dringlicher, auf sie wieder aufmerksam zu machen. Denn wir haben ja nicht nur Grund, auf unsere Nuancierung »Sie« für »du« stolz zu sein (übrigens ein neckisches Spielchen: Leute, gerade weil man sie auf Anhieb besonders gut leiden mag, jahrelang trotzdem mit »Sie« anzureden, machen Sie's mal . . .) — es hat im Deutschen ja auch noch ganz andere und viel subtilere Varianten:

Da wäre einmal die erfreulich klare, Herr und Knecht wieder wünschenswert schroff artikulierende Form »er« bzw. »sie«. »Woyzeck, Er philosophiert wieder!« tadelt der Doktor in Büchners Drama, und item der Hauptmann, der sich von ihm rasieren läßt: »Woyzeck, Er hat keine Tugend! Er ist kein tugendhafter Mensch! Was sagt Er da? Er macht mich ganz konfus!«

Paradox schillernd kann dies Er/Sie aber auch etwas sehr apart Intimes, Techtelmechtelhaftes rüberbringen: »Er Katzenkopf, Er Unvorsichtiger!« schimpft die Marschallin im ›Rosenkavalier‹ ihren Galan Oktavian, »hat Er keine besseren Gepflogenheiten!« Und Oktavian kokettiert charmant retour: »Wenn Ihr zu dumm ist, wie ich mich benehm, dann weiß ich überhaupt nicht, was Sie an mir hat!«

Probieren Sie's ruhig mal — reden Sie Ihrer Braut oder Stammkellnerin ruhig mal mit einem »Hat Sie mich vergessen?« oder »Stundet Sie mir nicht einen großen blauen Lappen?« ins Gewissen! Und sehr viel wäre gedient, bezögen aus diesem Quell unsere Professoren bei Prüfungen, Klausuren usw. wieder verschärft ihre Umgangsformen: »Hat Er nichts gelernt, Er Hundsfott? Setz' Er sich und schäm' Er sich, daß Er so jung und dumm ist, Er Hurensohn!«

Übrigens: Ist eigentlich noch hinreichend bekannt, daß es selbst zu dieser menschlich-saftigen Form eine Steigerung gab und gibt, die schneidende »man«-Ansprache? »Hat man schon in der Volksschule gepennt, ja? Ja, ist man denn noch zu retten, man Blödmann!«

Umgekehrt und leider gleichfalls fast vergessen: die alte Hoheit und Respektabilität anzeigende »Ihr«- oder gar »Euer«-Form, seit Jahrzehnten am Tode krebsend, hingemeuchelt von afteregalitär manipulativen Linksideologen fatalster Provenienz! Heute vor allem aus dem Dunstkreis der SPD, der Jusos zumal! Dabei, wie gut tät' gerade unserem SPD-Kanzler im Rahmen seiner laufenden Kalamitäten mal ein neues TV-»Ihr«-Gefühl! Chefreporter Lueg, treuergebenen Blicks: »Wie geht es Euch, mein Kanzler? Habt Ihr Euren Sparhaushalt einigermaßen beieinander? Und Loki fest im Griff? Wo plagt Euch sonst das Zipperlein?«

Jugend, auch und vor allem Ihr seid aufgerufen, Euer und Ihro Ausdrucksspektrum wieder etwas mehr anzureichern! Auch und gerade im Kontext juveniler Interaktionsabläufe, sprich: untereinander! Statt eines vulgären und fad-stereotypen »Kommst du mit auf meine Bude?«, gerichtet an die nächstbeste traumverloren aufs Anmachen, Abschleppen und Aufreißen wartende Tussi — wie wär's mit einem artigen, Goethes ›Faust‹ anspielungsreich zitierenden »Mein schönes Fräulein, darf ich's wagen, Ihnen die Rechnung zu begleichen? Und Ihnen dann Arm und Geleit anzutragen?« (Dumme Sau, hau ab!)

»Ah! Oder ist Ihr vielmehr noch nach einem Likörchen zumute — bei mir zu Hause? Welchen Glanz würde Ihro Persönchen in meine armselige Hütte bringen!« (Dich hat wohl der Affe gebissen, he, du Knaller!) »Mitnichten, c'est l'amour. Aber zuvor noch ein Schnäpschen, ja? Ehe Sie willfährig wird?« (Blödkopf, verpiß dich und laß deine verwichsten Sprüche! Ja!) »Ach so, man hat noch um 24 Uhr zu Hause zu sein? Man ist noch minderjährig? Steht noch unter der Fuchtel des Jugendamts?« (Dreckspatz! Schleimer! Wichser! Spasti! Arschgesicht! Halt die lackierte Fresse!) »Na dann eben nicht, ungute Tante. Hier, Nachbarin, Euer Täschchen. Schleicht Euch!«

WARTEN AUF MESSMANN

Aus dem intimen Journal des Jupp Derwall

14.9.82. Haha! Sehr komisch! Ein Karl Allgöwer vom VfB Stuttgart will beim Belgienspiel in acht Tagen nicht mitmachen. Sagt mir einfach ab, will aus dem Aufgebot gestrichen werden — ist beleidigt, weil ich ihn für Spanien nicht nominiert hatte. Haha! Als ob mich das juckte! Ich kenne den Mann gar nicht, kann mich nicht an ihn erinnern. Habe ihn halt versehentlich notiert, weil er irgendwie in meinem Notizbuch stand. Lächerlich. Für mich gestorben.

16.9.82. Der Presse entnehme ich, daß fürs Belgienspiel angeblich auch Hansi Müller und Bernd Förster keine rechte Lust haben. »Verschanzen sich hinter Verletzungen«, — und schon munkelt ›Bild‹, Derwall werde zurücktreten, Ribbeck komme wieder. Abermals lächerlich! Dieser Herr Ribbeck von Ribbeck auf Havelland! Stenz! Dressman — keine Ahnung von Raumdeckung! Und in Spanien nichts als Surfen und Tennis im Kopf. Na, ich werde Herrn Neuberger die Meinung geigen!

17.9.82. Wieder diese ›Bild‹-Hyänen! Nach dem freiwilligen Ausscheiden von Breitner, Hrubesch und Magath sei Allgöwers, Müllers und Försters Ausscheren kein Zufall mehr; sondern »Krise«! Und: Man mache sich über Derwall langsam lustig etc.! Schweine! Aber ich muß mich vorsehen. Und nach neuen Spielern Ausschau halten. Was brauche ich Müller, Förster, Allgöwer — ich habe Matthäus — Hannes — Engels — und noch immer: Rummenigge!!

18.9.82. Neuberger heute früh telefonisch die Meinung gegeigt. Dann zur Aussprache getroffen im ›Frankfurter Hof‹. Er tätschelte mich freundlich auf die Schulter. Immer wieder. Aber — drang's nicht durch den Trainingspullover wie Hohn? Wie — Nadelstiche? Nicht vergessen: Augenthaler vom FC Bayern anrufen, ihm gut zureden, er solle mir's nicht länger nachtragen, daß ich ihn nicht mit nach Spanien genommen hatte. Es sei gut so gewesen: erst jetzt sei er, Augenthaler, unser bester Abwehrspieler usw. Schmeicheln, trösten.

19.9.82 Sehr richtig, was Beckenbauer da in ›Bild am Sonntag‹ schreibt: »Wer keine Lust hat, soll wegbleiben für immer.« Genau! Völlig richtig! Aber . . . ist das nicht indirekt doch schon wieder eine Attacke auf mich von hinten? Oder doch von der Seite? Diesen ›Bild‹-Halunken nie trauen, Jupp! Spannen Beckenbauer ein zur Salbung, während sie selber die Dolche wetzen? Oder daß vielleicht gar B. selber an meinem Stuhl sägt . . .? Im Verein mit — Ribbeck, der dafür ›Bild‹-Kolumnist werden soll — ?? So oder so: Ich hätte Kaltz nicht so ohne weiteres verabschieden dürfen. Und auch Reinders nicht, den argen Intriganten . . .

20.9.82. Nein, das ist keine verspätete WM-Verbitterung mehr — es scheint, daß viele Bundesligaspieler wirklich nicht mehr in die Nationalmannschaft wollen. Unglaublich — wer hätte das bei meinem Amtsantritt 1978 gedacht! Aus Spanien unkt schon wieder dieser Schuster, er müsse es sich »noch sehr überlegen«, ob er in »dieses Team« wolle! Impertinenz! Schamlos! Aber immerhin: Förster und Müller haben fest zugesagt.

21.9.82. Die Presse geifert weiter: »Konflikt Neuberger-Derwall verschärft«, »N. offeriert D. Rückzug«, »Neue

Phase der Prüfung für Jupp« — Lüge! Lüge! Dreimal Lüge!!! — Aber: etwas muß doch dran sein . . . 23 Uhr: In den Spätnachrichten war's zu hören. Wir beide, behauptet N., hätten ein klärendes Gespräch gehabt und vereinbart, den Vertrag bis 86 usw. etc. Klare Verdrehung! Dieses infame Insekt! Wir hatten vereinbart, N. und ich, daß alles prima weiterlaufe — »1986« kam gar nicht im Gespräch vor! Fest bleiben, Jupp! Zeig's ihm, diesem fiesen Neuberger!

22.9.82. 24 Uhr. Scheiße. 0:0 gegen Belgien. Daß dieser Torwart Jean-Marie Pfaff auch alles halten muß! Dabei hätte ein Sieg alle Wogen geglättet . . .

23.9.82. Äußerst unklare Presseerklärungen von Neuberger. Ja, nein, ja, nein. Aber warte! Morgen werde ich's dir zeigen, du feiste Funktionärsvisage, du — —

24.9.82. Der Terror der Presse geht weiter. Schuster wolle unter D. definitiv nicht mehr! Das haben ihm die Pressegauner so lange in den Mund gelegt, bis er's nachplapperte: »Unter D. hat es keinen Sinn!« Uwe Seeler tönt zwar dagegen: D. solle seine Spieler wieder mehr an die »kurze Leine« legen. Der hat gut reden! Wenn ich — welche habe! »Altinternationale reagieren mit Bestürzung« auf die Neuberger-Derwall-Spielerkrise — jetzt dräut es von allen Seiten auf dich ein, Jupp! Da! Max Merkel — alter Gauner! — spottet im ›Playboy‹ über mich: »Seine Buam woilln Zaster — und koane väterlichen Sprüch'!« Dieser — Wiener Laffe! Ausländer!!

Andererseits: Wenn alles so weitergeht, solltest du dich nicht auch im Journalismus absichern, Jupp? Da würde ich auspacken, auspacken, auspacken! O Gott!

26.9.82. Treff mit Neuberger. Er läßt mich in Eile ein Papier unterschreiben, das er »Gemeinsame Erklärung von D. und N. zur Lage der Nationalelf« nennt. Soll die alte Harmonie wiederherstellen. Bin sehr gespannt, was drin steht.

27.9.82. Die »gemeinsame Erklärung« liest sich gut. Könnte wirklich von mir sein: »Ehre, für Deutschland zu spielen«, »der Mannschaft unterordnen« usw. Aber die Presse spottet: »Das kann ja heiter werden.« Verstehe ich nicht. Kaltz läßt mir bestellen, er habe ohnedies nicht mehr gewollt. Na bitte.

29.9.82. Sepp Herbergers geliebten Memoiren entnehme ich, für ihn sei es das Höchste im Leben gewesen, für Deutschland zu spielen. Und Helmut Schön soll gesagt haben, er habe sich vor jeder Berufung für einen Tag zurückgezogen, um »mit meinem Glück allein zu sein«. Ja, Pfeifendeckel! Der hatte eben andere Pappenheimer, nicht diese geldgierigen Reinders, Breitner, Rumme — halt! Den darf ich noch nicht dem Tagebuch anvertrauen. Der gilt noch als Sportsmann und was weiß ich. Aber: Ich könnte auch mal so einen Satz an die Öffentlichkeit geben: »Für Deutschland zu spielen, ist wie — wie — das reine Glück? Wie — ein Tag ohne Reue? Wie — mehr als Gold und Reichtum wert?«

Ach was. Aber weiter drüber nachdenken.

3.10.82. Absagen von Dremmler, Hannes — Littbarski! Litti! Litti?! Auch du, mein lieber Sohn Litti? Mein Herzensschoßkind?!? Und — offenbar ganz ohne Angabe von Gründen. Er wolle »einfach nicht mehr, das Ganze sei ihm zu blöde«. Litti! Litti! J'accuse!

4.10.82. Ob meine Presseerklärung »Nationalspieler zu sein, ist so schön, daß, wenn man es träumen möchte, es man für viel Geld nicht mal für möglich halten sollte« durchschlagen wird?

5.10.82. Offenbar nicht. Die drei Torleute Schumacher, Immel und Franke wollen gleichzeitig auch nicht mehr. Ich begreife: ganz klar eine Absprache. Man will dich erpressen, Jupp! Und schon munkelt auch N. wieder, wenn das so weitergehe, werde man freilich den Vertrag mit D. bis 1986 überprüfen müssen und — aber noch lasse ich mich nicht unterkriegen! Und wenn ich den — alten Wimmer vom KSC einlade! Einladen — muß! Ich werde es als humanitären Akt tarnen, dem 38jährigen für seinen Lebensabend eine kleine Freude mitzugeben. Sauerei!

Weitere schriftliche Absagen von Burgsmüller, Borchers, Pinkall und Wuttke. Über die Presse: Milewski, Augenthaler, Körbel. Na wartet! Ecrasez les infames!

6.10.82. Alles wird wieder gut, Jupp! Kaltz hat mir durch einen Vertrauten andeuten lassen, daß er mir unter Umständen nicht mehr gram sei und evtl. über 1986 hinaus zur Verfügung stehe. Na also! Champagner! Und Stielike will es sich evtl. auch nochmals überlegen, wenn ich ihn für alles um Verzeihung bitte. Ich werde — müssen. Es geht um — Deutschland!

7.10.82. Ob alles wohl mit dem Regierungs-Umbildungs-gerangel zusammenhängt? Gar mit einer Zeit- und Wertkrise? Reinders hat laut ›Express‹ (Schweine!!) gesagt, er habe von Rummenigge 10 000 Mark geboten gekriegt, wenn er Stielike überreden könne, daß der mir eine reinsemmelt. — Rummenigge anrufen. Sicher kein Wort wahr, aber das tut weh, so weh, sehr weh.

8.10.82. Rumm. sehr wortkarg. Will nichts dergleichen gesagt haben, dementiert aber auch nicht sehr entschieden. Im übrigen, druckst er herum, spiele er mit dem Gedanken, seinem Freund Breitner zu folgen, er habe jetzt auch seinen Leistungszenit überschritten — und für die paar Kröten könne er sich auch nichts kaufen, er habe auch schon alles — — Tränen, wo seid ihr, daß ich euch weine? Es ist wie ein Blitz- und Hagelschlag zugleich! Und diesen Mann hat Kurt Biedenkopf noch vor Wochen als Vorbild für die Jugend heiß empfohlen!! Und ich — habe ihm geglaubt!!

Shit. Aber ganz cool bleiben, Jupp, ganz cool ...

10.10.82. Ja, all das scheint wirklich mit Bonn zusammen-zuhängen — der Koalitionszusammenbruch — Scheitern der Werte — Verlust der Mitte. Jaja, die Sozialisten sind an allem schuld. Bzw. im Gegenteil: die Kapitalisten! Also: Christen! Die jetzt auch wieder die Macht übernehmen. Aber dann wird — es ja — noch — furchtbarer!

11.10.82. Soll ich evtl. doch mit Allgöwer reden? Fürs nächste Länderspiel stehen mit einiger Sicherheit erst sechs Mann. Oder — könnte man nicht neue DFB-Statuten einführen, dahingehend, daß im Notfall auch — Ausländer?? Also z. B. Ökland, Tscha Bum — Tüfekci? Pfui Teufel, einen räudigen Türken! Weit ist es mit dir gekommen, Deutschland!! Aber — ein deutscher Neger ginge doch: Jimmy Hartwig! Ja!! Morgen gleich anrufen! Scheißfreundlich! Sowas haben Neger gern.

12.10.82. Hartwig nicht zu erreichen. Läßt mir aber durch seinen 4jährigen Sohn ausrichten, prinzipiell sei er für mich nicht zu sprechen — ich könne es aber in 14 Tagen noch einmal probieren. Weitere Absagen von Lienen, Dürnberger, Jakobs, Karger, Schnier — weiß gar nicht, wer das ist. Bochum? Der Sache nachgehen, Jupp.

13.10.82. Spenglers ›Untergang des Abendlands‹ gekauft. Steht aber nichts Brauchbares zur Lage drin. Nur Gotik, Romanik, Kulturblüte, Kulturverfall usw. Kurz danach:

Anruf Neubergers. Seine Stimme klang noch infamer als sonst! Wie er das Wort »Jupp« ausspricht! Klingt wie »Jux« — naja, vielleicht sehe ich schon Gespenster. Noblesse oblige, Jux, äh: Jupp! Oder klang's nicht mehr wie »Dupp«? Oder »Depp«???

14.10.82. Hartwig will definitiv nicht. Also den alten Erwin Kostedde anrufen! (Grabi? Holz? Soll ich?)

15.10.82. Rummenigge rief an. Bzw. ließ durch seine Putzfrau anrufen. Forderte für den nächsten Länderspieleinsatz 2 Mille. So viel kriege er nämlich von der Werbung als Nationalmannschaftskapitän auch. Dieser Gedankengang (falls ihn die Putzfrau richtig wiedergab) verwirrt mich zutiefst. Er kriegt von der Werbung doch bloß so viel Geld, *weil* er schon Kapitän ist. Oder kriegt er die 2 Mille heutzutage auch so schon? Weil er es ablehnt, für Deutschland zu —?? Dieser Gedankengang ist des Teufels. Und das Leben auch. Ruhig bleiben, Jupp, ganz ruhig. Das Leben ist ein Traum der Hölle, Leben ist ein Traum der Hölle, Leben ist ein Traum der —

16.10.82. Geheimtreff mit Neuberger im Frankfurter Bahnhofsklo. Nichts Konkretes. Anscheinend kann er mich aber gar nicht entlassen, anscheinend geht's ihm genauso schlecht, seinem speckigen Sakko nach zu schließen . . .

17.10.82. Absagen Nickel, Groh, Eggeling, Clute-Simon. »Eggeling«! »Clute-Simon«!! Ob ich H. Schön anläuten soll? Ob der in solchen Lagen Rat weiß? Aber — wird er mich nicht auslachen? Und bei ›Bild‹ verpfeifen?

18.10.82. Das auch noch! Laut ›Kicker‹ wollen auch die Förster-Brüder, meine letzten Getreuen, nicht mehr! Karlheinz, Karlheinz! Und das als — Fußballer des Jahres! Ich werde in der zweiten Liga recherchieren müssen. Nicht verzagen, Jupp! All'armi, Jupp, all'armi!

19.10.82. Schwere Alpträume gegen Morgen. Herzbeklem-
mungen. Angstschübe. Aber ich schwöre, ich werde bis zu
meinem Abgang 1986 gute Figur machen! Grabowski will
nicht, will aber »Holz« in Florida anrufen. Und was ist mit
Beckenbauer, Netzer, Seeler, Fritz Walter, Kohlmayer — —
doch ich rede irr! Nein — im Gegenteil! — ich werde mit
den ganz Jungen, den 18jährigen sprechen! Antes! Falken-
mayer! — aber der hat ja auch abgesagt . . . ob man wie bei
den Nazis die Österreicher ins Reich annektieren könnte
und so . . .? Nein! Nein!!!
20.10.82. Absagen von 1860, Hessen Kassel, Oldenburg,
Bottrop — haha! Auch Klaus Fischer »kündigt«! Na, den
gibt's also auch noch! Wer hätte das gedacht! — —
21.10.82. »Deutschland kaputt!« meldet heute ›Bild‹ 12 cm
hoch. Und auf S. 8: »Derwalls Frau geht auch noch
fremd!« Ich werde mich heute ins Buch Hiob vertiefen
und keine Sportpresse mehr lesen, nur Hiob — doch was
ist das? »Helmut Kohl wird aktiv«, meldet die FAZ —
»er fordert als erste Leistung seiner Regierung eine Neu-
besinnung aufs Vaterland, und das heiße, alle Deutschen
von der Etsch bis an die Memel, von der Maas bis an
den — «
  Etsch? Stammt Rossi nicht von der Etsch? Bozen?
Oder vielmehr Conti! Könnte man da nicht — ach,
Quatsch! Jupp! Jupp!
22.10.82. Möchte ich, J. D., eigentlich für Deutschland
spielen? Nee, . . . Schwachsinn. Hymne, Hymne — eher
schon: Hymen, Erotik, Sex, jaaah! Porno! Das wäre doch
was! Yeah! Aaah! Mich überläuft's! Aber — warum tut
mir eigentlich mein Kopf so weh? Oder ist's der Sack?
Am Ende gar das Herz? Sag an, mein Herz, wo mag er
weilen, der weiland Captain Rummenigge — — ??

23.10.82. Briegel? Briegel! Briegel!!! Ja, Briegel! Ich erinnere mich nicht, daß er auch »zurückgetreten« ist! Soll ich Neuberger die Verzugsmeldung durchgeben, daß ich zusammen mit Briegel eine neue Elf formen werde, mit der er, N., zufrieden sein werde und — aber wo ist eigentlich N.? Bzw. bin ich eigentlich überhaupt noch Nationaltrainer? Sag an, mein Jupp! Bin ich's oder bin ich's nicht ... Briegel! Briegel! Briegel! Brie — — gel!!!

25.10.82. Herbst wird's, und die Blätter tropfen steineschwer zur Mutter Erde. Im oberpfälzischen Amberg aber, höre ich von meiner inneren Stimme, soll es in der Landesliga Mitte einen Libero namens Peter Meßmann haben, der, wie mir meine Ahnungen flüstern, bereit wäre, wie er mir schreibt, »under gewißen Betingungen und nahezu umsondst bei Ihnen in Ihra Ländermanschaft zu spilen, nämlich für 10 Kasten Bier«.

Scheint ein entsetzlicher, aber guter Mensch zu sein. Alles ist wie schnöder Hohn. Und doch ist's Trost in trostferner Zeit. Ja, vielleicht ist jener Meßmann nicht nur ein wackerer Libero, vielleicht weiß er sogar noch einen Stürmer, der es auch für einen Kasten tut — Juppjupp, weit ist's mit dir gekommen — aber ich werde mich juppheida aufraffen und meinem Sack einen Stoß geben und Meßmann aufsuchen, suchet, so wird euch aufgetan, denn wo euer Trainingslager ist, da wird auch Peter Meßmann sein, und kein Gott haut scharf darein — — oh oh oh — —

Rest unleserlich. Die Red.

AMBERG II

Die Stadt Amberg (45 000 Einw.), in der ich geboren und aufgewachsen bin und zuzeiten heute noch lebe, spielt in der Weltliteratur keine gar zu große Rolle. Goethe z.B., in seiner ›Italienischen Reise‹, streift und erwähnt zwar auf der Fahrt nach Regensburg die Nachbarstadt Schwandorf — über Amberg aber kein Wort. Mutiger zeigt sich da wenig später Friedrich Hölderlin, er nämlich feiert Amberg in seiner späten fragmentarischen Hymne ›Das nächste Beste‹: »Abendlich wohlgeschmiedet / Vom Oberlande biegt sich das Gebirg', wo auf hoher Wiese die Wälder sind wohl an / Der bayrischen Ebne. Nämlich Gebirg' / Geht weit und strecket, hinter Amberg sich und / Fränkischen Hügeln. Berühmt ist dieses.« Kurz darauf umnachtet Hölderlin definitiv — und auch die Rolle Ambergs in der Weltliteratur bleibt weiterhin obskur. Zwar erinnert sich Joachim Ringelnatz in seinen ›Reisebriefen eines Artisten‹ der Stadt, ja er plaziert das Gedicht ›Amberg‹ sogar zwischen die über ›Hamburg‹ und ›Berlin‹ — und er beginnt dieses Eingedenken an das seinerzeitige ›Hotel Hechten‹ so: »Ich möchte ein Hecht sein / Recht bissig und schlecht sein, / Unter Wasser und stumm. In der Vils in der Pfalz.« Aber schon geht's so weiter: »Das Wasser dort hat kein Salz. / Die im Trüben fischen / Würden mich bald erwischen. / Sie würden mich haun . . .« — usw., kurz: eine ziemlich lustlos-humoristische Hommage.

Jakob Wassermann in seinem Roman ›Die Juden von Zirndorf‹ teilt mit, in der fränkischen Kleinstadt unterhalte man sich darüber, was a) in China los sei und was b) der Amberger Pfarrer von der Kanzel heruntergesagt habe. Ebenfalls in einen kirchlichen Kontext stellt Ludwig Thoma in den ›Filserbriefen‹ die Stadt: »In disser wahlbähriode siend vom heuligen father in Rohm fürzen zändner schmailzer« — Schnupftabak — »nach ambärg geschiggt wohrden wodurch mein bardeibruder lerno mit Driumbf ist gewelt wohrden«, zum MdL nämlich. Und schließlich auch Oskar Panizza akzentuiert dieses geistliche Moment der Stadt, wenn er in seiner Erzählung ›Die Wallfahrt nach Andechs‹ berichtet, es sei auch eine Abordnung aus Amberg dabeigewesen — notabene der einzigen Stadt aus dem nordbayerischen Raum, die erwähnt wird. Kurz drauf saß Panizza trotzdem ein Jahr lang im Amberger Gefängnis ein, wegen der »Religionsbeschimpfungen« des ›Liebeskonzils‹; so geht's oft.

Dann wird es wieder sehr still um die Stadt. Nietzsche und Kafka hüten sich wohl; und Graham Greene z.B., im Roman ›Orientexpreß‹, würdigt zwar das nahe Neumarkt, nicht aber wiederum Amberg. Erst Herbert Rosendorfer wagt sich wieder etwas nach vorne, wenn er im Roman ›Das Messingherz‹ auf S. 104 mitteilt, daß »Eckhard Henscheid in Amberg wohnt«. Und eben dieser setzt der Stadt kurz danach ein vorerst letztes Denkmal mit der Prosaskizze ›Über die große Uninteressiertheit unserer Katzen am Fernsehen‹. Dort heißt es: »Rätselhaft ist, was Kanzler Schmidt eigentlich andauernd in der SPD zu suchen hat, undeutbarer noch die Erfahrungstatsache, daß in der Stadt Amberg — Amberg! — werktags ab 16 Uhr fast schlagartig ein katastrophales Gebrüll und Geschrei und Gegurgle anhebt, speziell in der Altstadt, sieht man genauer hin, sind es lauter Bauhilfsarbeiter, die vielleicht ihrer Freude über den abermals gelungenen Feierabend Ausdruck verleihen, aber warum so kriegerisch, so bellend, so gleichsam waagerecht durch die Straßen fallend?«

Dies die vorerst letzte und drängende Frage zum Wesen dieser Stadt — sonst kommt Amberg in der seriöseren Weltliteratur nicht oder kaum mehr vor. Zu Recht. Es ist dies eine tückische, eine lächerliche, eine zutiefst verächtliche Stadt von freilich oft daimonischer (Lösch Gandhi!) Qualität. Kein Wunder, daß Walter Höllerer lieber im benachbarten schönen Sulzbach-Rosenberg geboren ist.

EIN SEHR WICHTIGES WORT
ZUR FRAUENBEFREIUNGSFRAGE

Auf den neuen ›Lord Extra‹-Farbanzeigen sind an einem Strand drei überaus ansprechende Menschen zu sehen: eine blonde Frau im weißen Badeanzug und zwei freizeitbewußt in Badeshorts gesteckte nicht mehr ganz knäbische Männer, die offenbar geschworenermaßen zu ihr gehören. Auf freilich nicht ganz durchschaubare Weise: Auf manchen der verschiedenen Motive sind die Männer etwas entfernt mit Strandabenteuern beschäftigt — sie sitzt rauchend im Vordergrund des Bildes, schaut beiden interessiert zu und hat ganz augenscheinlich noch die völlig freie Auswahl, wen von den beiden sie heute nacht haben möchte. Auf einem anderen Motiv dagegen neigt sie den Kopf schon deutlich entschieden dem einen Freizeitler zu, während der andere ebenso evident ziemlich aus der Bredouille ist und deshalb besonders zufrieden dreinschaut; zumal — oder obwohl? — ihn die Frau ja trotzdem neugierig beäugt.

Die ›Lord‹-Semiotik in ihrer betont vagen Ambiguität verweist, wie viele verwandte Anzeigen, auf ein Problem, das mich schon seit Jahren bewegt: das nämlich der optimalen Gruppendynamik zwischen den Geschlechtern. Vereinfacht gesagt: Wie viele Männer sollen im Idealfall präkoital auf wie viele Frauen stoßen? Ist der ›Lord‹-Vorschlag von 2:1 wirklich durchdacht? Oder haben andere Anzeigen recht, etwa jene des Sekttrinkers oder Nadelstreifenanzugträgers, die eine umgekehrte Relation schmackhaft zu machen suchen, ja sogar verheißen, sofern man nur den betreffenden Fusel, die jeweiligen Klamotten oder den Porsche kauft?

Fest steht: Kein normal intelligenter Mann kann, bürgerliche Ehe hin und her, an einem Verhältnis 1:1 interessiert sein; von der faden Gruppierung 2:2 der aktuellen ›Benson & Hedges‹-Filter-Reklame zu schweigen. Und nur stark zurückgeblieben-spätpubertierenden erwachsenen Männern ist (jedenfalls im Regelfall) mit einer Relation gedient, die ihnen, getreu der Vulgärchimäre, 2 oder gar 3 Frauen einräumt. Mag sein, daß ihm der Lancia-Beta-Kauf sogar 7 garantiert — ein rechter Blödmann wäre, der sich davon das Heil verspräche; periodisches Über-die-Stränge-Schlagen mal abgerechnet.

Insofern scheint jene Werbung tatsächlich richtig zu liegen, die dem Mann zu seinem Glück ein Team vorgaukelt, das aus 1 tollen Frau und 2 schnieken Männern sich konstituiert — was ja durchaus den je biologischen Konditionierungen analog läuft. Aber ist die Gruppe ›2:1‹ wirklich schon die optimale? Ist der Mann da nicht unter- oder umgekehrt überfordert?

Ich will an dieser Stelle mit meinen persönlichen Erfahrungen und Beobachtungen nicht hinterm Berg halten. Vor Jahrzehnten schon fiel mir auf, daß z. B. Gruppierungen von je 3 unverheirateten bzw. unliierten Frauen und Männern z.B. im Gaststättenrahmen etwas Bedrückendes, ja Erdrückendes haben können — und meist auch haben. Vorausgesetzt, die Frauen sind ausreichend attraktiv. Denn dann schlägt die scheint's wünschenswerte, ja demokratische Egalität — dem Kleinbürger nach wie vor das banale Ideal — rasch um in Belastung, die — den ganzen Abend über anhält, in wahrhaft penetranter Weise. Früh schon und rasch leuchteten mir auch die Gründe auf, die da lauten: 1. Hier kommt keiner aus, hier ist jeder Mann voll im Einsatz, es sei denn, man wollte 2. die 3 Hübschen erniedrigen; was kein Gentleman beabsichtigen kann. Denn erfahrungsgemäß und mit einem gewissen Recht erwarten und gewärtigen die 3 Avancen, amouröse Kuren, zumindest Aufmerksamkeit oder aber den Anschein davon — und eben dieser forcierte Erwartungshorizont lagert und lastet stundenlang auf der an sich nicht üblen Runde — und vor allem sämtliche beteiligten Männer scheinen es traumatisch zu spüren: Mann, jetzt bist du dran, da hilft nichts, auch kein verschärfter oder scheinbar planloser Alkoholkonsum; auch dieser liefe ja auf seelische Diskriminierung der Frauen hinaus.

Frappant, daß da auch eine Umgruppierung auf 2 Frauen und 3 Männer wenig hilft und erleichtert. Nicht nur ist ein entlastender Plausch zwischen zweien der Männer so gut wie ausgeschlossen; liefe er doch abermals auf Ehrverletzung zumindest einer der Frauen hinaus. Nein, jetzt droht abermals die sogar erhöhte Gefahr, daß sich der dritte Mann, sei's wegen Avancenerwartungs-überlastung, sei's in der irrigen Meinung, er würde hier nicht bitterlich gebraucht, vollaufen läßt — und abermals bist du dran, ja du, der zweite! Mit scheinbarem Interesse, mit Komplimenten, mit Süßholzraspeln aus dem letzten Loch! Ob du willst oder nicht! Und selbst wenn du ja wirklich wolltest, hammermäßig und sogar seelisch: wiederum ist es der Erwartungsdruck selber, der dich und deinen Feuchtl lahmlegt!

Es gibt den extrem und kurios umgekehrten Casus; ich habe ihn mit eigenen Augen, Ohren und Händen erlebt. In den 1972/73er Jahren war es, in einem damals berühmten Gasthaus im Frankfurter Nordend, da fläzte eine fortwährend beseligt und beseligend lächelnde Tussi den ganzen langen Abend über auf einem Thekenhocker — und ließ sich aufwarten: nämlich im Verlauf von vier Stunden von sage und schreibe 6 Herren verbal, visuell und digital anmachen. Und ich? Hätte auch gern meine Schuldigkeit getan, verspürte sogar forcierte Gier nach Bequatschen, Abschleppen, Aufreißen u. dgl. — zwei starke, ja phänomenale Beobachtungen indessen ließen dieses Interesse in den Hintergrund treten: 1. Bei einem Unverhältnis von 6:1 (6 Courmacher, 1 einzige Tante) stellt abermals und nun aus reziproken Gründen Lähmung sich ein. 2. Die in Rede stehende Eule hatte sich offenbar schon derart an die öden Umgarnungen der sie umschwirrenden 6 erotischen Blindgänger gewöhnt, daß sie mich, kurz vor der Polizeistunde, gleichsam kokettierend drauf aufmerksam machte, es wundere sie gewissermaßen, warum um Gotteswillen ich denn nicht auch noch bei ihr vorstellig geworden sei — und sogar ein bißchen schmollte (falls sie vor lauter weiblicher Aufgescheuchtheit überhaupt noch wußte, was sie da äugelnd und faselnd tat). Meinem verschämten Hinweis, es seien doch schon sechse vorgeprellt, warum ausgerechnet auch ich noch? — dem begegnete sie mit purer Verständnislosigkeit. Ihr war die Courmacherei habituell — sie war ihrer glatt süchtig geworden.

So also geht's nicht. 7:1 hat etwas Entmutigendes, so wie 1:1 und auch 2:1 und 3:2 etwas erwartungshorizontal Erdrückendes haben. Wie aber dann? Wie die leidige Chose einigermaßen befriedigend für alle Seiten über die Runden bringen?

Nun, mag sein, daß die beiden ›Lord Extra‹-Herren in

ihrer erbarmungslosen Freizeitgesinnung den Fall echt paritätisch-hedonistisch regeln und die Blonde hintereinander wegnageln. Mag auch sein, daß, sollte der eine renitent sich zeigen, die Büchs ihn ihrerseits aufreißt; nach der alten Bauernregel der internationalen Fotomodelle und Playmates: »Wenn ich einen Mann treffe, dem es egal ist, ob ich mit ihm schlafen will, meldet sich sofort meine weibliche Eitelkeit« (Lui 4/84). Mag sein, daß dies alles für das mordsmäßig gutgebaute Trio inferiotrivial sogar noch echt satisfying ist — ich meinerseits habe einen anderen Vorschlag zu unterbreiten, das Problem ein für allemal zu regeln. Nach meinen jahrelangen Forschungen und Analysen ist die ideale Proportion zwischen Mann und Frau 5:2. Auf 2 Frauen mögen 5 Männer kommen — und dies aus guten Gründen: 1. Die 2 Thusneldas haben im Schnitt stets je 2 Dummquatscher und Hinscharmierer, so daß der jeweils 5. Mann zwischendurch seinen eigenen Gedanken nachhängen oder auch ein entlastendes Nickerchen machen kann. 2. Gehöre ich meinerseits zu den akut Interessierten hinsichtlich einer der beiden Pfannen, dann stehe ich mich trotzdem ganz ausgezeichnet; denn schwerlich zu erwarten ist, daß — siehe oben — mehr als einer der 4 anderen Männer auch noch greifen oder pimpern will, um Gotteswillen, wahrscheinlich will gar keiner. 3. Sind die beiden Öfen glücklich aufgeteilt fürs Flachlegen, sei's gegen meinen Willen, sei's zu meiner Zufriedenheit, dann bleiben in jedem Fall noch 3 Mann zum Skat oder zum Dreierschafkopf. Oder zum Aufbruch in die ›Schildkröte‹.

Fügt es aber 4. das schiere Glück, daß die beiden Schnepfen, wie heute Usus, sowieso nur stundenlang auf sich selber einteufeln wollen, von wegen »du, ich will mich da in diese Frauengymnastikgruppe einbringen, du« — dann? Na, dann bin ich abermals aus dem Schneider und kann mich mit den 4 anderen Herren, sobald die beiden endlich fort sind, über sie lustig machen und mächtig über sie herziehen. Was das für unglaublich doofe Hühner seien usw. respektive waren.

Dochdoch, man glaube mir: 5:2 ist die organisch gewachsene und empirisch ausgelotete Formel für die definitive Lösung der Frauen- bzw. der Frauenbefreiungsfrage, hähä. Man halte sich gut an diese Regel, und sollte einst einmal in Leserkreisen das Problem sich aufwerfen, daß irgendwo im Verhältnis 5:3 herumgehockt und zwanghaft finster erotisiert wird: dann, ja dann möge man mir die 1 Überflüssige halt kurz rüberschicken. Zum Reinpfeifen. Nun dieser Artikel zu Ende saut, fühle ich mich soweit auch wieder relaxed und fit genug, daß mir's auf die eine jetzt auch nicht mehr ankommt; aber wo.

ER BLEIBT WEITERHIN VERWUNDBAR

Von Bernd Eilert (36 Prozent) und Eckhard Henscheid (64 Prozent)

Haus Polydor-Deutsche-Grammophon-Gesellschaft. Drei Herren der Werbe-PR-Abteilung überlegen einen Slogan für die neue Konstantin-Wecker-LP.

TRICK . . . hah! »Sensibel«! Das kostet einen Zehner für die Portweinkasse.

DICK Moment mal – wieso denn?

CHICK Weil bereits seit über zehn Jahren jeder hergelaufene Griffelhalter mindestens »sensibel« ist. Von Handke bis Strauß . . . *Singt* Nehm' Sie's mir nicht übel – ich bin ja so sensibel!

TRICK Oder Reiner Kunze: ›Sensible Wege‹. Nein, heutzutage darf sich doch jeder verkrachte Lehramtskandidat, der sich seine Memoiren abgewichst hat, »sensibel« nennen. Und jede verschossene Schnepfe, die ihr verschwitztes Gemopse aufs Papier rotzt, »hochsensibel«.

DICK Immerhin, diese nagelneue Hoffnung der Hochliteratur da, Birgitta Ahrens oder wie sie heißt, da kann ich euch Rezensionen zeigen: »sensibel«, »hochsensibel«, »hypersensibel« . . .

CHICK Eben deshalb dürfen wir doch diesen Schleim nicht nachseiern. Wir sind hier Avantgarde.

TRICK Außerdem: Wecker – »sensibel«? Ein Mann wie ein Baum, ein echtes Naturereignis, bärenstark – in letzter Zeit leider auch fett wie ein Dachs . . .

CHICK Hat aber jetzt wieder stark abgespeckt – wär' das nicht ein Ansatz?

DICK ... dünn, dünner, dünnblütig, dünnschissig, dünnhäutig, ja, durchsichtig, feinfeucht ...

TRICK Laß die Sauereien, Dickie.

CHICK Wie wär's mit »betroffen«?

DICK Auch zu spät. »Betroffen« ist doch seit Jahren dieser Kulturträger vom ZDF, Hofmeister oder so, in jeder Literaturdingssendung mindestens achtmal. Von jedem Scheiß ist der »betroffen«: von alten Nazifilmen, von jungen Lyrikerinnen, von faulen Ausreden, von weichen Keksen, von harten Eiern ...

TRICK Okay, schon gut. Wenn selbst dieser Generalmacher von der CDU, dieser Dings ...

DICK Stoiber?

TRICK Quatsch, der andere ... den Geißler meine ich. Der war doch sogar von den Berliner Hausbesetzungen »betroffen«! Dieser Herbergsvater, ausgerechnet, mit seinem Bungalow im Immergrünen ... –

CHICK Tja, eine Steigerung von »betroffen« ... betroffener ... am betroffensten ... betroffen im Quadrat ...

DICK »Gefühlssensibel« – das wäre doch neu, oder?

TRICK Mein Gott, Dickie, wann wirst du uns je vergessen lassen, daß du mal für Überzieher Reklame gemacht hast?

DICK Jaaa ... was wäre denn ... mal was ganz Dreistes: das schöne, alte, deutsche Wort: »empfindlich«!

CHICK Oder »empfindsam«?

TRICK Würde die Firma Polydor empfindlich aufheulen lassen! Verdammt, der Wecker ist doch kein Zupfgeigenhansl! Der Wecker ist zwei Meter groß, ein richtiger Kleiderschrank, ein normannischer Siegfried!

CHICK Normannisch vielleicht weniger – aber Siegfried ist gut ... Mythos ... Messias ...

Dick Warum nicht gleich Kaiser Konstantin? Mann, das verstehen doch die Schulmädel nicht!

Chick Oder Shylock: »Wenn ihr uns tretet – bluten wir dann nicht . . . «

Trick Wart mal – Blut! Das Verletzliche! Jawoll! »Verletzlich« ist der Wecker. *Singt* . . . »gestern habns an Willi daschlogn« . . . Das ist die Message, kommt voll rüber – verletzlich wie Siegfried!

Dick War der nicht – unverletzlich?

Trick Der Mann hatte zwar 'ne Hornhaut, aber an einer Stelle eben nicht, da, wo dann Hagen . . .

Dick Nina Hagen?

Trick Schnauze. Also: Wecker = Power = unverletzlich – aaaber: trotzdem ist er irgendwo doch noch »verletzlich«! »Verletzlich« — am Arsch, das ist es doch genau!

Chick Genau! Letztlich »verletzlich«!

Dick Genau!

Trick . . . nur . . . »verletzlich« geht nicht . . . »verletzlich« hat keinen Sound, absolut kein Wecker-Timbre . . . viel zu hell . . . Da fehlt mir noch dies . . . Transzendierend-Dynamische . . . dies . . .

Dick Gefühlsaktive?

Trick Leute, der Wecker ist immerhin für die heutigen Lieschen Müller-Westernhagens das Sex-Symbol par excellence. Unbeschreiblich männlich. Total viril. Das muß auch phonetisch rüberkommen . . . dieses Ritterliche, Romantische . . . der ganze Macho-Schamott . . . dies schonungslos Ambivalente, Henry-Millersche, dieses . . . na . . . dieses Wunderbare . . .

Dick Und Verwundbare! Mann! »Verwundbar«!

Trick Was?

Dick »Verwundbar«! He! That's it! »Verwundbar«!

CHICK Headline: »Wecker '83 - jetzt noch verwundbarer«!

DICK »Wunderbar verwundbar«! ... Ne, keine Kalauer!

TRICK Männer, »verwundbar« ist optimal. Wenn dann noch ganz nebenbei mit rüberhopst, daß den Wecker sein Hausbesitz in der Toscana dem kleinen Mann aus der WG ja nur scheinbar entfremdet hat ... also, daß er trotz der Riesenkohle irgendwie unbehaust geblieben ist, ungeschützt, jederzeit »verwundbar« ...

DICK Dann eben ganz frech: »Nie war er so verwundbar wie heute«!

CHICK »Vielseitig verwundbar«, wie?

TRICK *lacht* Nun mal vernünftig ... »Wecker ... äh ... bleibt weiterhin verwundbar« – basta.

DICK *lacht* »Ein Wunder an Verwundbarkeit«.

CHICK Warum nicht: »Schießen Sie nicht auf den Pianisten – er ist so verwundbar«!

DICK *lacht heftiger* »Die Nummer 1 im Verwundsystem«!

CHICK »Und abends in die Verwund-Bar«!

TRICK Es reicht. Lachen können wir hinterher. Die verdammte LP muß raus. Also: »Verwundbar« ist Spitze. »Er bleibt weiterhin verwundbar« müßte auch in den höheren Etagen durchgehen. Vorausgesetzt ... Ach, ich ruf ihn jetzt einfach mal an, ob er es bongt ... *wählt* ... Scheiß-Italien-Vorwahl ... Toscana ... stößt sich der Herr da unten gesund – und wir verwursten ihn hier als »verwund...« *ins Telefon* Pronto! Qui Polidoro! Ja, deine Plattenfirma! Konstantino! Schön dich zu hören ... Gut schaust du aus ... Hör mal – wir haben hier die Zeile für deine neue Scheibe: »Er bleibt bis auf weiteres verwundbar...« Nein! Weiterhin! »Weiterhin verwundbar«. Wer? Na, du natürlich. Was möchtest du? Weiterhin Wecker sein? Sollst du doch auch! Du bleibst unser Wecker und verwundbar. Wie bitte? Ich verstehe nichts! Da singt jemand . . . Jetzt schon wieder . . . Ach, du bist das . . . Wie? Ja! Jaa! Jaaa! Das hat's genau, dieses Anbiedernd-Heiligmäßige . . . Schreib's auf, Konnie! Klar geht das noch auf die Platte! Ich geb dir in einer Viertelstunde den Aufnahmetermin durch. Prost auch!

TRICK *singt* Ich möchte weiterhin verwundbar sein . . .

CHICK Du auch?

TRICK Nein er!

CHICK Er zieht mit?

TRICK Und wie! Er reicht uns sogar noch ein Liedchen nach. Das Lied zum Slogan . . .

DICK Superelastisch!

CHICK Furchtbar. Wenn der Wecker auch nur eine Spur verwundbar wäre – der hätte uns doch . . .

TRICK . . . durchs Telefon eine gescheuert?

DICK Ihr meint, der ist nicht gefühlsecht?

TRICK Ach Dickiemaus!

CHICK Wahrlich, wir leben in finsteren Zeiten!

DICK Was wollt ihr denn? Läuft doch alles!

TRICK Aber wie läuft's weiter? Was erzählen wir zur nächsten Scheibe im nächsten Jahr? Verletzt, schwerverletzt, verkrüppelt, verschieden . . .

CHICK »Wecker '84 – Er ist für uns gestorben«.

Für uns auch. Dennoch begab es sich in der ›Zeit‹, daß kaum acht Wochen nach diesem Gespräch dort wie überall zu lesen stand: »Elf Lieder des ›echten‹ Konstantin Wecker. Er bleibt weiterhin verwundbar.«

*

Postscript von E. H.

Im Jahr 1983 nahmen Verwundbarkeit und Verletzlichkeit überhaupt entscheidend zu. »Er bleibt weiterhin verwundbar«, behauptete nicht nur Konstantin Wecker auf seiner neuen Langspielplatte von sich selber. »Man hat ihn so oft verletzt, daß er verletzbar geworden ist und auch selber verletzt«, übertrumpfte ihn mit einem Essay im Zürcher ›Tages-Anzeiger‹ gegen Ende des Jahres der Schriftsteller und Soziologieprofessor Urs (ausgerechnet!) Jaeggi. Was spräche dagegen, daß Wecker und Jaeggi, der Schweiz (trotz härtester Konkurrenz) unappetitlichster Literaturexport, zum Betroffenen-Duett sich zusammentun? Seinen Text stifte ich schon mal gratis:

> Ist erst verletzt des Menschen Seele –
> Verwundetheit kommt da sehr schnelle.
> Verwundung vice versa macht
> Verletztheit, daß es nur so kracht.
> Verletzlich macht Verletzbarkeit,
> Die Tochter der Betroffenheit.
> Betroffen steht der Mensch verletzt:
> Verwundbar, daß es nur so fetzt.
> Doch verletzend wird Verletztheit erst,
> Wenn sie verwundet und sehr schmerzt.

Der unreine Reim macht nichts; wenn nur die Betroffenheit hinhaut.

EIN SCHRANZE
Text und Kommentar

Mein letzter Roman, ›Dolce Madonna Bionda‹ (1983), rief 26 Rezensionen hervor. 20 fielen, wie gut oder schlecht begründet auch immer, lobend aus; vier wußten nicht recht, wohin sie wollten, und waren in der Tendenz nicht zu durchschauen; und zwei liefen auf einen Verriß hinaus. Einer davon stand in der ›Frankfurter Allgemeinen Zeitung‹ und war, weil deren Literaturchef Reich-Ranicki als peinliches Hintergrundsmotiv des Romans figuriert, ja diesen gleichsam peripetisch rundet, zu erwarten und gewissermaßen obligat. Es wäre von dem Text des Autors Jürgen Jacobs, der übrigens dieses Hintergrunds nicht Erwähnung tut, weiter kein Aufhebens zu machen, böte er nicht schönes und exemplarisches Anschauungsmaterial für den Standard der FAZ-Kulturarbeit sui generis. Schauen wir ihn uns deshalb genauer an:

Eckhard Henscheid gilt manchen

— werden schon welche sein —

wegen seiner ›Trilogie des laufenden Schwachsinns‹ als unbändiger Witzbold, Sprachkünstler und respektloser Satiriker.

Das mit dem »Witzbold« hat zwar nie jemand schriftlich oder auch nur mündlich geäußert; es ist aber bekanntlich die einfachste Methode, mit pejorativem Vokabular die wünschenswerten Ressentiments zu schaffen bzw. jemanden gleich vorab zu verurteilen. »Satiriker«: zwar handelt der Roman ›DMB‹ in seinem Zentrum keine Sekunde lang von Satirischem — aber wahrscheinlich gilt ein Autor, der u. a. Satiren verfaßt, auch dann noch als Satiriker, wenn er eine Tragödie schreibt, ein Ölbild malt und zuhause Klavier spielt. Wichtig ist, daß die Schublade numeriert und aufziehbar ist.

Allerdings beschränkt sich dieser Ruhm im wesentlichen auf die Klientel des Gegenkultur- und Alternativverlags Zweitausendeins, der die meisten seiner Bücher herausgebracht hat.

Was wiederum nicht stimmt. Von meinen bisher 11 Büchern erschienen nur 4 bei Zweitausendeins – doch merke: Buchhandlungen haben Kunden, die »Gegenkultur«, was immer das ist, verfügt über eine »Klientel«. Wird schon abermals so was sein. – Nebenher: dieser »Ruhm« wurde u. a. von so »gegenkulturellen« Organen wie der ›Süddeutschen Zeitung‹, der ›Zeit‹ – und seltsamerweise der FAZ mit-»begründet«, welche letztere die in Rede stehende ›Trilogie‹ mit z. T. außerordentlich starken Preisungen begleitete. Freilich nicht aus dem Munde Jürgen Jacobs', der damals noch nicht Zeitung las.

Sein neuer Roman, der in einem Schweizer Verlag erscheint,

Zum dritten: wird schon so einer sein –

erzählt von Dr. Bernd Hammer, einem 46jährigen Journalisten, der seit zehn Jahren für alle deutschen Funkanstalten und »Topjournale« geschrieben hat. Auf der Suche nach Entspannung und Anregung macht er eine Italienreise (...) Da elektrisiert ihn auf der Piazza Veccia

??

in Bergamo die auf eine Wand gesprühte Inschrift »Mosch«: Es ist der Name einer früheren Geliebten, den Hammer als Beweis für deren Anwesenheit deutet. Wenig später erliegt er der benebelnden Wirkung eines italienischen Schlagers

– genauer genommen ist es kein Schlager, sondern eine Tango-Stornellata –

>Dolce Madonna Bionda<, den er gleichfalls auf die entschwunde-
ne Annemarie Mosch bezieht. Für Henscheids alternden Feuil-
letonisten sind diese Erfahrungen »zwei Großexaltationen in
zwei Tagen«, und er beschließt, sich ganz seinen neuentflammten
Gefühlen hinzugeben.

Er »beschließt« es höchstens zur Hälfte, zur anderen beschließt es ihn; aber man soll nicht kleinlich sein.

Er beginnt mit einer systematischen Überwachung der Stadt, um
die Geliebte zu entdecken. Seine Gedanken fixieren sich mit
wahnhafter Ausschließlichkeit auf diese Aufgabe.

Auch das stimmt nachweislich keineswegs – aber lassen wir das.

Gestützt auf die Eurochecks seiner Bank und auf große Mengen
Alkohol, dehnt Hammer seinen Aufenthalt in Bergamo über
Monate aus. Sein schon zu Beginn getrübtes Bewußtsein zerfällt
langsam, er verlernt zunehmend die Fähigkeit artikulierten
Sprechens

– stimmt überhaupt nicht; mit diesem Verlust spielt er vielmehr nur hin und wieder, was mehrfach deutlich gesagt wird; seine sprachliche Artikulationsfähigkeit nimmt eher zu; worauf ich gegen jeden Jürgen Jacobs dieser Welt um meine Sprechfähigkeit wetten möchte – *und zeigt »Koordinierungsmühsale« bei der Bewältigung alltäg-*
licher Situationen. Die einzige nennenswerte Bekanntschaft, die
Hammer in Bergamo macht, ist Horst Tempes, eine stets
bramarbasierende und in Geldkalamitäten steckende Curd-
Jürgens-Replik.

Natürlich ist Tempes keine Jürgens-Replik, sondern allenfalls eine Jürgens-Reinkarnation, aber das rechte Wort hat man eben nicht immer zur Hand. Und in »Geldkalamitäten« steckt Tempes im Verlauf des 500-Seiten-Romans m. W. nur ein einziges Mal; wovon sich jeder Leser überzeugen kann.

Als eine gemischte Gesellschaft aus München erscheint, um Tempes heimzuholen, ist dies auch für Hammer Signal zum Aufbruch.

Tut mir leid, aber auch das ist nicht korrekt. Sondern es wird expressis verbis mitgeteilt, daß die Existenz Reich-Ranickis, welche Bundesdeutschland gleichsam unter einem schützenden Mantel von Unheil berge, der Grund der Heimkehr sowie »Signal zum Aufbruch« ist.

Der Autor gönnt dem so lang Enttäuschten zum Schluß eine kleine Tröstung: Er wird nachts von einer schon etwas abgegriffenen blonden Madonna beglückt, und sogar der Papst erscheint, um ihm eine Kußhand zuzuwerfen. Henscheids Buch zeigt gegenüber seinem Helden eine ambivalente Haltung: einerseits macht es ihn zum Objekt der Belustigung,

»Ironie« wäre zwar treffender, aber »Belustigung« schafft wiederum die passenderen Ressentiments –

andererseits wird er bisweilen zum Sprachrohr des Autors. Im ganzen dient die Figur des müßig dahintreibenden Madonna-Suchers dazu, ein schnoddrig-zynisches Räsonieren über Gott und die Welt ablaufen zu lassen.

Wenn es so, wenn dies das Romanthema wäre, nichts spräche dagegen. Indessen, diese Inhaltsangabe ist reiner Unfug. Und allerdings, nebenbei, keine schlechte Charakteristik für die ›Frankfurter Allgemeine‹ kat'exochen in toto – nein, nicht mal das: das Blatt räsoniert eher gediegen-zynisch.

Offenbar sympathisiert der Autor mit Hammers trägem Nonkonformismus und auch mit der weinerlichen Hingabe an sentimentale Tagträume.

Lassen wir dahingestellt, ob »träger Nonkonformismus« Nonsens ist oder nur vielmehr dem idealtypischen FAZ-Leser zum besserwisserischen Ressentiment herhalten soll: der ist nämlich ein träger Konformist. Sodann: »Sentimental« ist richtig, nämlich Thema des Romans – aber falls der Rezensent mir einen einzigen Beleg für die »Weinerlichkeit« des Helden zur Verfügung stellen kann, dann muß ich bei der Abfassung des Buchs bisweilen gedöst haben. Im übrigen dienen die scheint's neutral-deskriptiven negativ besetzten Vokabeln »dahintreiben«, »schnoddrig«, »zynisch«, »träg«, »weinerlich« und »non-konformistisch« natürlich keineswegs der Wahrheitsfindung; sondern nur abermals der vage emotionell operierenden Vorverurteilung sowie der mählichen Rundung zum Todesurteil hin. An dieser Stelle hat die Rezension in ihrer nicht unbedingt sofort auseinanderzuklamüsernden Melange aus Beschreibung und (Ab-)Wertung durchaus ihr Artistisches – und abermals FAZ-Festes.

Wie sich an den Figuren Hammer und Tempes zeigt, hat der Autor ein Faible für schwadronierende Außenseiter,

Richtig ist, daß Tempes viel, Hammer aber den ganzen Roman keine 20 Sätze redet; und schon gar nicht schwadroniert. Wobei, nebenbei, ganz schön wäre, käme ein Rezensent mal auf die Erleuchtung, zu der ihm der Verfasser Hinweise genug gibt: daß Tempes via seine Über-Realistik vielleicht gar keine so sehr real-reelle Figur sein möchte; sondern eine zumindest halb symbolische, eine vielleicht von Hammer nur imaginierte: Zeitgeist, das Prinzip des Ungewitters, der Vita activa, Alter ego und Wunschbild Hammers, sein Mephisto-trivial. Nein, sie merken nichts, die Herren – Goethe hat sehr gut daran getan, seinen Mephisto Mephisto zu nennen; sie hätten's sonst mit Sicherheit auch nicht spitzgekriegt.

die verachtungsvoll auf alles Etablierte hinabblicken

– Marcel? Jürgen Jacobs? Die FAZ als solche? –

und aus dem Informationsschutt und den vagen Bildungsreminis-
zenzen der Medienkultur ihren geistigen Unterhalt bestreiten.

So könnt's ja durchaus sein, ist es aber wiederum in diesem Romane nicht. Zwar ist Hammer nicht zufällig »Feuilletonist« und wird als eben solcher durchgehend thematisiert, ebenso wie der Roman von daher seine Optik gewinnt – aber der Rezensent hat erneut Pech: Wer wie Hammer die halbe Literatur- und Musikgeschichte durch Bergamo spazierenträgt und currente pede auswendig herzitieren kann, der ist nun wirklich ein ganz altmodisch gebildeter Mensch; mindestens so gebildet wie eine halbe Frankfurter Kulturredaktion zusammen. Von Hammers Assoziationsfähigkeiten gar nicht zu reden, die ihm diese »Bildungsreminiszenzen« fruchtbar machen.

Zwar sucht das Buch spöttische Distanz zu diesen Figuren, aber es kokettiert auch mit deren Attitüde: Zu groß ist die Versuchung, das ressentimentgeladene Gefasel

– ein Freudscher Verdenker in Richtung auf die eigene Rezensententätigkeit, die sich nun mal drauf beschränkt, nach Order des Feuilletonherrn einen Verriß liefern zu müssen/wollen –

der Romanfiguren als kritische Entlarvung der Welt auszugeben. Daß Henscheid auf solche Weise, das heißt mit geringen intellektuellen Unkosten, das Gefühl der Überlegenheit vermittelt, erklärt zum guten Teil den Erfolg seiner Bücher.

Da, zu diesem Punkt wollte er hin, der Rezensent – und jetzt ist er angekommen; nach Investition gewaltiger intellektueller Unkosten, die auch noch das 500 Seiten starke Hammersche Hirnchaos als »Gefühl der Überlegenheit« kassieren. Was für seinen Autor immerhin überraschend ist.

Da die erzählerische Substanz des Romans dünn ist,

– nämlich absichtsvoll etwa so dünn wie die von Becketts ›Godot‹; aber das haben die erzählerischen Substanzen mal so an sich, auch dann noch als dünn getadelt zu werden, wenn dies ihre Idee und ihr Witz ist –

beschleicht den Leser schon nach 150 Seiten Ermüdung. Hammers Fixierung auf seine abgelegte Geliebte

– falsch: er hat sie nicht abgelegt, sie verließ ihn; steht alles im Buch –

und auf den italienischen Schlager sind erzählerisch schnell erschöpft, die gedanklichen und sprachlichen Kapriolen des Texts wiederholen sich.

Ob das, soweit es stimmt, nicht gleichfalls Absicht sein könnte? Die thematisierte Zähigkeit und Langlebigkeit von Gefühlen und fixen Ideen formal zu spiegeln? Wird nicht auch das im Roman selber, nämlich in Hammers Selbstgesprächen, ausdrücklich gesagt?

Der an einigen Stellen suggerierte

– getaschenspielertrickte? –

Bezug zum Mythos der Femme fatale wirkt zu hochgegriffen, angesichts der kleinkarierten Banalität des guten Bernd Hammer und seiner präklimakterischen Verwirrungen.

Jetzt hat er aber sein Fett abgekriegt. Das sitzt.

Der Text des Romans ergibt sich hemmungslos der Lust am Wort- und Klangspiel und erreicht dabei auch manchen frappierenden Effekt.

Hätte nicht sein müssen; nein, bitte nicht.

Aber oft führt die Spielwut ins pure Blödeln

– ob er sich das auch über ›Faust II‹, ›Finnegans Wake‹ und Nabokovs ›Ada‹ zu sagen getraute? –

und bisweilen auch zu Gewaltsamkeiten. Peinlich ist, daß das Buch nicht vor forcierten Witzchen zurückschreckt, wie sie Theken-Originale

– denen lauscht ein FAZ-Mann im ›Pressestübchen‹ in der Hellerhofstraße nur nachsichtig von ferne; es sei denn, er gehört zum Sportteil –

anzubringen lieben. Man stößt allenthalben auf Sprüche wie »Les jeux sont dings« oder »Locker echt vom Hocker« und dergleichen.

Jetzt wird er albern. Zwar hat sich nachweislich auch bis zur FAZ herumgesprochen, daß spätestens seit Molly Blooms Innerem Monolog Trivialitäten, Gedankenfetzen, Kopfgewusel, verdrehte Halbzitate literarisch konzessionierte Techniken sind, z. B. um die geistigseelische Lage eines Romanhelden zu charakterisieren – aber lassen wir das – sie wissen's zwar, aber im Zweifelsfall, wenn ihnen tragfähigere Argumente ausgehen, stellen sie sich fürs Zeilenhonorar eben lieber dumm – und schreiben zum Beschluß:

Solche Wendungen sind symptomatisch für die Tendenz des Ganzen:

Ressentiment? Gedankenarmut? Literaturkritik erbarmungslos auf Linie des Auftraggebers geschrieben?

Dem Buch gelingt es nicht, sich über den »laufenden Schwachsinn« zu erheben.

Nein, schafft es nicht. Wollte es eigentlich? Weiß nicht. Ist der »laufende Schwachsinn« überhaupt Thema des Buchs? Bzw.: Wer hat das je behauptet? Kannitallswiss. Um so gelungener, den Schwachsinn zu packen, ist es fraglos Jürgen Jacobs. Jürgen Jacobs. Den Namen von Reich-Ranickis bestgelungenem Schranzen wollen wir uns deshalb merken.

NOMEN EST OMEN
Ein Gesinnungsaufsatz

Es ist schon etwas Rätselvolles um die Menschheit. Ihre Spezifizierung wird immer differenzierter, immer chimärischer in deren Gefolge die Hoffnung, ja Utopie, übers kontingent Einzelne und Singuläre sowie die Partialphänomene hinaus das Integral, die Logizität des Ganzen zu sehen, jene absolute Totalität, die noch für Hegel im Weltgeist sich inkarnierte – nein, der Telosschwund im Menschlichen konvergiert von Tag zu Tag vermehrt dem durchaus ambiguischen Sinndefizit im Humanen – und doch, bei aller pluralen Heterogenität des scheint's unendlich und unversöhnlich Disparaten und seiner Aporien, eins bleibt über alles Branden der Antagonismen hinweg quasi apriorisch bestehen: Nomen est Omen.

Was heißt das? Nun, besonders auffallend ist es in Österreich. Da ist Nomen noch ganz besonders Omen. Der mächtige Direktor des Wiener Burgtheaters hieß HÄUSSERMANN; jener Biograf, der den Dirigenten Karajan am ungescheu- und ungescheitesten lobte, heißt LÖBL. Der Skiabfahrer KLAMMER hatte eben die beste Bindung eingekauft, und der Psychologe Friedrich HACKER ist selbstverständlich für Aggression und Hackordnung zuständig – während der Eiskunstläufer Emmerich DANZER ein gewaltiger Tanzbär war. Schließlich Hans MOSERS Name kommt daher, daß er immer so schön herummoserte.

Nicht viel anders ist die Lage in Deutschland. Allein beim HSV: der Stürmer STÜRMER war wirklich ein Stürmer, der Abwehrchef SCHULZ der Abwehrschulze und Uwe SEELER die Seele des Spiels. Anderer Fall: HORTEN hortet Reichtümer. Wieder anderer Fall: der Innenminister BAUM schützte einst den Baum; sein Nachfolger ZIMMERMANN ist der Mann, der die Wende zimmerte (so, durchaus anspielungsreich, ›Der Spiegel‹ u. v. a.). Überhaupt die Politik: Der Ex-Juso-Chef ROTH war schon immer ein zäher Roter, der CDU-Spitzenmann SCHWARZ-SCHILLING ein im Glanze des Kabelfernsehens schillernder Schwarzer. Aber auch Giuseppe VERDI war noch eine richtige grüne Jung, als er damals den ›Nabucco‹ schrieb...

Aber apropos, auch der Rest der deutschen Politik: überaus sprechend. GEISSLER geißelt Moskau, KOHL redet Kohl und GENSCHER war, wie man weiß, früher mal Gänsescherer und hat vor, das später auch wieder zu machen, wenn es mal soweit sein sollte.

LEBER seinerseits spielt am Ende seines an sich erfüllten Lebens die beleidigte Leberwurst, WÖRNER mußte früher oder später mal als Minister bei der Wöhr landen, und MÖLLEMANN ist die typische Mischung aus Alex Möller und Thomas Mann. Heinrich? Nein, Thomas haut schon hin.

Aber auch sonst – wo du hinschaust: Nomen = Omen. Bei der FAZ sitzt der Herausgeber FEST fest auf seinem Herausgeberstuhl, und REICH-RANICKI bläst den schlechten Autoren reichlich den Ranickimarsch; während umgekehrt bei der ›Frankfurter Rundschau‹ die Gedanken von Wolfram SCHÜTTE gerade in ihren erhabensten Volten immer schütterer werden, so das Postulat Adornos einlösend, die größten Kunstwerke seien diejenigen, die an ihren schwierigsten Stellen Dusel hätten.

Auch ADORNO ist ja so ein Fall: Er ließ sich ja nur zu gern adorieren – und nicht anders ist es bei Margarete von TROTTA, die ja bekanntlich ein besonders großer Trottel ist.

Außergewöhnlich wichtig sind offenbar für Intendanten die richtigen Namen; und umgekehrt färbt das Amt natürlich ab. Der frühere Intendant des Hessischen Rundfunks HESS tat offenbar gut daran, Hess zu heißen, sein Nachfolger LEER war vorher Lehrer und hat sich noch nicht umgestellt. Der Intendant HILF gibt den Deppen draußen im Lande Lebenshilf, und der Intendant BAUSCH dankt seine Inthronisierung seinem vertrauenerweckend dicken Bausch.

Anderer Fall: An GOETHE war, laut Schopenhauer, fraglos etwas Göttliches. Heinrich MANN ähnelte nicht umsonst ein wenig Gerhart Hauptmann, vor allem um das Haupt rum – und auch der Dichter Ror WOLF ist allzeit der einsame thüringische Wolf geblieben, der er ab ovo war. Wogegen wiederum Wolf WONDRATSCHEK die Annahme des Vornamens Wolf gar nichts frommte: Er ist und bleibt das typische, wonderliche Kafkasche Sorgenkind Odradek par excellence, das er sein Leben lang war. Praktisch ein Depperl halt.

Überhaupt KAFKA! Es entging ihm ja keineswegs, daß er in Wahrheit eine Dohle = tsch. Kafka war! Neinnein, das hatte er immer geahnt! Wohingegen Max BROD irgendwie Bölls ›Brot der frühen Jahre‹ vorwegnahm, während BÖLL selber ja wohl einen schweren Hieb (Böller) im Kopf hat, aber ehrlich.

Und so geht's zu auf der Welt: Der feiste FEISAL, der pompöse POMPIDOU, der breschenschlagende BRESCHNEW, der anthroposophisch gewiefte ANDROPOW, der von einem Whisky-Brand gezeichnete Willy BRANDT – wie aber ist es in der ›Titanic‹-Redaktion?

Nun, genau so. KNORR z. B. schreibt bevorzugt knorrige Satiren, EILERT eher eilige, flüchtige, ja wie hingeschmierte – hin und wieder freilich auch alerte. GERNHARDT zeichnet gern ruppig und hart, TRAXLER kraxlig-vertrackt, WAECHTER meist wachsam (Umweltzerstörung!) und POTH am liebsten zum Rum-Pott. Hanno RINKS Layout merkt man jederzeit das Ringen mit der Form an, die Texte von KÄHLER haben allesamt was Gellendes, ja gellend Anklagendes – und nur durch solche gellenden Anklagen können ja wenigstens die gröbsten Mißstände beseitigt werden! SAALFELD ist der Mann, der immer mit den unbrauchbarsten Ideen in den Saal (gemeint: Redaktionsstübchen) fällt, während A. SZYMANSKY gleich dem ›Tatort‹-Kommissar Schimanski vor allem für die Entrechteten eintritt. Hilke RADDATZ ihrerseits ist die exemplarische Redaktions-Rabatzmacherin, METES trifft (to meet!) abends oft Frauen – und ich selber? Nun, bei mir merkt man halt immer den Hauch, den Duft, das Odeur des nur ganz leicht H-umanisierten M-ENSCHHEITlichen...

Und so weiter und so fort und so auch oft weit über die Redaktion hinaus. Die Frankfurter Kulturhenne Angela (›Wichtig‹) PRAESENT ist heute im Kulturgegacker wahrhaft omnipräsent, der bekannte Entertainer Henner DRESCHER ist die Verkörperung der klassischen Hauruck-Personality. Auch im Reich der Wissenschaft korreliert es: Alexander KLUGE ist ja wirklich ziemlich klug – indessen die Professoren NARR und DEPPE trotz ihres täuschenden Professorentitels ausgesprochene Narren respektive Deppen sind...

Herr SIEMENS hat enormes, ja (s)iemenses Geld – und sogar beim Papst stimmt es. An WOIJTYLA haftet etwas ebenso Wald(woid)- wie Iller-haftes; kein Wunder, daß er auch schon mal in Augsburg war und dort – aber das ist eine andere Geschichte...

Ob die Sache auch fürs Ausland stimmt? Nun, ein paar Fälle haben wir ja schon gesehen (ach Gott, wenn mir nur nicht dauernd so schlecht wäre), dazu kämen in etwa MITTERAND als Mittelpunkt seiner Randgemeinden, dazu gesellte sich fraglos STRAUSS, der ja keinen Strauß scheut, indessen TANDLER immerzu an Straußens Sack herumtändelt; und auch der neue Mann in Moskau, TSCHERNENKO, scheint insgesamt gut einzuschlagen. Und so fort.

Gibt es Ausnahmen? Nun, es gibt sie, und sie sollen hier auch nicht krampfhaft verleugnet werden. Joachim KAISER ist in Wahrheit der Kultur-Papst der ›Süddeutschen‹; BECKENBAUER war eher ein Von-hinten-Aufbauer oder auch Brückenbauer zwischen Abwehr, Mittelfeld und Sturm; der Bobfahrer Anderl OSTLER war ein überzeugter Westler und allerdings auch ein noch überzeugterer O(b)stschnapsausschenker; der CDU-Mann MARX hat von Marx keine Ahnung; Alfred EDEL ist insgeheim ein sehr unedler Mensch; Karin STRUCK müßte eigentlich Karin Stuß und STOIBER von Rechts wegen Franzxaver Blödmann heißen.

Karel GOTT singt leider nur wie ein Engel, Fritz TEUFEL eignet eher etwas Beelzebubmäßiges, vor allem um den Hals rum – dann aber stimmt eben wieder alles akkurat: Hans ALBERS ist ein Albtraum, bei Rudolf SCHOCK kriegst du einen Schock, und bei CARUSO hat man ka Ruh, solang man hinhört. Der Tiroler Tenor Sebastian FEIERSINGER sang den Walter Stolzing bei den Premierenfeiern der ›Meistersinger‹ immer besonders schön und feierlich. Walter TREUMANN von 2001? Kaum braucht man einen Vorschuß auf seine Bücher – getreulich reicht ihn Treumann rüber! Kurz, mir scheint jedenfalls die Gesetzlichkeit hiermit mehr als bewiesen, man denke doch auch nur an den Präsidenten CARSTENS, an NAU oder RAU oder an den FLICK-Mann BRAUCHITSCH, dessen Vater einst ja die Flak brauchte, um...jedenfalls, es ist alles wie eine große Signalhaftigkeit, Symptomatik (mein Gott, ist dieser Artikel denn nicht bald aus!), Symbolik, Semantik, Semiotik – und natürlich ist es schwer, sehr schwer, ja sauschwer, für einen solchen tendenziell und strukturell ins Infinite, ja Infinitesimale neigenden Gedanken- oder auch Gesinnungsaufsatz (gleich muß ich spei'm) ein Ende oder gar einen Schlußgedanken zu finden, gar eine Pointe; aber vielleicht, vielleicht, werweiß ist eventuell dies noch am angemessensten: 1. Aber eins, aber eins, das bleibt bestehn: Eintracht Frankfurt darf niemals untergeh'n. 2. Nomen = Omen.

Das ist jedenfalls meine ebenso gewachsene wie aufrechte Gesinnung.

PS: Siehe auch OMA: Ist es nicht wie ein Omen, daß ihr Nomen Oma lautet?

PS 2: Kohl ist natürlich auch (fällt mir grad noch rechtzeitig ein) eine kohlossale Nuß. Pflaume? Nuß.

Finis

NEUE FUSSBALL-ANEKDOTEN

Das Bundesliga-Abstiegsgeschehen 1983/84 eskalierte zu einem annähernd erregenden Dreikampf der davon Betroffenen: Eintracht Frankfurt, Kickers Offenbach und 1. FC Nürnberg. Frankfurt rettete sich – Offenbach und der Club waren die Dummen. Der Ehre aller drei bleibt die Spät- und Nach-Kollektion eingedenk.

Einmal, da ärgerten sich die Offenbacher Kickers wieder einmal darüber, daß Eintracht Frankfurt immer die »Primadonna« oder die »Primaballerina« oder die »launische Diva vom Main« genannt wurde – während sie, die Kickers, nur immer als Holzer und Bauernbuben verschrien waren. Der Fall kam in die Spielersitzung – und ließ die Gemüter brodeln. Als aber die Wellen der Erregung auf dem Höhepunkt waren, da ergriff Kapitän Nuber das Wort und rief in die Runde: »Wißt ihr was, dann schlagen wir sie eben einfach!« Gesagt, getan. Die Offenbacher spielten begeisternd und im Stil der letzten Bauernbuben auf – die launische Diva lief ins offene Messer – und am Ende hieß es 3:1 für Offenbach!

*

Ein andermal war es, da waren die Offenbacher Kickers plötzlich in den Bundesliga-Skandal verwickelt. Vor dem DFB-Gericht nämlich stellte sich heraus, daß der Obsthändler Canellas der Braut des Torhüters Manglitz (1. FC Köln) viel Geld dafür gegeben hatte, daß Manglitz ein paar Schüsse der Offenbacher freiwillig ins Kölner Tor rutschen ließe. Die Verantwortlichen vom DFB tadelten Canellas streng – doch dieser, nicht faul und keineswegs auf den Mund gefallen, wußte wieder mal die garantiert falsche Pointe: »Was wollen Sie, meine Herren, da sehen Sie wieder mal die alte Trinität von Fußball, Geld und Weibern!« Die DFB-Herren stutzten zuerst, dann hatten sie es begriffen. Sie lachten, machten gute Miene zum bösen Spiel und – warfen Offenbach achtkantig aus der Bundesliga.

*

Ein drittes Mal war es, da ermahnte vor einem entscheidenden Spiel der damalige Kickers-Trainer Otto Rehagel seinen Verteidiger, nur ja recht fest und von Anfang an den eleganten Hölzenbein wider das Schienbein zu treten. Der Offenbacher gehorchte – und hatte Erfolg: Hölzenbein köpfte nur das zweite Tor – das erste schoß Nickel mit einem brillanten Fallrückzieher – Offenbach verlor 0:2 und stieg ab.

*

Der berühmt-berüchtigte Trainer Max Merkel führte den 1. FC Nürnberg einst 1968/69 mit Zuckerbrot und Peitsche zur deutschen Fußballmeisterschaft und ließ sich dann in der Folge als »Meistermacher« kräftig feiern. Im nächsten Jahr freilich, als die »Clubberer« dem Abstieg ins düstere Auge schauen mußten, wollte »der Max« es nicht gewesen sein. Sondern ging lieber nach Spanien.

*

Ein andermal, da geriet der Club wieder in eine Krise – neue und rasche Spielereinkäufe sollten sie auf Wunsch der Vorstandschaft beheben. Mit der Inspektion und Anwerbung beauftragt wurde der alte Max (»Weltmeister«) Morlock, jener also, der 1954 »aus unmöglichem Winkel und praktisch mit der äußersten Zehenspitze« (so damals die gesamte Weltpresse) das wichtige 1:2 gegen die Ungarn (Endstand: 3:2) aus dem Feuer geholt hatte. Morlock, nicht faul, machte sich also auf den Weg, besah sich Tausende von A-Klassen- und Kreisklassenspielen und brachte endlich den Spieler Walter Fladerer, geb. 1941, mit nach Nürnberg. Fladerer, gleichfalls nicht faul, machte tatsächlich ein Spiel für den Club und verschwand dann wieder in der Versenkung.

*

Der Nürnberger Stopper (so hieß er damals noch, nicht »Libero«!) Ferdinand (»Nandl«) Wenauer wurde einmal im Fasching bei einem Gaststättenbesuch in Laufamholz furchtbar zusammengeschlagen, erlitt einen Kieferbruch und fiel für mehrere Spiele aus. Der Rechtsaußen Gustl (»Gust«) Flackenecker neckte ihn deswegen, kam aber bei Wenauer gerade an den rechten. »Dafür wirst du immer dicker, schon bald wie ein Bierfaßl!« Erklärung: Flackenecker war durch häufiges und regelmäßiges Biertrinken zuletzt immer dicker, ja fast wie ein Bierfaßl rund geworden!

*

Im Meisterjahr 1968/69 lief einmal bei einem Auswärtsspiel bei Borussia Neunkirchen der seinerzeitige »Club«-Tormann Roland Wabra aus dem »Clubtor« und versetzte dem gegnerischen Rechtsaußen Elmar May einen ganz brutalen »Arschtritt«. Wabra hatte Glück. Der Akt blieb gottseidank ungeahndet. Dazu »Steff« Reisch noch Jahre später zu »Gustl« Starek: »Da hat er vielleicht Glück gehabt, der Rolli, mei, hat der vielleicht ein Glück gehabt!«

*

Als der berühmte Teppichbodenhändler A. Roth von der berühmten Teppichbodenfirma ARO genügend Teppichböden verkauft hatte, wurde er auch noch Präsident des 1. FC Nürnberg, um auf diese Art endlich in die Nürnberger High Society einzusteigen und hineinzurutschen. Allein, jetzt stellte sich aber plötzlich heraus, daß es diese High Society bzw. Haute volée gar nicht gab. Bzw. gibt. Roth legte also wenige Jahre später sein Amt wieder nieder, zahlte 2,5 Millionen Schulden aus seiner Kasse und beschied sich fortan damit, wieder Teppichböden zu verkaufen. Wie vorher schon und wie auch die ganze Zeit über.

NOCH EINMAL: ORWELL 1984

In einem Sportkommentar der Deutschen Presseagentur, der in Dutzenden von deutschen Tageszeitungen abgedruckt wurde, stand jüngst zu lesen: »Der siebte Führungswechsel an der Tabellenspitze und die Punktverluste von Stuttgart, München und Hamburg unterstreichen, daß im Orwell-Jahr vieles möglich ist.«

Nein, Sie haben sich nicht verlesen: Vom »Orwell-Jahr« ist im Zusammenhang mit den Vorgängen an der Tabellenspitze der Bundesliga die Rede. Unerklärlich? Vielleicht doch nicht. Denn zwar meint »Orwell-Jahr« bzw. der Buchtitel ›1984‹ auf einen sehr kurzen Nenner gebracht Totalitarismus, Überwachung, Übermacht des Staates und einer Einheitspartei. Was freilich der dpa-Schreiber bei seiner forschen Formulierung kaum gemeint haben dürfte; sondern er dachte offenbar an Turbulenz und saftige Überraschungen. Woraus wir wiederum ableiten, daß Spitzenjournalisten a) Orwells Buch nicht lesen, b) auch keine blasse Ahnung haben, wovon es etwa handelt und c) trotzdem irgendwie mitgekriegt zu haben meinen glauben zu dürfen, daß »Orwell-Jahr« irgendwas mit Unruhe und Unfug zu tun habe. Und ergo d) in diesem Sinne auf Verdacht in ihrem Geschreibsel von »Orwell-Jahr« schwafeln.

Und warum nicht? Denn zwar meint »Orwell-Jahr« bzw. »1984« das Gegenteil von »Turbulenz« und »Unberechenbarkeit« (in der Bundesliga), nämlich Lähmung, Stagnation, Regression – indessen und nochmals: Was stört das einen deutschen Spitzen-Pressemann, wenn er eine Schreibmaschine vor sich stehen hat und die Tasten halbwegs richtig trifft?

Und recht hat er. Denn genaugenommen kommt's heute auf etwelche Wort- und Metapherngenauigkeit ja weiß Gott nicht mehr an. Und statt hier lustlos herumzumosern, sollten wir lieber unsere kulturellen Vorbehalte abstellen und uns die Vorteile des neuen dpa-Journalismus zunutze machen.

Denn fraglos wäre es z. B. auch sehr erhellend gewesen, das unsinnig turbulente Wetterwesen des letzten Winters Orwell anzulasten: »Schneestürme in Amerika, Hochwasser in der Bundesrepublik, Tausende von Glatteisverletzten – man sieht, daß im Orwell-Jahr allerlei möglich ist.«

Oder: Wäre es nicht auch angezeigt gewesen, hätte dpa dies zur Wörner/Kießling-Affaire angeliefert: »Ehrenworte hie, Erpressung dort, Homos als Zeugen im Verteidigungsministerium, dazu die Wetterlage und das Verkehrschaos im Januar – wenn das nicht mal der lange Schatten des Orwell-Jahrs ist!«

Und, noch eine Idee weltenformeliger: »Der MAD im Abseits, Bernd Schuster verletzt, Wörner im Zwielicht, 2,5 Millionen Arbeitslose, Pech bei der Olympiade – Orwell-Jahr, ick hör dir trapsen!«

Denn merke: »Der Journalismus ist ein Übel, aber wir können ihm schließlich nicht wehren, weil wir nicht wüßten, was wir mit den Journalisten anfangen sollten, wenn es keine Zeitung gäbe« (Karl Kraus, ›Die Fackel‹, 31.5.1910).

ANNAS HOCHZEIT
Eine vorläufige Bilanz

»Kaum hatte Nagl die Tür hinter sich geschlossen, als *Anna* sich vor ihn kniete und seine Hose öffnete. Er knöpfte ihre Bluse auf, holte ihre Brüste heraus, griff zwischen ihre Beine, befingerte die Schamlippen und ihren Kitzler und schob sein Glied in sie. Während sie sich liebten, legte er sich auf das Bett und sah zu, wie sein Schwanz in ihr verschwand und wieder herauskam. ›Mach es langsamer‹, flüsterte sie. Sie war außer Atem, und er ließ sie sich umdrehen und steckte seinen Schwanz in ihren Hintern. Er preßte sie an sich...«

Mit diesem Buch und dieser *Anna* setzte es einen ersten Höhepunkt, vor nunmehr schon sechs Jahren (1978). In Gerhard Roths Roman ›Winterreise‹ fahren der Lehrer Nagl und seine Freundin *Anna* mitten im Winter nach Neapel, Pompeji, Rom und Venedig. »Nagl hat *Anna* auf seine Reise als letzte Sicherheit gegen die Verzweiflung mitgenommen« (Fischer-Verlag, Klappentext). Es nützt nichts – *Anna* fährt zurück – »Nagl wird sich seiner selbst inne... Er bricht auf nach Fairbanks, Alaska, in die Kälte« (ebd.).

Roths *Anna* war nicht die letzte, und freilich leider nicht die erste. Helga M. Novaks ›Ballade von der reisenden *Anna*‹ (1965) könnte am Anfang der Bewegung gestanden haben – vielleicht auch Grassens ›Blechtrommel‹-Großmutter *Anna* Bronski. Schon 1961 ließ sich gleichfalls Peter Härtling nicht lumpen und veröffentlichte eine Anthologie ›Palmström grüßt *Anna* Blume‹ – und das wieder weist zurück auf die *Anna* Blume einer Gedichtsammlung von Kurt Schwitters, erschienen 1919; das Titelgedicht zitiert eine von Kinderhand an die Mauer gekritzelte Inschrift und sollte für den Dadaismus gleichsam Programm werden: »*Anna* Blume hat ein Vogel.«

Allerdings, die neue *Anna* der neueren deutschen Literatur scheint sich weniger aus dadaistischen denn aus ganz anderen Quellen zu speisen. Den bei Roth sichtbar gewordenen Konnex von *Anna*- und Lehrerbzw. Lehrerinnendichtung, welch letztere in diesen Jahren gleichfalls eskaliert, griff noch im selben Jahr, 1978, Hanne(!)lies Taschau wieder auf. Hatte sie sich 1974 in ›Strip und andere Erzählungen‹ nur zur »Annegret« entschließen können – so ist es jetzt mit dem Roman ›Landfriede‹ und dem dort agierenden Lehrerehepaar Schrager/*Anne* definitiv soweit. Denn: 1. »Noch herrscht Lehrermangel« (Klappentext) und 2. »Langsam wird *Anne* Schrager entfremdet, beginnt sie die Gnadenlosigkeit seiner Liebe zu begreifen. Eines Tages reist sie ab. Fremdbestimmung statt Selbstbestimmung« (ebd.).

Siehe Roths *Anna*. Das Abreisen bzw. Wieder-Zurückkommen und vice versa scheint prima vista überhaupt signifikant für die neue *Anna*. Beate Klöckners Epos mit dem grandiosen Titel ›*Anna* oder leben heißt streben‹ (Suhrkamp 1974) handelt von *Annas* Erziehung in Frankfurt, wo sie »ein Mädchen aus unseren Tagen und Städten ist«, Buchhändlerin lernt, aber dann doch wieder in die Schule zurückgeht.

Einen abweichenden Typus von *Anna* stellt immerhin Nicolas Born in seinem Roman ›Die Fälschung‹ (1979)

vor: »Die Nacht hatte er (Laschen) mit Anna verbracht, der Frau, die mit Hoffmann zusammen lebte... Er hatte sie noch gefragt, ob sie es Hoffmann sagen wolle, sie sagte nein.«

Aber nicht nur im Hamburger Pressewesen – auch im Alpenländischen gärt es. Hatte sich Franz Xaver Kroetz noch in ›Oberösterreich‹ (1972) wenigstens mit einer Anni beschieden – so mußte es bereits im ›Nest‹ (1975) eine Anna sein, und schon gibt sie auch die entsprechenden Kroetz-Sätze von sich: »Du darfst uns nicht der Schande (der Arbeitslosigkeit) preisgeben«. Sehr verhohlen noch H. C. Artmanns Gedicht von 1958: ›med ana schwoazzn dintn‹. Und Urs Widmer? Auch er beläßt es noch 1971 bei dem Hörspieltitel ›Aua‹, aber schon Ende des Jahres heißt das neue Hörspiel exemplarisch-programmatisch: ›Anna von hinten wie von vorne‹.

Es ist, als hätte Widmer etwas ganz Furchtbares erahnt: Siehe Roths Anna – siehe die gesamte Richtung. In Hugo Dittberners ›Kurzurlaub‹ (1976) wird eine »Anna mit den O-Beinen und den schönen grauen Augen« vorgestellt – in der Erzählung ›Eine Flasche Brandy‹ tritt, in Badeanzug und Jeans, eine Studentin Anne, Anfang 20, auf. Und während sich Günter Herburger gerade noch mit einer »Rosa« einigermaßen sauber hält, wird bei Gabi Wohmann die geradezu magnetische neue Verfallenheit an die Anna nachgerade symbolisch evident: In ›Ernste Absicht‹ (1970) kommen nacheinander eine Hanna, eine Johanna, eine Annie und endlich auch eine 33jährige Anna vor, die auch gleich noch von einem Wüstling überfallen wird. In ›Stolze Zeiten‹ schickt die unverwüstliche Autorin noch eine Anni nach, und in ›Schönes Gehege‹ wieder eine Johanna – es ist, als wolle sich die

Wohmann fast gewaltsam dem suggestiven Einfluß der *Anna* wieder entziehen; wobei man allerdings einschränkend sagen muß, daß in diesem Wohmannschen Gesamtœuvre eigentlich alles und jedes vorkommt.

Ein Novum im *Anna*-Fach setzt der junge Wilhelm Genazino. In seinem Roman ›Die Ausschweifung‹ ist *Anna* weder Lehrerin noch Studentin noch sensible Beischläferin, sondern die Tochter des Helden Fuchs, der mit dieser *Anna* denn auch die Internationale Vogelrevue besucht. Denn, lehrt uns Genazino, auch Kinder heißen in der Zwischenzeit äußerst häufig *Anna* – und des bleibt sogar der alte Gerd Gaiser eingedenk, wenn er seine ›Geschichten einer Kindheit‹ mit ›Alpha und *Anna*‹ (1975) überschreibt.

»*Anna* war einmal meine Frau«, steht andererseits wieder in Klaus Hoffers ›Bei den Bieresch‹ (1979/83) zu lesen. In ›Die Milchstraße‹ seines Landsmanns Peter Rosei darf eine *Anna* ebensowenig fehlen wie – neben einer »Solke«! – sie in Hans J. Fröhlichs Gardasee-Romanauflauf ›Im Garten der Gefühle‹ mangelt – und selbstverständlich ist auch bei der infernalischen Jet-Mischpoke von Hans Neuenfelsens Italien-Filmprosa ›Giuseppe e Sylvia‹ beinhart eine *Anna* mit von der rammelvollen Partie.

Und doch ist die Spitze des *Anna*bergs noch längst nicht erreicht. Wie bei jedem Großschmarren darf sie auch hier nicht zurückbleiben: nein, auf dem Gipfel der Scheiße sitzt einmal mehr unser aller Karin Struck. Hatte sie noch in ›Klassenliebe‹ mit dem Modenamen »Sarah« operiert, war sie noch in der ›Mutter‹ auf »Nora« (ohne »h«) und, wie Herburger, auf »Rosa« (erg.: Luxemburg) verfallen – so war es mit der Erzählung ›Trennung‹ endlich auch bei der Struck soweit. Endlich hatte sie es gerafft, ließ sämtliche Barrieren wieder mal auf einmal sausen und erzählte »die Geschichte der *Anna* Wildermuth«(!!!) – nämlich in Form der »angemessen teilnehmenden Darstellung einer spezifisch scheiternden Auseinandersetzung« im Rahmen einer »kurzen, in sich abrupten und atemlos dichten Erzählung. In der Folge von« – nein, man muß diese Suhrkamp-Klappentexte wirklich wörtlich und möglichst ausführlich zitieren, um sie vor dem andererseits höllisch hochverdienten Vergessen zu bewahren – »Situations-, Erinnerungs- und Assoziationsschüben« (ist es nicht wunderbar?) »zunehmend erkennbar, zeichnet die Geschichte der *Anna* Wildermuth« (und noch einmal drei !!!, das dritte für das geniale »th«!) »eine uns angehende Figur schmerzhaft verfangenen Lebens.«

Und so sieht das Leben aus: *Anna* Wildermuth (er ist zu genial, der Name) »freundet sich mit Süchtigen an und beginnt selbst zu rauchen«. Indessen: »Mit Jürgen lernt sie, neu sich zu freuen, teilzunehmen.«

Das Strucksche *Anna*-Motiv der uns angehenden Teilnahme an sich, an den Jürgens und überhaupt an allem und jedem entfaltet und erweitert sich dann nochmals in zwei weiteren Büchern aus dem Hause Suhrkamp, wie überhaupt jetzt die Apotheose der neuen *Anna*-Kultur mit dem Wesen der Suhrkamp-Kultur fast identisch ist. Ja, Suhrkamp richtet dieser *Anna*-Kultur sogar eine neue literarische Gattung ein, genannt »Verständigungstexte« – und deren erste und führende Autoren errichten denn auch der *Anna* ihre bisher strahlendsten Denkmäler, fast noch jenseits des Struckschen: Jochen Link und Jochen Schimmang. Dieser in seiner Erzählung ›Das Ende der Berührbarkeit‹ von 1982. »Jülich, Experte für Emanzipationsbewegungen, verliebt sich in *Anna. Anna,* erschrokken über Jülichs Bereitschaft zur Hingabe, entzieht sich. Tödlich verletzt beginnt Jülich, seine alten Schutzwälle wieder aufzubauen. Eine lange Arbeit, bei der niemand ihm helfen kann, am wenigsten *Anna,* denn: Reden hilft nicht.«

So weit der Suhrkamp-Prospekt-Text – und wie sieht's in Schimmangs Prosa aus? Gut. *Anna* ist auch hier oft »mit Jeans und einer roten Steppjacke bekleidet«, später mischt auch noch eine »Lisa« irgendwie mit – und das Finale führt schließlich das Roth/Taschausche Fortgeh-Motiv (Aussteiger!!) fort und auf eine neue einsame Höhe: »›Hallo, *Anna*‹, sagte Jülich, als er sich gefaßt hatte(...) *Anna* nickte und ging weiter.«

Endlich Jochen Link (im Verein mit Helmut Junker) mit seinem 430-Seiten-Roman ›*Anna*‹ (1981) transzendiert die Titelgestalt und mit ihr das *Anna*hafte sui generis ins Definitive. »*Anna*, Schlüsselfigur des Romans«, so der Suhrkamp-Prospekt-Text (nein, lesen kann den Roman nicht mal ein Philanthrop wie ich), »schlägt sich mit anderen, mit dem Vater und mit sich selber, mit ihrem Körper herum. Sie lebt provisorisch, hegt Selbstmordgedanken. Sie döst, sie träumt euphorisch und erschreckend. Das Bett ist Zufluchtsort. Sie probiert und verwirft, packt zu und läßt fahren. Sie klammert sich an und sie möchte frei sein. Ihre verwirrend changierende ist unsere Welt: Die Bundesrepublik am Ende der siebziger Jahre, aus der Perspektive der Zwanzig-, Fünfundzwanzigjährigen.«

Im einzelnen heißt das: *Anna* Alversleben (nein, diesmal nur zwei !!) engagiert sich u. a. für das Schicksal eines persischen politischen Gefangenen, »erlebt Bedrohungsgefühle«, »gerät in einen Entsagungszustand, in dem sie sich mit dem blinden und tauben Mädchen Rosita« (!) »identifiziert« – und »sucht im dritten Teil die auch sexuelle Nähe zum Vater; Sehnsüchte und Ängste vor einer neuen Abhängigkeit werden freigesetzt«.

Usf. Wobei erschwerend hinzukommt, daß *Annas* Vater, der Ministerialbeamte Christoph Alversleben, schon mal Held in Jochen Links Roman ›Ein Mann ohne Klasse‹ (item: Suhrkamp) war – und noch erschwerender scheint uns dies, daß Autor Link vorher Philosophie, Germanistik und Romanistik studierte sowie heute die Politische Theorie lehrt; während Ko-Autor Junker, um die 50, Leiter der Psychotherapeutischen Forschungs- und Beratungsstelle für Studenten an der Gesamthochschule Kassel ist.

Wat et nich al geit.

»Here lies *Anna* Wulf, who was always too intelligent. She let them go.« Sie ließ die Männer ziehen – so stellt *Anna* Wulf sich ihren eigenen Grabstein vor, so steht es in Doris Lessings ›The Golden Notebook‹ (1962) – und dort wird freilich auch die entscheidende Frage gestellt: »Wann war diese neue *Anna* geboren worden?« (S. 393). Nun, *Anna* Wulf selber hat vermutlich nicht wenig dazu beigetragen, im Rahmen des Lessingschen Kultbuchs. Indessen, die historischen Quellen für die massive Wieder- und Hochkunft der *Anna* bis hin zur Kanonisierung als Frauenbild an sich der siebziger und achtziger Jahre – die erscheinen ebenso vielfältig wie reißend und gleichzeitig trübe. Dem emanzipativen Touch der Lessingschen *Anna* mit der *Anna* Karenina als Bildungshintergrund gesellt sich mit Sicherheit als Wunschbild das wissenschaftliche Flair der *Anna* Freud, während der unüberhörbar proletarische Hautgoût, der von dem Namen *Anna* abstrahlt, vielleicht von *Anna* Magnani und, warum auch immer, der Hl. *Anna*, der Mutter Marias, der Jungfrau und Zimmermannsgattin, herrühren mag. Die vergleichsweise romantischen Ambitionen dürften der neuen *Anna* bzw. ihren natürlichen oder literarischen Eltern sowohl Edgar Allan Poes *Annabel* Lee wie auch Joycens *Anna* Livia Plurabelle liefern, das Heroische des Namens wird möglicherweise ebenso von *Anne* Frank wie von *Anna* Seghers besetzt – und wieder mehr das wünschenswert Adelnde von Hochliteratur dürfte sowohl Gottfried Kellers proletarisch-naive *Anna* aus dem ›Grünen Heinrich‹ einflüstern als auch das liebsame *Ännchen* von Tharau. Werweiß spielen auch noch Max Brods *Annerl,* das *Ännchen* des ›Freischütz‹, *Annette* Kolb, die Gun-gettende *Annie* des Musicals sowie *Anne* Brontë in die ganze soßige Chose von Wunsch-Identifikationsfiguren hinein, mag sein sogar noch Tucholskys *Anna* Luise und des reifen F. W. Bernstein großer *Anna*-Zyklus in ›Reimwärts‹ – kurz, hier kommt alles Kraut zu allen Rüben, – und so konnte es denn gar nicht ausbleiben, daß es kurz nach der Literatur auch für den Film und das Fernsehen kein Halten mehr gab; sondern die *Anna* als Namenssymbol für das zugleich gedrückte und doch widerständige Frauentum, kurz: für die vita nuova der Befreiung, hielt Einzug auch in die Welt der beweglichen Bilder – und dies zuletzt ganz massiv und über die beiden *Anna*-Bachmeier-Verfilmungen in Glanz und Gloria weit hinaus.

›Berlin, Chamissoplatz‹ heißt ein deutscher Streifen aus dem Jahr 1980, in welchem die Soziologiestudentin (aha!) *Anna* im Zusammenhang der Erhaltung des Chamissoplatzes und im Rahmen einer Bürgerinitiative (aha!) den Architekten Martin interviewt. »Dabei verliebt er sich in sie« (oho!) »und bleibt in Kontakt mit der Gruppe, für die er wichtige Informationen beschaffen will. *Annas*-Freund Jörg« – nicht »Jürgen« diesmal! – »freilich schneidet seine Aussagen mit – und veröffentlicht sie völlig entstellt.« Die Krise des Films ist da.

Anders wieder liegen die Dinge in dem TV-Film ›Die andere Seite des Mondes‹ von Karl Heinz Willschrei. Hier nämlich stellen eines Tages *Anna,* ihr Ehemann Olaf und die Freunde fest, daß *Anna* eine Kleptomanin ist. Worauf das psychologische Kriminalstück unbarmherzig die Moral sogenannter netter Leute entlarvt, zumal diese *Anna* von Gudrun Landgrebe gespielt wird, welche kurz zuvor ja auch schon als *Anna*-Mutter Marianne Erfahrungen sammelte.

Ausgerechnet Heidelinde Weis dagegen ist die Protagonistin der *Anna* in ausgerechnet Herbert Reineckers TV-Film ›Zuviel Phantasie?‹. Diese *Anna* ist (laut ›TV Hören und Sehen‹) »jung und hübsch und eine eigenartige Person. Das merkt auch Herr Hauck, ein Jugendfreund von *Annas* Mutter, als er beginnt, sich um das Mädchen zu kümmern.« Und den Rest kann man sich ja denken.

›Alles aus Liebe‹ hinwiederum nennt die österreichische Kinderbuchautorin Christine Nöstlinger ihren Film über die Zuneigung zwischen Stani und *Anna,* zwei Zwölfjährigen, die am Rande Wiens in einem Mietshaus wohnen (Sozial-Komponente der neuen *Anna*!). Und schließlich ›Mitten ins Herz‹ heißt der Film der 29jährigen(!) Doris Dörrie aus dem Jahr 1983, in dem *Anna* Blume, 22 Jahre(!), in einem Supermarkt arbeitet, die

Schnauze voll hat und sich ergo mehr der Sexualität widmet. Ein kluger Schachzug – und unübersehbar, daß diese *Anna* Blume wieder unüberhörbar von – siehe vorne – Schwitters herkommt und nicht verwechselt werden darf mit Molly Bloom bzw. Bölls *Anna* Katharina Norbert Blüm.

Anna in Literatur und Film – was wunder, daß sie jetzt auch in der Kunst Einzug hält, und dies vor allem in der Konfiguration der Malerin und Zeichnerin *Anna* Keel, der Frau des Diogenes-Verlegers Daniel Keel, – und es ist dies eine Person, die heute nicht nur schon prächtige Artefakte hinlegt, sondern ihre Portraits und sich auch noch erklären kann: »Wenn die Bilder gut sind, müssen sie etwas haben von einem Traum, den man ins Tiefkühlfach getan hat.« Sowie: »Eine Reise zu sich selber ist schwieriger als eine Reise zum Mond.«

Das alte Such- und Hin- und Wieder-Reise-Motiv der *Anna* – na, wer sagt's denn.

Und der Scheiß geht weiter – auch in der Literatur, auch noch über Struck/Link/Schimmang hinaus. ›Es ist Dein Leben, *Anna*‹, beschwört das Buch des Journalisten Jost Nolte (Erb-Verlag), in dem ein Vater Nolte sage und schreibe 50 Briefe an seine 17jährige Tochter *Anna* schreibt – kurz: »Ein Buch mit Tiefgang, über das nachzudenken sich allemal lohnen dürfte« (Andreas Turner, jawohl: Andreas Turner). Über das Buch ›Die Insel‹ von Ilma Rakusa dagegen teilt der Suhrkamp-Verlag mit: »*Ann* hat ihn verlassen.« Auch die Schweiz ist inzwischen voll dabei: ›*Anna* Göldin. Letzte Hexe‹, lautet ein Romantitel von Eveline Hasler und revoziert und perpetuiert das latent Dämonische ja Numinose der *Anna*-Aura – und endlich schnallt es auch die doofe DDR; in der

Gestalt der Christa Wolf nämlich, die aber ihren großen Roman trotzdem ›Kassandra‹ nennt. Reines Versehen.

Wie bitte? Was ist? Ach, in Mathias Noltes Roman ›Großkotz‹ (Diogenes 1984) kommt auch schon wieder eine *Anna* vor, die ihren Mann ver- und ab sofort jeden in der Stadt drüberläßt? Und die Umschlagzeichnung ist erst noch von *Anna* Keel? Danke, Harry, für den Hinweis, kurz nach Redaktionsschluß!

Anna hin – *Anna* her. Wie aus dem Dilemma wieder raus? Wie die *Anna* wieder loswerden? Nun, der Versuche sind einige, und nicht die schlechtesten. Es gibt vorsichtige: Auf die Milderung *Anni* setzen gleichermaßen Dieter Wellershoff (›*Anni* Nabels Boxschau‹, Schauspiel 1965) und Gerhard Polt (›D' *Anni* hat gsagt‹, 1983). Auf *Anita* weichen aus sowohl Alexander Kluge (›Abschied von gestern‹) als Jürgen Lodemann in seinem Ruhrgebietsreport (›*Anita* Drögemöller‹). Auch Franz Xaver Kroetz scheint die Verstrickung zu spüren und macht aus seiner Verkäuferin *Anni* (›Oberösterreich‹) später eine 13jährige gleichfalls in frühsexuelle Beziehungen verwickelte *Hanni* (›Wildwechsel‹), derart möglicherweise die alte ›Rumpel*hanni*‹ der Lena Christ wiedererweckend – kommt aber damit vom Regen in die Traufe: Denn schon hat sich fast unvermerkt neben der *Anna*-Dichtung eine *Hanna*-Poesie niedergelassen, angeführt vom Krimi-Autor -ky, und die Inhaltsangabe seines Romans ›Feuer für den Großen Drachen‹ wollen wir uns doch noch genauer anschauen:

Was liegt an? Nun, »*Hanna*, Tochter aus gutem ostfriesischem Hause und als engagierte wissenschaftliche Sozialarbeiterin in Berlin tätig, gerät zwischen die Fronten: Da ist ihr konservativer Verlobter, und da ist der junge

Türke, den sie liebt... Da sind aber auch Graue Wölfe und Rechtsradikale, da sind Ausländerfeindlichkeit und – Druck erzeugt Gegendruck – Aufbegehren, Bombenanschläge und Gefängnisrevolten. -ky zeigt uns in Momentaufnahmen absichtlich unterschiedlicher Schärfe, wie soziale Strukturen, von Menschen für Menschen erdacht, zu bröckeln beginnen, hier und da einstürzen und dabei Menschen vernichten – ökonomisch, psychisch und physisch. 192 Seiten. Gebunden DM 25.–« (Rowohlt-Verlagsprospekt).

Druck erzeugt Gegendruck. Hier Suhrkamps *Anna* – da bereits Rowohlts *Hanna*? Nun, diese *Hanna* wurde inzwischen auch schon wieder a) unter dem gleichen Titel, b) mit Ulrike Luderer (ah!) und c) fürs Fernsehen verfilmt und soll »die latente Ausländerfeindlichkeit in Berlin-Kreuzberg anprangern« (›TV Hören und Sehen‹ vergeht einem da) – aber damit nicht genug: Zwar verzichtet die begnadete Verena Stefan in ›Häutungen‹ dankenswerterweise sowohl auf *Anna* wie auf *Hanna* und nennt ihre Wirrköpfinnen lieber »Nadjenka«(!), »Cloe«(!!) und »Fenna«(!!!!). Voll in die bereits neu dampfende Kacke tritt dafür zielsicher in seinem Romanerstling ›Die Widmung‹ der hochbegnadete Botho Strauß und läßt nämlich seinen Helden Schroubek(!!) durch seine Freundin *Hannah* (!) zum »Sozialfall der Liebe« werden – man glaubt gar nicht, was alles schon 1977 an (auch noch gedrucktem!) Gewichse zusammengefickt wurde. Denn: »Zwanzig Jahre könnten wir, *Hannah* und ich, in dieser halben Stadt vor uns hingehen, ohne uns je zu treffen.«

Geht's noch eine Idee blöder? Aber immer! ›Hartmut und *Joana* oder ein Geschenk für Kinder‹ heißt aparterweise eine Filmerzählung von Erich Köhler, die sogar »märchenhafte Züge hat« (Suhrkamp) – und noch märchenhafter tritt uns allenfalls die Nachwuchsautorin Svende Merian in die Weichen, wenn sie in einem Text namens ›Mutterglück‹ eine Ulla, eine Britta und eine *Hanna* gleichzeitig einrauschen läßt und freiwillig mitteilt: »Meine Freundin *Hanna* wünscht sich ein Baby... *Hanna* wartet sehnsüchtig darauf, schwanger zu werden« –

– so is' recht, vielleicht kommt dabei ja auch eine *Johanna* raus, denn diese scheint nach der Klimax der neudeutschen *Anna* Kniefick schon wieder die allerneueste Katastrophe der nagelneudeutschen Literatur zu werden, schlimmer noch als alles Bisherige – und wenn ich hier bedenke, wie Jülich, nachdem er *Anna* Alversleben ausreichend durchgebürstet hat, jetzt auch noch die linke Türkenwitwe *Hannah* vernascht, um sich dann sofort über deren Aussteigertochter *Johanna*, genannt *Joana-Lisa*, zu machen, worauf, ihre Tochter *Ann* stellvertretend zu rächen, die Bachmeier ihn krankenhausreif schießt, im Krankenhaus aber der Kommunikationsexperte sofort an eine ostfriesische Sozialarbeiterin *Anne-Joane* gerät, die ihm aber auch schon derartig in den berührungsfreudigen Schwanz beißt, daß – –

Genug. Nochmals: Wie den Kasus lösen, wie der Entwicklung entgegensteuern? Nun, die Lösung liegt einmal mehr bei der Hl. Mutter Kirche selbsten – und ihr schon sehr nahe kommen einerseits Franz Innerhofer in ›Schattseite‹ und andererseits August Kühn in ›Zeit zum Aufstehen‹, wenn beide ihre Heldin wenigstens in *Marianne* umtaufen – nein, es braucht ja nicht partout eine Günter Grassische »Tulla Pokriefke« sein, die uns die Erlösung von *Anna-Hanna-Johanna* usf. usf. bringt –

nein, richtiger liegt schon die große englische Roman-
autorin

Mary Ann Evans

oder auch George Eliot genannt; noch richtiger liegt die
größere

Anna-Maria Krause-Poth

der dieser Essay auch zugeeignet ist; und am allerrichtig-
sten liege natürlich wieder mal ich selber mit meiner
Etablierung der allergrößten

Annemarie Mosch

in dem auch darüber hinaus schwer achtbaren Epos
›Dolce Madonna Bionda‹ (Haffmans, 1983) – wer's noch
nicht hat, soll's sofort kaufen gehen – denn eins kann ich
hier immerhin auf die Hand versprechen: Diese *Annemarie* ist eine echte Spitzen-Klasse-Büchs. Aber ehrlich,
sakrament.

BLICK IN DIE HEIMAT

*Die Schwierigkeit des Wortes ›Ethos‹ besteht
einfach darin – daß es zu kurz ist.
(Bateson, Spekulationen über ethnologisches
Beobachtungsmaterial)*

Nach Ansbach eingeliefert

WEISSENBURG – Ein 22jähriger junger Mann öffnete sich
die Pulsadern und ging in eine Wirtschaft. Nachdem sich
der Verletzte nicht verbinden ließ, wurde er wegen
Selbstgefährdung nach Ansbach eingeliefert.

Den Wachhund gestohlen

THALMANNSFELD – Sechs Jugendliche aus dem Nachbar-
landkreis Hilpoltstein traten in Thalmannsfeld als Halb-
starke auf. Im Wirtschaftshof banden sie den Wachhund
ab und dieser ging willig mit. Die Weisung des Pächters,
den Hof zu verlassen, quittierten die Jugendlichen nur
mit Gelächter. Die Polizei wurde verständigt, die Jugendlichen zogen in Richtung Wengen ab. In Wengen
wurden die Sechs, ein Mädchen und fünf Burschen,
angetroffen, die Namen wurden festgestellt und Anzeige
wegen Hausfriedensbruchs und Diebstahl (der Wachhund) gestellt.

Gastlichkeit im Onoldia-Saal

»Ich warte jetzt schon eine Dreiviertelstunde, dauert es
noch lange?« wollte ein hungriger Gast im Onoldia-Saal

in Ansbach wissen. »Eine Stunde dauert es schon.« Als nach eineinhalb Stunden das Steak noch immer nicht kam, ging der hungrige Gast aus dem Lokal. Bei der Jahreshauptversammlung der CSU dauerte es eine Dreiviertelstunde, bis der Kellner die Speisenkarte herausrückte. Dazu die Ansbacher Heimatzeitung: »Die bescheidene Frage sei erlaubt. Ist Ansbachs Gastronomie für Großveranstaltungen gerüstet?«

Zechprellerin hatte keinen Geburtstag

TREUCHTLINGEN – In einem einheimischen Gasthaus spendierte eine 19jährige Treuchtlingerin eine Lokalrunde Schnaps und ließ sich drei Flaschen Sekt kaltstellen. Ab Mitternacht habe sie Geburtstag, begründete sie. Die Wirtin berechnete 170 Mark. Die 19jährige versprach, am nächsten Tag zu zahlen, aber sie ließ sich nie wieder sehen. Und Geburtstag hat sie auch nicht gehabt, wie die Polizei ermittelte. Sie muß sich wegen Zechbetrug verantworten. Die Personalien der 19jährigen sind der Polizei bekannt.

Bruder fuhr auf Bruder auf

WEISSENBURG – Mamamio, war das ein Unglück am Montagvormittag. Zwei kleine Italiener, zwei Brüder, fuhren vom schönen Heimatland Italien ins lohnintensivere Berlin. Ausgerechnet am Ortseingang von Weißenburg auf der Augsburger Straße mußte ein Bruder wegen eines Linksabbiegers anhalten. Brüderlein aus der Heimat fuhr hinten auf. An beiden Fahrzeugen entstand ein Schaden von über 4500.– DM. Heimfahrt nach Berlin nur noch mit einem Fahrzeug.

21 Maß Bier normal

WEISSENBURG – In der Süddeutschen Zeitung wird die große Anzahl von Veranstaltungen beklagt, die der Bürger finanziell nicht mehr verkraften kann. Was für die Hauptstadt mit Herz gilt, hat auch Gültigkeit in der Provinz. Wenn ein guter Ramsberger alle Veranstaltungen besucht hat, sind 21 Maß Bier der »ganz normale« Verbrauch. In Massenbach kommen 14 Maß Bier zusammen. 21 Maß Bier kosten bei 4.30 DM die Maß über 90.30 DM.

Die Kaufkraftabschöpfung haben in diesem Jahr die Ölscheichs und die großen Ölkonzerne besorgt, für die Veranstaltungen und für jeden anderen Luxus fehlt das Geld. Die Grundig-Werke wackeln und andere Unterhaltungs-Elektronik-Firmen haben den Besitzer gewechselt. Die Auto-Industrie arbeitet kurz und entläßt. Bei dieser Lage sollte man die Flut der Veranstaltungen etwas drosseln und auch schärfer kalkulieren – dann verschwinden auch wieder die Lücken in den Festzelten. Die Veranstaltungen werden dann wieder etwas rentierlicher...

Bäuerin kam nicht

Ein Bauer aus Berching schickte den Sohn zur Mutter. »Wenn sie in 5 Minuten nicht da ist, zünde ich das Haus an« erklärte der Bauer. Die Bäuerin kam nicht, der Bauer zündete sein Haus an. Alle Erntevorräte und alle Stallungen brannten. Schaden über 100 000.– DM.

Schlief nur Rausch aus

WEISSENBURG – Bei der ehemaligen Post wurde ein Einbruch gemeldet. Der Täter brach über das Kellerfenster in einen Lagerraum für Büromöbel ein, zerschlug einige Lampen und legte sich zum Schlafen nieder. Schaden über 150.– DM. Es ist nicht bekannt, ob es ein Dortmunder war.

Neben dem toten Bruder

In Georgensgmünd wurde die Leiche eines 47jährigen Mannes gefunden, die Leiche war schon in Verwesung übergegangen. Neben dem Toten hauste der 43jährige Bruder. Ihm fiel es anscheinend sehr spät auf, daß er den Bruder nicht mehr sah.

Sinti-Frauen als Diebinnen

WETTELSHEIM – Derzeit halten sich viele Sinti (früher sagte man Zigeuner) in unserem Raum auf. In einem Elektrogeschäft in Wettelsheim betätigten sich zwei Sinti-Frauen als Diebinnen. Die eine lenkte die Geschäftsinhaberin ab, indem sie sich Lampen zeigen ließ und auch eine davon nahm. Sie »zahlte« anstatt mit Bargeld mit einer gehäkelten Decke. Die Geschäftsfrau wollte diesen Tausch nicht und wies die beiden hinaus. Als die Sinti-Frauen fort waren, fehlten in dem Laden eine Lampe und ein Rasierapparat »Braun Mikron«.

14jähriger total betrunken

WEISSENBURG – Bei der Weißenburger Polizei kreuzte am Mittwoch ein 14jähriger Weißenburger auf, der jegliche Orientierung verloren hatte. Der 14jährige fand sein Elternhaus nicht mehr. Bei der Polizei war er kein Unbekannter, die Eltern konnten daher verständigt werden. Nach seinen Angaben hat ihm ein Freund 14 Weizen bezahlt, die er getrunken hatte. Gegen die Wirte, die diese Mengen ausgegeben haben, und gegen den Freund wurde Anzeige erstattet.

Kaufhaus-Dieb wurde gefaßt

WEISSENBURG – Der Kaufhausdieb, der einen Zinnbecher für 110 DM in einem Weißenburger Kaufhaus gestohlen hatte, ist gefaßt. Die Beschreibung war allerdings so falsch, daß ihn die Polizeibeamten nach dieser Beschreibung nicht erkennen konnten. Die Beamten kannten jedoch »ihre Pappenheimer«. Als man bei einem »Kunden« kontrollierte, fand man den Zinnbecher. Bei einer Hausdurchsuchung im südlichen Landkreis (Treuchtlinger Gebiet) fand man in der Wohnung noch weitere gestohlene Gegenstände. In Weißenburg hatte sich der Dieb bekanntlich noch einmal losreißen und fliehen können.

Fahrerflucht lohnt sich nicht

WEISSENBURG – Am Montag, um 6.10 Uhr, wurde eine Pilzleuchte in der Kohlstraße umgefahren. Wir haben davon berichtet. Die Polizei nimmt an, daß der Mann den Wagen gefahren hat und nahm ihm den Führerschein ab. Unfallflucht lohnt sich nicht, der Führerschein ist in allen Fällen gefährdet.

Andrang zum Weinzelt

Nicht alles ist kleiner geworden bei der Kirchweih. Das Weinzelt ist heuer um ein Drittel größer, hat eine ausgezeichnete Kapelle und war immer gut besucht. Zum Weinzelt starten sie etwas später die Weißenburger, zuerst werden einige Maß Festbier gestemmt und dann gehts bei froher Stimmung im Weinzelt weiter – auch dort gibt es all Spezialitäten und so a bißerl länger ist es auch offen, das Weinzelt, die Stätte des Nachfeierns.

Schlägerei und Schüsse

WEISSENBURG – Die Landespolizei wurde Pfingsten in den Treuchtlinger Bereich gerufen. Von dort wurde eine Massenschlägerei gemeldet, bei der auch Schüsse zu vernehmen waren. Bei Eintreffen der Polizei stellte man fest, daß zwei Vereine, der Geflügelzucht- und der Kaninchenzuchtverein Vereinsfeste veranstalteten. Zur vorgerückten Stunde entstanden zwischen beiden Vereinsvorständen Meinungsverschiedenheiten, die in Tätlichkeiten auszuufern drohten. Doch beide Vorstände wurden von ihren Vereinsmitgliedern zurückgehalten. Die von der Bevölkerung vernommenen Schüsse gingen auf Bolzenschußgeräte zurück, in denen man die Bolzen entfernt hatte, so daß nur die Treibladung explodierte. Mit diesen Böllern wollte man der Freude über das gelungene Fest Ausdruck verleihen.

Stadt der Radfahrer

EICHSTÄTT – Während der Fahrt zum Dienstort wurde ein radfahrender Baudirektor von einem Mopedfahrer angefahren. Der Mopedfahrer stürzte, der Baudirektor erwies sich als sattelfester und blieb aufrecht. Kurze Zeit später kam der Eichstätter Polizeichef vorbei – auf dem

Fahrrad selbstverständlich – und nahm den Unfall auf. Der Baudirektor verzichtete auf eine Anzeige.

Dauerstreit in Familie

TREUCHTLINGEN – In einem Mehrfamilienhaus von Treuchtlingen stritt eine Familie zwischen 20 Uhr und 0.45 Uhr. Der 28jährige Familienvater schlug dabei seiner Angetrauten mehrmals mit der flachen Hand ins Gesicht. Was aber die Polizei auf den Plan rief, war der ständige Radau, der die Familienfehde begleitete. Die Nachbarn im Haus konnten nicht schlafen und riefen die Ordnungshüter.

Neuen »Hansi« angeboten

WEISSENBURG – Bereits vor 8.00 Uhr läutete gestern das Telefon. Eine Weißenburgerin wollte der Pappenheimerin, deren Wellensittich davongeflogen war, einen neuen Vogel schenken.

Verdächtiges Lob auf Weißenburg

WEISSENBURG – Auf einem »Feuerstuhl« kam ein Pärchen in Weißenburg an und übernachtete bei einer Frau Wirtin. Am nächsten Tag erklärte das Pärchen, daß es ihm hier ausgezeichnet gefalle, die Schönheit der Stadt Weißenburg habe es angenehm überrascht, es möchte noch einige Tage in Weißenburg bleiben. Die Wirtin gab noch eine Schachtel Zigaretten her, sie sollte auf die Rechnung geschrieben werden... Das Pärchen startete zu einer Fahrt auf die Wülzburg, es kam jedoch bis heute noch nicht

zurück. Die Frau Wirtin wartet noch immer auf die 29.–
DM Übernachtungsgebühr und die 3.– DM für die Zigaretten.

Eine zähe Schwabacherin...

PLEINFELD – Eine Schwabacherin wurde sinnlos betrunken in Pleinfeld aufgegriffen und ins Krankenhaus Weißenburg gebracht. Nach ihren Angaben war sie mit einem
US-Soldaten verheiratet, dieser war jedoch in die Staaten
zurückgekehrt und hatte sie in Germany alleingelassen.
Ihren Kummer ersäufte sie in Alkohol. Im Krankenhaus
verlangte die Frau energisch ihre Freilassung. Angeblich
hatte sie zwei unversorgte Hunde in ihrer Wohnung. Die
Frau wurde entlassen und kurze Zeit später wieder »hilf-
los« in Weißenburg aufgefunden, sie hatte die »Kummer-
bekämpfung« fortgesetzt. Die Frau wurde nun nach Ansbach gebracht. Die Weißenburger Polizei bat dabei ihre
Kollegen in Schwabach, nach den Hunden zu sehen.
Rückantwort der Schwabacher Polizei: »Im ganzen Haus
gibt es keinen Hund...«

Schlief vermutlich zu bald...

ELLINGEN – Auf der Heimfahrt vom Reiterfest schlief ein
Ellinger etwas zu bald, 200 m von seiner Wohnung entfernt, ein. Der Wagen riß rechts 4 Pfähle heraus und
landete auf einem vor der Bäckerei Specht abgestellten
Wagen. Der Ellinger erkannte, daß er zu bald eingeschlafen war und marschierte dann schnellstens in sein richti-
ges Bett und schlief den Schlaf der Gerechten. Die Polizei
störte aber den Schläfer und holte ihn aus dem Bett zur
Blutprobe. Der Führerschein wurde ihm abgenommen.

Markise beschädigt

WEISSENBURG – Am Platze der Auseinandersetzung zwischen einem Frührentner und einer Frau in der Obertorstraße wurde auch die Markise eines Geschäfts mit dem Messer zerfetzt. Es wird jedoch nicht angenommen, daß es der Frührentner war, er hat nur seinen Regenschirm am Kopf der Frau zertrümmert.

Körperverletzung, versäumte Meldepflicht

TREUCHTLINGEN – In einer hiesigen Wohnung verdrosch ein 21jähriger seinen gleichaltrigen Besucher. Motiv: Eifersucht, denn der Gewalttätige lebt in dieser Wohnung mit seiner Freundin zusammen und sie soll ihm allein gehören. Der Geschlagene zeigte ihn wegen Körperverletzung an. Damit es sich rentiert, fügten die Beamten gleich eine Anzeige hinzu, denn der Rabiate hatte dem Einwohnermeldeamt nicht gemeldet, daß er Mitte Mai die Wohnung gewechselt hatte.

Rauhhaardackel überfahren

HATTENHOF – Öfter mal was Neues. Am Montag wurde kein Reh überfahren, sondern ein Rauhhaardackel am Ortsschild Hattenhof. Das Tier wurde getötet. Schaden am PKW über 200.– DM.

Ein hilfsbereiter Nachbar

WEISSENBURG – Ein Gastwirt meldete am Montag der Polizei, daß ihm eine Türe bei seinem Lokal gestohlen wurde. Der Diebstahl sei nicht bemerkt worden. Eine

Stunde später zog der Gastwirt seine Anzeige zurück. Ein hilfsbereiter Nachbar hatte die Türe ausgehängt und hatte die beschädigte Klinke repariert. Es gibt noch hilfsbereite Nachbarn... (die werden dann wegen Diebstahls angezeigt).

Hilferufe aus Schreinerei

WEISSENBURG – Aus einer Schreinerei kamen am Montag laute Hilferufe. Passanten gingen in die Schreinerei hinein. Der Schreiner stand eingeklemmt in einem Bretterberg. Die Bretter hatten ihn so festgehalten, daß er sich nicht selbst befreien konnte. Mit Hilfe der Passanten ging es.

Fotografieren verboten

Landrat Ehnes hat das Fotografieren auf dem Müllplatz Aurach verboten. Es könnten Sachen über den Zaun auf den Müllplatz gelangen, die den Müllplatz belasten.

Mit Hammer und einem Tick

ELLINGEN – Bei den Betonsäulen der Beleuchtung an der Ringstraße wurden die Türen für die Schaltanlage eingeschlagen. Der Täter hat vermutlich einen Hammer benützt. Die Säulen müssen ausgewechselt werden, der Schaden ist enorm. Wenn er ermittelt wird, der Täter, hat er eine große Rechnung zu erwarten. Die Polizei bittet um Mitteilung, wenn er beobachtet wurde.

Polizei, Dein Freund und Helfer

WEISSENBURG – Ein Lebensgefährte überraschte um 4.30 Uhr seine Versprochene im Bett mit einem fremden

Mann. Die Frau bezog eine gehörige Tracht Prügel. Zusammen mit dem neuen Freund verließ die Frau die Wohnung und stellte früh um 5.00 Uhr bei der Polizei Strafanzeige wegen Körperverletzung. Die Polizei fuhr in die Wohnung und erkannte, daß der Lebensgefährte betrunken ist, sie nahm ihn zur Ausnüchterung mit. Seine »Bestrafung« war nicht rechtmäßig. Die Wohnung war jetzt wieder frei für das Pärchen. Der Mann wurde erst gegen 8.00 Uhr entlassen.

Palmkätzchen schonen

WEISSENBURG – Wir wurden noch einmal gebeten, darauf hinzuweisen, daß die Bienen die Palmkätzchen notwendiger brauchen als die Wohnstuben. Bitte keine Palmkätzchen abschneiden.

Um Bett und Moped

WEISSENBURG – Am Mittwoch wurde die Polizei zu einem Ehestreit gerufen. Mann und Frau konnten sich nicht einigen, wem nach Auflösung der Ehe das Bett und das Moped gehören soll. Die Polizei zog sich wieder zurück und empfahl die Inanspruchnahme eines Rechtsanwaltes.

Reh kam von links

WEISSENBURG – Zwischen Weißenburg und Dettenheim sprang am Mittwoch ein Reh von links auf die Fahrbahn... zum letzten Male. Das Reh wurde getötet, Schaden am Pkw über 700 DM.

In tiefen Keller stürzte er

WEISSENBURG – Ein Treuchtlinger hatte am Mittwoch seinen Alkoholspiegel etwas überzogen und mußte einmal... Bei der Untergrund-Toilette der Spitalanlage stürzte er 14 Treppen hinab. Hautabschürfungen und Prellungen waren das Ergebnis.

Im Suff Blumen ausgerissen

TREUCHTLINGEN – Alkoholisch aufgeladen dürstete einen 17jährigen Pappenheimer nach Unfug, als er nachts um halb zwölf durch die Treuchtlinger Hauptstraße ging. Er riß aus den Blumentrögen vor dem Rathaus Blumen ab und warf sie in die gegenüberliegende Bauruine. Die Polizei saß in einem neutralen Dienstfahrzeug in der Nähe und sah die Gemeinheit. Sie griff sich das Bürschchen. Das Jugendamt bekommt Meldung.

Alles kannst Du von mir haben...

Eine 28jährige Frau aus Schwabach erstattete Anzeige gegen den Freund. »Alles kannst Du von mir haben«, hatte sie erklärt und der Freund griff sich ein Musikinstrument um 4000.– DM und verschwand – und so hatte sie es auch wieder nicht gemeint, die Gute.

Liebe auf türkisch: Hiebe, statt Liebe

WEISSENBURG – Eine Weißenburgerin lebt mit einem Türken zusammen. Ihren Schmerz tapfer unterdrückend, kam sie am Dienstag zur Polizei. Die Frau konnte nicht mehr sitzen. Ihr türkischer Lebensgefährte hatte ihr einen überzeugenden Beweis seiner Liebe gegeben. Mit einem Schaufelstiel hatte der Türke das verlängerte Rückgrat »bearbeitet«, so daß die Frau nicht mehr sitzen konnte. Die Weißenburgerin zeigte ihren türkischen Freund wegen gefährlicher Körperverletzung an.

Bundeswehr bestohlen

Ein Bundeswehrangehöriger hatte seinen Heimatbahnhof Nürnberg verschlafen und war erst in Georgensgmünd aufgewacht. Der Schlaf des Vaterlandsverteidigers war so tief, daß ihm Unbekannte den linken Schuh ausgezogen und seinen Koffer, seinen Fotoapparat und seinen Ausweis gestohlen hatten. Wer fuhr am Montagfrüh gegen 7.00 Uhr von Nürnberg nach Pleinfeld und hat Beobachtungen gemacht?

Reh tot – Pkw unbeschädigt

WEISSENBURG – Auch das gibt es: Auf der Straße B 13 – Haardt hat ein Pkw-Fahrer am Dienstag ein Reh angefahren. Das Reh wurde getötet, der Pkw blieb völlig unbeschädigt.

Vor Polizeiaugen gegen Baum geknallt

PLEINFELD – Selbst im turbulenten Alltag eines Polizeibeamten ist dies eine Seltenheit: Ohne etwas dazu tun oder den Gang der Ereignisse ändern zu können, mußte ein Polizeibeamter in der Bahnhofstraße in Pleinfeld vor der Einmündung zu einer Nebenstraße einen Verkehrsunfall aus nächster Nähe beobachten. Ein Pkw-Fahrer fuhr für die Straßenverhältnisse zu schnell, geriet nach links, dann wieder nach rechts und knallte gegen einen Baum. Da der Fahrer, als er sich aus seinem beschädigten Auto (Sachschaden rund 2000.– DM) hochrappelte, etwas nach Alkohol roch, ließ die Polizei eine Bluprobe vornehmen und stellte den Führerschein sicher. Bei dem Unfall bestätigte sich eine »kleine Lebensweisheit«: Der Fahrer war unverletzt geblieben, und das ist immer noch das Wichtigste.

Gast wollte nicht heimgehen

WEISSENBURG – Wiederholte Aufforderungen des Gastwirtes fruchteten nichts: Ein Gast, der Hausverbot hatte, wollte nicht heimgehen. Die Polizei griff ein. Daraufhin erhob sich der Gast doch, um den Raum zu verlassen. Als aber die Polizei die Personalien feststellen wollte, leistete der Gast Widerstand. Der Mann mußte nach einer Blutentnahme zur Ausnüchterung in die Arrestzelle gebracht werden.

Am Sonntag von Musik geplagt

TREUCHTLINGEN – Durch Musik, die aus dem offenen Fenster des ev. Jugendheims nach außen drang, fühlte sich ein Nachbar in seiner Sonntagsruhe gestört. Er sprach mit dem Pfarrer. Daraufhin wurde das Fenster geschlossen. Bald darauf war es bei dem Musikgeschädigten schon wieder aus mit der Ruhe. Diesmal war die Lärmquelle ein Autoradio in einem Wagen, der vor der Einfahrt des ev. Jugendheims abgestellt war. Dem Nachbarn reichte es, er rief die Polizei herbei. Aber als die Streife eintraf, war das Auto fort.

Kellertreppe hinuntergefallen

RAMSBERG – Bei der »Gruppenarbeit« einer Jugendgruppe im Sportheim Ramsberg war es warm und die Jugendlichen erfrischten sich mit verschiedenen Getränken, einige erwischten etwas zuviel des Guten. Ein Jugendlicher wurde mit Schädelbasisbruch ins Krankenhaus eingeliefert. Wie die Polizei jetzt festgestellt hat, ist er die Kellertreppe hinuntergefallen. Der Jugendliche schwebte in Lebensgefahr, diese Gefahr ist jetzt beseitigt. Die Gemeinde Pleinfeld nahm den Vorfall zum Anlaß, um eine Ordnung für das Jugendheim zu erlassen.

Kroch auf allen Vieren...

WEISSENBURG – Der Polizei wurde am Mittwochfrüh um 3.00 Uhr ein Mann in der Judengasse gemeldet, der »nicht mehr laufen kann und auf allen Vieren kriecht...« Die Polizei entdeckte einen alten Bekannten, er war sinnlos betrunken und hatte Platzwunden am Kopf durch seine Gleichgewichtsstörungen erlitten.

Wieder fuhr er ohne Brille

TREUCHTLINGEN – Die Polizei erwischte einen 17jährigen Kfz.-Mechaniker aus Schambach wieder einmal, wie er trotz einer entsprechenden Auflage in seinem Führerschein ohne Brille Moped fuhr. Diesmal riß die Geduld der Beamten und sie legen eine Anzeige vor.

Ärger beim Urlaub vom Knast

TREUCHTLINGEN – Kurz vor Ablauf seines Urlaubs vom Knast machte ein 30jähriger Weißenburger in einer hiesigen Pizzeria Ärger. Er hatte seine Zechkumpane freigehalten, aber dann konnte er sich mit der Wirtin nicht einig werden darüber, wer was bezahlt. Sie telefonierte die Polizei herbei. Als die Beamten eintrafen, war der Haft-Urlauber zahlungswillig. Aber der Wirtin gegenüber benahm er sich ungehobelt. »Leck mich...« beschimpfte er sie. Die Gastronomin schimpfte auf italienisch zurück und zeigte den Vogel.

War es ein Auto oder Alkohol

WEISSENBURG – Zum Schlafen hatte sich ein Mann auf die Fahrbahn am Nordring gelegt und war zu diesem Zweck nicht ins nebenanliegende Kino gegangen. Der Polizei erzählte der Mann, er wäre von einem Pkw angefahren worden, es waren jedoch keinerlei Spuren auf der Straße und an der Kleidung zu sehen. Der Schläfer gab dann zu, daß ihn der Pkw nicht berührt habe, er wäre nur erschrocken. Nachdem er eine Platzwunde am Kopf hatte, kam er zum Nähen ins Krankenhaus und da die Polizei annahm, daß es nicht ein Pkw war, der ihn »zu Boden warf«, sondern der Alkohol, wurde noch eine Blutprobe veranlaßt.

Junger Mann war anhänglich

WEISSENBURG – Aus Steinleinsfurth rief am Montag eine Frau an. Ein junger Mann wäre in der Wohnung, erklärte die Frau. Die Töchter würden ständig belästigt und geschlagen. Die Polizei holte den jungen Mann zur Ausnüchterung, die beiden Töchter waren befreit.

Lebten auf einer Bombe...

ELLINGEN – Bei Arbeiten im Keller des Ellinger Schlosses wurden zwei Brandbomben entdeckt. Die Bomben wurden vermutlich 1945 in einem Sandhaufen im Keller unschädlich gemacht und dann hatte man sie vergessen, die beiden Bömbchen. 35 Jahre lebte man gefährlich im Ellinger Schloß mit Bomben. Die drei Hochzeiten, die in dieser Zeit gefeiert wurden, waren »Bomben«-Hochzeiten. Der Bayerische Hochadel wußte nichts von seinem Glück – er hatte Glück. Das Sprengkommando wurde verständigt.

Die kluge Frau sorgt vor...

WEISSENBURG – Eine Frau lebt mit ihrem Ehemann in Scheidung und am vergangenen Donnerstag wollte sie ihr neuer Freund besuchen. Die Frau befürchtete, daß die Sippe des Ehemannes den neuen Freund zusammenschlagen wird und sie ging zur Polizei und meldete, daß die Schwiegermutter mehrere Männer angeheuert hat, die ihren neuen Freund zusammenschlagen. Die Polizei konnte kein Mafia-Aufgebot entdecken. Die Frau bekam nur einige Drohanrufe – aber der neue Freund blieb unbehelligt. Die kluge Frau sorgt vor...

Ganz unbayerisch...

PLEINFELD – In Bayern setzt man sich gegenseitig Maßkrüge auf, mangels Masse, im Lokal wurde nicht mit Maßkrügen ausgeschenkt, daher nahm ein Pleinfelder einen großen Aschenbecher und setzte in einem Lokal in Pleinfeld einem anderen Lokalbesucher den Aschenbecher auf's Haupt. Beim Eintreffen der Polizei war nicht genau festzustellen, machte es die Wucht des Aschenbechers aus oder die Zahl der Maßen, die durch die Kehle geschüttet wurden. Der von einem Aschenbecher Getroffene war nicht vernehmungsfähig...

Für Brautleute schwieriger

PLEINFELD – Ansonsten ist es für Brautpaare schwieriger, wenn der Mann der Bundeswehr angehört. Pioniere lassen sägen und »Drahtlerszieher« bzw. Nachrichtenmänner lassen Kabel zerschneiden usw. Die Reservisten in Pleinfeld machten es ihrem Kameraden Werner Hofknecht einfacher, als er in den Hafen der Ehe segelte. Sie standen Spalier und überreichten einen Blumenstrauß im Knobelbecher. Durch die Terroristen im deutschen Rest-Vaterland ist es nicht mehr möglich, daß sie mit einem Karabiner Spalier stehen, so wie in früheren Zeiten. Auch diesen guten alten Brauch haben die Terroristen auf dem Gewissen. Wie unser heimlicher und beinahe unheimlicher Korrespondent aus Pleinfeld berichtete, hatte es keine Auswirkungen auf die Hochzeitsnacht, daß die Reservisten die Blumen für die Braut in einem Knobelbecher überreichten. Die Blumen nahmen – Gottseidank – den Geruch aus dem Knobelbecher nicht an und die Hochzeitsnacht verlief ungestört. – Anschließend standen die Boxer des BC Weißenburg für Jürgen Beck Spalier – mit Boxhandschuhen. Blumenstrauß ohne Boxhandschuhe. Vorstand Kamm hat einen 12-Unzen-Handschuh ausgesucht und die Braut Claudia, früher Siglhuber-Röttenbach, mußte ihrem Ehemann einen Haken versetzen. Sie tat es gekonnt und Jürgen war leicht groggy. Nachdem der Vorstand ins Bild gelaufen war, mußte sie noch einmal zuschlagen. Sie tat es und der zweite Haken landete im hübschen Gesicht des Bräutigams – er überstand auch dies. Wie unser Korrespondent aus Pleinfeld berichtete, hatte es keine Auswirkungen auf die Hochzeitsnacht – Gottseidank.

Im schönsten Wiesengrunde...

GUNDELSHEIM – Die Volksliedersänger kamen Sonntag in Gundelsheim bei Föttinger zusammen. An dieser Veranstaltung nahm auch Landrat-Stellvertreter Franz Grüll teil. Auf seinen besonderen Wunsch wurde mit dem Lied »Im schönsten Wiesengrunde« begonnen. Es wurden viele Volkslieder gesungen, Landrat-Stellvertreter Franz Grüll sang ebenso tapfer mit wie im vergangenen Jahr Landrat Dr. Zink. Die Landkreis-Spitze hat Sänger.

Langsam wird es kindisch

Beim politischen Frühschoppen in Allersberg wies Dr. Weiß MdL darauf hin, daß manche kommunalen Projekte nicht auf die gewünschte schnelle Weise verwirklicht werden können. Wieweit sich das auf das Allersberger Schulprojekt auswirken wird, läßt sich noch nicht absehen. (Bitte nur 10 Feiertage, damit das Weißenburger Krankenhaus schneller fertig wird).

Gegendarstellung

WEISSENBURG – In der Ausgabe vom 1.2.1982 hatten wir berichtet, daß einem Mercedesfahrer in Pleinfeld der

Führerschein abgenommen wurde, einem der Beteiligten bei der Sittengeschichte in der Disco in Treuchtlingen. Es ging hier um Vergewaltigung und sexuelle Nötigung. Die Beteiligten aus Treuchtlingen wurden verurteilt. W. aus Treuchtlingen sitzt noch, J. Bauer wurde kürzlich entlassen, ihm wurde bei Pleinfeld der Führerschein abgenommen. Die Gegendarstellung entspricht nicht den Anforderungen, wir wollen sie aber nicht zurückweisen und bringen sie zur Erheiterung. Josef Bauer schreibt:

GEGENDARSTELLUNG

Da sich der geschilderte Sachverhalt auf meine Person bezieht, lege ich Wert auf folgende Gegendarstellung und beantrage nachstehenden Wortlaut zu veröffentlichen:

Nicht richtig ist, daß ich in beschriebener Sache jemals ein Geständnis abgelegt habe. Ebenso falsch ist die Behauptung, daß gegen mich bzw. gegen einen von uns ein Urteil wegen Vergewaltigung ergangen ist. Wenn in Ihrem Artikel davon die Rede ist, ich sei auf irgendeine Weise »billiger« davongekommen, so ist dies eine reine Mutmaßung.

Ich kann es mir nicht leisten, daß solche Unwahrheiten über mich verbreitet werden. Dies schon deshalb nicht, weil es eine begrenzt lokale Angelegenheit ist. Ich beantrage eine Gegendarstellung, um meine Persönlichkeitssphäre zu schützen.

Mit freundlicher Hochachtung
Josef Bauer

ZUR LAGE DER HUMANITÄT

Das Dasein gleicht immer mehr bloß sich selber.
(Adorno, Ästhetische Theorie)

Garstig in Lebens Nöten wir befangen sind; aber es wird
schon wieder. Der felsigt Hader schrumpfet alsbald kleiner; die Haupt- und Staatsaktion haut bestens hin. Mit
Andacht schauen wir den falben Wolken zu – Gemütsam-
keit nimmt zu aufs neue. Den Höhepunkt lang überschritten hat schon die Gärung in den Köpfen, Palast-
revolutionen werden nicht länger toleriert. Die Frage nach
dem Kriegsgrund: auch sie stellt sich kaum mehr. Der
Kriegsgrund sind die Waffensysteme selber (Guha). Der
Wadlbeißer ist der Russ'. Gegen die Atombombe gibt es
keine hinlängliche Abwehr (Briegel).

Das Nackerte ist das Gemeine. Und Gescherte allzu-
mal. Der Nießbrauch und der Nießnutz gehen Hand in
Hand mit Fug gleichwohl. Die Daten zwar müssen gesammelt werden. Auf daß sie dann im Zweifelsfalle da
sind. In dubio pro aspera. Doch das Gesetz indessen
lautet: 1. Aug' um Auge, Zahn um Zahn. 2. In den
Jockey-Club kommt keiner rein; der nicht lang schon
drin sein tut.

Deutsche, helft mit! Nur die Solidarität mit dem Staate
(Bleedl-Staate) hilft diesem weiter. Immer wieder ein
Stückl weiter. Sozialismus haut nicht hin. Ist nicht drin
bei uns. ›Bild‹ sagt, wie es so ist. Und wie Beckett auch.
BB heißt sowohl Brischidd Badoo – als auch Bunsen-
Brenner. Gemeint ist Alfred Edel. Er hat das Fräulein

Bunsen zuerst an den Bunsen getatscht. Und dann angebrennt.

Schwer ibereske Gestalten kreuzen deinen Weg, schweifende Nekromanten. Eher breit und rund als lang; runzlig rosig eingehüllt in den Anorak, meist im Astronautenlook. Auf mäßig raschen Mopeds fahren sie dahin und her. Das Gut-Katholische ist am Arsch und wird sich bäldlich offenbaren. Das Profane übersteigt sogar noch das Katholische; beides doch hat keinen Taug. Der Mohr lacht sehr gefällig und zivil. Fleisch räkelt sich vor ihm im Staub. Den Tag seh' ich erscheinen, der mir sehr wohl gefall'n tut. Wohl bald gewonnen, wie zerronnen. Das Wasser steigt, das Wasser fällt, item der Dollar hinterdrein. Dübbers' Kathreinchen ist ein Schwein. Versungen ist alle die himmlische Lust, im Sturmwind bangt sich beugend Schilf, jedoch es bricht ja nicht. Der Gang der Weltgeschichte ist sehr gut. Ehrgeiz der Ämter ist zu bremsen; andrerseits Verwahrlosung. Die Bäuche aber seien wie Weizenhaufen, in welchen zahllos Weizenbiere lagern (Strong u. a.).

Gott ist mein Hirt, mir wird nichts mangeln. Simulation ist heute alles, niemand unterscheidet irgendwas. Und wie sieht's im einzelnen aus? Insgesamt nicht schlecht. Glöcklein im Tale, Rieseln im Bach, Säuseln in Lüften, schmelzendes Ach (v. Chezy). Zu spähen ist auch fürder: Freundliche Stille, rings blaue Ferne. Zwist als Zwietracht schwindet mit dem jungen Morgen; jedenfalls im Landessüden. Die Natter der Häresie wird zertreten und auch die der Hoffart – flatsch! Nicht endlich nämlich ist die Zeit; wenn auch sang- und klanglos. Laxheit künftig ist verboten. Die Rache des Simulakrums ficht uns schwerlich an, ihr trotzen wir gewaltig. Noch minder kratzt uns die Androhung des Antichrist (Bestia immunda). Samt Ärgernus und Finsternus und Kümmernus. Sowie das Übel traun der Knotenanbläserinnen (113. Sure). All diese machen uns mitnichten Sünden fürchten.

Nicht wider den Stachel löken wir. Die Böen des Aufruhrs haben allgemach sich schon gelegt. Kaum aus dem Weltall fallen wir; ungern gesehn ist Volkserhebung (R. Wolf). Wie schön bist du, freundliche Stille. Der Bann treffe den Renegaten. Der Raffgier Eisenfinger hält den Laden dicht – nicht wackeln Mauern Jerichos. Daß alles weidlich weitergeht, das ist das sehr Frappante.

Heute ist es klar, daß der genetische Code als das fundamentalste aller semiotischen Raster betrachtet werden muß (Liapunow). Flagellantentum und Bußfertigkeit nutzt gut wider die Seelentrübsal. Das Schweinische hat keinen Taug; und also hört es auf sehr bald. Sondern es gelte abermals: Satzgegenstand, Satzaussage, Prädikatsnomen sukzessive. Alles andere ist von gestern und verfällt der Reichsacht. Und dem Bann des Blutzolls der Schismatiker. Dort wird Heulen sein und Zähneknarren.

Media in vita mortui sumus, zu deutsch: Im Leben der Medien summt es tödlich. Qual rumor in den Fernsehkästen! Pack licet, what Pack gaudet. Der dritte Teil der Menschen ist nicht dicht und haut nicht hin (Bartel F. Sinhuber). Doch Räume öffnen wir den vielen Mios. Das Dimmste aber, wo überhaupts giebt, heißet jetzo: Hans-Joachim Rauschenbach. Hans Joachim Rauschenbach. Grüß Sie Gott, Herr Rauschenbach, Rauschenbach ahoi! Eine Ära, die Jahrtausende dauerte, endet vielleicht in wenigen Tagen. Macht nix, Hauptsach' schö is' g'we'n. Sowie hyperrealistisch. Mubarak heißt jetzt die Parole –

ausgedient hat Muhackl. Wenn die Frauen nichts mehr anzuziehen haben, soll man sie halt ausziehen (Dregger!). Und einisteßln vil und ganz org auffiboußln.

Denn der Syllogismus führt immer noch von der praemissa maior über die praemissa minor zur conclusio primae noctis. Platon ist jetzt auch schon gar zu lange tot: 2332 Jahre – direkt spiegelreflexiv! Und wie die Zeit vergeht! Rabulisten, Sophisten, Syllogisten und Pharisäer (Stoiber!) haben das Land nun stark im Griff. Und natürlich Manichäer, Manichäer. Manichäer noch und noch. Wohin das Auge schweift: Manichäer, Manichäer. Ihnen gilt der große Dank. Verräter verfallen stracks der Feme. Die lutherischen Säue werden zum Konzil nicht zugelassen, basta. Daß ausgerechnet jene, die Jesum seinerzeit niedergemacht haben, die Itaker, jetzt allaweil den Papst stellen, ist wie das Symbol eines tiefen, tiefen Zeichens. Tiefentiefen Zeichens. Ausnahme: die polnische Kartoffel.

Nix gegen Beethoven-, Schubert-, Bruckner-Scherzi. Aber der einzige, bei dem die Scherzi das Intregral seiner Symphonien vorstellen, das ist Mendelssohn. Das nur nebenbei. Das macht: Mendels Sohn war eben der scherzhafteste von allen. Und starb deshalb schon mit 40. Auch das muß mal gesagt sein.

Das Verhältnis zu den vernunftlosen Tieren ist heute im allgemeinen gut und geregelt; im Fernseh (Grzimek, Sielmann usw.) nicht anders als in Wirklichkeit (Hund, Katze, Üttl usw.). Da gibt es nichts, das gibt es nix zu deuteln. Inzest ist verlockend, aber biogrammatisch verboten usf. Dagegen freilich die städtebauliche Korruptheit der Städte im Einzugsgebiet von Stuttgart ist momentan eine kardinale, ja unermeßliche. Indessen: Auch das packen wir noch. Den schwarzen Beamtensäuen soll der Arsch auf Grundeis gehn.

Nihil sequitur geminis ex particularibus unquam; aber wo (Streibl). Parthenogenesis sei drum derzeit wiederum Gebot. Das Kapital will gar nicht aufgeklärt noch werden. Wenn die Kräfte mich verlassen, will ich doch Mariam fassen; Mariae an die glockenreinen Didderl fassen.

Das Problem Hüttler (Hüttler-Frage) ist ein für allemal geregelt und erledigt und erlöst. Die Wege des Antichrist – langwierig sind sie, höchst verschlungen. Doch das Giftkraut der Häresie (Eco) hat schon seine Macht verloren, die Zerwirrtheit hat alsbald ein End. No problems, no es problema. Der Niedertrachten erhabenste zwar ist das olympische Synchronschwimmen der Frauen sowohl als auch der Mattenpräsident. Gott aber wird das Spiel der Geschichte beenden, wann er will und wo er will (Langgässer). Und wie er halt grad Zeit hat. Gott ist uns, scheint es, heute sehr gewogen. Indes zu leicht befunden, tätärä. Lebens Not nagt negerhaft an uns (Ernst Neger), wir aber überdecken es mit viel Bravour. Und Jacob-Sisters und so weiter. Der Zinsfuß steht Gewehr bei Fuß: 5,15 momentan. Die Arbeit ist überall, weil es keine Arbeit mehr gibt (Baudrillard). Arbeit ist jetzt Freizeit. Und Highlife ist jetzt Arbeit. Zack! Ist doch Klasse! Oder nit? (Duschke).

No placet? Placet.

Ihr wandert droben im Licht! Bei uns Saubauern dreanten aber ist freili hint' oft höher als wie vorn. Der Nieswurz Nießnutz ist nicht auszubrüten. Dem Andenken eines Engels widmen wir nicht selten komplette Violinkonzerte (Weizsäcker!); von Romanen ganz zu schweigen. Das juste milieu ist uns schon grade recht, jedes Milieu ist uns ja leidlich schon willkommen. Der Milieukatholizismus scheint oft die saure Milch der dummbrummenden Denkungsart; alles, was Odem hat, lobe doch den Herrn. Denn merke abermals: Sogar das Thier hat Religion, indem es den Menschen verehrt, fürchtet, liebt (Richter). Wachet und betet, damit es nicht eines Tages heiße: alles Scheiße, große Scheiße (Konrad Lorenz).

Früh mußte der Verteidiger Kohlmayer heim, – auf daß das Wort erfüllet würde, auf daß ER endlich niederkäme – in aller Pracht und Herrlichkeit (Kohl). Zerschlagen liegt die Gottheit wohl; item Karl Carstens. Aber die neue kommt ja schon. Die Zeit ist allschon nahe. Der Wurstfinger der Morgenröte greifelt schon in die Konkupiszenz des Mittagdämons hinüber – so wispert's flüsternd allerorten (Barzel).

Wohl bald zerwonnen wie geronnen. Heimlich mir graut, weil es hier munter will hergeh'n: Carolin Reiber – Elmar Gunsch – Weizsäcker – Edel – Kohl – Hans Rosenthal, oho! Und Peter Hofmann undsoweiter. Und Rothenberger undsofort. Das Herz wird schwer; jedoch wir halten stand. Himmel wird thauen viel Gerechtes. Der reife F. W. Bernstein hält derweil das G'schwörl zusammen. Gepriesen sei Martina, das Graugänschen. Il nome della rosa bleibe gleichwohl verhüllet ganz.

Es liegt außerhalb der Zurechnungsfähigkeit — pardon: der Zuständigkeit selbst dieser Mahnschrift — wer aber Lauscher hat, zu lauschen, hört, der lauschet dieses: Die Jahre, die ihr kennt, sie sind von einem Pesthauch an Gemeinheit eingesäumt (Ignoranz, Perfidie, Fernseh), von dem sich noch nicht einmal Gott selbst am siebten

Schöpfungstage schwanen ließ (Robert Schwan). Das Unausweichliche (Moiramoira), ja Unaussprechliche (Vfüithg) hat uns schwerstens am Wickel. Der Code indessen ist uns schon bekannt. Er lautet: Millowitsch. Willy Millowitsch. Er (ER!) ist es, der das Stichwort kennt, er ist es, der uns hält. Er ist es, der die Frauen betört und hinreißt – sie umlegt, niedermacht, wie er's grad braucht (Zirngiebl). Nämlich beim Großen Zeus: Nichts ist der Wahrheit verwandter als die nackte Wahrheit. Höchstens noch die Einheit. Die Feinde der offenen Gesellschaft (permissiv, permissiv!) sind dagegen böse sehr von Jugend auf. Mit riesiger Gelassenheit und brennender Tranigkeit so waltet Kohl jetzt seines hohen Amtes. Und des Landes; ist ja eh kein Unterschied. Nur Unterschleif gehört geächtet, geächtet und verboten. Biathlon heißt die Parole – so lehret uns der Kanzler. Und recht hat er, der Saukopf. Euer Wort sei jaja, neinein – und nicht mehr Dialektik. Schon eh'nder Dialekt. Hildegard Hamm-Brücher ist eine politische Krampfhenna (F. J. Strauß) – kaum ihr Sohn scheint Peter Hamm. Sondern nur beim Rundfunk. So rundet alles sich in Frieden, so löset alles sich in Straubing.

Das Anrührblau der gemeinen Wegwarte rührt selbst den Torwart bald zu Tränen. Das All-Eine zwar kömmet aus Hirsch-Stadt. Der große Himbeerschlag befindet sich auch daneben. Die Zeit ist jetzt sehr nahe. Von Sternen übersät nachtblau der Himmel – leiser rauscht der Hain hinein. Sanftes Licht geußt sittlich weit über die Erde hin. Das Herz ist schwer; das gibt sich. Bald wird es tagen sicherlich.

Ein Problem ist es mit den alten Soldaten. Es gibt bald keine alten Soldaten mehr. Weil es keinen Krieg mehr gibt jetzt (leider). So fehlt die sittigende Kraft der alten Soldaten (karteln).

Videmus tunc per speculum in aenigmate – mais de hoc satis. Pulchra sunt meist ubera – größer aber ist was ganzwas Aaanderes. Das Größte, das Endziel des Weltengeists und gleichsam sein Geschäftsführer: das ist der knackig-runde, wohlgeformte pudelnackte Weiberarsch. Semper fidelis est und schön. Schön und schön und ewig schön. Da möcht' ma einibrummen. Jedoch es geht nur vorn. Ist aber auch nicht schlecht. Kann man den Arsch im Handerl halten. Nämlich der Arsch ist ewig Geist. Er blühet ewig fort. Und unsre Augen blicken ihn: in sternarschwahrer Klarheit. Ich aber sage Euch zuletzt: Aus mir spricht deutlich Gott. Kraft Schreibzeug seines treuen Dieners – ewig und ehrlich: Eckhard

HERRMANN BURRGER
Von unserem Gastautor Marcel Reich-Ranitzkij

Sagen wir es offen: Dies ist ein schlechter Bücherherbst. Die nachgeborenen Gegenwartsdichter stehen der Welt ratlos, ohnmächtig gegenüber. Sie sind nicht imstande, sie zu interpretieren durch die und mittels der Sprache. Das hindert die Schriftsteller freilich nicht, immer wieder großangelegte Romane zu versuchen, die sich dann prompt als mehr oder weniger interessante Fehlschläge erweisen. Diese Romane wollen zu viel leisten - und leisten deshalb zu wenig. Was immer von diesen sehr unterschiedlichen Büchern zu halten ist – sie zielen nur auf Provokation ab und gehen nicht aufs Ganze. Es sind Bücher der Ratlosigkeit – und nicht des zeitkritischen Psychologismus. Die Ratlosigkeit des Autors und seine Unfähigkeit, die Welt zu erklären, wird zwar akzentuiert und sogar zum Thema gemacht – aber es wird nicht versucht, die Sache an der Wurzel zu fassen. Es ist keine radikale Literatur – denn ›radix‹ bedeutet im Lateinischen Wurzel, Quelle, Ursprung. Nein, es ist dies in diesem Bücherherbst keine gute Literatur.

Der Kaiser ist nackt? Leider. Aber er lebt. Denn bisweilen glückt doch der überraschende Durchbruch, die blitzartige Erhellung, die auf das Schlimmste mit dem Schönsten reagiert. Ein solcher Fall ist der noch junge Schweizer Autor Herrmann Burrger.

In Herrmann Burrger, der im Aargau ebenso zuhause ist wie in der Bundesrepublik, verehren wir bereits heute ebensosehr den sensiblen Sprachkünstler wie den kompromißlosen Aufklärer, den poeta doctus ebenso wie den Bürgerschreck, den Magister ludens nicht weniger als den fröhlichen Vagabunden und Taugenichts, den engagierten Sozialkritiker Zolascher Prägung ebenso wie den Harlekin und den die Gesellschaft provozierenden Eulenspiegel, den Konservativen und Traditionalisten nicht minder als den wahrhaften Avantgardisten der spezifisch schweizerischen Prägung, wie wir ihn von Max Frisch, Dürrenmatt, Peter Bichsel und Gottfried Keller her kennen und schätzen. Herrmann Burrger ist nicht weniger der Meister der kleinen Form wie der Autor mit der Begabung, die große Form zu bewältigen; in seinem bisherigen Gesamtwerk finden wir ebenso die weitausholende Epik wie Elemente des Dramatischen und sogar Lyrischen. Und wenn wir uns fragen, was das Besondere, das spezifische Element ist, das uns in Herrmann Burrgers Büchern von Buch zu Buch mehr und neu bewegt und erregt, dann kann die Antwort – dessen bin ich sicher – nur lauten: Es ist die Sprache selber.

Ja, es ist jene Sprache, in der Seite für Seite, oft Zeile für Zeile, Buchstabe zu Geist und umgekehrt Geist zu Buchstabe wird. Mit anderen Worten: Sprache. Denn was wäre Sprache anderes als Belehrung und Aufklärung, Monolog und Dialog zugleich. Herrmann Burrgers Sprache ist die Sprache eines Schelmen und gleichzeitig eines Gelehrten. Dieser Autor ist ein Schelm, wie Till Eulenspiegel einer war und Leporello und Sancho Pansa und Oskar Matzerath, ja wie er selbst noch als Narr in Hofmannsthals Mysterienspiel wiederkehrt und sein Publikum mit Laune und Späßen gleichermaßen unterhält, belehrt und aufklärt – vom weitflächigen Panorama des Shakespearischen Narren ganz zu schweigen. Der Schweizer

Autor Herrmann Burrger setzt somit eine Tradition fort, die mit der Commedia dell' Arte, mit Shakespeare und mit Cervantes begann, die sich mit Sterne und Fielding, Thackeray und Dickens, Voltaire und Diderot fortsetzte und die heute mit Carlos Fuentes, Miguel Angel Asturias, Hermann Borges, Márquez, Sinclair Lewis, Fedor Michajlowitsch Dostojewskij, Max Frisch, Dürrenmatt, Peter Bichsel und Herrmann Burrger vorläufig endet. In Herrmann Burrger haben wir jene repräsentative schweizerische Dichtergestalt zu sehen und zu erkennen, die in Wahrheit eine europäische ist, ja eine der Weltliteratur! Es ist der Narr, der mit der Pose Hamlets und mit faustischer Gebärde dem Zeitgeist Leopold Blooms die Maske Pirandellos der Nietzscheschen Lebenslüge von jenem Kopf reißt, von dem zuletzt Günter Grass' (leider mißlungene) ›Kopfgeburten‹ handelten, wovon Literatur – und ich rede von guter Literatur! – immer und jederzeit handelt und wovon letztlich natürlich also auch Herrmann Burrger handelt und redet. Ja, es ist die Maske ebensosehr des

Von hier ab bei Privatlesungen Lautstärke und Emphase langsam nochmals steigern

Imperators wie des Weisen, der Anteilnahme, die aber auch Resignation ist – des Pädagogen aus der Tradition Pestalozzis wie des Sängers von den Sirenen. Virtuosität und Spontanität, Schmerz und Stil finden bei Herrmann Burrger zu einer poetischen Einheit wie sonst nur noch in der Lyrik von Ulla Hahn, und wie diese ist die Prosa von Herrmann Burrger frei von Epigonalem und Eklektischem. Und (scheinbar!) mühelos gelingt ihm wie Ulla Hahn die Verschmelzung des Überlieferten mit der eigenen Sprache. Herrmann Burrrger besingt das Elend der

Welt mit Anmut, ihre Passion mit Schwermut, ihr Glück mit Übermut. Ein artistisches Bewußtsein und ein leidendes Temperament beglaubigen sich hier gegenseitig, die Musikalität der Sprache deckt sich mit dem Charme und dem Wohlklang der Wörter. Herrmann Burrrger zögert nicht, heute Prosa zu schreiben, in der ebenso epische Elemente vorhanden sind wie Fabeln und Parabeln – während Balladen und Moritaten bezeichnenderweise fehlen. Damit ist angedeutet, was der Leser Herrmann Burrrgers in erster Linie zu erwarten hat: den künstlerischen Ausdruck der Leiden und der Freuden. Und was wäre gute Literatur seit Polgar, Fontane, Goethe und Ulla Hahn je anderes gewesen als – ich scheue mich nicht zu behaupten – Hymnen voll Schmerz, beherzte Hinwendung zum Privaten, soziales Engagement sowie Idyllen voll Gram und Groll. Mit anderen Worten: Der von mir hier und jetzt entdeckte Schweizer Autor Herrmann Burrrger verkörpert in seiner Prosa das Narrentum des Weisen unter der proteushaften Maske des aufgeklärten Toren in der Tradition des Erasmus, des Sebastian Brant und des Peter Härtling. Aber anders als bei Peter Härtling, Gottfried Keller, Peter Handke, Wolfgang Koeppen, Hölderlin, Ulla Hahn und Archilochos begegnen wir bei Herrmann Burrrger auch immer jener Geste des Nichtmaskierten, des ebenso Schutz- wie Scheuklappenlosen, ja des Nichtgeschützten, welche Proteus mit Prometheus verbindet, den Doktor Faust mit Peter Huchel, und eben Herrmann Burrrger mit Ulla Hahn.

Ab hier möglichst nochmals zulegen bis zum Gehtnichtmehr

Zwar ist dies der seit Jahren schwächste Bücherherbst, aber was gesagt werden muß, muß auf möglichst einer ganzen FAZ-Seite auch gesagt und ausposaunt sein.

Mit anderen Worten: Herrmann Burrrgers Domäne ist die Sprache, und die Domäne dieser Sprache ist die Prosa. Es ist dies keine pathetische Prosa und auch keine pathische, weder ist sie gar zu präzis noch zu preziös noch gar prätentiös – sondern es ist vielmehr eine fast nietzschehaft tanzende Prosa, eine Prosa des Springens, der Purzelbäume und der Salti Mortali. Ja, es ist dies die Prosa des Zirkus und der großen bajazzohaften Volksfeste, nicht die Prosa Kleists und Thomas Braschs und Goethes. Sondern eine Prosa ist es, die auch ohne lyrische Formen auskommt – selbst Film und Kabarett sind selten – und gar nicht vorhanden ist das Bauerntheater. Herrmann Burrrgers Prosa kennt kaum wie die von Günter Kunert und Sarah Kirsch den Endreim und den Jambus; im Unterschied zu Erich Fried und Ulla Hahn verzichtet sie auf Enjambement und Stabreim – Herrmann Burrrger schreibt weder Sonett noch Distichon, die strenge Form der Ghasel lehnt er ebenso ab wie die Asklepiadeische Ode Peter Hölderlins und Herrmann Klopstocks – nein, all dies hat Herrmann Burrrgers Prosa gar nicht nötig – sondern in unserer Eigenschaft als Pluralis maiestatis der guten gegenwärtigen deutschen Literatur erklären wir hiermit feierlich: In Herrmann Burrrger verehren wir den Schmelz des Brillanten ebenso wie die Rasanz des Furiosen und die Gekonntheit des Psychologischen und Psychopathischen und was uns halt sonst noch unreglementiert an hartköpfigem Altherrenschmonsus aus der Volkshochschule von 1930 durch die Rübe rauscht. Es ist der aufklärerische Geist Schillers, Kants und Herders, der durch diese unsere Zeilen weht, das Erbe Hebels findet sich darin haargenau so wie das Herbert Hebbels, Hermann Hesses und Harry Hemingways. In Herrmann

Burrrrrgers Büchern aber bewundern wir, was wir schon bei Peter Bichsel, Peter Rühmkorf, Peter Maiwald, Peter Huchel, Peter Handke, Peter Hamm und Peter Hahn bewunderten: Nichts. Der Rest ist Schweigen. Ich aber schweige noch immer nicht. Als Unser Lautester im Lande rrede ich. Ich rrede Schmarrren, Schmarrrren, Schmarrrrren! Doch schmarrrend halte ich die Stellung. Ich schmarrre – errgo sum.

FRAU KILLERMANN GREIFT EIN

*Gott ist ein lauter Nichts, ihn
rührt kein Nun noch Hier.*
(Eco, Der Name der Rose)

*Dort droben auf der reinen keuschen
Erde sind wir zu Hause.*
(Jean Paul, Das Kampaner Tal)

Nachdem ihr langjähriger Ehemann heimgegangen war,
verlor Großmutter allmählich und jedenfalls teilweise die
Übersicht. Nicht nur, daß sie ihn zwar häufig auf dem
Friedhof besuchen ging, ihren Mann aber gleichzeitig
immer wieder im Feld vermutete; ein Problem wurden
vor allem die Semmeln. Mehrmals täglich verließ Großmutter die von ihr noch versorgte Parterrewohnung,
schlurfte über die Straße, schob ihren nicht gar großen,
molligen Körper in die kleine Kolonialwarenhandlung
Hubmann und kaufte dort Semmeln. Bei vier, fünf Ein-
käufen am Tag kamen so oft an die zwanzig bis vierzig
Semmeln zusammen. Darauf aufmerksam gemacht, konterte Großmutter, ihr Mann schicke von der Front weder
Post noch Geld – man könne sie ja hier nicht verhungern
lassen – und von den Semmeln könne sie ja auch Arme
Ritter machen, immerhin. Derart versammelten sich in
Großmutters Brotkasten sowie über verschiedene Wohn-
schränke und Kommoden hin verteilt nicht selten bis zu
hundert, hundertzwanzig Semmeln, zum Teil steinharte
und schon schimmelig gewordene. Trotzdem stellte
Großmutter weitere Semmelkäufe keineswegs ein, und
kaum wurden von Anverwandten einige Großvorräte

Semmeln in den Abfalleimer getan, schon kaufte Großmutter um so energischer nach. Um die Sache aus der
Welt zu schaffen oder doch dem Problem möglichst
vorzubeugen, wurde schon im März eine Frau Killermann bestellt und Großmutter über weite Strecken bei-
geordnet.

Es war nicht ganz eindeutig, ob Frau Killermann von
gänzlich privater Seite vermittelt worden war oder irgendwie über den Umweg der Pfarrei – und am wenigsten klar war es sicherlich Großmutter, die sich aber auch
nicht oder jedenfalls kaum wunderte, daß plötzlich andauernd eine große, feste, wuchtige Frau in ihrer Küche
herumsaß, eine stattliche, sehr ruhige und schon deshalb
fast ehrfurchtgebietende Frau. Die der Großmutter sogar
irgendwie bekannt zu sein schien, die sie als Nachbarin
im nächsten Haus einordnete, davon ging sie aus und
behauptete es auch Frau Killermann gegenüber – in
Wahrheit spricht aber alles dafür, daß Frau Killermann
zwar in derselben Straße wie Großmutter wohnte, aber
an deren entferntem Ende.

Ferner hieß es auch, daß Frau Killermanns vor Zeiten
verstorbener Mann bei der Post gewesen sei.

Frau Killermann war unter Umständen nur 1.69 Meter
hoch, mahnte aber gegen die wohl nur mehr 1.57 Meter
der Großmutter äußerst ragend, hoheitlich und beschüt-
zerisch. Schon am Tag ihres Debuts hielt sie Großmutter
umsichtig von mindestens drei Semmelkaufversuchen
ab – beim letzten, gegen 17 Uhr, schien Großmutter zu
resignieren, ja sie war es wohl auch zufrieden – und als
sich Frau Killermann Schlag 18 Uhr verabschiedete,
wollte zwar Großmutter mit ihr hinaus auf die Straße,
um im letzten Moment doch noch im Laden vis-à-vis

Semmeln zu kaufen; allein, Frau Killermann vereitelte es, indem sie vom Küchenfenster aus das Abschließen des Kolonialwarenladens beobachtete und abwartete – und dann erst, als die Gefahr vorüber, Großmutter definitiv verließ. Großmutter watschelte ihr bis zur Hoftüre nach und versicherte freundlich rosig lächelnd und leicht mit dem schneeig kugelrunden Kopfe wackelnd, das Kennenlernen und der Besuch hätten sie sehr gefreut. Und Frau Killermann solle nur zum Plaudern dann immer wiederkommen.

Machtvoll, ehern und nur leicht auf einen Stecken gestützt, schob Frau Killermann nach rechterhand ab. Großmutter sah ihr so lange nach, wie es ging, und schlurfelte dann emsig ins Haus zurück.

Am anderen Tag hatte Großmutter zwar schon morgens einmal Semmeln gekauft und den Bestand von etwa zehn auf achtzehn vermehrt – am Nachmittag indessen verhinderte Frau Killermann abermals das Gröbste und unterband wiederum hintereinanderweg drei bereits ins Auge gefaßte Semmelkaufversuche. Am folgenden Nachmittag unternahm Großmutter nur noch einen Anlauf – und schon am vierten Tag vergaß sie zum erstenmal der Semmeln ganz. Am fünften kam der Wunsch in Anwesenheit Frau Killermanns zwar zweimal wieder, kurz vor 18 Uhr und nachdem Großmutter gerade ihr Bier ausgetrunken hatte – er ging aber die nächsten Tage über abermals deutlich retour – und wurde im Verlauf der ersten zwei Wochen zwar nicht gerade zum Verschwinden gebracht, aber doch auf ein fast gewöhnliches Maß zurückgeschraubt. Zufrieden, ja sogar etwas selbstzufrieden sah Frau Killermann auf Großmutter hin und schmunzelte.

Frau Killermanns Aufenthalt in Großmutters Küche fand sehr beständig statt zwischen 14 und 18 Uhr. Ehe Frau Killermann samt Gehstecken jeweils bedachtsam anschob, ging Großmutter immer auf den Friedhof, ihren Mann besuchen – spätestens um 13 Uhr war sie dann wieder zuhause, und um 14 Uhr, kurz vor der Wiedereröffnung des Semmelladens, schrillte Frau Killermanns dreifaches Schellen. Anfangs lauschte Großmutter überrascht auf das Schellen und ging aber sogleich öffnen; viel spricht dafür, daß sie das Schellen aber dann sehr bald mit Frau Killermann in Verbindung zu bringen wußte. Frau Killermann schwang und wiegte sich jeweils bedächtig und fast lautlos in Großmutters Wohnung hinein, stellte ihren Stecken in die Regenschirmablage und nahm geruhsam schmunzelnd an der Stirnseite von Großmutters Küchentisch Platz. Im gleichen Augenblick, wie nervös beglückt, hub Großmutter an, die Vorbereitungen für das Kaffeekochen auf dem Gasherd zu treffen – watschelte aber auch gleichzeitig in ihre Speisekammer und brachte eine Flasche Bier an. Drittens klaubte sie aus einer Kommode Plätzchen – und endlich, meist gegen 15 Uhr, standen dann Kaffee, Bier und Plätzchen samt Tassen und Gläsern auf dem Tisch vor Großmutter und Frau Killermann. Frau Killermann schien die Kombination sogar zu behagen. Sie leerte meist erst ihren Schoppen Bier, verdrückte vier, fünf Plätzchen und trank dann Kaffee nach. Großmutter, aber vermutlich ziemlich grundlos und nur aus lauter freudiger Gastgebererregung, wählte meist irgend eine andere Abfolge und sah ein bißchen verzaubert auf Frau Killermann hin – und als es später langsam auf den Sommer zuging, kam zur einen Bierflasche nicht selten eine zweite dazu, aus dem Kasten in Großmutters Speise-kammer.

Im allgemeinen noch vor Beginn dieses gemischten Nachmittagskaffees drehte Großmutter dann auch das Radio auf – und Frau Killermann reckte sofort immer ein wenig das linke Ohr zum Radiokasten hin. Meist eröffne-te das Programm mit selten zu hörender sinfonischer oder Konzertmusik; dann folgte in der Regel Schulfunk; und das letzte Drittel des Beisammenseins war häufig mit Opern- und Operettenklängen angefüllt. Großmutter hörte nicht hin, Frau Killermann aber schien alles sehr und gleichermaßen zu gefallen und einzuleuchten. Ein Ohr schien sie gleichsam Großmutter zu leihen, das andere der Getragenheit der sinfonischen Klänge. Beide Augen aber ruhten sehr zufrieden auf der Großmutter.

Den Namen Frau Killermanns hatte Großmutter, ob-zwar sonst recht vergeßlich, schon vom ersten Male her behalten – scheint's kannte sie ihn doch bereits von früher her. Bald schien es auch, daß Großmutter sich schon vollständig auf die Regelmäßigkeit von Frau Kil-lermanns Erscheinen am Nachmittag eingestellt und ein-gerichtet hatte – des werktätigen: Samstag und Sonntag pausierte Frau Killermann. Da wurde Großmutter von anderer Seite versorgt und manchmal auch mit dem Auto wo hingefahren.

In der ersten Zeit, im März, vertraute Großmutter Frau Killermann wiederholt an, sie müsse sich jetzt im-mer viel kümmern, weil ihr Mann sei ja in den Krieg, erst vor ein paar Wochen sei er eingezogen worden – und leider schreibe er so gar nicht, das sei nicht schön von ihm. Frau Killermann tröstete Großmutter mit bedach-ten Worten und schmunzelte bedeutsam. Aber weil sie,

Frau Killermann, jetzt da sei, bestätigte Großmutter, sei es schon wieder besser, da brauche sie jetzt auch nicht mehr so zu verzagen. Frau Killermann nickte und verschränkte mit großer Gemütsruhe die Arme ineinander. Der Kaffee kam, Großmutter schob Frau Killermann den Plätzchenteller nahebei und trippelte sofort in die Speisekammer, um ein Bier zu holen für den Durst. Viel Märzensonne spitzte tänzelnd in die Küche.

Sie sei ja allerdings im Dorf aufgewachsen, teilte Großmutter Frau Killermann mit, faßte sich nachdenklich am Kinn und drehte, sich die Hände vorher am Küchenschurz abwischend, das Radio auf. Aber sie sei ja jetzt schon sehr lange in der Stadt da – sie, Frau Killermann, habe ihren, der Großmutter, Mann ja sicher noch gekannt, ein Bierbrauer sei er ihres, Großmutters, Wissens gewesen. Frau Killermann nickte steil bejahend. Großmutter schritt sofort ans Büffet und prüfte den Inhalt des Brotkastens. Es seien noch sieben Semmeln drin, beschied Großmutter leicht bewölkt Frau Killermann – das werde schon hoffentlich noch bis morgen langen. Frau Killermann nickte abermals und bestätigte es mit ein paar beruhigenden Worten. Großmutter seufzte trotzdem, überlegte etwas und setzte sich. Ob sie, fragte Großmutter Frau Killermann sehr eindringlich und beugte den Oberkörper zutraulich zu ihr hin, ob sie aus diesen Semmeln Arme Ritter machen solle. Sie brauche nur schnell die Semmeln kleinzuschneiden, dazu Eier, Milch und Mehl drüber geben und das Ganze in den Topf aufs Gas. In einer Stunde könnten die Armen Ritter fertig sein. Oder in eineinhalb.

Frau Killermann verwehrte Großmutter den Plan mit einem sehr ruhigen, freilich auch ehernen Schütteln ihres ein wenig kuhhaften Kopfes. Hielt die Arme überm dunkellila Kleid verschränkt und schloß für ein paar Sekunden auch die Augen.

Großmutter seufzte, stand auf, setzte sich wieder und schlürfte nun gleichfalls geschlossenen Augs ihren Kaffee aus. Dann trank sie einen Mundvoll Bier nach und schickte einen kleinen Rülpser hinterdrein. Frau Killermann schob ihrerseits ein Plätzchen in den Mund und nahm — trotz Großmutters wiederholter Aufforderung, auch Bier zu trinken — für heute ausschließlich mit Kaffee vorlieb. Weiterhin recht nervös spielte Großmutter mit dem Schlüsselbund in ihrem Schürzenschoß – dann sah sie wieder neugierig zu Frau Killermann hin und hoch. Sie schien für eine halbe Minute vergessen zu haben, wer das sei – dann, zu ihrer Erleichterung, schien es ihr wieder einzufallen.

Das sei schön, sagte Großmutter sehr wohlauf, daß sie, Frau Killermann, sich jetzt so viel um sie, Großmutter, kümmere und sich ihr zuwende, solange der Mann aus dem Feld nicht schreibe. Frau Killermann bestätigte es mit starkem Nicken. Beide Frauen hatten nun die Arme traulich ineinander verschränkt, gleich darauf zog Großmutter ein wenig das weiße bestickte Tischtuch mit den Plätzchenkrümelchen zurecht.

Schien Großmutter Frau Killermann von Anfang an sehr zu mögen und gleichzeitig als ihre gewissermaßen zubestimmte Respektsperson anzuerkennen, eine Respektsperson ungeachtet der auch Großmutter sichtbaren Tatsache, daß Frau Killermann sogar ein paar Jahre jünger war als sie; so war umgekehrt Frau Killermanns Verhältnis zu Großmutter ganz offenbar von einem großen, breiten, ja geradezu massiven Wohlwollen bestimmt. Und breit und wuchtig schützend und zugleich wachend saß Frau Killermann auch stets ihre vier Stunden lang am Küchentisch, stemmte die Ellbogen gegen diesen und legte entweder die Hände oder die Arme ineinander. Oft wiegte dann Frau Killermann den Oberkörper etwas zurück, mit verschränkten Armen sah sie wachsam zu Großmutter hin oder auf den Brotkasten oder auf das andere Mobiliar und schmunzelte sehr behaglich. Tauchte Großmutter für kurze Zeit in der Speisekammer unter oder machte sich am Radio zu schaffen, so äugte Frau Killermann auch hin und wieder zur Entlastung wider die Zimmerdecke.

Das sei schön, fuhr Großmutter freundlich, beinahe schelmisch lächelnd fort, daß man sich jetzt auf die Art auch noch kennengelernt habe, sie sich und Frau Killermann. Man sei ja praktisch Nachbarn. Und der Mann im Haus fehle halt, klagte Großmutter etwas gedankenlos, legte den Schlüsselbund von der einen Hand in die andere und forderte Frau Killermann auf, die Plätzchen wegzuessen. Die alten Soldaten, ihres früheren Mannes Kameraden, wüßten vielleicht allerhand, was los sei – aber sie, Großmutter, kenne deren Anschrift nicht. Denn ihr Mann schreibe nicht, murrte Großmutter sich ereifernd – und ob sie deshalb in diesem Fall nicht doch noch besser Semmeln einkaufen gehen solle in dem Geschäft da gegenüber, für alle Fälle. Frau Killermann verweigerte es Großmutter mit dem zweimaligen Hinweis, in dem Brotkasten seien ja noch elf. Großmutter blieb im Zimmer stehen, horchte auf und legte eine Hand leicht auf Frau Killermanns Schulter – sichtbar freudig überrascht. Elf seien noch im Kasten? Frau Killermann nickte. Großmutter lehnte einen Zeigefinger an den Nasenflügel, machte kehrt und ging zum Büffet, sich zu überzeugen. Aus dem Radio erklang die vierte Sinfonie von Sibelius. Tatsächlich, die Brotkiste war rappelvoll. Großmutter, wie geblendet von der Kraft und Zuversicht der Semmeln, warf einen Blick der Dankbarkeit, ja der sehr rosigen Betörtheit auf Frau Killermann. Dann brauche sie, sagte Großmutter glücklich, ja heute gar nicht mehr einkaufen gehen, und morgen vielleicht auch noch nicht. Und sie, Frau Killermann, lockte Großmutter, könne dann ja auch noch etwas bleiben.

Frau Killermann strich sich über die sehr markante klobige Nase und bestätigte es ruhevoll. Ob sie noch Bier aus der Speisekammer holen solle, wollte Großmutter wissen und lächelte reizend zuvorkommend herberglich. Frau Killermann verneinte huldvoll dankend. Und schob nochmals ein Plätzchen nach. Glockenschlag 18 Uhr erhob sie sich zu voller Größe und schob wieder hinaus. Großmutter winkte sehr freundlich hinterdrein.

So ward April, und bald war Mai. Schon mit den ersten warmen Tagen wurden Großmutters Semmelkaufanstrengungen wieder energischer, und Frau Killermann hatte einige Mühe, Großmutter in Schach zu halten und der Sache ihren natürlichen Riegel vorzuschieben. Das freilich wiederum hatte ein paarmal zur Folge, daß Großmutter schon vormittags zweimal Semmeln kaufen ging – und dies führte seinerseits dahin, daß aus den viel zu vielen Semmeln Arme Ritter entstanden, eine ganze Pfanne voll, die nun drei Tage hintereinander, jeweils wieder aufgewärmt, Frau Killermann statt der gewohnten Plätzchen zu Bier und Kaffee angeboten wurden. Anstandslos verschmähte Frau Killermann auch die Armen Ritter nicht und mahlte sie gelassen mit dem Munde. Zufrieden schmunzelnd schob der Unterkiefer noch lange hin und wieder, indessen Großmutters rundlicher Körper schon wieder in die Speisekammer schlurfte, um wegen der großen Hitze noch ein drittes lauwarmes Bier nachzufassen.

Sehr schön sei das, sagte Großmutter und wischte rührig Schaum vom Mund, daß Frau Killermann heute wieder gekommen sei, man brauche ja auch eine Hinwendung und ein Interesse, wenn einem die Zeit nach dem Mann lang werde. Frau Killermann stimmte mit steil majestätischem Kopfnicken zu und verfolgte dann mit den geschlitzten grauen Augen eine dicke Fliege, wie sie von den Fenstergardinen auf den Tisch surrte, sich auf der blechernen Kaffeekanne für eine Weile zur Ruhe setzte, um dann im Kreis endlos um den Deckelrand zu wandern. Ein Slowfox drang beklommen aus dem Radio. Um 18 Uhr stemmte sich Frau Killermann mit den beiden Handflächen wieder vom Tisch hoch, gab Großmutter die Hand und suchte sehr lautlos, wie auf Sammetpfoten sich schiebend, rasch das Weite.

Zuweilen hielten die beiden Frauen sich auch derart bei Laune und die Stellung, daß sie sich die Blätter der Heimatzeitung teilten und drin lasen, meist zwischen 16 und 17 Uhr. So daß bis 18 Uhr nicht mehr gar zu lange war – und man sogar über das Gelesene sich hätte austauschen können, hätte Großmutter davon etwas behalten. Frau Killermann schien aber zu wissen, daß Großmutters Augen nur eifrig die Zeilen entlangstrichen – und obschon die Lippen das Gelesene mit einem winzigen Auf- und Niedervibrieren lautlos andächtig wiederholten, schien das doch eher wie die Pflichterfüllung eines Lästigen. Nämlich Großmutter teilte Frau Killermann nach Beendigung der Lektüre die Brille absetzend und etwas verzagt hohläugig mit, jetzt sei ihr Mann schon mindestens vierzehn Tage im Feld, auf dem Friedhof sei er aber gestern auch nicht gewesen – die anderen alten Soldaten kenne sie leider nicht – man müsse schon viel mitmachen. Frau Killermann gab es zu und trank gemessen ihre Neige Bier aus. Am Grab seien jetzt so schöne Tag- und Nachtschatten, fuhr sinnend Großmutter fort, aber das sei allerdings recht boshaft von ihrem Vater, daß er nicht schreibe und sie hier sitzenlasse. Ein paar Sekunden lang wurde Großmutter sogar sehr zornig, nahm die Brille ab und sah jäh hoch zur Wanduhr. Dann schlurfelte sie in die Speisekammer und kam bald mit einem Glas eingemachter Zwetschgen zurück. Ob sie, Frau Killermann, davon wolle, die Zwetschgen seien noch von daheim. Frau Killermann gebot der Sache Einhalt, indem sie schmunzelnd auf die Unverträglichkeit von Bier und Zwetschgen verwies und sich mit den Faustknöcheln dabei sogar ein bißchen gegen Bauch oder Magen tatschte. Großmutter blieb stehen und sah Frau Killermann groß und vorwurfsvoll ins Auge. Frau Killermann schob Großmutters Stuhl zurecht. Man habe noch vor kurzem ein so schönes Haushalten gehabt, parierte Großmutter nachgrollend und setzte sich, und dann ziehe dieser Mann in den Krieg! Zuerst zögen sie die Männer groß, erboste sie sich, dann schickten sie sie ins Feld und dann schössen sie sie ab wie die Spatzen, rief Großmutter fuchsteufelswild, legte ihren Schlüsselbund auf den Tisch und griff fast schmachtend Frau Killermanns rechten Unterarm. Ob das die Schlüssel zu ihrem Haus da seien, begehrte Großmutter zu wissen und deutete auf den Schlüsselbund. Gelassen bestätigte es Frau

Killermann. Verhuschtes Nachmittagslicht fiel schäferfreundlich blond auf Großmutters weißgrauen Haarschopf und zeichnete wie sirrend auf ihm und über seinen Schattensträhnen einen hellgleißenden Halbmond. Frau Killermann wiegte leichthin ihren Kopf.

Sie müsse sich jetzt immer so viel kümmern, vertraute Großmutter Frau Killermann schmeichelnd an. Frau Killermann wies darauf hin, daß sie, Frau Killermann, ja jetzt hier und bei ihr, Großmutter, sei. Darüber, staunte Großmutter und setzte ihre Kaffeetasse ab, wundere sie sich auch schon die ganze Zeit. Aus dem Radiokasten kam schwirrig stark synkopierte Jazzmusik. Ob sie, Frau Killermann, versetzte Großmutter freundlich und lächelte sehr einladend bang, dann nicht gleich hierher ins Haus und diese Wohnung ziehen wolle. Einfühlsam schmunzelnd lehnte Frau Killermann ab. Sie wohne ja gleich hier in der Nähe. Sie schnuffelte, schien etwas Angebranntes zu riechen und schneuzte ihre Nase. Großmutter erhob sich vom Stuhl, prüfte, ob noch genug Semmeln im Kasten seien, und kletterte auf einen Stuhl, um die Wanduhr aufzuziehen, die allerdings noch ging. Sehr wächterhaft schaute Frau Killermann ihr zu. Morgen früh, kündete Großmutter doch wieder bekümmert an, kaufe sie gleich Semmeln. Dann seien welche da, wenn der Mann dann wieder komme.

Um den 20. Mai herum wunderte sich Großmutter Frau Killermann gegenüber wiederholt der schwer verständlichen Tatsache, daß der Postbus nach Dalking und Furth früher direkt vor ihrem Haus da gehalten habe – jetzt aber sei kein Halteschild mehr da. Und auch halte der Bus nicht gegenüber. Gelassen machte Frau Killermann Großmutter darauf aufmerksam, das Kaffeewasser koche, und nippte verhalten von ihrem Likör, den ihr Großmutter wohl eher aus Versehen und wie in übergroßem Beschäftigungsdrang heute hingestellt hatte. Großmutter fragte ihren Gast, ob sie heute schon Semmeln gekauft habe, damit später nichts sei. Frau Killermann bejahte nickend. Großmutter, sehr hohläugig, teilte Frau Killermann angelegentlich mit, eigentlich habe sie ja in Gleißenberg einen Stehausschank, da kämen immer die Männer nach der Kirche rein und verzehrten Limonade oder Schnaps. Und manchmal sogar einen Hering und Kartoffel. Frau Killermann nickte abermals und kratzte sich hinunterlangend am Fußknöchel. Man müsse halt schon viel durchmachen und mitmachen, faßte Großmutter seufzend zusammen, stellte die Kaffeekanne auf den Tisch, setzte die Brille ab und starrte nach der Wanduhr über dem Küchenbüffet. Überlegte stehend und prüfte dann den Semmelbestand. Obgleich acht Semmeln im Kasten waren, schien sie nicht zufrieden. Seufzte kopfschüttelnd und sah nach Frau Killermann. Frau Killermann saß breit und ehern und vierschrötig aufrecht einsatzbereit am Tisch und las aus einiger Entfernung die Überschriften in der Tageszeitung. Großmutter setzte sich zu ihr, schob zwei Likörgläser traut aneinander, seufzte, lächelte wund und sah dann Frau Killermann zuerst geschamig, dann sehr ernst und fest in die Augen. Das sei schön, sagte Großmutter mit viel Wärme, daß sie, Frau Killermann, heute wieder gekommen sei, so weither, aus Furth. Ihr, Großmutters, Mann, gehe nämlich schon eine Zeitlang ab – sie, Frau Killermann, habe ihn ja sicher noch gekannt. Frau Killermann nickte, schmunzelte behäbig und sah dann durch die Geranienstöcke hindurch ein wenig zum Fenster auf die Straße hinaus.

Inständig klagend und auch etwas zürnend verwies Großmutter auf die ungute Entwicklung dergestalt, daß sie ihren Mann neulich geholt hätten – und dabei habe man gerade zuletzt hier so sauber gewohnt und alles und ein so schönes Haushalten gehabt mit sieben Hühnern und sogar ein paar Hasen im Hinterhof, und Holz für den Winter sei auch genug im Keller gewesen, das habe damals der Herr Metz mit dem Lastauto vors Haus gefahren, der Herr Metz, ein hübscher, ein sehr sauberer Mann!

Frau Killermann bestätigte es mit weichem Brummen.

Es sei eben allerdings auf nichts mehr Verlaß, meldete Großmutter nach einer Weile seufzend noch einmal Protest an – nicht einmal mehr auf die alten Soldaten, die könnten ihr doch Meldung machen! Frau Killermann beruhigte Großmutter murmelnd und schien dabei sogar ein wenig einzuschlummern. Großmutter bot Frau Killermann zwei Mark Trinkgeld, wenn sie nach nebenan gehe und für zehn Mark Semmeln hole. Öffnete ihr Geldbörslein und ließ den Inhalt, ein paar Scheine und viele Münzen auf den gedeckten Kaffeetisch fallen. Sofort klaubte Frau Killermann das Geld wieder in die Börse zurück und eröffnete Großmutter beinahe pompös, es seien noch für die ganze Woche Semmeln da. Schon, rief Großmutter leidenschaftlich, setzte sich auf den Stuhl und griff sich glutvoll Frau Killermanns rechten Beinschenkel mit der ausgespannten Hand, aber darum handele es sich ja! Sie, Großmutter, möchte ja ihre Rechnung bezahlen, wenn sie auf Besuch hier sei – bei Frau Killermann. Frau Killermann schüttelte wehrhaft wägend den Kopf und erläuterte Großmutter besänftigend, daß der Fall sich andersherum verhalte. Sie wolle nämlich allerdings nicht stören, faßte Großmutter herzhaft nach – ja, allerdings sei dies ihre Wohnung, sie kenne ja alles ganz genau: Ob ihr Mann vielleicht im Keller sei? Frau Killermann verneinte es fast salbungsvoll. Großmutter stand auf und schaltete das Radio aus. Frau Killermann schien die nächsten Minuten über wieder sacht zu dämmern. Als sie die Augen wieder aufschlug, lächelte ihr Großmutter hold und pfeilgrad ins Gesicht. Das sei schön, sagte Großmutter, daß sie, Frau Killermann, gekommen sei und daß sie sich beide so gut vertrügen – da gebe es auch andere Sorten! Und lächelte Frau Killermann weh und dankbar halboffenen Mundes an. Trotzdem schien sie jetzt wieder nachzugrübeln, wer Frau Killermann eigentlich sei und wer sie hierhergesetzt habe. Aus schamlos hohlem Geschoß heraus versenkte das güldene Grün der Großmutteraugen purpurmondig glühend und schon fast entseelt sich in die farblosen von Frau Killermann, welche aber gleichzeitig eine über den Tisch spazierende Ameise mit dem Daumen schon zerdrückte.

Am 28. Mai wurde Großmutter bettlägerig, am 29. stellte eine halbseitige Lähmung sich ein. Noch am 30. Mai saß Frau Killermann auf einem Stuhl an Großmutters hohem Bett. Großmutter lag etwas gekrümmt in ihm, den Kopf im Schmerz gestemmt ans Wandbrett. Dann riß sie ihn herum, in Richtung auf Frau Killermann. Ihr Angesicht war schneeig. Einerseits tue ihr alles weh, sagte Großmutter, dachte nach und sah verblümt bebenden Kinns zu Frau Killermann empor, andererseits sehe sie sehr schöne gelbe Kornfelder, ganz gelb und schön. Frau Killermann schmunzelte etwas gar protektoral, fast gönnerhaft. Ob der Vater schon wieder im Keller sei, wollte Großmutter aufhorchend wissen. Frau Killermann verneinte es kopfschüttelnd. Das Korn stehe schön und schaukle immer hin und wieder, erläuterte Großmutter stockend und etwas beschwert und wie befangen – aber da seien auch noch so allerhand andere Sachen im Kopf, so seltsame, Großmutter ächzte, zum Beispiel Luzie, die ihr den Bauch aufschlitzen wolle, dann der Schlieffenplan mit der Währungsreform. Großmutter stierte nachdenklich besorgt an Frau Killermann vorbei, Gram und Sorge verzerrten ihr Kugelantlitz zur düsteren Grimasse, und die Mundwinkel waberten ruhlos hin und wieder – und da sei dann vor allem auch noch Thomas mit dem Hammer, der ihr wegen der Wegzehr mit dem Hammer auf den Schädel haue. Großmutter stutzte, sah wieder neugierig scheu nach Frau Killermann und fragte, wo eigentlich deren kleines gelbes Katzerl sei. Frau Killermann erfaßte Großmutters Hand. Großmutters lieblich vorwurfsvolles Antlitz reckte nach dem sich von Frau Killermann und zerquälte sich zu einem Lächeln des Danks, hehr und herrlich schimmernd wie die Schöpfung selber. Dann wurde es wieder ernst. Ob sie, Frau Killermann, fragte Großmutter leise stöhnend wach, nicht nach nebenan gehen wolle, wegen Semmeln, einen Kaffee könne sie sich ja heute ausnahmsweise vorübergehend selber aufsetzen, und ein Schlieffenplan und das Bier seien hinten in der Poststation.

Frau Killermann hielt ruhig Großmutters gelbe feuchte Hand.

Nachdem Großmutter am 31. Mai heimgegangen war, fand sich in ihrer Einkaufstasche in der Kommode ein Knäuel aus Tüchern, Socken und Wäsche. Mittendrin steckten vier alte angeschimmelte Semmeln. Zwei Semmeln fanden sich unterm Kopfkissen des Krankenbetts. Drei lagen noch im Brotkasten drin.

Frau Killermann half anschließend bei einer Frau Adlhoch aus und wurde – möglicherweise auf Empfehlung – gleichzeitig auch noch einer Frau Henselein zugeteilt. Nach beider Abgang verdingte sie sich noch bei einer Frau Heimerl für die Nachmittage.

Wieder ein Jahr später rückte dann auch Frau Killermann ein.

EILERT

Denn nichts als nur Verzweiflung
kann uns retten. (Grabbe)

Eilert: Keine Frage, ein Name, der nicht allzu viel Gutes
verheißt. Etwas unselig Eiliges und Eilendes (Vgl. die
Mahnung des Hauptmanns an Woyzeck in Büchners
gleichnamigem Drama!) tönt aus ihm – ebenso wie ein
gar zu Alertes, ja Anpasserisches – und beides verbindet
sich endlich mit einer vagen, flüchtigen, doch unüberseh-
und vor allem unüberhörbaren Eul-enhaftigkeit. Und
eben diese (und durchaus afterhegelianische!) hat Arno
Schmidt in seiner Historischen Revue ›Massenbach‹ im
unbestechlichen Auge, wenn er diesen Eilert einen ›Ey-
lert‹, nämlich einen (sic!) »Hofprediger« sein läßt, der
(aha) nicht nur »salbungsvoll«, nämlich »wortreich und
gedankenarm, wie es der Beruf mit sich bringt«, nämlich
»hüstelnd« und sich »heilig erfreut verneigend« am ausgerechnet Hofe Friedrich Wilhelms III daherparliert, bis
ihm »die Stimme geübt bricht: es hätte nur noch gefehlt,
daß er auch von Gerechtigkeit gesprochen hätte«. Ja,
später geht dem König gar (typisch!) »das Teetassenklirren
Eylerts« auf die Nerven – und am Ende der kleinen Szene
wird es folgerichtig auch »vollständig finster«.

Noch übler macht sich der Eilert womöglich in Henrik
Ibsens Schauspiel ›Hedda Gabler‹. Um das Eilige, Eilfer-
tige, um nicht zu sagen: Windige der exemplarisch Eilert-
schen Existenz zu explizieren, heißt Eilert bei Ibsen,
ähnlich wie bei Schmidt, folgerichtig ›Ejlert‹ und zwar

Lövberg. Und? Und? »Er kommt durch das Vorzimmer«(!), »ist schlank, etwas mager, sieht aber älter und etwas verlebt aus (...) das Gesicht ist länglich und bleich und hat nur auf den Backenknochen ein paar rötliche Flecken.« (Aua! Anm. d. Red.) »Er trägt einen eleganten schwarzen Abendanzug, dunkle Handschuhe«(Anm. d. Verf.: Nicht immer! Manchmal auch weiße!!) »und einen Zylinder in der Hand. In der Nähe der Tür bleibt er stehen und verbeugt sich hastig« (hastig!!!). »Scheint etwas verlegen«.

Nun, der Kunsthistoriker Tesmann geht ihm entgegen und schüttelt ihm die Hand: »Lieber Ejlert, – so sehen wir uns doch mal wieder!« Tesmann will sogar im Überschwang Ejlerts neues Buch lesen, doch Ejlert wehrt geniert ab: »Die Mühe kannst du dir sparen«. Um so überzeugender werde nun allerdings das nächste. Denn, stellt sich heraus, in letzter Zeit hat Ejlert ein Buch über (ausgerechnet!) die ›Kulturentwicklung der Zukunft‹ fertiggeschrieben. Tesmann nicht ohne Arg und böse Ahnung: »Merkwürdig! Über so was zu schreiben, könnte mir nie einfallen!«

Nie! – verstehen Sie? Zuletzt erschießt sich Hedda Gabler logo schnurgrad mit jener Pistole, die einst gegen Ejlert »gerichtet war«. Ejlerts Schlußworte: »Leb wohl, Hedda Gabler.«

So weit Ibsen – und so kann man es natürlich auch sagen. Freilich, zwar sind Schmidt und Ibsen seherische Gaben schwerlich abzusprechen; und doch vermochten sie die ganze graue Düsternis ja nur zu Teilen zu erahnen. Denn, weit jenseits von Ibsen und Schmidt, jenseits fast jeder herkömmlichen Kategorie von Verkommenheit: den ungutesten, dabei gleichzeitig indolentesten, insuffizientesten, intransigentesten, perniziös-fatalitärsten Eindruck unter den uns bekannten Eilerts macht der dritte, der wahre Eilert, Bernd, Frankfurt, Sömmeringstraße 6, 3. Stock. Ein vergleichsweise junger, irgendwie aber von Jugend auf (Hüon!) zeit-, ja altersloser Mann, verdächtig hochgewachsen, zur Hagerkeit neigend, ja ihr sogar hold, mitnichten durchlauchtigen, sondern vielmehr lausig laugigen, ja leimsiederischen Gebarens; offenbar nicht unversiert in der beflissenen Verwendung mancherlei kosmetischer Mittel, gern in Billardstuben und Bankhäusern aufhältig, reichlich haltlos im Lebensduktus, dabei hinterhältig wie nur einer im Lebensdetail: Nicht selten die erlesensten Calamari und Spaghetti Carbonara bestellend allein zu dem Ende, sie nach etlichen Kostschnipseln wieder an Kellner und Küche zurückgehen zu lassen usw. – in augenscheinlichster Bosheit, Häme und Ranküne usf., kurz: irgendwie irgendwo die Manifestation von Gemeinheit, die Emanation eines Phantasmas von Zuwidernis – noch kürzer: ein Odradek unserer Zeit: »Ohne recht lebendig zu sein, nicht zu sterben vermögen« (Malcolm Pasley, ›Drei literarische Mystifikationen Kafkas‹, in: ›Kafka-Symposion‹, Wagenbach-Verlag 1965). Kein geringerer als Eckhard Henscheid hat deshalb vollständig recht (und keiner wäre auch befugter, dem Mann den definitiven charakterlich-intellektuellen Garaus zu machen), wenn er diesen Eilert schon 1981 in seinem Roman ›Beim Fressen beim Fernsehen fällt der Vater dem Kartoffel aus dem Maul‹ als einen Menschen vorstellt und in der nächsten Sekunde blitzartig entlarvt, der (und nun passen Sie ein letztes, allerletztes Mal auf!) »Frauen sogar auf offener Straße anspricht. Und mit offener Hose« (loc. cit. S. 82).

Scham möcht' ei'm das Herz abknicken. Pfui.

AUCH VOR-NOMEN EST OMEN
Eine Betrachtung zur Zeit

Daß nomen = omen sei −: der »göttliche Goethe«, der »heringhafte Bismarck«, der seinem Amt endlichendlich »Ade« sagende »Adenauer«, der »einen Stein« auf den anderen seines wissenschaftlichen Gebäudes setzende »Einstein« − , daß dies so ist, ist bekannt. Daß aber auch Vornamen Charakter, Funktion und Religion ihrer Träger ganz genau bezeichnen, diese an sich klare Affaire bedarf heute noch sehr wohl der wissenschaftlichen Durchsetzung.

Doch nehmen wir »Gottfried« Benn. Der geschworene Agnostiker und Nietzsche-Schüler hat den toten »Gott« zur Ruhe gelegt, längst seinen »Fried« mit ihm und seiner Leiche gemacht − nachdem »Friedrich« Nietzsche selbst ihn zwecks Be-»fried«-ung der Menschheit hinge-»rich«-tet hatte. »Arthur« Schopenhauer seinerseits − das meint dagegen ebensosehr das lateinschülerhaft »Art«-ige wie das heimlich Ver−»hur«-te dieses alten, ja geradezu programmatischen Frauenhassers − und beides verrät ihn zur Gänze. Während Kants »Immanuel« wieder mehr den »imm«-erfort am Schreibtisch von seiner geliebten »An«-uschka träumenden ehelosen Sohn seiner lieben »El«-tern reflektiert. Wieder anders Gustave Flaubert: er war ein Mann, der zwar oft »Gust« (i.e. Gusto) gehabt hätte, aber einfach ein zu großer »Affe« war, seinem Gust nachzugeben.

Und so auch natürlich in der Politik. Was wäre unser Ex-Kanzler Schmidt ohne seinen »hel«-len »Mut« gewesen? Niente, nada. Und auf der anderen Seite der berühmte Spitzenpolitiker Kohl ohne seine »hel«-golandgebürtige »Mut«-ter Schorschi, pardon: Evi – und das wiederum meint ja nichts anders und Dümmeres als: »Evi«-va mein Sohn Kohl, der jetzt weißdersatan sogar Kanzler ist! Unglaublich. Und, weil wir schon dabei sind: Wie undenkbar wäre z. B. auch ein Dr. Dregger ohne seine »al«-les aber auch alles »fred«-dyquinnhaft niederwalzende Eloquenz, seine ungute! Und gar (»Ich denke, also habe ich einen Vornamen«) Descartes! Dieses unglaublich »Des«-truktive und »Cartes«-ianische in einer (einer!) Person!

Den Dichter Tolstoi verrät peinlich sein »Graf«, den Reichskanzler a. D. Hüttler sein »Heil«. Goethe wiederum lehrt uns, daß der »Wolf« nur so lange zum Brunnen »gang« (gänge, d. h. ginge), bis es ihn derbröselte (22.3.1832). Undsoweiter undsofort. Et moi?

Nun, »Eck-hard«, genau, das meint wahrscheinlich »eck«-ig im Gang, »hart« im Hinfallen und Pointendurchziehen, daß Gott erbarm. Was aber bedeutet die mir jüngst zu Ohren gekommene, im Zuge der neueren Frauenbewegung unterlaufene Namensumwandlung der Frau »Rita« Scholz in »Lisa« Scholz? Jawohl, genau: Zuerst war sie »ri«-chtig »ta«-misch (= dämlich), jetzt ist sie »li«-eber »sa«-utamisch! Man sieht: Selbst die aktuellen Vornamen-Umwandler in ihrer krachledernen Betamischtheit entgehen den medusenhaften Furien der gorgonischen Rachegötter nicht, der ominösen, nominösen, numinösen . . .

Sondern im Gegenteil.

DIE LEIDIGE STERBEREI

Wenn man tot ist, mag es ja die ersten Sekunden über etwas unangenehm und unbequem (befremdlich) sein (man kriegt nichts mehr mit und zusammen usw.) – aber dann gewöhnt man sich wahrscheinlich und vermutlicherweise dran, und es ist gar nicht mehr so arg usf. Außer es beginnt wieder einmal eine neue Bundesligasaison oder Strauß zieht noch ein letztes Mal in den Wahlkampf, und das hätt' man halt *zu* gern auch noch erlebt und mitgetan und –

Aber andersherum: In der Stunde unseres Todes werden wir zwar schlauer sein, sicherlich – aber wer sagt uns dann eigentlich, wie es weiterläuft und ob und wann Deutschland endgültig kaputtgeht usw. bzw. wieder dem Völkerbund einverleibt wird? Man weiß es nicht, man weiß es nicht. »Was ist der Tod? Ein Übergang zur Ruh'«, schreibt Mozart – was aber ist Ruh'? Nun, »Ruhe ist die erste Bürgerpflicht«, sagt Goethe oder wer – was aber ist Bürgerpflicht? Wie? Niemand? Jaja, wenn's drauf ankommt, soll es halt wieder mal der reife F.W. Bernstein wissen, jaja, der soll's dann immer wissen, wenn niemand mehr weiterweiß in seiner Todesstundn – indessen, hic et hoc – so hört's doch amal mit dera Glenn-Miller-Musi im Nebenzimma auf! Kann ma denn heitzatag net staad sterb'm! – hic et huc reagiert eine Philosophie, die nicht als Handlangerin der Unterdrückung arbeitet, auf die Tatsache des Todes mit der großen Verweigerung – der Weigerung Orpheus', des Befreiers. So kann der Tod zum Wahrzeichen der Freiheit werden. Mit anderen Worten:

1. Genau zu nehmen ist der Tod der wahre Endzweck unseres Lebens. 2. Das Lehrerunwesen hat keine Zukunft. 3. Worüber man nicht reden kann, darüber soll man erst recht reden. Denn noch der geringste der Gedankenbrüder – –

Aber ist es dir, Leserbattl, eigentlich schon aufgefallen, daß in unserer Überschrift nur ›i‹s und ›e‹s vorkommen? Genau! ›Die leidige Sterberei‹! Ob das was zu bedeuten hat? Am End' gar was Guat's? Wie bei *Liebe*?! Was (durch Liebe!) Tod-Ieberwindendes? Evendöll? Ah, dös wär' schö. Oag schö.

EINE KLEINE HUMORTHEORIE

Der Witz ist entweder der
vergleichende oder der
vernünftelnde Witz.
(Kant, Vom Erkenntnisvermögen)

Rätsel

Was ist das Gemeinsame an Arthur Schopenhauer, Arno Schmidt, Adalbert Stifter, Albert Schirnding, Antonietta Stella, Alfred Schmidt, Adele Sandrock, Alois Segerer, Alexander Sinowjew, Alexander Solschenizyn, Agnes Sorel, August Stramm, August Strindberg und Albert Speer? Antwort: Das A und das S.

    Ausnahme: Caroline von Monaco.

Varianten und Interpretation

Was ist das Komische an dieser Pointe? Nun, erstens dies, daß das Rätsel schon nichtig und einfältig genug ist, und zweitens der Auseinanderfall der Begriffe »Rätsel« und »Ausnahme«. Und drittens, natürlich, die Beliebigkeit des Namens derer von Monaco. Aber – auch dies könnte eine komische Pointe sein:

    »Ausnahme: Albert von Monaco«

Warum? Weil in diesem Fall die »Ausnahme« natürlich auch keine ist, sondern »beinahe« würde sich ja selbst der Prinz von Monaco noch in der A- und S-Reihe unterbringen lassen. Das knappe Scheitern: ist komisch. Und wie wär's damit?

»Ausnahme: das A und das O«

Sprich: »das Alpha und Omega«, nach dem überhaupt
nicht gefragt war. Die Interferenz zweier Gedankengän-
ge aber ist, nach Bergson, wiederum komisch. Warum
aber könnte dieses komisch sein:

»Ausnahme: Salomon Andrée«

Der schwedische Polarforscher erbringt deshalb eine komische Pointe, weil er – die anderen Begründungen
immer mitgedacht – die Voraussetzungen des Rätsels
einfach umkehrt – und diese Schlichtheit kann auch
schon wieder belustigen. Dagegen zehrte die Pointe

»Ausnahme: Andreas-Salomé«

von der nur ganz leichten Verletzung der Spielregeln;
und insofern wäre auch

»Ausnahme: Lou Andreas-Salomé«

denkbar, vielleicht sogar vorzuziehen. Wieder anders ist
es in diesem Casus:

»Ausnahme: Arthur Schiller«

– weil es nämlich einen solchen offenbar nicht gibt und
der populäre Name Schiller hier noch zusätzlich ins Irre
führt. Dies bewerkstelligte auf wiederum andere Manier
auch die Version:

»Ausnahme: Alfred Adenauer«

oder – forcierter – diese:

»Ausnahme: Absalon Adenauer«

– weil es einen solchen nicht gibt; und überhaupt. Und
aus dem gleichen Grunde wäre auch die unaffektiertere
Pointe

»Ausnahme: Siegfried Adenauer«

plausibel. Etwas verwirrend mahnt uns diese Auflösung:

»Ausnahme: August Strindheim«

– weil nämlich hier die Erwartung bzw. Erwartungseinlösung erst im letzten Moment geblufft wird; würde sie dies aber nicht, dann erstünde die Pointe noch stiller und kleiner; undenkbar ist aber auch sie nicht. Ebenso:

»Ausnahme: Arthur Schnabel«

Klar, denn der Pianist ist eben keine Ausnahme – und doch eine: denn das Rätsel hat, wie schon gesagt, überhaupt nichts mit der Kategorie »Ausnahme« zu tun. Was aber halten Sie davon?

»Ausnahme: Peter Hindelang«

Hier wird etwas historisch-komische Bildung vorausgesetzt. In Karl Valentins Sketch ›Sonderbarer Appell‹ meldet sich auf das Wort »Saudumm!« hin erstaunlich genug ein »Peter Hindelang« — woran nun unsere Pointe analogisch-verquer erinnert. Anders wieder funktioniert diese:

»Ausnahme: Sturm-Abteilung«

Bzw. noch eins weiter gedreht:

»Ausnahme: Sturm-Staffel«

Wenn Ihnen das einleuchtet, werden Sie, wie ich Sie kenne, auch dies nicht ganz verschmähen:

»Ausnahme: Sauer-Ampfer«

– und möglicherweise sogar dieses durchgehen lassen:

»Ausnahme: Schorsch Abraham«

– beziehungsweise

»Ausnahme: Schorsch Arsch«

Man sieht, in der Komik respektive Pointenbildung geht fast alles. Denn: »Der Tod ist oft die Pointe im Witz des Lebens« (Nabokov, ›Gelächter im Dunkel‹). Nur aufpassen muß man halt, daß einem der Sauer-Ampfer beim Theoretisieren und Pointenbasteln nicht ausgeht. Nicht gut? Dann so: Aufpassen muß man halt, daß wenigstens die Pointen nicht hinhauen. Auch nicht? Dann auf ein

Drittes: Aufpassen muß man halt, daß man keine Pointen respektive Weiber anbrennt. Ausnahme: Caroline von Monaco.

TREUE BRÜDERSCHAFT

Dio, che nell'alma
infondere amor ...
(Verdi, Don Carlo)

Einige sind fast in Vergessenheit geraten. Man sollte sie
schon deshalb nennen: Die beiden Kobluhn (Rot-Weiß-
Oberhausen), die beiden Entenmann und die beiden Ei-
sele (alle VfB Stuttgart), die beiden Kurrat (Borussia
Dortmund), die beiden Pohlschmidt (Preußen Münster,
der Manfred auch Schalke und HSV), die beiden Weiß
(Bayern München), die beiden Wolff (Kaiserslautern), die
beiden Täuber (Nürnberg), die beiden Van de Loo (Uer-
dingen), die beiden Kaszor (Bochum, Frankfurt), die
beiden Hasebrink (Essen, Kaiserslautern, Bremen).

Schreibt, in einem Beitrag über rund 30 Brüderpaare
in 20 Jahren Bundesliga, der ›Kicker-Spezial 1983‹. Und
besser kann man es eigentlich gar nicht sagen. Und schon
deshalb soll man es abschreiben. Das Eingedenken zu
wahren. Denn was bleibet aber, so Hölderlin, stiften die
Dichter. Hier: der ›Kicker‹ und ich.

MEIN LETZTER, ABER AUCH GARANTIERT ALLERLETZTER APHORISMUS

Der Hauptzweck vielfacher und dauerhafter Buchlektüre zielt dahin, ein Gefühl von Qualität zu schulen, das dem Beharrlichen, paradox genug, Tausendschaften von Büchern erspart; weil er sie kennt, ohne sie je lesen zu müssen.

Ohne daß doch freilich der Circulus vitiosus dadurch durchbrochen würde: er liest ja trotzdem dauernd weiter.

Vorstufen und Varianten

Der Sinn des Bücherlesens besteht vor allem (nicht zuletzt?) darin, keine Bücher mehr zu lesen.

Der Sinn des Lesens von Büchern besteht darin, daß man durch (wegen des?) das Lesen von Büchern bald (?) keine Bücher mehr braucht.

Der Sinn allens Sinns (nein)

Der Sinn des Bücherlesens: Schweigen und Stille bewah (nö)

Mein Gott, was ich viele schlechte Bücher lesen muß, um zu begreifen, daß es nicht und nicht lohnt und

Indem ich, unter so vielen, vor allem die schlechten Bücher lese, erspare ich mir

Ich lese ja nur deshalb so viele Bücher, um mich in der Erkenntnis zu schulen (trainieren?), daß die vielen saudummen Bücher es ganz unwahrscheinlich machen, daß auf der anderen Seite viele gute Bücher quatsch

Der Circulus vitiosus des Lesens (wie des Lebens?) besteh darin, daß, obwohl man, und das heißt ich, ja andauernd liest, einem nichtsdestotrotz kraft des (durch das?) dauerhaften Lesens jene Mehrzahl von Büchern erspart bleibt, die noch schlechter sind als sie sein müßten und

Lesenssinn ist wie Lebenssinn. Man kennt ihn nicht, und doch

Bücherlesen (und ›Lesen‹ kommt von ›Lektüre‹!) ist, mit Theodor Heuss zu sprechen, Gnade und Gefahr zugleich. Denn siehe ohne – – oho!

Ein gutes Buch ist wie ein guter Freund: Kaum probierst du ihn aus, kannst du dir schon die ganzen anderen Freunde sparen und

Die Paradoxie, ja Dialektik der Kulturbewegung (G. Keller) reflektiert virtuell auf den nomadisch-monadisch codierten Rezeptionskanon, jenen Konnex (Frank Geerk) aus konfus connaisseurhafter Konfekt-Konfitüre con cuore cum grano s

Gottogott, wenn ich nur nicht andauernd so inkompatibel bzw. intransigent wäre bzw.

Derweil Derwalls Derwisch

Der edelste Zweck eines wahrhaft demütig-dauerhaften Lektürekontinuums beruht in der derart kumulativ intendierten Teleologie, Bücher durch ihre eigene immanente Redundanz zum tendenziellen Verschwinden zu bringen, um derart, Kleists Utopie des Paradiesischen aus dem ›Marionettentheater‹ adaptierend – Unschuld stelle dann erst wieder sich ein, wenn die Reflexion durch ein Unendliches gewandert – ebendiese mit der durchaus franziskanischen Idee der Armut des Geistes zur Konvergenz zu zwingen, um so dada dudl du

Ein Buch ist wie ein Buch mit sieben Siegeln. Mit ande-

ren Worten: wie der Turmbau von Babel – mene tekel.
Amen. Oder?

Der Nieswurz Nießnutz

Das andauernde Lesen von denene Bicha

IM PUFF VON PARIS

Wie der Haffmans Verlag
einmal einen tollen Betriebsausflug machte

Eines Tages, es war im September 1983, hatte der junge Zürcher Verleger Gerd Haffmans plötzlich eine ausgezeichnete Idee. »Wißt ihr was, Männer«, rief er seinen Angestellten und jenen seiner Autoren zu, die gerade im Verlage anwesend waren, »jetzt ist unser blutjunger Verlag gerade ein Jahr alt und hat schon viele schöne Bücher gemacht und sich damit in die Annalen der deutschen Literaturgeschichte eingegraben. Und bei all dem ist natürlich das Vergnügen recht kurz gekommen – zu kurz! Jetzt, Männer, sollten wir uns endlich auch mal was Gutes gönnen! Ich habe da auch schon eine Idee. Wir fahren alle – Verlag und Autoren – mit unserem Kleinbus nach Paris und gönnen uns dort einen schönen Puffbesuch!«

»Au ja!« schrie sofort begeistert der Lektor Tommy Bodmer.

»Au fein!« echote fast gleichzeitig sein Ko-Lektor Fritz Senn.

»Prima«, hinkte der Hersteller Urs Jakob nur wenig nach, »das machen wir!«

»Das nimmt mir das Wort von der Zunge«, bestätigte auch ich, der ich zwecks Überprüfung meiner Schweizer Bankkonten gerade im Lektorat herumstand, »genau das ist es, was auch mir schon andauernd auf der Zunge liegt!«

»Na also«, summte der Verleger Haffmans ein wenig traumverloren, »da sehen Sie mal...«

Nur die Ehefrau des Verlegers, die Geschäftsführerin Susanne Haffmans, schaute etwas »angesäuert« drein und warnte vor allerlei Geschlechtskrankheiten und der vielen Arbeit, die im Verlag anstünde usw. Als ihr aber dann der Verleger ein paarmal begütigend über die Schulter streifte und streichelte, machte auch sie gute Miene zum bösen Spiel – die Fahrt wurde genehmigt –, und schon setzte sich Frau Monica Iseli, die Sekretärin, an den Schreibtisch, um die Benachrichtigungen und Einladungen an die Autoren in alle Welt hinaus flattern zu lassen.

»Jawohl!« rief Haffmans laut, »alle vom Verlag und alle Autoren sollen mitfahren, damit es eine echte runde Sache wird!«

»Klasse!« rief wiederum der Lektor Bodmer und spuckte vor Vergnügen in weitem Bogen aus. »Einmal ins Puff von Paris – das wünsch ich mir schon seit meiner Zeit am Gymnasium in Zürich – und mein Onkel Alfred hätte auch nichts dagegen gehabt, nur meine Mutter war damals so ängstlich und...«

»Frauen«, fuhr Gerd Haffmans hier etwas unsanft dazwischen und wandte sich mit bedauerndem Blick an Frau Haffmans und an Frau Monica Iseli, »Frauen müssen allerdings leider zuhause bleiben – Puff ist nun mal Männersache! Vor allem das berühmte Puff in Paris. Nein, keine Diskussionen! Pech gehabt!« fuhr er die beiden enttäuscht dreinschauenden Frauen an und zwinkerte Urs Jakob und mir listig zu. »Also, dann schreiben Sie mal, Frau Iseli: ›Sehr geehrte, liebe Autoren – Komma – neuer Absatz – hallo – Ausrufzeichen – nächste Woche wollen wir zum Verlagsjubiläum mit einer Fahrt nach Paris nebst dortigem Puffbesuch...‹«

Gesagt – getan. Schon zehn Tage später war es soweit.

Alle – alle waren sie zum Start in Zürich erschienen – selbst im letzten Augenblick noch unser Romancier Hans Wüllenweber, der sich am Telefon lange gewunden hatte: so leid es ihm täte, er müsse absagen, weil er an seinem dicken Roman arbeiten müsse bzw. weil sein Ziehvater Karl Kraus die Ausbeutung der Frau durch die Männerherrschaft ihm nicht durchgehen lasse bzw. weil auch schon sein, Wüllenwebers, anderes künstlerisches Über-Ich, Nietzsche, im Puff, mit einer Syphilis, auf den Bauch gefallen sei usw. usf. – jedenfalls war nun plötzlich auch trotzdem Hans Wüllenweber noch rechtzeitig eingetroffen, ungeachtet der noch sehr sommerlichen Temperaturen eingehüllt in einen dicken wärmenden Mantel und mit einem weichen weißen Wollschal, der um die Schultern und auch mehrfach um den zarten Hals geschlungen war, sicherlich um die kostbare Rezitationsstimme zu schonen, so wie dies ja auch bei Opernsängern üblich ist.

»Find ich echt gut«, freute sich Haffmans und vertrat sich seltsam nervös die Beine, »daß Sie noch gekommen sind, Wüllenweber, daß Sie Ihrem Herzen einen Stoß...«

»Stoß...«, freute sich Bodmer gutgelaunt und ließ sich von Frau Iseli in die Reitschuhe helfen.

Wüllenweber unkte etwas fahrig herum, natürlich habe er eigentlich nicht fahren wollen, tausend Gründe sprächen an sich gegen die Reise – aber hinsichtlich der Fertigstellung seines Romans ›Schmerzgewächse‹ habe er sich nun nolens volens doch anders entschlossen, indem die dort angelegte Motivkette via die Fahrt stringenter zu gestalten sei, indem nämlich dieser Roman seinerseits auf Thomas Manns ›Faustus‹-Roman assoziativ bzw. motivkontrakomplementär anspiele, dieser wiederum eben das Nietzschesche Puff-Erlebnis mit dem Esmeralda- und dem Beethoven-op. 111-Hintergrund reklamiere respektive revoziere usf., das er, Wüllenweber, wiederum im Sinne des Gelingens seines Romans tunlichst am eigenen Leibe erleiden müsse, um die – Wüllenweber zog den Schal noch fester und hüllender um den Hals – Dichte dieses quasi zitierenden binnenepischen Themenkonnexes –

»Schon gut«, tröstete der Verleger Haffmans, »das hört sich gut an, und eine kleine Hausapotheke haben wir neben dem Fahrersitz eingerichtet« – und bereits zum dritten Male ließ der Verleger abzählen, ob nun alle beieinander wären. Es stellte sich heraus, daß nun plötzlich Peter Rühmkorf fehlte, obwohl er soeben noch dagewesen war. Gerhard Mensching war es schließlich, der ihn in der Verlagstoilette entdeckte und den Kollegen, der noch um eine Spur bleicher als üblich wirkte, mit kräftiger Hand hoch in den VW-Kombi wuchtete, während zur gleichen Zeit Norbert Johannimloh, dem ich gerade meine Freude über das Gelingen der Fahrt auseinanderlegte, heimlich eine weiße Tablette in den offenen Mund warf. Fürchtete er Denunziation? Fürchtete er um seine geliebte Professorenstelle? Bangte ihm gar – vor dem Urerlebnis Weib, das unser aller harrte?

Nochmals kam Frau Iseli angehastet. Der neue Verlagsautor Wolfgang Hildesheimer habe soeben angerufen und sich beschwert, daß er nicht auch zu dieser Fahrt geladen worden sei – gerade er, dem es doch momentan darum gehe, neue Spuren von Mozarts Aufenthalt in Paris zu sichten.

»Nichts da!« beschied der Verleger Haffmans barsch, »der soll erst mal für den Verlag was leisten. Sein erstes Haffmans-Buch kommt erst in einem halben Jahr – und bevor Hildesheimer dem Verlag nicht Geld eingebracht hat, kommt er mir auch nicht mit. Außerdem – habt ihr nicht auch den Eindruck, Männer, daß es dem gar nicht um Mozart geht?«

Wie auch immer – gesteuert wurde der schmucke, fahlgraue Verlags-VW-Bus von unserem Hersteller Urs Jakob; zu seinen Füßen, rechts von der Gangschaltung, stand auch bereits ein voller Kasten Bier, und schon tauchte Uve Schmidts unverwechselbarer, mit einem schwarzen Hut versehener Kopf nach einer der Flaschen und verschwand mit ihr im Businnern – und dann brummte bei bestem Wetter und freundlichstem Sonnenschein der Bus zur Stadt hinaus und Richtung Basel.

Die Stimmung war von Anfang an sehr gut und wurde gleich noch viel besser, als kurz vor der Autobahnabzweigung nach Bern der Verleger, der zusammen mit Lektor Bodmer hinter dem Fahrer saß, nach dem Busmikrophon griff, nochmals alle Autoren begrüßte und seiner Freude Ausdruck verlieh. Es sei ihm eine Freude, sagte Haffmans launig, freilich auch, was mir nicht entging, ein wenig hektisch, wie sich hier bei diesem Reiseunternehmen Literatur, Männervergnügen und nicht zuletzt auch Horizonterweiterung, ja Erkenntnistrieb wechselseitig ergänzten und aufs schönste die Waage hielten – und wenn, deutete der Verleger an, die Sache hinhaue und ein Erfolg werde, dann könne man ja auch an eine regelmäßige Einrichtung denken und darüber hinaus an eine Anthologie, die im Frühjahr im Haffmans Verlag erscheinen könne, damit die ausgefallene Dichtungszeit hintenrum trotzdem wieder reinkomme – und natürlich ohne Honorare. Außerdem, rief der Verleger in den Bus, betone er noch einmal, wie gut er es finde, daß keine Frauen mit von der Partie seien, das habe keinen Taug, und erst jetzt wisse er wieder nach langer Zeit, was die Worte »freier Mann« und »freier Atem« bedeuteten.

»Endlich mal keine Frauen!« griff ich quer durch den Bus krähend den Faden wohlgelaunt auf, während Uve Schmidt sich wieselflink das zweite Bier griff und sich, die Augen schließend, ein Fläschchen Stoonsdorfer aus seiner Hosentasche »nachpfiff«, wie er es nannte.

Jetzt erst, auf der Höhe von Pratteln, fiel mir auf, wie fein sich manche der Autoren gemacht hatten. Gerhard Mensching hatte ein zierliches, lilaweiß punktiertes Tüchlein um seinen unverkennbaren Lebemannhals geschwungen, Hermann Kinder trug seinen schwarzen Abituranzug, den er, wie er mir sagte, das letzte Mal zum Tanzkursabschlußkränzchen aus dem Schrank geholt hatte – und Fritz Senn wirkte mit seinem ebenso modernen wie mondänen Rollkragenpullover wie ein wiederauferstandener Graf Danilo.

Alle aber in die Schranken wies in dieser Beziehung unser Nachwuchsautor Bernd Eilert. Er glänzte in einem nagelneuen, feinen und dunkelgrauen Tuchanzug mit dem Hauch eines angedeuteten blauen Nadelstreifens; darunter befand sich auch noch eine exakt nach seiner schmalen Figur geschnittene Weste – wie man jetzt erst sah, nachdem Eilert den knielangen, auf Taille gearbeiteten und das Blau des Nadelstreifens wieder aufgreifenden Übergangsmantel sehr langsam und Aufmerksamkeit erzwingend abgelegt hatte. Das weiße Hemd mit dem überaus weichen Krägelchen war durch eine hübsch geblümte Krawatte in Rosa-Lindgrün-Tönen eng geschlossen. Tiefdunkelrote Stiefeletten und weiße Mohair-Fingerhandschuhe ergänzten den fast edlen Gesamteindruck, –

und als Eilert dann sogar noch wie zufällig eine Groß-
packung Intimtüchlein ›La Notte‹ aus seinem Diploma-
tenköfferchen klaubte, war des bewundernden »Hallohs«
kein Ende. Indessen – in einem Fall hatte unser Jüngster
sich verrechnet:

»Was willst du mit dem abgefackten Scheiß?« schrie
Uve Schmidt so keß wie keck und sah Eilert bohrend an.

Die Tüchlein benutze er schon seit seinem siebten
Lebensjahr, versetzte Eilert so kühn wie cool, um dann
fast sensationell lässig fortzufahren: »Volupté oblige!«
Und fast zu demonstrativ zog er sich für eine Weile hinter
der Lektüre von ›Le Monde‹ zurück.

»Fictivité oblige«, echote ich ahnungsvoll summend,
doch plötzlich fuhr mir der Schreck in die Glieder: Wenn
das nur alles gut ging! Wenn das nur nicht eines Tages
aufkam, was wir hier machten!

Und schon überfuhr der von Jakob schwungvoll ge-
steuerte Bus die französische Grenze bei Mülhausen.

»Abzählen!« rief Jakob gutgelaunt durchs Busmikrophon, »noch alle Mann an Bord?«

»Au bord du Puff-Bus!« Das war wieder unverwech-
selbar die freche Schnarrstimme von Uve Schmidt.

Laut kicherte der junge Verleger Haffmans – es war
nicht ganz klar, ob vor Vergnügen oder vielleicht doch
innerer Erregung, ja tiefer Unsicherheit. Wie mochte, so
schienen seine flatternden Züge zu sprechen, so schienen
selbst seine noch hinter der Brille flackernden Augen zu
bangen, – wie mochte dies Abenteuer, dies bisher gefähr-
lichste Verlagsabenteuer, enden und sich auf die Früh-
jahrsproduktion auswirken...?

Ja, wir alle schienen plötzlich sehr erregt, und erst im
Elsaß klang die innere Unruhe der meisten wieder etwas

ab: Mensching machte ein kleines Nickerchen, und Robert Gernhardt betrachtete so versonnen seine silbergrauen und unendlich spitzen (!) Halbschuhe, als dächte er darüber nach, ob denn die weitschwingend grauschwarze Hose auch wirklich zu der laubbraunen Lederjacke passen möchte, von seinem giftgrünen Hemd mal ganz zu schweigen...

Trotz – die Sonne war längst am Himmel hochgestiegen – mittäglich schwüler Wärme im Bus weigerte Hans Wüllenweber sich, seinen Wollschal, der ihm sehr ausdrucksvoll um die ephebenhaft schmalen Schultern, welche den Proust-Fachmann verrieten, hing, von diesen zu nehmen – während etwa gleichzeitig, aus nicht ganz einsichtigen Gründen, Uve Schmidt umgekehrt seinen Oberkörper freizumachen begann und diesen kraulte – um endlich, zum stillen Augenschmerz vor allem von Eilert, seine extrem langen und gelblichen Fingernägel der Reihe nach in den Nabel zu bohren – ich kam, obwohl ich lange darüber nachdachte, nicht ganz auf den Sinn dieser Aktion...

Seinen obligatorischen Hut hatte Schmidt dabei aufbelassen – ja, auf der Höhe von Colmar vereinbarte er mit unserem anderen eingefleischten Hutträger Tommy Bodmer, den Hut auch in Paris auf dem Höhepunkt der Freude aufzubehalten.

»Und erst wenn's uns kommt...«, japste Bodmer freudeglühend –

»... ziehen wir ihn zum Salut«, vollendete Schmidt, »zum Salut für Paris!«

Der Verleger Haffmans kicherte wieder fast gar zu hektisch.

»Parii, Pariiih«, murmelte erstmals der vorher so stille Peter Rühmkorf.

Der Bus raste nur so dahin. Man hatte die kürzeste Route gewählt – und das war gut so, denn zumindest Norbert Johannimloh, Haffmans und ich schienen es schon jetzt kaum mehr erwarten zu können, endlich die langersehnten Pforten zum Paradies zu überschreiten. Freilich, Hans Wüllenweber seinerseits begann jetzt doch wieder leise vor sich hin zu lamentieren, eigentlich sei ihm gar nicht wohl bei der Exkursion, eigentlich hätte er doch nicht fahren dürfen – seit einer Viertelstunde habe er »immer drohend-traumatischer« das Gefühl, daß ihm alle seine Hausgötter – Nietzsche, Freud, Thomas Mann, Gustav Mahler, Kraus, Joyce – andauernd strafend »über die Schulter schauten«; und bei diesen Worten zog Wüllenweber wie fröstelnd den Schal noch enger um den Hals.

»Aber deswegen«, säuselte Bernd Eilert nicht unmokant, »müssen Sie ja gerade nach Paris ins Puff fahren, um Ihr Trauma in Gestalt dieser Vaterfiguren endlich zu liquidieren und loszuwerden – dann erst sind Sie endlich ein freier Mann!«

»Eben«, tröstete der Verleger Haffmans etwas abwesend und dachte wohl mit Sorge und gemischten Gefühlen an die Vollendung des Wüllenweberschen Großromans.

»Und außerdem«, faßte ich mir ein Herz, »wenn Karl Kraus schon einer Ihrer Hausgötter ist – der war doch ... der ... der hatte doch ...« – ich kam ins Stottern und Schwitzen – »der hatte doch echt ein Herz für Nutten!«

»Und war doch«, assistierte, während Wüllenweber noch immer bedenklich den Rumpf wiegte, Mensching, »andauernd im Puff von Wien, oder? Der alte Weiberhengst!«

»Genau«, vollendete Robert Gernhardt und leckte besinnlich mit der sonst so gefürchteten spitzen Zunge das Kinn – man hätte es bedenkenlos ein Zungenlecken der besinnungslosen Lüsternheit nennen können... und das tue ich denn hiermit auch.

Kurz vor Nancy kam es dann zwischen den »Joycianern« Wüllenweber und Senn zu einer Diskussion über das berühmte Puff-Kapitel im ›Ulysses‹ – ich hatte freilich den Eindruck, daß die beiden, die da von »Aktualisierung des Mythos« und »Circe-Kapitel« raunten, mit ihren Gedanken ganz woanders waren; und ich wurde in dieser Meinung bestätigt, als Lektor Bodmer Hermann Kinder mitteilte, keiner im Verlag habe sich so närrisch schon seit Wochen auf die Reise gefreut und auch theoretisch vorbereitet wie ausgerechnet der als »Feingeist« und »Lesemensch« ausgewiesene Fritz Senn, welcher auch als einziger im Verlag gewußt habe, daß man paradoxerweise gerade im Puff von Paris keine Pariser benötige, sondern es gehe auch so. Außerdem sei seines, Bodmers, Wissens, Senn Stammgast im Zürcher Club ›Massage for men‹ (Tel. 01/41 42 81).

»Aha!« freute sich diebisch der im Verlag etwas als »Damendichter« (gemeint: er schreibt alles nur, um bei den Damen einen Stein im Brett zu haben) verschriene R. Gernhardt, »das hört man gern!«

»Es ist wie Liebe und Tod«, versetzte Kinder tiefsinnig und etwas befremdlich zugleich, und wer, wie ich, genau hinhörte, der hörte genau, daß Kinder mit dieser Anspielung auf den Titel seines letzten im Haffmans Verlag erschienenen Buches anspielte, dessen kunstvoller Titel ›Liebe und Tod‹ gelautet hatte... .

»Tod und Teufel!« hörte man vorne beim Fahrer und

am Bierkasten Uwe Schmidt toben, »der halbe Kasten schon leergesoffen – immer dieser Rühmkorf!«

Doch der Angesprochene, Freund jeden Schabernacks und irdischen Vergnügens, widersprach nicht mal, sondern machte gute Miene zum bösen Spiel, zog plötzlich Sues Roman ›Die Geheimnisse von Paris‹ aus seinem Matchsack und begann sogar darin zu lesen. Wie zur Antwort und um ihn zu übertrumpfen, holte nun seinerseits das Schlitzohr Mensching Zolas ›Der Bauch von Paris‹ hervor, ein Exemplar, in dem, wie mir keineswegs entging, allerdings auch jede Menge kleiner Aktfotos lagen...

Plötzlich wurde mir von all dem immer wärmer und wie frühlingsberauschter zumute, und also begann ich zuerst leise, dann zunehmend heller das Lied ›Aus grauer Städte Mauern‹ anzustimmen – andere fielen ein, und schon hallte es im Gruppenlied durch den Bus. »Ziehn wir in den Wald der Welt«, parodierte Fritz Senn feinsinnig – und er meinte wohl, wie mir der versierte Bodmer bedeutete, mit dem »Wald der Welt« nichts anderes als das berühmte Venuswäldchen!

Sichtlich gut aufgelegt gingen nun die alten Freunde Eilert und Gernhardt dazu über, kleine Zweizeiler anzüglichen Charakters zu fabrizieren, also Eilert begann zum Beispiel »Paris liegt an der Seine«, Gernhardt vollendete formvollendet »Im Puff hat's nicht nur Weine«. – »Ah, seht mal«, rief Gernhardt in das brausende Gelächter hinein, »wer uns da überholt!« Es war ein Stuttgarter Mercedes, – zuerst verstanden wir nicht, was daran seltsam war – und dann war es wieder der wache Eilert, der den Witz als erster begriff. Tatsächlich! »S – EX«, stand auf der Kennzeichentafel!!

Und als wir dann kurz darauf umgekehrt einen Last-
wagen der Straßburger Baufirma »Vögele« überholten,
da war nicht nur des Kicherns fast kein Ende mehr – es
schien uns allen wie ein gutes Omen, ja, als ob diese Fahrt
geradezu hätte sein müssen!!!

Nur Haffmans bekam es jetzt plötzlich doch wieder
irgendwie mit der Angst zu tun und ließ deshalb wohl
schon wieder abzählen.

»Nr. 1 Senn«, rief Fritz Senn laut.

»Nr. 2 Bodmer«, konterte Bodmer gickernd – usw.,
jedenfalls als die Reihe schließlich an »Nr. 15 Haffmans«
selber kam, schämte sich der Verleger anscheinend wegen
seiner Nervosität so sehr, daß er rücksichtslos dazu über-
ging, über das Busmikrophon Witze zu erzählen, solche,
die meist im Puff spielten und im wesentlichen die Harm-
losigkeit des Puffs darstellen sollten – kurz, das Ganze
wurde bald so peinlich, daß selbst ein so toleranter
Mensch wie unser Fahrer Urs Jakob es nicht mehr anhö-
ren konnte und dem »Chef« kurzentschlossen das Mikrophon entriß und es in die Halterung knallte.

Dankbar lachte der leicht zufriedenzustellende Gernhardt, während Eilert seinerseits wie zufällig aus seinem
Koffer ein neues Dreierpack Unterhosen in Himmelblau,
Dunkelblau und Softvanille klaubte, es wie wägend betrachtete und streichelte und dann wieder im Koffer
verschwinden ließ.

Überhaupt, je näher wir Paris rückten, desto klarer trat
nach meinem Eindruck wieder die Aufregung, ja Aufge-
wühltheit aller Teilnehmer zutage. Und dann endlich,
kurz nach der Einfahrt (!) in die Autobahn Metz—Paris,
kam endlich die volle und traurige Wahrheit ans Tageslicht der schon ein wenig sinkenden Sonne. Einer nach

dem anderen mußte nämlich zugeben, daß er in seinem Leben noch nie im Puff gewesen war! Hah! Das hatte keiner erwartet! Das heißt, Uve Schmidt wollte zwar glauben machen, er sei schon »x-mal« im Puff gewesen, »vor allem in Innsbruck« – aber dann stellte sich heraus, daß Schmidt nicht einmal genau wußte, wo Innsbruck lag – jetzt versuchte sich der Ertappte darauf hinauszureden, daß er »freilich natürlich mit den Nutten lieber einen gezwitschert habe, das ist sozialer Humus, das ist echt geiler!« – aber dann ergab sich, daß auch dies nicht stimmte, sondern Schmidt mußte zugeben, daß er lediglich im Frankfurter Eppsteiner Eck häufig mit einer noch dazu ehemaligen (!) Nutte zusammengehockt war –

– und kurz, alles wäre noch viel peinlicher und schon unerträglich geworden, wenn es eben das Glück nicht gefügt hätte, daß wir alle – alle! – noch nie im Puff gewesen waren, zum Teil wegen Angst, zum Teil wegen Sparsamkeit (Johannimloh, der drei Kinder hat, und ich) – –

»Um so besser«, beeilte sich also Verleger Haffmans rasch zu versichern, »daß wir also jetzt gemeinsam hinfahren, da braucht sich keiner zu schämen – und wenn wir alle gut dichthalten, dann braucht es auch niemand zu erfahren. Und das«, faselte Haffmans recht seltsam, ja unglücklich und wie unter Zwang weiter, »ist ja überhaupt letzten Endes über die plane Produktion von Büchern hinaus der übergeordnete Sinn eines Verlags jenseits der ja doch bekannten repressiven Literatenneurosen und...«

»Schwanzvergleich!« brüllte Uve Schmidt plötzlich übermütig dazwischen und machte auch schon Anstalten, an seinem Hosenladen den Reißverschluß herunterzuziehen. Natürlich traute sich dann keiner, der Aufforderung wirklich nachzukommen, auch Schmidt nicht – aber es war doch, als wäre ein Stück Eis gebrochen, als wäre eine schwere Last von uns genommen ... und noch nach Minuten nestelte zum Beispiel Robert (»Graf Bobby«) Gernhardt wie unbewußt, ja bewußtlos an seinem Genital herum, lautlos zäh ins Leere pfeifend. Erst jetzt fiel mir auf, wie überaus prall, ja strotzend Gernhardts »Männlichkeit« die Hose wölbte, ja fast schon zum Platzen brachte!

»So eine Parisreise, um Gotteswillen«, ließ sich jetzt unser neuer Verlags-Westernautor Al Strong, der seit Basel eingenickt gewesen war, plötzlich vernehmen und nahm aus der Hand des Lektors Bodmer grüßend eine Bierflasche entgegen, »ist ein echtes Gemeinschaftserlebnis, for heaven's sake. Meine Frau, my honey, weiß nichts davon, sorry, sagt ihr nichts, sie würd's seelisch nicht verkraften, she is a little lamb and...«

»No sweat«, tröstete ich und beobachtete, wie Hermann Kinder die bisher weich übereinander geschlagenen Beine lüftete, worauf sich seine bisher purpurne Kopffarbe ins eher entspannt Milchige entfärbte und entkrampfte.

Vorne erzählte jetzt offenbar der Fahrer Jakob dem Verleger Haffmans schon wieder schweinische Witze, denn der »Chef« schlug sich mehrfach auf die Schenkel, schüttelte sich wie überwältigt vor Lachen und hatte Tränen in den Augen, was man sogar durch die Brille hindurch sah. Hinter mir quälten sich Wüllenweber und Johannimloh durch eine meines Erachtens recht müde und fast pflichtschuldige Diskussion über bürgerliche Ehe und Prostitution, in die sich nun auch Al Strong mischte, der darauf bestand, daß erst Hemingway diesen

Dualismus, diese Antinomie endgültig überwunden habe, so wie Hemingway auch den Gegensatz von Kapitalismus und Kommunismus überwunden habe – und so wie Hemingway eben in allem sein, Strongs, Vorbild sei.

»Aber vollrohr!« sagte in diesem Augenblick Johannimloh vor sich hin.

Dagegen sah man Fritz Senn jetzt eifrig in einem Heft Reader's Digest lesen. Ich spitzte behutsam hinein und erkannte, daß es sich um einen Essay ›Warum sich in Paris Frauen für viel Geld verkaufen‹ handelte – gezeichnet war der Text mit »Gérard Zwang«, jaja, da mochte es sich um eine neue Arbeit meines alten Freundes Gerhard Zwerenz handeln, welche dieser, um dem Joch der deutschen Zensur zu entgehen, wieder mal geschickt unter Pseudonym ins Ausland geschleust hatte; ja, fiel es mir siedendheiß aufs Herz, schmachtete der alte Aufklärer vielleicht gar schon, verfolgt von den bundesdeutschen Bütteln, im Exil?

Etwa hundert Kilometer vor Paris schlug ich zur Entspannung ein kleines Kartenspiel vor, drang damit aber nur bei Al Strong durch – alle anderen, so wurde mir klar, waren entweder zu aufgeregt oder einfach zu dumm dazu. Schwer mitgenommen wirkte, trotz tadelloser äußerer Haltung, jetzt vor allem Bernd Eilert. Immer wieder und fast zu ostentativ betupfte er schon jetzt die Schläfe mit seinen offenbar parfümdurchtränkten Intimtüchlein. Scheinbar angesogen durch das dauernde Gekichere und Gegackere zwischen dem Fahrer Jakob und dem Verleger Haffmans zwängte sich jetzt auch Uve Schmidt nach vorne zum Fahrersitz – dann entnahm er aber lediglich dem Bierkasten eine weitere Flasche, öffnete sie mit den Zähnen, beugte den Körper nach hinten und ließ »es laufen«. Weil ich sah, daß der Kasten langsam »zur Neige« ging, »sicherte« auch ich mir noch schnell die fünfte »Halbe« und sah, wie jetzt auch Rühmkorf fast wankend eine Flasche holen ging – er schien kurz vor dem Zusammenbruch und war bleich wie eine Leiche aus Espenlaub. Gut, daß der umsichtige Lektor Bodmer plötzlich »Pinkelpause!« in den Bus hinein krähte.

»Und Schwanzvergleich!« scherzte der unermüdliche Uve Schmidt unverdrossen.

»Schmiede, mein Hammer, ein hartes Schwert«, sang ich leise und offenbar ganz unbewußt vor mich hin, als der Bus längst wieder angefahren war. Die Gegend wurde herbstlicher, französischer, ja fast schon pariserischer. Gerhard Mensching erzählte jetzt seinerseits Peter Rühmkorf ein paar saftige Akademiker-Schweinigeleien, die sich meist um das Sexualleben der modernen deutschen Professoren mit ihren sexy Studentinnen drehten – und mit letzter Kraft schrieb sich Rühmkorf die Pointen jeweils in sein Notizbüchlein, hauchend, daß er das alles nächstens dem Anhang seines berühmt-berüchtigten Buchs ›Über das Volksvermögen‹ beigeben wolle. Fast gleichzeitig war es in der Sitzreihe 2 zu einer fast heftigen Auseinandersetzung zwischen Hermann Kinder und Uve Schmidt gekommen:

»Wenn nach Adorno das Ganze das Unwahre ist«, holte Kinder soeben weit aus, »dann tut der, der seine Frau liebt, gut daran, sie nicht zu penetrieren!«

»Ach was«, parierte Schmidt emphatisch, »wer seine Alte liebt, der bürstet sie auch! Alles andere ist von gestern!« Er nahm einen Schluck und sah Kinder fast vernichtend an.

Gerd Haffmans erahnte wohl die Gefahr des Zwists

kurz vor dem Erreichen des »großen Zieles«, eilte hinzu und suchte zu vermitteln. »Männer«, sagte er, »ich liebe meine Frau – und sie hat mir doch erlaubt, ins Puff zu gehen, bzw. weil ich sie liebe, möchte ich sie« – ab hier schien sich der Verleger zu verhaspeln – »zuhause in Zürich nicht als bürgerliche Prostituierte mißbrauchen... obgleich ich gewiß nichts gegen Prostituierte habe, im Gegenteil, schon meine Mutter...bzw. was meine Frau betrifft, die Sache war doch einfach die, daß irgend jemand halt im Verlag bleiben mußte, um die eintreffenden Manuskripte pfleglich und verantwortungsvoll...«

»Typisch Mann«, polemisierte ich, einer Eingebung gehorchend, scharfzüngig.

»Exakt«, mischte sich mit letzter Kraft Rühmkorf ein.

»Ach was«, intervenierte Uve Schmidt hier sottisenstark, »während du, Rühmi, hier dumpf rumflippst und blöd rumgeilst, verdient deine Eheschnalle zuhause doch auch als Senatorin die Kohlen, und von deinen Kurzgedichten kannst du doch sowieso nicht leben und sterben und...«

»Und du«, parierte Rühmkorf kurzzeitig wiedererstarkt mit elegantem Florettihieb, »hast deine Frau nicht mal halten können – ha, ich weiß es doch aus deinen Büchern!«

»Du Arsch«, wehrte sich Schmidt, wurde aber dann doch knallrot unterm Hut und schämte sich sehr.

Wie in übergroßer Drangsal, wie um seinem Ziele möglichst schnell nahezukommen, fuhr der kleine VW-Bus jetzt schon mehr als 140 – und das Opfer war der ohnehin moralisch angeschlagene Uve Schmidt. In einer leichten Linkskurve fiel er prompt auf Bernd Eilert und besabberte mit großer Niedertracht dessen feinen Anzug mit einigen schaumigen Spritzern aus der offenen Bierflasche. Im entstandenen Gedrängel wurde auch ein Stück von Eilerts feiner sandfarbener Unterhose mit dem Cancan-Tänzerinnen-Muster sichtbar.

»Tut mir leid, mein Junge!« rief Schmidt ungebrochen fröhlich.

Eilert beschwerte sich, der Anzug habe 978 Mark gekostet und sei so fein, daß er praktisch nicht zu reinigen sei – er traf aber bei Schmidt gerade auf »den Rechten«:

»Was willst du denn, du schwuler Kacker, sei froh, daß ich ihn dir nicht vollrohr vollgekotzt habe, du Schwerarsch!«

Alle im Bus lachten laut, Eilert wurde abwechselnd grün und rot, aber bald war die »Affaire« vergessen, alles beruhigte sich wieder. Tommy Bodmer legte ins eigens mitgebrachte Bus-Tonbandgerät seine Lieblingskassette ein – Volksmusik aus dem Entlebuch –, und dann zeigte er Norbert Johannimloh stolz seine gestern gekauften seidigen Pantalons ouverts, die, erklärte er dem Schriftsteller, den Vorteil hätten, daß er, Bodmer, sich im Puff nicht ganz nackig ausziehen müsse...

Gerhard Mensching war es, der die nächsten Minuten über das Auftritts-Couplet aus Offenbachs ›La vie parisienne‹ vor sich hin trällerte: »Jetzt hol ich alles, alles, alles, alles nach...« Wohingegen ich meinerseits bedauerte, daß Harry Rowohlt nicht mitfahren habe dürfen – er tue doch nichts lieber als in Paris Austern essen. Doch Haffmans bestand darauf: erst beim nächsten Male seien die Verlagsübersetzer dran – diesmal habe das Geld nur für die Autoren gereicht.

Etwa 40 km vor Paris kam es erneut zum Eklat. Al

Strong seufzte glücklich, für ihn gehe mit diesem »Trip to Paris« ein Lebenstraum in Erfüllung: er habe doch schon immer mal an den Ort seiner Jugendidole fahren wollen – Camus, Sartre, Strindberg, Tolstoi, Hemingway – da aber unterlief R. Gernhardt der grobe Fehler, darauf zu verweisen, daß er seinerseits schon mal sogar ein Gedicht auf Paris gemacht habe.

»Olala«, unkte Strong achtlos.

»Jawohl«, bestätigte Gernhardt, verführt von Eitelkeit, und begann, Teile des Gedichts auswendig aufzusagen:

»Oja!...Auf dem Mongmatter
Traf ich den Dichter Schang Poll Satter«

– doch dabei, während des Vortrags, strich sich der Verfasser des Gedichts überaus wohlgefällig und schon gar zu spektakulär über den beneidenswert prallen Sack unter der Hose – und schon war es passiert:

»Hör mal«, rief der unerschrockene Uve Schmidt und deutete auf Gernhardts Männlichkeit, »du willst uns doch nicht weismachen, Kerl, daß das alles Natur und Sack ist! Oder? Da stimmt doch was nicht! So einen dicken Sack hat doch kein Mensch! Nicht mal ein Neger!«

Gernhardt errötete etwas, bestätigte aber mit fester Stimme, der nur ein leises, fast unterirdisches Zittern beigemischt war: dochdoch, dies sei alles Natur, mit anderen Worten: Sack!

»Nevermore!« schrie jetzt auch, fast allzu fein auf Poe anspielend, Al Strong leis und verächtlich auf.

»Unglaublich«, ächzte ich, schwankend noch zwischen Glaube und unleugbarer Skepsis.

»Doch«, verteidigte sich Gernhardt hartnäckig, gerade in den letzten Jahren und mit langsam zunehmendem

Ruhm sei dieser Sack erstaunlich gewachsen, japste er etwas beengt – zu seiner Freude und zugleich zu seinem Schreck, zu seinem freudigen Schreck gewissermaßen, auch er, Gernhardt, sehe den Segen für ein wahres Wunder an usf. – aber in diesem Augenblick hatten die Professoren Mensching und Johannimloh den »Kollegen« schon an den Armen gepackt und in den Polizeigriff genommen – und niemand anderer als Uve Schmidt öffnete nun unter Al Strongs fortwährendem Schimpfen und Eilerts behutsam genüßlichem Lächeln des nun doch sehr strampelnden Gernhardts Hosentürl – und heraus quoll und purzelte sofort was? Genau! Ein Knäuel von etwa sieben alten Taschentüchern, zusammengehalten und vermengt mit viel zusammengeknautschtem Klorollenpapier – und am Ende fielen sogar noch zwei Tennisbälle auf den Boden.

»Entlarvt!« schrie Mensching sehr zufrieden.

»Na also, das also war des Rätsels Kern«, setzte Schmidt schon fast selig nach.

»Des Pudels Kern«, besserte augenblicks der metaphernmächtige Hans Wüllenweber – Gernhardt aber war in den letzten Sekunden puterrot geworden und versuchte etwas von wegen »böser Streich, den mir wer gespielt haben muß« zu faseln – versteht sich, daß er trotzdem die nächsten 20 km über der Blamierte und das Zentrum des Spottes war. Wieder mal hatte den ›Ich Ich Ich‹-Autor seine bekannte Ruhm-, Glück- und Glanz-Sucht auf die schiefe Bahn gelenkt.

»Never mind«, erbarmte sich schließlich der gutmütige Al Strong seiner und klopfte ihm auf den Rücken, »ich bin auch heute praktisch impotent, mach dir nichts draus, kann jedem passieren – ich geh ins Puff heut praktisch nur mehr wegen Romanstudien, ach, die Literatur ist heut praktisch mein einziger Hit pardon: Halt...by gosh...«

Eingezogenen Kopfs, aber dankbar und recht versonnen nickte Gernhardt. Ob ihm das Ganze eine Lehre sein würde?

Immer schneller raste der Bus dahin, immer liebevoller streichelten Hermann Kinders Hände nun die Tube seiner Gleitsalbe – und immer hektischer, ja buchstäblich fahriger kicherte der Verleger Haffmans über des Fahrers Jakob neue ins Ohr geflüsterte Witzsalve. Plötzlich aber – die ersten Vorstädte der großen Stadt Paris tauchten schon gespenstisch drohend am Horizont der gesunkenen Sonne auf – ergriff Haffmans wieder das Mikrophon und teilte mit, der Verlag habe heute mal die Spendierhosen angezogen und zahle pro Mann und Puffbesuch 1 Mark aus eigener Kasse dazu. Murren mischte sich in den matten Beifall – und dann sah ich genau, wie sich Haffmans von Fritz Senn per Handschlag 15 Mark lieh, ehe er durch den Bus ging, um jedem Mitarbeiter sein Markstück in die Hand zu drücken. Vor offenbarer Aufregung waren seine Brillengläser beschlagen, bzw. ich frage mich noch jetzt: vor Aufregung? Angst vor dem drohenden Loch in der Kasse? oder doch vielmehr von Vor-Geschlechtslust, welche in ihm toben mochte? –

Auf einmal aber bemerkte ich, daß jetzt auch mein Hosentürl offenstand – es mußte vor Erregung meinerseits ganz einfach aufgesprungen sein. Und gleichzeitig nahm ich wahr, daß ich es nun tatsächlich nicht mehr aushalten konnte – und also schlich ich mich behut- und bedachtsam in die letzte und leere Busreihe, zog meine Vorlage (Unterwäsche aus dem Neckermann-Katalog) aus der Brusttasche und begann zuerst ängstlich, dann immer leidenschaftlicher zu wichsen. Ah, wie gut das tat! Oh, wie ward mir wunderbar! Wie schön würde es da erst in Paris werden, auf all den geilen Grisetten und Midinetten und Momptis und Mimis und Musetten – ah, ah, ah! Hoffentlich stand dann aber auch mein Hammer, mein Held, wieder pünktlich!

Hahahahaha! Ooh! Üüüüüüh! Und schon rauschte mein kostbares Sperma in den Bus-Aschenbecher! Aah!

Zum Glück hatte niemand etwas bemerkt. »Paris bleibt Paris«, sagte soeben Norbert Johannimloh ahnungslos zu Eilert – und dieser nickte so steil, als ob ihm die Halsmuskel den Dienst versagten vor der unerhörten Herausforderung, die – auch! – in diesem Satze lag. Schon hatte der Bus die Autobahn verlassen und kurvte wie Samenfäden durch die grauen Vorstädte.

»Fickenficken!« schrie der Verleger Haffmans plötzlich und wie unwillkürlich und verriet sich derart abermals – es war völlig klar, daß er von jetzt ab an überhaupt nichts anderes mehr denken konnte – indessen Bernd Eilert nun immer bohemehafter und salonmäßiger und zugleich keusch-kafkaesker dreinzublinzeln versuchte. Der vollends ruhmsüchtige Robert Gernhardt aber schien schon wieder Oberwasser zu spüren und kündete so laut, daß es möglichst alle hören sollten, »sieben Nummern – aber immer« an.

Immer klammer aber hielt Hans Wüllenweber sein mitgebrachtes Reitpeitschchen fest.

Bevor wir ins Puff fuhren, hatte der Verleger Haffmans noch eine Überraschung vorbereitet: Einen Besuch nämlich im Atelier unseres Verlagsautors Félicien Rops, jenes bekannten Spezialisten für den »weiblichen Körper«, in dessen Atelier auch tatsächlich soeben ein splitterfasernacktes Modell stand und, diese betrachtend, mit beiden Händen beide Brüste hielt. Rops klärte uns über die Hintergründe auf. »Ich versuche, den Akt unserer Epoche zu schaffen«, flüsterte der Meister lächelnd, während meine Hand schon wieder vor Bezauberung durch das ewige Mysterium Weib in die weite Hosentasche tauchte, »den Akt der Frau unserer Zeit, und das schaffe ich auch so allmählich. In dieser Arbeit fühle ich mich wohl, denn meine Nuditäten sind so frank und frei. Und nun Glückauf, Messieurs: Bon voyage au Puff!«

Als wir kurz danach am Place Pigalle wieder aus dem Bus kletterten, stellte sich heraus, daß Peter Rühmkorf so am Ende seiner Kräfte war, daß der starke Uve Schmidt und Bodmer ihn stützen, ja halb tragen mußten – ja, hätte Senn dem Überforderten nicht fast gewaltsam ein Fläschchen Klosterfrau Melissengeist zwischen die Zähne geklemmt und ihn gleichzeitig mit Eau de Cologne bespritzt – vielleicht wäre der sensible »Lyriker« doch noch im letzten Moment abgesprungen, ja ab- und buchstäblich hingefallen.

Doch dann war es soweit. Schon leuchteten und flimmerten die bunten und flirrenden Lichtketten und Leuchtgirlanden von Montmartre und Maxim und Chez Margot, ein letztes Mal ließ der Verleger abzählen, Bernd Eilert streifte seine Glamour-Fingerhandschuhe ab – und schon marschierten wir im Gänsemarsch – an der Spitze jetzt völlig überraschend Hans Wüllenweber und der scheinbar so kränkliche Peter Rühmkorf – alle Mann hoch endlich, endlich ins Puff von Paris.

Als wir uns zwei Stunden später wieder versammelten, machten zwar die meisten Teilnehmer einen »recht erschöpften«(!) Eindruck, aber die Abzählprobe fiel immerhin zufriedenstellend aus. Freilich ergab es sich jetzt, daß Jakob und Bodmer im Puff vereinbart hatten, anschließend mal fünfe gerade sein zu lassen und jetzt auch noch schnell in die Peep-Show vis-à-vis zu gehen. Dazu wollten sie auch den Verleger Haffmans mitnehmen, damit der das auch mal kennenlerne – und die anderen sollten eben einstweilen in Edith Piafs Stammlokal ›Gustave Flaubert‹ warten und einen Pernod, einen Schluck Beaujolais oder einen Café au lait trinken. Ich sah genau, wie Haffmans sofort der Speichel der Lust aus den Mundwinkeln tropfte, ja wie er vor einmal wachgerüttelter Begierde schlotterte – aber auch vor Angst. Er schwanke und schwanke, stotterte er endlich, seine Frau, die strenge Verlegerin, habe ihm zwar in diesem einen Fall den Puffbesuch gestattet – aber von zusätzlicher Peep-Show sei keine Rede gewesen.

»Wir verraten nichts«, versicherte Jakob und zwinkerte Bodmer innigst zu.

»Und kosten würde das – schon wieder zwei Fränkli?« frug Haffmans zitternd, schien aber schon am Ende seiner Widerstandskräfte und ruckelte gleichzeitig am Kinn und an den Eiern herum.

»Die zwei Fränkli bzw. 5 Francs sind aber gut angelegt«, erklärte ihm Jakob begütigend, »weil Peep ist viel geiler noch als Puff, vor allem, wenn man ein Bier oder einen Schnaps dazu trinkt. In meiner Heimat, im Appenzellerland, nennen wir das den ›Stützlisex‹ – das Schönste, was es überhaupt gibt...«

Schon gab Haffmans nach und lief, ja hechtete gewissermaßen somnambulisch hinter Bodmer und Jakob her, auf die Peep-Pforte zu.

Kein Fleck war an Bernd Eilerts Nadelstreifenanzug zu entdecken, als wir das Bistro ›Gustave Flaubert‹ betraten – er hatte also den Anzug bei den »Damen der Demimonde« tatsächlich ausgezogen und sich seiner entledigt! Das hätte ich nicht gedacht. Durch eine Fehlbestellung tranken wir nun alle Coca Cola – und kurz darauf kamen auch Jakob, Bodmer und Haffmans wieder – und ihm, dem letzteren, sah man das »böse Gewissen« weißgott schon unter der Türe an.

»Und ihr verratet mich auch wirklich nicht«, ächzte er bleich und würgend tonlos, »ich meine, im Sinne der Loyalität wäre ich sehr dankbar...und...ich meine, was ich sehen wollte, habe ich gesehen, es ist wie mit einem schlechten Manuskript, man kann es ja nur schlecht finden, wenn man es vorher gelesen und...«

»Schon gut«, klopfte ihm Jakob aufmunternd auf den Rücken.

»Ansonsten war's natürlich hochinteressant«, Haffmans schien wieder etwas Haltung zu gewinnen und Mut zu schöpfen, »ja eigentlich auch richtig prima...«

»So glad«, freute sich Al Strong leise und summte vornehm mitgenießerisch vor sich hin.

»Schwanzvergleich!« schrie der unermüdliche Uve Schmidt rauh und kauzig und ein drittes Mal, aber mehr doch wohl »im Spaß«, als wir endlich wenig später wieder im Bus versammelt waren. Aber jetzt waren wohl alle »zu groggy« (Strong) dazu. Nacht lag über dem schon schlafenden Paris, la nuit, wie der Franzose sagt – und über der Busreisegruppe lagerte etwas wie eine »große Besinnlichkeit« (Senn) – bis plötzlich und völlig unverhofft die bekannte, sonst eher zarte, jetzt aber erstaunlich kräftige und sonore Stimme von Hans Wüllenweber durch den Bus erscholl:

»Wenn das unser Verlagsautor, der selige Arno Schmidt auch noch hätte erleben dürfen!« rief Wüllenweber in die dämmernde Runde hinein – ich hatte sofort das Gefühl, würde Jakob jetzt die Busbeleuchtung einschalten, Wüllenwebers Kopf schillerte und phosphoreszierte in allen Farben der Scham, der Scham über einen furchtbaren Fauxpas, den grausamsten unter den so zahllosen Fauxpas dieser Reise. Ausgerechnet er – ausgerechnet Wüllenweber hatte sich vollends und restlos verraten. Indessen, Haffmans, der freilich auch selber genug Dreck am Stecken hatte, ließ auch noch diesen Ausrutscher durchgehen, machte gute Miene zum bösen Spiel (soweit ich es im Busfinstern sehen konnte) – und endlich, bei einem neuen, in der Autobahnraststätte Metz »organisierten« Kasten Bier »kletterte« die »Stimmung« rasch wieder »in die Höhe« – und schon in den Wäldereien des Elsaß, die Uhr zeigte längst nach Mitternacht, kam es sogar noch zu einem spaßigen »Wettfurzen« zwischen Uve Schmidt und mir – d.h. wir drückten und drückten, was wir konnten, und bei jedem gelungenen Knaller lachte der ganze Bus, und Bernd Eilert verkündete jeweils »7:5 für Schmidt« usw. – und endlich an der »eidgenössischen« Grenze, der Tag begann soeben zu tagen, faßte Hermann Kinder unser aller Gefühle noch einmal treffsicher so zusammen: »Paris bleibt eben doch Paris!«

»Es gibt nur ein Paris«, gab ihm Hans Wüllenweber seufzend und zugleich die Melodie summend recht, auch wenn unser »Spaßvogel« Uve Schmidt hier scherzhaft korrigierte: »Ick bin ein Berliner!«

»Wenn nur«, stöhnte Haffmans schon wieder etwas gedrückter, »wenn nur meine Frau nichts von der Peeperei erfährt – Henscheid, eine Bitte, erwähnen Sie's nicht in Ihrem Fahrtbericht...sie liest ihn nämlich ganz genau...hier haben Sie ein Fränkli...«

»Sowieso«, beruhigte ich den Verleger schmunzelnd.

»Und wenn nichts rauskommt, Männer«, fuhr Haffmans wieder mutiger fort, »und die Auflagen des Verlags weiter steigen, dann kann«, Haffmans zögerte kunstvoll, »dann könnte man ja natürlich auch eines Tags eine entsprechende Fahrt ins Fernöstliche ins Auge fassen, ins Puff von Bangkok zum Beispiel – mit Abstecher nach Manila!«

»Au fein!« entfuhr es Bodmer.

»Abstecher, hahaha!« freute sich Gernhardt sehr.

Alle waren es einverstanden – und keine Stunde später traf der Bus wieder wohlbehalten in Zürich ein, wo wir im trüben neblichten Morgengrauen – bleich und übermüdet, aber glücklich – aus ihm kletterten, um die neue literarische Saison zu eröffnen und die entsprechenden »Seller« vorzubereiten.

Wie sehr es aber allen gefallen hat, das mochte der bestätigt finden, der sah, wie uns allen vor Wohlgefallen die tiefste Zufriedenheit in jene Gesichter geschrieben stand, die da mit glücklicher Miene gefällig vor sich hin lächelten – müde aber zufrieden und wohlgefällig. Und ein Wunsch schien noch einmal unausgesprochen im Raum und über dem Ganzen in allen Augen zu stehen und über dem bereits geschäftig werdenden Zürich zu schweben: Solche »Ausflüge« sollte der Haffmans Verlag öfter mal machen...!

ZU DIESEM BUCH

Ein Teil der in diesem Band versammelten Arbeiten war schon in Zeitungen und Zeitschriften zu lesen. Die Texte wurden für diese Anthologie neu durchgesehen, teilweise stark überarbeitet, teilweise leicht, teilweise gar nicht. Einige Texte, obschon längst veröffentlicht, erscheinen hier gleichsam erstmals authentisch – die Kollektion ›Prima, prima Urlaubstips‹ z. B. stand zwar schon in ›TransAtlantik‹, aber redaktionell völlig entstellt; dergleichen geschieht.

Der Text ›Amberg I‹ erschien zuerst 1975 unter dem Titel ›Unser liebes Amberg – Ein kleiner Stadtführer‹ als Leporello-Librello im Privatdruck (vergriffen) und adaptiert parodierend den unverkennbaren Thomas-Bernhard-Ton.

Die Sammlung ›Blick in die Heimat‹ setzt die Serie ›Aus dem Leben der Polizei‹ aus dem ›Scharmanten Bauer‹ (1980) fort. Hier wie dort handelt es sich um (samt Schnitzern) originale Heimatpresse, nämlich um das ›Weißenburger Tagblatt‹ – in diesem erscheinen die Kurzprosastücke tatsächlich unter dem Rubrum ›Blick in die Heimat‹; der verantwortliche Redaktionsleiter und Autor Paul A. Haßold ist nicht umsonst ein Freund seines Wahlkreisabgeordneten Richard Stücklen. Gleichfalls die Sammlung ›Im Lauf der Zeit‹ verwendet passagenweise Originales aus der Heimatpresse Nordbayerns – und die Thurn-und-Taxis-Todesanzeige war selbstverständlich durch kein Wort zu verbessern.

Die Wohmann-Kurzprosa ›Kastanienblatt‹ vorzüglich

ist es, auf die sich die stilparodistischen Teile von ›Weitgehend glücklich in Ludwigsburg‹ beziehen. Die Reich-Ranicki-Satire ›Herrmann Burrger‹ verwendet frei und freilich meist wörtlich zitierend Teile aus Preisreden und Aufsätzen – vor allem den ziemlich unsterblichen FAZ-Literaturbeilagen-Essay ›Der Kaiser ist nackt oder: Über den Herbst unserer Literatur‹ (Buchmesse 1980). Daß Vorabdrucke dieser Satire am nämlichen Tag im ›Pflasterstrand‹ und in der ›Welt‹ auftauchten, verdient – angesichts der Erhellungskraft des Fakts betreffs des Wesens eben der Satire wie des Feulletons – hier auch noch festgehalten zu werden.

Um weitere Mißverständnisse zu vermeiden, wie sie sich bei der Erstveröffentlichung der Geschichte ›Im Puff von Paris‹ im ›Raben‹ Nr. 6 ergeben hatten, wurde in einem besonders akuten Fall ein Autorenname in einen Kunstnamen geändert.

Die Erzählung ›Der kleine Elefant‹ wäre an Ort und Stelle Susanne Haffmans zugeeignet worden, stünde da nicht schon ein gewichtiges Motto. Aus diesem Grunde sei sie erst jetzt und an dieser Stelle hier und dafür um so emphatischer Susanne Haffmans zugeeignet.

Letzte Meldung zu diesem Buch und speziell zu dem Text ›Annas Hochzeit‹: Der ›Gießener Allgemeinen‹ vom 8.12.84 war zu entnehmen, daß Hilde Domin nächstens eine Arbeit ›Anna und Anna‹ veröffentlichen wird. Na also, na bitte.

An zwei Texten hat, wie angegeben, Bernd Eilert mitgearbeitet. Dagegen hat er an der Charakterstudie ›Eilert‹ nicht mitgearbeitet.